三國風雲之

曹賊

第二部

卷之壹

少賊再起風雲

庚新（風回）著
超合金叉雞飯 繪

二部 卷壹 目錄

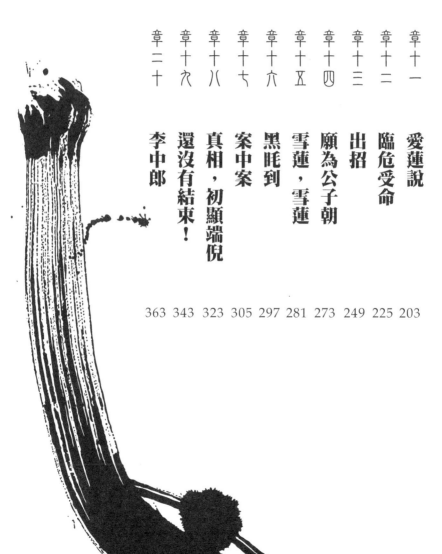

人物

曹朋

曹朋

甘寧

曹操

魏延

典韋

許褚

陳群

呂布

貂蟬

劉備

章一　大有來頭

建安四年，二月二，龍抬頭。

沛國譙縣城外的大路上來了一隊車馬，人數大約有三百人左右，其中五十名騎士，餘者全都是步卒。正是春暖花開，桃杏綻放時節，大路兩邊的田園上，農人正辛苦播種，更有許多文人士子攜家帶口，外出踏青遊玩。

「阿福，還有多遠到譙縣？」一輛馬車，車簾一挑，探出一位美婦人。

馬車旁邊的少年回道：「阿姐，前面就是譙縣，估計正午時，就可以到達。」

「唔，總算是到了！」美婦人看看曹朋，展顏笑道：「阿福，這次回去，阿爹阿娘一定很開心。」

「是啊，我也有一年多未見阿爹阿娘了！」

「只不知道，你姐夫一個人留在海西，沒人照顧……」

「阿姐，姐夫又不是小孩子，妳何必牽掛太多？海西如今一切正常，而且還有虎頭留在海陵，與姐夫遙相呼應。戴先生屯守鹽瀆，子山如今也是堂堂海陵尉，還有文珪和濮陽先生一旁協助，周叔則在姐夫旁邊照顧，不可能出什麼岔子。要我說啊，妳就別為姐夫操心了。」

「說得容易，怎可能不操心呢？」

美婦人嘀咕了一句，忽聽車內傳來一陣輕弱的女子說話聲音，她連忙縮進車子，車簾落下。

從車中，傳來一陣銀鈴般的笑聲。

這車隊自徐州來，車旁的少年，正是曹朋。

建安三年底，徐州戰事結束。有虓虎之稱的呂布，在下邳被殺後，葬於葛嶧山山腳之畔。徐州，就此結束了長達五年的戰亂。隨後，曹操任車胄為徐州刺史，正式改下邳國為下邳郡，但不置太守。

鄧稷因屯田有功，任屯田都尉，繼續掌海西。不過，如今的海西，已不是一年前的海西可比，其面積擴張三倍有餘，北至伊蘆，南至淮水，西跨游水與曲陽相連，東面直接到海邊。

增置伊蘆縣，由原海西丞濮陽闓任伊蘆長。原海西縣尉潘璋，以別部司馬之職，任曲陽長，協助鄧稷推行屯田之法。周倉以廣陵東部督郵曹掾之職，兼海西縣尉，其主要職責是巡視東海沿海地區。原海西兵曹馮超，則升遷為海西縣尉，執掌陸地治安。鄧芝，為海西主簿，接替了濮陽闓、戴乾之職。戴乾任鹽瀆長，調至淮南。這個升遷，則是由陳群舉薦，並徵求了陳登的同意。

隨後，步騭出任海陵尉，接替曹朋原先的職務。王旭則留守海陵，原海陵精兵被派至東陵亭駐守。不過，農都尉一職卻由王買出任。原本最有可能擔任農都尉的曹朋，卻沒有任何封賞……

這使得很多人感到吃驚，包括王買在內。王買得到了任命之後，便立刻趕赴海西，詢問曹朋。

「是我推薦你的！」

「啊？」

曹朋笑呵呵回答，彷彿渾不把此事放在心上。「我做錯了事情，自然當受到懲罰。原本曹公是準備讓我出任廣陵農都尉一職，但是……不過曹公還是使郭祭酒徵求我的意見，我就推薦了你。你在海西，曾親眼見過當初屯田的過程，而且駐守海陵一年有餘，對海陵的情況也比較瞭解。有子山幫你，想必不成問題。」

「那你呢？」

「我……回許都！」曹朋回答道，而後拉著王買的手說：「虎頭哥，你可要努力才是。我可是費了好大的力氣，才推薦你出任農都尉。為此我還拜訪了陳太守，把他說服……你留下來，任務非常重，不但要配合陳太守，使廣陵東部重新繁榮起來，更要配合姐夫，早日讓海陵與海西連為一體。」

王買目瞪口呆，「我能成嗎？」

「成不成，你現在都沒有退路。你做得好，我也有面子，你若做不好，連你阿爹都會面上無光。既然已經坐到了這個位子，就好好想想該如何做好，別想那些有用沒用的東西。如果有什麼疑問，可以請教子山先生。」

王買猶豫了好半天，才算是勉強點頭答應。

如今王買，也算是在曹操帳下掛上了號的人物。不僅僅因為他和曹真是結拜兄弟，還因為他老子王猛俘虜陳宮有功，而被賜五大夫侯，任虎賁中郎之職，比之早先的虎賁郎將，一下子提升了兩個級別，其官位僅在典韋之下。而且，曹朋此次又竭力推薦王買，使得曹操多了份關注。

王買年十七歲，也算得上經歷豐富。他在九女城當過兵，殺過人；在海西做過曹掾，後來也曾在曹朋不在的時候，主政海陵一方。

曹朋對王買的評價，是四個字：中規中矩。他沒有什麼特殊的才華，但貴在勤勉，做事勤奮。把事情交代給王買之後就不需要再去操心，他一定會想盡辦法把事情做到最好……而這個特質對農都尉而言，最為合適。

農都尉的主要職責，說穿了就是屯田，和屯田都尉的性質很接近。有海西屯田的經驗之後，無須再有什麼創新，王買所要做的，就是本本分分使屯田執行下去。這，也正是王買所擅長的事情。

古有蕭規曹隨的美談，而今王買說不上蕭規曹隨，但只需要把海西的模式複製過來就好。有自家人這一層關係，鄧稷也會盡力幫助王買。如果換一個人的話，鄧稷未必肯真心去幫助。

畢竟，這人都是有私心的……

鄧範在年前，隨曹洪去了陳郡，出任陳郡兵曹史。

看得出，曹洪對鄧範還是很看重，一過去便委以重任。兵曹史的俸祿不算高，比三百石，月俸三百七十斗，是正經的地方軍職，掌陳郡兵事。鄧範十八歲，拿這個俸祿也算是正合適。而且和王買那個農都尉一樣，也是握有實權的官職，可以想像得出他的前程會很好。

相比之下，曹朋就有些寒酸了——一個五大夫的爵位，加一個騎都尉的虛職。

不過呢，曹朋倒是沒有往心裡去，反而顯得格外輕鬆。

曹操班師返回許都，曹朋本應該隨同前往，可由於鄧稷來信，要他回海西，等年後帶曹楠和鄧艾一起返回許都，說是要與家人團圓。曹操也沒有過問此事，便准許了曹朋的假期……

其實，這也是所有官員應做的本分。

屯田都尉說大不大，說小不小，可是關係重大。

最重要的是，屯田都尉可直接插手兵事，掌三千兵馬。依照規矩，掌兵將領必須將家人留置都城，作為人質。不過這規矩，很多人都忘記了。鄧稷如今主動提出來，對曹操而言，正合了心意。由此可以看得出，曹朋一家並沒有任何謀反之意，曹操自然是更加放心。

就這樣，曹朋便留在了海西。

返回海西之後，曹朋又過上了昔日海西第一衙內的好日子，每天或是到集市上和那九大行首閒聊，或者拉著甘寧比試。春天來了，他帶著黃月英和兩個小婢女，領郝昭等人出城練兵、踏青，過得好不逍遙，快活自在。在這段時間，曹朋終於突破了易筋的瓶頸，進入到洗髓境界。

所謂洗髓，也就是煉神還虛。把暗勁練到至柔至順，按照拳經所述，柔順之極處，暗勁之終也。由此，正式邁入化勁階段，從而達到巔峰。

洗髓的要點，即為虛靜，在於修心。

拳經云：拳無拳，意無意，無意之中是真意。寂然不動，感而遂通。一切皆是無意發而發，只是順隨對方之意……

練功到了這個地步時，已不再是單純的『練』，還需要『養』，需要『悟』。

曹朋前世也僅僅是練到了易筋階段，所以在進入洗髓之後，如何練，如何養，如何悟，全沒有半點經驗可循。所有的一切，都必須要靠自己摸索。每個人的情況不同，所以即便甘寧早已達到了洗髓的境界，卻無法給予曹朋半點幫助。練到極處，養到極處，悟到極處，便可以擁有自己的『勢』。可這一切，只能依靠自己，外人最多給予些心得，而無大用處。

也就是說，從這一刻開始，前世的種種經驗都失去了作用。接下來，就要靠曹朋自己去理解、去掌握。

正月十五過後，曹朋帶著郝昭以及三百健卒自海西出發，護送姐姐曹楠，以及黃月英和郭寰、步鸞二女，啟程返回許都。不過在出發之前，曹操收到了一封信，要他路過譙縣時，順道接一個人。

寫這封信的，不是別人，是曹朋的結義兄長，曹真。

而曹真，又是受環夫人所託，要接的人名叫夏侯真。

居然和曹真同名！

反正曹朋也沒什麼大事，順道的事情而已，唯一的變化就是路途發生改變。原本曹朋打算穿彭城，越碭山，自陳留通行，抵達許都，現在卻只能改變路線，從下邳郡入沛國，再由陳郡返回許都。譙縣，就位於沛國。

正好，還可以去看望一下鄧範。

曹朋設計好了路程之後，便動身啟程。歷經近十日，終於抵達譙縣。

譙縣，也是曹操的老家，正位於沛國、汝南和陳郡三地之間。

曹操如今貴為司空，奉天子以令諸侯，所以譙縣也水漲船高。曹朋不知道，在十幾年以後，這裡將成為曹魏四大陪都之一。而眼前的譙縣，看上去挺破敗，夯土建造的城牆也不算高。

曹氏和夏侯氏，是譙縣的兩個大族。不過，由於建安二年末，呂布派高順、張遼攻打劉備，夏侯惇曾出兵援助，在譙縣與張、高二人發生了一場大戰，後來夏侯惇退走，譙縣的曹氏族人和夏侯氏族人也紛紛離開，大都轉移到了許都。

曹朋來到譙縣後，命人通報了譙縣縣令。按照規矩，兵馬不得入城，所以郝昭和夏侯蘭便領兵在城外的驛站旁邊宿營。曹楠和黃月英三女一起住在驛站當中，而後曹朋帶著甘寧一同進入譙縣。

說起來，甘寧挺虧的！

此次徐州大戰，幾乎所有人都得了升遷，唯有甘寧、夏侯蘭和郝昭三人，沒有得到任何好處。

郝昭，名不見經傳，曲陽之戰時駐守東陵亭，倒還好說。可夏侯蘭與甘寧，那都是參與了曲陽之戰的功臣。他二人倒不是沒有機會，而是不太願意。

在甘寧看來，他受黃承彥託付，照顧黃月英，所以升不升職，目前倒也不重要，反正只要跟緊曹朋，早晚有機會。而夏侯蘭呢，則是以『我是家將』為藉口，希望能繼續留在曹朋身邊做事；從目前看，曹朋因解救呂氏家眷而受到了責罰，功過相抵，可正是因為這個行動，使得夏侯蘭更加敬重曹朋。

曹朋的所作所為，在夏侯蘭眼中，當得『義士』二字。

這年頭，人們對『義』字極為看重。曹朋的作為，不愧於『小八義』的名號，值得他追隨。

章一 大有來頭

就這樣，夏侯蘭依舊是以家將的身分，追隨曹朋左右。

別看王旭、潘璋他們一個個都升了官，可公子之德、公子之才，早晚會有大作為。只要跟隨公子，還怕沒有機會嗎？再者說了，夏侯蘭也不太想留在廣陵，總覺得那邊有一些荒涼。

夏侯家很容易找，據說這夏侯真，還是夏侯淵的親戚。

曹朋先到譙縣縣衙拜訪了譙縣縣令，打聽到了夏侯淵的住處之後，在一個隸役的帶領下，直接來到了夏侯淵的住所。夏侯淵的住宅並不算太大，但兩頃土地的面積，在譙縣也算是翹楚，而高階、朱門，無一不顯示出夏侯淵的良好家境。

曹朋上前，蓬蓬蓬敲響了大門。

不一會兒的工夫，就聽門後傳來腳步聲。大門開啟，從裡面走出一個老家人，他睜大渾濁老眼，疑惑的問道：「敢問，何人叩門？」

「我是曹朋，受環夫人所託，找一個名叫夏侯真的人。環夫人託我帶他去許都，不知這夏侯真，是不是住在這裡？」

老家人一怔，旋即點點頭：「你們是來找真小姐啊……請隨我來。」

真小姐？曹朋一臉迷茫，夏侯真，是個女人？曹真怎麼沒有在信裡面說清楚呢？

老家人帶著曹朋等人來到府中的大堂上，並請他們在大堂上等待，而後匆匆離開了花廳。

大約一盞茶的工夫，只聽花廳外腳步聲傳來。一個身著素衣、披麻戴孝的少女走進來，她抬頭看去，見到曹朋不由得一怔，旋即脫口而出道：「兔子哥哥，怎麼是你？」

「噗！」正在喝水的曹朋，一口水噴出去，更被嗆得連連咳嗽。

我討厭兔子，更討厭別人叫我『兔子哥哥』，比兔爺強不到哪兒去！

抬起頭，看清楚少女的模樣，曹朋也是一怔。因為這少女還真是熟人，和曹朋也有過兩面之緣。第一個喚他『兔子哥哥』的人，就是眼前這小丫頭，此刻正怯生生站在門廳外，眼中透著些許疑惑之色。

俗話說得好：男要俏，一身皂，女要俏，三分孝。

那一身孝衣，襯得少女楚楚動人，猶如那濯清漣而不妖的蓮花，令人陡然間生出想要疼愛的心思。

夏侯家，死了人？沒聽說啊……

曹朋心中疑惑，但還是起身。「妳，是夏侯真？」

「嗯！」

「環夫人命我接小姐返回許都，在下曹朋，忝為騎都尉。」

夏侯真聽聞，臉上露出一抹喜色，「原來是嬸娘派人過來……對了，倉舒如今可好？」

倉舒，是環夫人長子曹沖的表字。按道理說，這表字一般是在行成人禮以後才會得到。不過由於東漢末年，禮樂崩快，也使得很多規矩變得非常鬆散。曹沖生於建安元年，如今才不過三歲。一般來說，初生嬰兒至一歲後才開始學說話，而曹沖僅六個月，竟能口言『阿爹』，一歲時，可喚環夫人『阿娘』……

曹沖雖不是曹操的第一個兒子，可是當他呼喚曹操『阿爹』的時候，也使得曹操開懷不已。

古人常說，天才總有非同常人的表現。曹沖這也算得上是不同尋常。所以，在曹沖滿周歲的時候，曹操便賜曹沖『倉舒』表字。

曹朋一怔，「倉舒何人？」

哪知夏侯真聽聞，立刻露出警惕之色，一隻腳退出大廳門檻。

「你……究竟何人？連倉舒也不知曉，夫人怎可能派你前來？」

曹朋不由得啞然失笑，剛要開口解釋，卻聽門外傳來一陣騷亂聲，緊跟著一群家丁家將便堵在了花廳門外。

曹賊

章一 大有來頭

「真小姐勿怪，我並非環夫人家臣。」曹朋連忙解釋道：「我之前本在廣陵任海陵尉……海西屯田都尉鄧稷，是我姐夫。那什麼，曹真妳知道嗎？與我是結拜兄弟，當年我們曾在許都大牢中，八人結義，故又號『小八義』。」

夏侯真輕輕咬著嘴唇，臉上的警惕之色隨之減少許多。

也難怪，她雖說見過曹朋，而且是在典韋府中見過曹朋，可畢竟不熟悉，天曉得曹朋如今的身分。不過小八義的名號，夏侯真卻聽說過。

曹朋從懷中取出曹真那封書信，「我本奉命返家行及冠之禮，子丹來信說，要我途經譙縣時，接真小姐還都。所以，我真的不知道倉舒是什麼人……妳若是不相信，有書信為證。」

一名家將上前，把書信接過來。夏侯真看罷了書信，總算是打消了疑慮。雙頰透紅，她微微一福，「倉舒，便是嬸娘長子。」

環夫人長子？曹朋一下子明白過來，那不就是在後世頗有名聲的曹沖嗎？

曹沖稱象的故事，曹朋前世曾學過。不過究竟是否真實，曹朋也說不太清楚，但神童之名，卻毫無疑問。後世曾有研究，說曹魏若是由曹沖接掌，其結果有可能比曹丕繼位更好……但這種事情，誰又能說得清楚？

夏侯真有些尷尬，擺手示意家臣們退下。「曹家哥哥勿怪，不是我多疑，而是……前年譙縣曾遭遇兵禍，以至於家中曾受波及，故而不得不小心一些。」

「沒事兒！」曹朋笑了笑，搭手與夏侯真道：「既然真小姐已經信我，就請準備一下。我需在二月十五之前抵達許都，故而不便在譙縣逗留太久。請小姐做好準備，明日一早我在北城門外等候。然後咱們先至陳縣，我與子廉叔父約好，大約會停留一日，而後返回許都。」

看得出，夏侯真其實挺小心。既然如此，曹朋索性把話說清楚，以免夏侯真到時候懷疑，再浪費口舌。

夏侯真輕聲道：「那明日卯時，我們在北城門外會合。」

「如此，告辭！」

孤男寡女，雖有許多家臣在旁，終究不太好。

看夏侯真的穿戴，可能是死了什麼親人，曹朋也不好逗留，便和甘寧一起離開了夏侯家。

走出夏侯家的大門，看看天色，將近晡時，曹朋的肚子開始咕咕直叫。看甘寧的情況，估計也好不到哪兒去。兩人相視一眼，旋即笑了。

「我聽說譙縣有一處過水閣，裡面的廚子做的一手好飯菜，不如前去品嘗一番？」

甘寧道：「願從公子之意。」

過水閣，就位於譙縣西側。背面窗口，毗鄰過水，景色頗為怡人。

過水，是浪湯渠的分支。在陳郡扶樂縣分流，穿陳郡而過沛郡，注入淮水。水流並不湍急，時值仲春，河兩岸楊柳青青。風拂來，帶著一股淡淡的桃杏花香，令人神清氣爽。

曹朋和甘寧在過水閣中吃罷午飯，足足用了半個多時辰。

看看辰光，也不早了！於是兩人走出酒樓，準備出城回驛站休息。哪知剛出酒樓大門，忽聽長街盡頭一陣騷亂聲，人喊馬嘶，亂成一團，更有人扯著嗓子高聲呼喊：「馬驚了，馬驚了！」

只見一輛馬車沿著長街瘋狂奔行，車上隱隱可以看到一個老嫗身影，似已嚇得失了魂魄。而一個老叟站在長街中央，看著呼嘯而來的馬車，竟一動不動。

曹朋幾乎不假思索，大吼一聲：「興霸，救人！」

說著話，他縱身便衝了過去，一把將老叟撲倒在地。與此同時，甘寧也跳到了長街中央，迎著那驚

章一
大有來頭

馬衝過去。眼見著就要被馬撞到，甘寧突然騰身而起，在半空中一個折身，穩穩落在馬背上。探手臂，攏住了驚馬的脖子，他一聲大喝，猛然起身。那匹驚馬被勒的幾近窒息，希聿聿長嘶一聲，仰蹄而起。

「還不給我老實點！」甘寧的雙臂，猶如鐵鑄。

驚馬掙扎了兩下，很快就老實下來。

這時候，曹朋也跑過來，跳上馬車，掀開了車簾。車中坐著一個白髮老嫗，臉發白，人已經昏了過去。幾個家丁趕過來，看到老嫗的模樣，也不禁慌了手腳，連忙大聲叫喊，想要把老嫗扶下馬車。

「都住手，住手……你們想害死老夫人嗎？」

曹朋連聲喊喝，鑽進車廂後，將老嫗攙扶著平放好，然後猛掐老嫗的人中。

「呼……可嚇死老身了！」老嫗醒來，長出了一口氣。

曹朋也鬆了一口氣，忙道：「老夫人，躺著不要動……先緩一緩，平靜一下情緒再說。」

「少年郎，是你救了老身？」

「也說不上救，不過是恰逢其會。」曹朋說著話，給老夫人的頭下加了一層墊子。「老夫人，妳別說話，先休息。」

說罷，曹朋從馬車上走出來，朝甘寧點了點頭，「興霸，好本事。」

「呵呵，公子好利索的身手。」

曹朋又叮囑了家臣幾句，而後和甘寧上了馬，往城外就走。

片刻後，譙縣縣令帶著一幫子隸役趕來，那縣令神色慌張，上前道：「老夫人，沒大礙吧？」

「老夫人已緩過來，正要回府。」

「文度，是你嗎？」

「啊，嬸婆，正是姪孫。」

「剛才攔住驚馬，救我之人，可曾謝過？」

「啊？」縣令一怔，扭頭向家臣看去。

「剛才兩位壯士攔住了驚馬，並將老夫人救過來。只是他們不肯留下姓名，便走了……其中一人名興霸，而另一少年，似是某位公子。觀其坐騎，來歷不凡，有點像是妙才將軍的『照夜白』？他們走得匆忙，我等看護老夫人，所以未能攔住，好像是朝北門外離去。」

「興霸？照夜白？」縣令聽聞又是一怔。

馬車裡，老夫人再次喚道：「文度！」

「啊，嬸婆。」縣令忙登上馬車，進車廂後，攙扶著老夫人坐好。「嬸婆，兩位壯士走得急，家人們未能攔住。不過聽家人們的說法，姪孫倒是可以猜出端倪。」

「哦？」

「午時，他們曾到官署拜訪過姪孫，其中一人名叫曹朋，乃族兄帳下騎都尉。他們是來造訪妙才將軍府邸，但具體是什麼事情，我也不太清楚。要不然，我將他請過來？」

「呵呵，人家既然不肯留名，想必也沒有那挾恩求報的心思。不過咱們不能知恩不報……對了，你打聽一下他的來歷，我也正要返還許都，看是否同路。」

縣令應了一聲，而後從馬車中走出。

幾名家臣小心翼翼的趕著馬車離去，只留下縣令站在長街上，面露沉思之態。

「老爺，咱們回去吧。」

「嗯……先不急，咱們去夏侯將軍家中一趟。」

曹朋和甘寧還真沒有把這事情放在心上。甘寧本就是個率意狂放之人，不可能挾恩求報。而曹朋呢？

自然更不可能記在心中……

回到驛站，曹朋先去兵營中看了一下。只見郝昭和夏侯蘭正圍著闞澤，聽闞澤講解《春秋》。

本來，依著曹朋的意思，怎麼著也能給闞澤一個海西縣丞，甚至可以安排他做屯田主簿。

屯田主簿是做什麼的？就是負責屯田的具體事宜……

鄧稷雖說是屯田都尉，主持屯田事務，但畢竟他不可能事必親躬，有些事情必須由下面人進行操辦。如今屯田，可不僅僅是海西小小一縣，有數百頃、甚至數千頃的土地屯田都掌控在鄧稷的手裡，這些方方面面的事情也需要人去具體執行。屯田主簿，可說是掌控屯田物資、人口、田地等各項工作，也是屯田都尉的重要助手。

但是，闞澤似乎對此事並無興趣。他要跟隨曹朋，曹朋自然也不會拒絕。

隨著步騭等人外放出去，鄧芝呢，似乎更願意留在海西，做鄧稷的助手。

曹朋歷經一年，招攬來的人手一下子空了。甘寧也好，夏侯蘭、郝昭也罷，都是那種行軍打仗的人物。而他身旁，也確實需要一個能為他出謀劃策的人。

闞澤，無疑是最合適的人選。

「德潤先生，又在講解《春秋》？」曹朋進了軍帳，笑呵呵說道。

夏侯蘭和郝昭連忙起身行禮，而闞澤則放下書卷，道：「不過是閒暇時，增添幾分樂趣罷了。」

夏侯蘭和郝昭都不是什麼學問出眾的人。其中，夏侯蘭好一些，認識一些字；而郝昭的情況則比較差，治兵練兵可謂深得張遼、高順三昧，陷陣營的種種戰法他也非常清楚，可這大字不識一個，連自家的名字都寫不出。

夏侯蘭早年師從童淵，所以有些底子。郝昭則是自小從軍，生長在行伍之中，哪裡有機會識字？所以，當他落戶東陵亭的時候，便跟隨步騭學識字；後來闞澤過來，他又從闞澤，開始學兵法。

闞澤授予郝昭的，是極為流行的《司馬法》，閒暇時還會為郝昭講解《春秋》，令郝昭極為癡迷。

「事情辦得如何？」

「一切順利，明日咱們寅時造飯，卯時出發。」

「如此，甚好。」

曹朋在軍帳中又和闞澤等人閒聊了一會兒，然後和甘寧返回驛站。

一夜無事，第二天一早，曹朋等人吃罷了早飯，便拔營起寨，來到了譙縣的北城門外。夏侯真已帶著百餘名家臣，在城門外守候。不過，出乎曹朋意料之外的是，譙縣縣令竟然也在。

「曹縣令，您怎麼來了？」

譙縣縣令名叫曹幸，字文度。其父名叫曹瑜，是曹操的族父。所謂族父，就是族中的長輩，和曹操沒有直接的血緣關係。曹瑜在東漢末年也是了不得的人物，曾官拜衛將軍，封列侯。曹幸和曹操同輩，算是堂兄弟吧。

他見到曹朋，上前搭手道：「曹都尉，今日幸前來，是有一事相求……幸族中有嬸婆，欲往許都。都尉當知，如今汝南陳郡盜匪橫行，昔日太平賊，如今又蠢蠢欲動。嬸婆若繼續留居譙縣，總有不便之處。我聽說曹都尉武藝高強，身邊盡是猛士，故而想拜託曹都尉，保護嬸婆同行，不知可否？」

曹幸的嬸婆？曹朋不由得一怔，疑惑的看著曹幸。

就見曹幸一側身，從他身後緩緩行來一隊車仗。

馬車來到近前，就見車簾一挑。夏侯真和一個白髮蒼蒼的老嫗並肩坐在馬車中，朝曹朋一笑。

「老夫人？」

「曹都尉，咱們又見面了！」車中老嫗朝著曹朋微微頷首，露出慈祥笑容。

老嫗姓吳，陳留人，年過六旬。

曹賊

章一

大有來頭

從她的言談舉止中，可以看出這吳姓老嫗似受過良好的教育。雖說白髮蒼蒼，臉上布滿溝壑，但依舊能體會出年輕時的風韻。不過，曹幸並沒有說出這老嫗究竟是什麼身分。

既然同路，曹朋也不好反駁。從他內心而言，能多結識一些曹氏族人，對他總歸是有好處。特別是在當前來說，曹朋還屬於待罪之身。老曹同志雖說沒有處罰他，但曹朋卻能夠感受到曹操對他的些許不滿。原本到手的農都尉，又跑了……雖說最終還是落在了自家人的手中，可那種感覺，終究是讓人有些不太舒服。所以，曹朋也需在老曹同志跟前挽回劣勢。

「在下夏侯恩！」一個青年邁步走上前來，與曹朋搭手見禮。

曹幸說：「子羽乃本縣兵曹，負責沿途照拂老夫人。正好曹都尉要去，索性便同行吧……子羽，你這一路上，定要聽從曹都尉的指派。若有什麼閃失，休怪我回頭找你的麻煩。」

青年連忙應聲，一臉恭敬之色。

不過，從他的眼神中，曹朋還是看到了一抹不屑。

夏侯恩，這名字好熟悉啊！

曹朋上馬的時候，才想起了這位夏侯恩的來頭。這位不就是《三國演義》中，曹操的捧劍官嗎？根據《演義》記載，曹操有兩把寶劍，一名青虹，一名倚天。按照曹操的說法，倚天施恩，青虹揚威。倚天劍是曹操隨身佩帶，而青虹劍則交與夏侯恩保管。結果長阪坡時，夏侯恩卻死於趙雲槍下，青虹劍也隨之落入趙雲手中。

曹朋不禁詫異的回頭看了夏侯恩一眼，心道一聲：原來是那短命鬼！

只要他不惹是非，曹朋也懶得和夏侯恩較勁。反正有那位吳夫人在，想來他也鬧不出什麼亂子來。

據說，這夏侯恩是夏侯氏的族人。而今又使夏侯氏族人來護送，這位老夫人的來歷不簡單啊！

老夫人和曹朋客套幾句，而後便掛上了車簾。

「子羽將軍，請你守護中軍，我自帶車馬前方開道。」

夏侯恩嘴角一撇，「如今呂布已除，從譙縣到許都，一路太平。即便是有些毛賊，也當不得事情。」言下之意就是說：你裝什麼裝，如今天下太平，你嚇唬誰呢？

曹朋笑了笑，不過回身後，臉色就沉了下來。

這貨，就是個不知死活的東西！汝南盜匪橫行，昔日太平道餘孽猖獗，以滿寵之能猶未能平定，足以說明那些盜匪的不尋常。其他人不知曉，但曹朋至少知道在汝南有兩支盜匪，劉辟龔都，皆非善類……算了，他不惹自己便罷了！他想怎麼折騰，就隨他折騰去……怪不得長阪坡死於趙雲之手，就是個不知好歹的傢伙！

想到這裡，曹朋也懶得和那夏侯恩交流，帶著甘寧，催馬便到了自家車仗旁邊。

「阿福，怎麼了？」黃月英探出頭來，疑惑問道。

「沒什麼，不過是碰到了一個不知死活的東西……咱們上路。」

隨著曹朋一聲令下，車仗緩緩行駛起來。

曹朋手下有三百人，夏侯恩手下有三百人，而夏侯真也有近百人隨行。如果再算上那些車夫雜役，加起來近千人。大大小小的車仗更多達幾十輛，連著大道，拉成了一條長龍。

「曹都尉！」

身後，忽聽有人叫喊。曹朋扭頭看去，只見一個青年催馬上前。

「你是……」曹朋覺得這青年，有些眼熟。

青年笑道：「曹都尉忘記了某家……建安二年時，我與都尉，曾在虎賁府門外交談過。」有點想不起來了！

「我叫曹暘，字東來。」

曹賊

章一

大有來頭

「哦……」有點印象了。

那天曹朋是去找典韋，所為什麼事情來著？好像是在毓秀樓和陳登照面的第二天。那天正好是環夫人出門，當時夏侯真也跟著環夫人，不小心走了她那隻白兔，跑到了曹朋的跟前。

這個曹暘當時曾詢問過曹朋的來歷，之後便走了。

「東來兄，有何事？」

「真小姐要我知會都尉，休要和子羽一般見識。子羽就是這性子，你別往心裡去。」

「哦，我當是什麼事情。」曹朋一臉無所謂的模樣，可是心裡卻嘀咕著：他別給我找麻煩，否則別說他姓夏侯，就算是姓曹，老子也不給他面子。

「這一路，還請曹都尉多費心。」

「東來兄客氣了。」

曹朋和曹暘在馬上客套了兩句之後，便拱手分別。曹暘自回夏侯真和吳夫人的車隊，而曹朋則保護著車仗，在前面行進。

「阿福，昨天小寰打聽過了，這個夏侯真，便是夏侯淵的姪女。」

「我知道。」

「聽說夏侯淵對她，還是滿喜愛的，對她也一直很關照。你知不知道環夫人和夏侯淵的關係？」

這女人，天生的八卦。即便是黃月英，好像也不能免俗。

曹朋笑道：「什麼關係？」

「夏侯淵的妻子，便是環夫人的妹妹。」

「啊？」

「兩年前，夏侯真的娘親過世，還是環夫人把她送回來。」

「原來如此。」曹朋心中恍然：原來環夫人和夏侯真還有這麼一層關係。

說起了環夫人，曹朋就不禁想到了曹沖。可惜了那孩子，年紀輕輕便掛掉了。不過史書記載他很聰明，也不知道是不是真如傳說中那般。不過又一想，曹沖今年似乎剛滿三歲，能聰明到哪兒去呢？

「月英，等到了許都，阿娘見到妳，一定會很高興。」

黃月英臉一紅，輕聲道：「但願得伯母莫要怪罪我那堂兄……」

黃射嗎？曹朋心中一聲冷笑。這筆帳，早晚還是要算的。

不過自己答應了黃月英，將來不會找黃射的麻煩……但曹朋不找，不代表他不會讓別人找。

要知道，和黃射有恩怨的，可不只曹朋一個人，要說仇視，恐怕魏延才是最仇視黃射的人。魏延現在做的不錯，已經是南陽郡司馬，滿寵對魏延也頗為重視。到時候就算是自己不出面，以魏延那睚眥必報的性格，豈能放過黃射？

用力出了一口氣，曹朋笑道：「妳放心，阿娘絕不會怪妳的……妳看，我阿姐不也挺喜歡妳嗎？」

黃月英聽聞，笑了！

出譙縣後，一路西行。到傍晚時，眾人已經過了賴鄉。再往前，便是寧平縣（今河南鄲城）。依著曹朋的意思，大可趕一下夜路，這樣在午夜過後，便能抵達寧平。

可天剛一黑，夏侯恩就派人過來，告訴曹朋，他準備就地宿營。

曹朋聽聞，不由得一蹙眉頭。讓甘寧等人原地候命，他自往中軍而去。

「子羽將軍，何故駐足？」

「你難道沒看見，天已經黑了。」

「子羽將軍，這裡前不著村，後不著店。而今雖說豫州漸趨太平之勢，可汝南盜匪肆虐，這裡又距離汝南不遠。貿然在此停留，萬一……」

「哪有那許多萬一？」夏侯恩一臉不耐煩的表情道：「就算是有那不長眼的毛賊，憑我胯下馬，掌中槍，也能殺他們一個落花流水。曹都尉，虧你也曾經歷下邳之戰，為何只這點膽子？簡直是丟了司空的臉面。」

曹朋的臉色，騰地一下子沉了下來，「子羽將軍，我好言相勸，乃是為了老夫人和真小姐的安全著想。你如果覺得疲乏，你大可以在此休息。出發之時，曹縣令有令，此行需聽我調派。萬一老夫人出了差池，你我可擔當得起嗎？」

夏侯恩聽聞，冷笑一聲，「文度叔父不過隨口一說，你還真以為你是都尉不成？你想要指揮兵馬，且看看我手下兒郎可願聽從你調遣。曹朋，給你顏面我喚你一聲都尉，你若是再鬧事，休怪我不客氣。」

對這種富家公子哥，曹朋從沒有好感。

「我要面見老夫人！」

「你……」

就在這時，曹暘催馬過來，問道：「發生何事？老夫人派我前來詢問，為何如此吵鬧？」

「沒事……」

「有事！」曹朋厲喝一聲，瞪著夏侯恩說：「你若是想死，沒有人攔你，可不要連累老夫人受驚。」

「你好大的膽子！」

曹朋怒笑道：「我何止膽子大……老子在曲陽殺人過百，靠的就是這個大膽子。夏侯恩，我再說一遍，立刻啟程，不得停留。否則，我就以軍紀處置你……我也不在乎再多殺一人！」

曹朋這一怒，胯下照夜白彷彿感同身受，希聿聿一聲暴嘶。

那聲音，猶如龍吟獅吼，在夜空中迴盪。

夏侯恩部曲的那些戰馬，一匹匹躁動不安起來。

照夜白，那是汗血寶馬，西域龍駒，絕不是普通戰馬可以比擬。配合著曹朋的厲喝聲，牠踏踏踏刨地，口鼻中發出一連串的響鼻。那模樣，就如同是到了戰場上一般，一人一馬，殺氣騰騰。

曹暘連忙道：「曹都尉休要發怒，此事待我稟報老夫人，再做定奪。」

夏侯恩也被曹朋那一聲厲喝嚇得不輕，胯下馬連退數步，方才穩住腳步，惡狠狠的看著曹朋，那目光若是能殺人，曹朋定然被他千刀萬剮。

片刻後，曹暘又趕了回來，「曹都尉，子羽，祖婆有請。」

夏侯恩哼了一聲，撥馬就走。而曹朋則一臉的無所謂，見夏侯恩走了，輕聲啐了一口。

「軟蛋！」曹朋輕聲罵道。

曹暘詫異的回頭，看了曹朋一眼，又看了看夏侯恩的背影，忍不住啞然失笑：「曹都尉，休怪……子羽就是這般脾氣，平日裡雖驕縱了些，但人卻並不壞，你別往心裡去。」

曹朋點點頭，和曹暘催馬來到車前。

夏侯真從馬車上下來，正低聲責備夏侯恩。見曹朋過來，她連忙走到車旁，隔著車窗低聲說了幾句話。

片刻後，就聽車中老嫗開口道：「曹都尉說得沒錯，此地荒涼，非宿營之地。子羽，離開譙縣時，文度是如何交代你的?莫以為你練了幾年槍術，便可以張狂。曹都尉乃久經疆場之人，他年紀雖然比你小，可見識卻高過你。我知你心中是怎麼想。但我卻要警告你，這裡不是譙縣，文度既然託付曹都尉統兵，你一言一行都需循軍法，不可肆意妄為。如果你覺得不舒服，大可以回去。哪一個不肯聽命，就立刻給老身滾回譙縣。老身可不想把自家性命，託付給一群目無軍紀的烏合之眾。」

老夫人聲音雖然不大，可說起話來，擲地有聲。

曹賊 章一

大有來頭

夏侯恩雖說驕縱，也嚇得連忙撲通跪在了車旁，「祖婆恕罪，是姪孫不懂事……姪孫願聽從祖婆的吩咐，服從曹都尉命令。」

祖婆？曹幸喚老夫人『嬸婆』，而夏侯恩竟喚她『祖婆』。不過再一想，似乎也沒什麼奇怪。譙縣曹氏和夏侯氏世代聯姻，其關係算得上是盤根錯節。如果單以輩分論，夏侯恩喚老夫人『祖婆』，倒也沒什麼錯誤。

不過，老夫人既然開了口，那曹朋也必須表現出自己的態度，於是連忙下馬，來到車旁搭手行禮。

「請老夫人勿怪子羽將軍。也是曹朋平日裡隨便慣了，剛才說話也有失禮之處。子羽將軍也是為老夫人著想，擔心這一路顛簸，老夫人受了辛苦，故而……不過，末將以為，咱們大可以在寧平附近的驛站休整。不管怎麼說，那裡距離城鎮不遠，即便是有什麼亂子，寧平縣也可以隨時支援。子羽將軍，曹某剛才無禮，還請將軍包涵。」

夏侯真那略顯蒼白的嬌靨，顯出一抹笑意。

曹朋這一番話，說得可謂是滴水不漏。夏侯恩即便是心中有什麼不快，也只能忍下去……

老夫人在車裡說：「曹都尉，此事怪不得你。子羽是什麼脾氣，老身心裡清楚……他啊，就是平時被驕縱慣了。曹暘，傳老身的話，所有人，包括家丁雜役，必須聽從曹都尉的指揮調遣，哪個敢放肆，老身可不會客氣。子羽，你帶人在前面開路，由曹都尉坐鎮中軍。」

「喏！」夏侯恩臉通紅，答應一聲之後，惡狠狠瞪了曹朋一眼，上馬離去。

曹朋嘴角一撇，哼了一聲。

「曹都尉！」

「末將在。」

「聽說，你此行也跟了女眷？」

「哦，是家姐與……末將的未婚妻。」

「曹都尉已經訂了親？」

「這個……算是吧。」

夏侯真臉上，露出一抹好奇之色。

「若方便的話，可以請她們來老身車上，說說話。小真性子有些悶，這一路上只剩下老身在說了，多些人說說話，也可解這旅途的疲乏……小真啊，祖婆可沒有怪罪妳的意思啊。」

「是小真不曉事。」夏侯真連忙回答。

既然老太太開了口，曹朋也不好拒絕。

不過，他心中越發奇怪：這位吳姓的老太太，究竟是什麼人？要說，夏侯真和夏侯恩可都有些背景。試想，如果夏侯恩沒有背景，曹操又豈能讓他做捧劍官，把『青虹』交他保管？

可無論是夏侯真還是夏侯恩，在老太太跟前，卻唯唯諾諾。

看來這老太太，可是大有來頭！

章二

同宗

不管是膽小也好，謹慎也罷，曹朋坐鎮中軍之後，還是下令在寧平縣留宿。抵達寧平縣驛站，已經是後半夜了！所有人都感到很疲乏，特別是那些譙縣鄉勇，心裡面更是暗地裡詛咒，責怪曹朋的行為多此一舉。

然而天亮後，當寧平縣送來熱騰騰、豐盛的飯菜時，那些鄉勇心裡的埋怨也隨之煙消雲散。

曹朋連夜派人通知寧平縣，請寧平縣準備了飯食和補給。近千人馬，長途跋涉所需要的花費可不少。這筆錢一般不會由車隊本身支出，而是由各地官府支出。

隨後，吃飽了的軍卒們精神抖擻，重又上路。

曹朋和甘寧、闞澤並行，郝昭與夏侯蘭壓陣。前方自有夏侯恩開路，這一路上倒也頗為太平。

寧平縣還派了嚮導為曹朋等人領路。不過可以感覺出來，這寧平縣尊敬的並不是曹朋，而是車中的老夫人。但老夫人的來歷，始終沒有人告知。曹朋也不想問，管她是誰，只要能伺候好，就是大功告成。

車隊重新上路之後，老夫人把曹楠、黃月英也都叫到了車上。曹朋和闞澤跟在車後，甘寧則在中軍指揮。耳聽車中不時傳來歡快的笑聲，曹朋也感到心裡很是愜意。

行出寧平縣之後，是一望無際的田園。

「停車！」車仗正在行駛，忽聽老夫人一聲輕呼。

曹朋連忙舉起手，高聲喝道：「中軍，駐馬。」

前方甘寧、後軍夏侯蘭，幾乎是在同一時間發出命令。曹朋從馬上跳下來，走到車旁，就見夏侯真和黃月英攙扶著老夫人從車上下來，而曹楠則抱著鄧艾，在老夫人身後緊緊的跟隨。

鄧艾已經一歲多了，可以咿咿呀呀的喊出『阿娘』、『阿爹』和『阿舅』來。胖乎乎，粉嘟嘟，一雙溜圓大黑眼珠正好奇的打量周圍。看到曹朋，他伸出胖乎乎小手，口中更發出『呵呵呵』的聲音，似乎想要曹朋抱他。

曹朋顧不上理睬鄧艾，逕自來到老夫人跟前，問道：「老夫人，何故停車？」

「那嚮導何在？」

隨著老夫人一聲詢問，身為寧平三老的嚮導，匆匆上前。

「入春以來，陳郡雨水可豐沛？」

嚮導一怔，連忙回道：「不甚豐沛……入春以來，寧平只下過兩場小雨，但雨量都不太大。」

「那農耕……」

「播種還好，勉強能跟上。但是……」

「但是如何？」

「看今年這樣子，約莫雨水不會太多……就害怕出現旱情。上次雨水是在十五前後，至今已近二十天。往年這個辰光，雨水很充沛。但今年……聽人說，宜祿、項縣、新陽的情況都不是很好。曹太守駐守陳縣，靠著浪湯渠，還算過得去，可其他地方都出現了旱情跡象。」

老夫人點點頭，彎下腰。她從地上抓起一個土塊，捏了一下，立刻酥碎。

曹朋不由得驚奇，詫異的向老夫人看去。前世，他也曾經歷過旱災。曾有一年，熊耳河斷流，兩岸的田地乾裂出如嬰兒嘴巴一樣的口子。可眼前的景色，卻看不出什麼乾旱的跡象，鬱鬱蔥蔥，土地也沒有什麼裂紋。

但老夫人還是能一眼看出端倪，這也使得曹朋不禁暗自敬佩。

「老身年幼時……嗯，好像是永和五年，我方七歲，還沒有入宮……呵呵，那時候我家境貧寒，所以時常隨我阿母一起在田間勞作。那一年的情況，和現在很相似。入春時下了兩場小雨之後，就再也沒有雨水，一直到入秋……陳留顆粒無收，許多人都餓死在田間地頭。阿母曾告訴過我一些望氣的技巧，可以根據土地的乾濕程度來判斷雨水的多少……我十四歲入宮，至今已過去了近一甲子。當年阿母的話，我仍記得很清楚。看著土壤的情況，老身實在有些擔心會出現陳留時期的旱情。如果真有大旱，那麼豫州就又要動盪了。」

這位吳老太，絕對是有故事的人。

望氣之說，曹朋倒是聽說過，但大多時候，都是村中那種類似於祭祀之類的人掌握的技巧。

曹朋是不懂得望氣，甚至看不出這一片繁茂之下所隱藏著的種種危機。不過老夫人有一句話說得沒有錯，如果出現旱情，豫州肯定會出現動盪。他不由得眉頭一蹙，陷入沉思之中。

「阿福，在想什麼？」

「我在想，若真有旱情，當如何解決。」

黃月英想了想，轉身走到自己的馬車旁邊，讓郭寰從車裡取出了一個書袋子，翻出一個竹簡。她打開來，看了看，又輕輕搖頭。

曹朋上前探頭往那竹簡上看了一眼，疑惑問道：「月英，這是什麼？」

「阿福，你可知道畢嵐？」

這名字似乎有些耳熟，他卻不太記得了。

倒是闞澤一旁接話：「黃小姐所說的畢嵐，可是昔日『十常侍』之畢嵐嗎？」

「正是此人。」

十常侍，這個我知道！

不過，曹朋卻想不明白，黃月英突然提起畢嵐做什麼，「月英，好端端，怎麼提起十常侍？」

黃月英聽聞，微微一笑。她剛要開口解釋，卻聽不遠處老夫人說：「曹都尉，咱們走吧……早些到陳縣，順便提醒一下子廉。」

子廉，就是曹洪。

吳老太當眾直呼曹洪表字，更說明了她身分不尋常。

曹朋連忙答應一聲，讓黃月英上車。隨後，他翻身上馬，指揮車隊繼續行進。而黃月英則回到了自己的車上，再也沒有出來過。

當晚，車隊抵達陳縣。

天已經黑了，曹洪卻帶著陳郡大小官吏，在陳縣城外恭候。一見車仗，曹洪徒步上前，顧不得和曹朋招呼，逕自來到了老夫人的馬車旁，恭聲道：「姪孫曹洪，恭迎祖婆。」

「子廉啊，我一個孤老婆子，當不得這般大禮。咱們用不著這些虛透巴腦的東西，我就不下車了……咱們先回去，我有些事情要和你說。」

「謹遵祖婆教誨。」

曹洪此時此刻毫無半點矯揉做作之態，連忙下令讓迎接的官員散去，他親自上了馬車，為老夫人做馭手。

曹朋呢，則趁機與鄧範見禮：「大熊，這邊一切安好？」

「哈，沒什麼不好，還算不錯。」鄧範看上去精神許多。如今他身為陳郡兵曹史，也算是實權人物。曹洪顧不得介紹，但鄧範還是拉著曹朋，為他引介陳郡官員。羅德，就不用介紹了！和曹朋在下邳時便已熟識。如今羅德忝為陳郡司馬，算是鄧範的上官。其餘陳郡大小官員，一一和曹朋見過，但是卻沒有一個熟悉的名字。

待見過之後，羅德和鄧範拉著曹朋，說是要為曹朋接風。本來曹朋並不太想去，可是耐不住兩人的熱情，而且和鄧範分別也有些日子，所以不好拒絕。於是他和曹楠、黃月英交代了一下之後，便帶著夏侯蘭和甘寧，隨羅德和鄧範一同離開。闞澤和郝昭則在陳郡官吏的引領下，保護著車仗，進入陳縣縣城。一千兵馬雜役家丁，全部被安排到了陳縣校場。

在曹洪面前，夏侯恩也好，曹暘也罷，都沒有說話的資格。兩人留守在校場之中，未得命令，也不敢妄為。

「大熊，我們在路上，聽說陳郡入春以來，似乎雨水不足？」

「啊，你也聽說了？」

酒宴中，曹朋問起了旱情。

鄧範倒也沒有隱瞞，點頭道：「據說今年入春以來，雨水比往年的這個時候少了很多。不過陳縣的情況好一些，浪湯渠水量很大，暫時沒有太大的問題。不過曹太守已下令，沿浪湯渠兩岸挖水渠蓄水……其他地方，目前還沒有得到報告，想必問題也不會特別嚴重吧……」

「那陳郡以外，情況如何？」

「這個倒不是很清楚。」鄧範疑惑的問道：「阿福，你怎麼對這件事如此感興趣？」

曹朋把路上吳老夫人的言語重複了一遍，羅德和鄧範也不禁露出了凝重之色。

「想必，老夫人會和曹太守提及，不過單靠挖水渠蓄水，恐怕不一定有用……水渠一定要挖，而且要多挖一些。若人工不足，你們可以向曹太守請命，讓手下軍卒出動。這種事，有備無患。」

鄧範和羅德相視一眼，齊刷刷點頭。

「對了，那位吳老夫人，究竟是什麼人？」

羅德一怔，「曹都尉，你居然不知道吳老夫人的來歷？」

「我需要知道嗎？」

「你可真是……老夫人，乃曹公的養祖母。」

「養祖母？」

羅德壓低聲音道：「這件事，知道的人並不是太多。我也是在接到譙縣文書之後，聽都護將軍無意間提及。你應該知道曹公的出身吧？」

「譙縣曹家，我當然知道。」

「那你也應該知道，曹公之父巨高公的來歷吧？」

巨高公，也就是曹嵩。

曹朋愕然片刻，猛然醒悟，明白了羅德話中之意。

《三國演義》裡面曾提到過，曹嵩本姓夏侯，後來過繼給了當時的大太監，中常侍，大長秋曹騰。以至於《三國演義》中，曾反覆罵曹操是閹黨之後。

其實，曹騰這個人在東漢末年，聲譽不差，也不是什麼十常侍。他輔佐四朝，在桓帝時期致仕。在任三十多年，歷經四帝，未曾有太大過失，而且他還為朝廷舉薦了不少的能人。陳留的虞放、邊韶，南陽的延固、張溫，弘農的張煥，潁川的堂溪、趙典……這些人皆出自曹騰的推薦。

曾有益州刺史种暠，彈劾曹騰，說他貪汙受賄。可是曹騰知道後，非但不怪，反而提拔了种暠。

自曹騰之手，出過兩個太尉：一個種暠，另一個就是張溫……

可以說，曹操在最初出仕的時候，殺蹇碩的叔父，治理雒陽，惹出那麼多禍事，卻能平安無事，只是被罷免了官職，調離雒陽，其中若無他祖父曹騰的餘蔭，恐怕也難以全身而退。

曹騰的好壞，可以先放到一旁。倒是曹嵩的出身，一直是一個歷史謎題。

《三國志》也沒有詳細說明，不過根據當時的狀況，夏侯家雖然和曹家世代聯姻，可曹騰尚有兄長，下有兄弟，即便是要過繼，也不可能過繼夏侯家的人。曹嵩，更有可能是曹騰兄弟的兒子，然後過繼到了曹騰的身邊。畢竟，曹操後來和夏侯氏之間通婚密切。東漢末年，同姓不得通婚，如果曹操真的是夏侯家的子弟，那麼他也必然會遵循這樣一個規矩……

這些都是閒話。

「你是說，吳老夫人是騰公的……夫人？」

「呵呵，正是！」

一太監，居然還結婚，有老婆？曹朋有點迷糊了！但又一想，這太監也是人，吳老夫人在宮中生活，若沒有個靠山，恐怕也未必能活下來。

對食！一定是這樣。

曹朋曾在一些文學作品中，看到過『對食』這種事情。想來吳老夫人和曹騰，就屬於『對食』。後來曹騰致仕，因其擁立之功，桓帝賜婚吳老夫人與曹騰，似乎也說得過去。要知道，曹騰後期雖然是權力有些削弱，但在皇帝心裡，還是頗有功勞。曹騰被封為費亭侯，死後他的封地被曹嵩繼承。由此可以看出，曹騰在桓帝的心裡，還是占著一個極其重要的位置……

曹嵩從小被吳老夫人撫養長大，那豈不就是曹操的養祖母？

「聽太守說，曹公對老夫人視若親生祖母，極為尊敬。老夫人不太理外面的事情，但如果開口，曹公必然遵從。」

曹朋心領神會……

吃完了酒水，已快子時。曹朋熏熏然回到驛站，正準備去休息，卻意外發現黃月英的屋子裡還亮著燈光。

「小鸞，小姐還沒有歇息？」

步鸞紅著小臉，攙扶著曹朋，輕輕點頭。「小姐下車之後，便在房間裡沒有出來過。連晚飯都是在房間裡用，我和小寰姐姐去探望，就看見小姐拿著一卷書翻看，還寫寫畫畫。」

曹朋搔搔頭，在步鸞的陪同下，來到黃月英的房間門口。

郭寰正靠在門旁打盹兒，聽到腳步聲，她驀地醒來，見是曹朋，連忙上前行禮：「公子！」

「小姐在屋中做什麼？」

「不知道，小姐讓我們在外面不許進去，說是會打攪她。」

曹朋疑惑不解，搞不明白黃月英究竟是在琢磨什麼事情。於是他上前，輕輕叩響了房門……

「誰！」

「是我。」

屋中響起了一陣腳步聲，緊跟著房門拉開。只見黃月英一皺眉，「阿福，你又吃酒了！」

曹朋呵呵笑道：「五哥他非要拉著我，我也不好推卻……對了，這麼晚了，妳怎麼還不休息？」

黃月英眼睛一亮，一把拉住了曹朋的衣袖。「阿福，你來得正好，我正有事情想要和你商量。嘻嘻，這件事你一定要幫我才行……嗯，你一定能幫到我，對不對？」

「幫什麼？」曹朋一頭霧水，被黃月英拉進了房間。

房間裡有些凌亂，地上擺放著各種各樣的竹簡、書卷以及亂七八糟的圖紙。乍一進來，根本就感覺不出這是女孩子的房間。事實上，按照黃月英的說法，她在江夏老家有六個侍婢，一開始曹朋還不明白要那麼多侍婢做什麼，但後來根據黃月英在海陵的生活狀態，曹朋終於明白了其中的蹊蹺。

如果不經過訓練，六個侍婢說不定還不夠呢！

黃月英生活上有些大剌剌，別看人很機靈，可經常會犯迷糊。特別是在她思考問題的時候，那迷糊就更加厲害。基本上是走到哪兒，就邋遢到哪兒，如果沒個婢女跟著，還真成問題。

幸虧步鸞和郭寰都識字，而且也都很機靈。有這兩人跟著，黃月英倒也不至於顯得太邋遢。不過，她折騰的勁兒很大，這才多大的工夫，房間裡已經被弄得是亂七八糟。黃月英本人似乎並沒什麼感覺，如同跳舞一般，在凌亂的房間裡跳動，很快便走到書案旁邊坐下。

「阿福，快來。」

曹朋走過去在黃月英對面坐下。書案上也弄得亂七八糟，有白紙，有曹朋當初在棘陽時做的炭筆……

「月英，妳這是……」

「你先別說話，看看這個。」她把一張圖紙推到曹朋的面前，臉上寫滿了期盼。

曹朋拿過來，仔細看了片刻，抬起頭問道：「這是什麼？」

「翻車！」

「哦？」

黃月英興奮的說：「還記得日間我和你說過的畢嵐嗎？」

「呃……那個十常侍嘛。」

「對，就是他！」黃月英說：「其實，畢嵐這個人也沒有外面人說的那麼不堪。至少他的機關術，堪稱一絕，連阿爹也非常讚嘆。我阿爹說，若非有這手本事，畢嵐也坐不到十常侍的位子。其奇思妙想，堪比戰國時的機關大師墨翟。只不過這個人的德行，實不足人道。」

「慢著慢著，妳究竟想說什麼？」

見黃月英越說越興奮，而話題也越扯越遠，曹朋連忙擺手制止。

黃月英尷尬一笑，輕聲道：「中平三年（西元一八六年），畢嵐為了討先帝歡心，曾設計出一個灑水的器具，就是翻車。據說可以以此工具，汲取河中之水清灑街道，事半功倍。阿爹聽說之後，便託人打聽。可是這『翻車』是畢嵐精心打造，獻於先帝，以至於最後阿爹使人費十萬錢才拿到了模型。我當時記得很清楚，阿爹對翻車讚嘆不已。還說畢嵐之才非同一般，只可惜用錯了地方……」

「後來，阿爹根據翻車的模型，進行了一些小小的改動，並用於我家中的田地裡，可以很輕鬆的將河中的水汲取出來，用以澆灌田地。可你也知道，江夏不缺水，所以用處也不大。後來阿爹覺得無趣，便把那翻車給毀了……不過大致的形狀和構造，我至今仍記得一些。」

「慢著慢著，妳說伯父曾造出水車？」

「不是水車，是翻車！」

曹朋再次拿起圖紙，仔細的觀看一陣子。黃月英的畫工非常出眾，曹朋覺得這水車還真有些眼熟。

孔明車！沒錯，就是孔明車的雛形。

記得前世他曾在成都遊玩，具體是哪個古蹟已記不清楚，不過當時他的確是看到了一座水車。根據導遊介紹，這水車是諸葛亮發明改進，並在蜀中進行推廣，所以叫做孔明車。其造型，和眼前這幅圖紙上的翻車，頗為相似。

曹朋不由得搔了搔頭，啞然失笑：「月英，妳要做水車嗎？」

「都說了，這叫做翻車……嗯，不過水車這個名字，倒也妥帖。」

黃月英興奮不已，俏麗粉靨，透出燦爛笑容，「你說，如果能造出翻車，能否解決旱情呢？」

「這個……」曹朋陷入了沉思。

中國，自古以農立國，水利是農業中最不可缺少的一環，所以關於水利工程的設計層出不窮。而其中，水車的發明，無疑是凝聚了華人智慧的巨大創造。

相傳，民間最早的汲水工具，名叫桔槔。

《莊子．外篇．天地篇》中，曾記載孔子的學生子貢南遊，途中路過漢陰時，見一個老丈辛苦的抱甕汲水灌溉，於是子貢心生憐憫，便設計了一種省力的器具，名曰之『槔』。其製作的方式，就是『鑿木為機，後重前輕，挈水若抽，數如沃湯』。也就是把一根橫木支在木架上，一端掛著汲水的木桶，一端掛著重物，類似於槓桿原理，來節省汲水的力量。這桔槔，也就是水車的雛形。

不過，水車真正的出現則是在東漢末年，由畢嵐發明。後來經由諸葛亮改造，也有記載說是馬鈞改造。但不論是誰改造，翻車也算是正式出現。

由於馬鈞所處的環境和諸葛亮不同，所以兩者也有一定的區別。比如孔明車，更利於江南汲水，而龍骨翻車，則適合在北方汲水……

隨後在唐宋時期，出現了筒車，配合水池和連筒，隨低水高送，功效更大，而且還節約了人力。到元明時期，水車繼續發展，出現了齒輪等元件，並依據風土地勢，發明了水轉翻車、牛轉翻車等各種器具。然後，有清以來，中國水車的發展就停滯不前，至於其原因嘛……

「月英，其實我覺得咱們可以做的更好。」

黃月英聽聞，眼睛一亮。「怎麼做？」

曹朋拿起炭筆，在手中轉了兩圈。

炭筆，經過黃月英的改進，從炭中提取炭條，而後用一根半公分粗細的鏤空木條承載。裡面裝了一個塞子，當炭筆筆頭用完的時候，可以透過塞子的推動，將炭條推出木條，繼續書寫。這種設計，正是出自黃月英的手筆。

曹朋把玩了片刻，也不得不感嘆月英的心思靈巧。他閉上眼睛，沉吟片刻之後，畫出了一張圖。不過，他的畫工肯定是比不得黃月英那般出眾，好在他可以進行解釋。

前世，剛開始工作的時候，曹朋曾因為一個案子，前往蘭州市的皋蘭縣押送一個犯人。犯人交接之後，當地的同行帶他遊玩皋蘭，領略皋蘭的風土人情。同行帶著曹朋，參觀了一架老虎車。老虎車也是水車，又名蘭州水車、天車。同行當時頗為自豪的介紹，說這架天車，是國內最早的一架天車，而發明這架天車的人，就是明代嘉靖年間的皋蘭人，段續。

這段續曾得進士及第，博學多才。遊宦南方數省，致仕後，參考南方所見，創蘭州水車，可倒挽黃河之水以灌溉田地。其形狀，與當時南方的龍骨水車不太一樣，外形酷似巨大的古式車輪，其輪輻直徑大到二十米，小到十米，可提水至十五到十八米的高處。

曹朋當時聽著同行頗自豪的介紹，也不禁為之好奇。離開嵐皋縣的時候，當地同行還送了他一架蘭州水車的模型，並附有一張圖文介紹。後來那模型，隨著家破人亡，也化為灰燼。

其中具體的資料，曹朋肯定是記不太清楚，但是其輪廓外形以及一些簡單的構造，他至今仍能回憶一個大概。他依照著蘭州水車的外形，畫出一個簡陋的輪廓圖，而後向黃月英一一解說。遇到他記不清楚的地方，他就囫圇吞棗的含糊過去，可即便如此，也使得黃月英眸光閃亮，透著一股興奮之色。

「阿福，你這是怎麼想到的？」

「這個嘛……妳也知道，中陽山周圍無水，有時候我看人汲水辛苦，所以就胡思亂想。」

「嗯，你這個設計，比我這個好。」黃月英說罷，卻又露出苦惱之色，「只是這個東西複雜得很，一時間也不好造出來啊。而且，這麼大的翻車，似乎有些，有些……」

黃月英說不上來。

蘭州水車的設計，是段續根據明代時皋蘭的特點設計而成。當時的蘭州，可比不得三國時期的蘭州。東漢末年，蘭州名金城郡，雖然也很荒涼，但水草豐茂，是羌漢混居之所。所謂苦寒，說的只是生存條件不好。要知道，金城郡雖是西涼，可也算屬於關中地區。所謂八百里秦川，富庶天下，得關中者，得天下……一直到唐末，關中才算是徹底荒敗，由此進入南北爭鋒的歷史階段。而在此之前，逐鹿天下，大都是東西爭雄，自漢以來至隋唐，大都如此。

曹朋想了想，「這個水車倒也不著急馬上設計出來。當務之急，是能夠把這翻車完善，如果確實遭遇大旱，可以馬上投入使用，以緩解災情……而後，可慢慢改進。」

黃月英想了想，用力的點頭。「我有些操之過急了！」

她說完，拿起圖紙又看了看，小心翼翼收拾起來，然後把自己剛才畫的孔明車圖紙在書案上鋪好。

「阿福，再幫我看看，有沒有什麼好主意？」

曹朋這時候，酒勁往上走，眼皮子直打架。不過看黃月英興致勃勃，他也不好過分拒絕，於是強打精神，陪著黃月英討論水車的改進。

其實，曹朋哪裡懂得這些？

一開始，黃月英還詢問他的意見，到後來，基本上不再理睬曹朋。終於，曹朋忍不住濃濃倦意，趴在書案上睡著了。可一覺醒來，他卻發現自己身上披著一件大袍，黃月英頭枕在他的腿上，沉沉熟睡。而擺放著書案上的圖紙上面，寫著密密麻麻的小字。

天，已泛魚肚白。

看著黃月英臉上的倦意，曹朋不由得有些心疼。他伸出手，輕輕撥弄月英的髮絲，卻見月英動了一下，翻了個身，又匍匐在他腿上熟睡。

這丫頭，估計是一夜未睡！

曹朋把身上的大袍取下，披在了黃月英的身上，而後拿起書案上的一張張圖紙，仔細觀瞧。

房門輕響，步鸞走進來，看到眼前的一幕，她不由得臉一紅，差一點失聲叫喊出來。卻見曹朋把手指放在嘴邊，『噓』了一聲。

「小姐一夜未休息，讓她再睡一會兒。」

「嗯。」步鸞紅著臉，輕輕點頭。

「把這些都收拾好……小鸞，記得在廚上溫一碗粥，一會兒出發前，讓小姐吃下。還有，別壞了這些東西，一定要保存好。月英這一夜的心血都在上面，可別弄亂了。」

「小婢知道。」步鸞輕手輕腳的收拾圖紙和地上的竹簡、書卷，一邊用眼角的餘光，偷偷打量曹朋和黃月英。只見月英小臉紅撲撲的，透著甜美的笑意，而曹朋，則小心翼翼將她額前的髮絲撥動，臉上寫滿了柔情。

公子待月英小姐，可真好！

步鸞心神一亂，一下子撞在了旁邊的床榻上。

曹朋抬起頭，『噓』了一聲，朝著步鸞輕輕搖頭。那模樣，足以使步鸞雙頰登時透出羞紅。

近辰時，曹朋得到命令，老夫人準備出發。他連忙下令車馬準備，而後頂盔貫甲，跨坐上了照夜白。

黃月英似乎沒有睡醒，看上去有些昏沉沉，一臉的迷糊樣子。上了馬車之後，她就取出那些圖紙，又開始苦思冥想起來。

「阿福，月英這是怎麼了？」曹楠忍不住，輕聲問道。

「她在想事情……阿姐妳莫怪她。」曹朋解釋道：「月英就是這樣子，一旦開始思考問題，總有些迷迷糊糊，好像什麼都不重要。」

「這丫頭……」曹楠嘆了口氣，招手示意郭寰過來，叮囑道：「妳和小鸞跟著月英，別讓她再鬧出亂子。」

早上曹朋去換裝的時候，黃月英拿著一張圖紙，幾乎魂不守舍，差一點把一枝炭筆吃進肚子。曹朋對此也頗有些無奈，只能讓郭寰和步鸞盯著黃月英。

陳縣城外，老夫人在曹洪畢恭畢敬的攙扶下，登上了馬車。

「阿福，嬸婆年紀大了，此去許都一路，還要煩勞你多照應。」曹洪拉著曹朋的手，鄭重其事的囑咐道。見四周沒有什麼人留意，他突然放低聲音：「嬸婆性情剛烈，最不喜歡人迎奉。她對你印象不錯，昨天可是對你大加稱讚。你可別亂來，該怎樣就怎樣，只要照顧好就行，別讓她覺得你是刻意所為……」

曹洪對我，還真不賴！

曹朋搭手一揖，與曹洪道別。接著他舉起手，高聲喝道：「傳我命令，出發！」

夏侯真也是個美人胚子，只是給人的感覺有些不太尋常。與黃月英的開朗、郭寰的機靈、步鸞的溫柔，乃至於包括呂藍那種略帶著一絲刁蠻的嬌憨相比，夏侯真更多的是一種沉默，一種說不清楚、道不明白的沉默。吳老夫人說她悶，倒也不是亂說。事實上和夏侯真接觸，會讓人感覺到壓抑。

「其實真小姐挺可憐。」

在行進的途中，曹暘和曹朋並行。

年紀上，曹暘比曹朋大些，不過他能力一般，並沒有出眾之處。所以雖然也是譙縣曹氏族人，但功名不算太好，二十多歲卻還只是個軍侯。不過似曹暘這樣的曹姓宗族子弟，還有許多。

曹朋問：「此話怎講？」

向兩邊看了看，曹暘壓低聲音道：「曹都尉，你的馬，應該是夏侯將軍的照夜白吧？」

「是。」

「那你應該和夏侯將軍不算陌生。」

屁，老子見都沒見過夏侯淵！

不過曹朋不置可否，扭頭向曹暘看去。

曹暘說：「真小姐是夏侯將軍的姪女。夏侯將軍當年有一兄長，走得早，只剩下真小姐母女。那時候夏侯將軍的情況也不甚太好，但為了照拂真小姐母女，他甚至把長子送給他人養活……我說的可不是夏侯伯權。說起來，伯權應該是次子……長子甚至連名字都沒有，如今生死不知。為此，真小姐背負了很大的壓力，夏侯夫人對她母女，也一直懷著一絲怨恨。」

「原來如此！」

「不過，夏侯將軍待真小姐母女很好。但越如此，真小姐……」曹暘嘆了口氣，看了一眼前面的車仗。「如今真小姐的阿娘走了，只餘下真小姐，日後定然更加尷尬。真小姐人挺好，也很善良，才學也好。但長此以往下去，難免會生出事端，終究非長久事。」

看得出，曹暘對夏侯真懷同情態度。

他說的這番話，也是發自肺腑的感慨，原因嘛，很簡單。以前夏侯真老娘活著，還有個依靠；可現在，母親過世，她就變成孤零零一人，夏侯淵即便對她再寵愛，也難免有照顧不周的地方。而且夏侯淵常年在外，夏侯真整日接觸的是夏侯淵的夫人，也就是環夫人的妹妹，這夏侯夫人對夏侯真有怨恨，她的日子怎能好過？

可惜，曹朋對此也無能為力……

從陳縣出發，沿官道繼續行進。一天後，他們繞過了長平縣，直接從赭丘城（近河南西華所屬）旁穿行，直奔許都方向。到第三天，車仗行駛到一個名叫辰亭的地方，這裡距離許都，也就是兩天路程。辰亭位於陳郡邊緣地帶，過了辰亭，就是潁川郡治下。準確的說，辰亭已經是潁川郡治下，歸屬於新汲縣所轄。但辰亭距離新汲，尚有六、七十里的路。

天已經晚了！這一路雖說是順風順水，而且在過了陳縣之後，治安明顯好轉。但曹朋還是不敢掉以輕心，反而越發小心謹慎起來。

行夜路？打死都不幹！沒事也就罷了，萬一有事，那就是大麻煩。更何況隊伍中還有個曹操的養祖母。當年曹嵩被殺，曹操血洗徐州。而今若出了麻煩，自家小命難保。

在表面上，曹朋並沒有去刻意迎奉吳老夫人，甚至對曹楠，他也刻意隱瞞了老夫人的身分，以免曹楠露出什麼馬腳。總體而言，老夫人對曹朋姐弟也很看重，一路上和顏悅色。可越如此，曹朋就越發小心謹慎。

「今夜，就留宿辰亭。」

「留宿辰亭嗎？」

夏侯恩雖說有些不滿，但老太太之前已經表明了態度，他即便是有所不滿，也不敢肆意妄為。於是，隊伍便在辰亭官驛停下。

甘寧、郝昭指揮人馬安營紮寨，而夏侯蘭則派出斥候，打探四周。

老夫人自然不會居住在軍營之中，不過既然是官驛，也就不需要擔心沒有住所。辰亭亭長恭敬的把老夫人一行迎入亭驛中休息，曹朋和闞澤兩人也一同住在亭驛，負責警戒守衛。

「阿福！」

曹朋剛安排好守衛，便被曹楠拉到房間裡。

「你知道，今天老夫人和我說什麼了嗎？」

「說什麼了？」曹朋疑惑的看著曹楠，搖了搖頭。

曹楠嘿嘿笑了，「今天我和老夫人說起了咱們的姓氏。老夫人說，咱們和司空說不定是同宗。」

「哦？」

曹楠說：「不過我馬上就反駁了老夫人。」

「妳怎麼說的？」

「我說，咱們的先祖，和司空肯定不是同宗。老夫人就問我原因，我就把咱家的族譜告訴了老夫人。」

「咱家的……族譜？」曹朋一怔，脫口而出道：「咱家有族譜嗎？」

「廢話，怎可能沒有族譜？不過那族譜一直是阿爹收藏，所以你沒有見過。等你將來長大了，能撐得起門戶了，阿爹才會讓你知道……不過，我卻看過族譜，嘿嘿，你都沒有見過。」

「妳見過族譜？妳又不識得字。」

曹楠一聽，頓時露出一絲怒色，抬起手在曹朋的腦袋瓜子上輕輕敲打了一下。「我雖然不識字，可我不會問嗎？」

「問誰？」

曹楠呼了一口氣，輕聲道：「你足月的時候，阿爹帶著我，去舞陰請先生續族譜，把你的名字填上。我當時就在旁邊，看先生寫名字，然後我就問先生，我們那族譜上都有什麼人。你猜先生怎麼回答？」

曹朋苦笑道：「這個我哪能猜到？」

「嘿嘿，先生說當年咱們祖上也是鼎鼎大名的人物。」

「哦？」

「就是曹參曹丞相！」

曹朋聽聞，一個愣神。「哪個？」

「就是興漢的曹丞相，曹參。」

「咱祖上，是曹參？」曹朋忍不住問道：「阿姐，妳沒搞錯吧？」

「這我怎麼可能記錯？先生說，我阿爹是曹丞相第十八代玄孫，而你就是第十九代……咱們是曹丞相第四代子孫的後裔，因為犯了事情，所以喬遷南陽，以躲避災難。所以，老夫人說咱們和曹司空同宗的時候，我立刻表示不贊成，還把咱家的族譜和老夫人說了。」

曹朋目瞪口呆，看著曹楠半晌說不出話來。

曹楠如此，倒也情有可原。別看她是鄧稷的妻子，可說穿了，骨子裡還是個小市民的性子。曹楠知道曹操，但是卻不是特別清楚曹操的出身。鄧稷呢，也不會和她說這些事情，她也不會去隨意打聽。

問題是，曹操不也自稱是曹參的後代嗎？

「老夫人怎麼說？」

「老夫人倒是沒說什麼，只不過笑了笑。咱祖籍是在沛縣，曹司空是譙縣人，怎麼可能是同宗嘛。不過我覺得，老夫人倒是沒生氣。」

曹朋輕輕拍了拍額頭，「沒生氣就好。」他想了想，道：「阿姐，趕了一天的路，想來妳也疲乏了，且先去歇息，明天一早還要動身。不過，以後再和老夫人說話時，可別亂說了。老夫人的脾氣咱們不清楚，萬一惹怒了她，可是會有麻煩。」

曹楠不以為然，但並沒有反駁。

送曹楠去休息之後，曹朋抱著鄧艾，在軍營巡視了一圈。鄧艾似乎對軍營裡的一切都很感興趣，那雙烏溜溜的眼睛好奇的左看看、右瞧瞧，不時的呵呵呵發笑。

曹朋腦袋裡有點亂，曹楠剛才和他說的那些話，讓他感覺有些突兀，他還真不知道自己家裡有這麼一份族譜，更不清楚自家祖宗究竟是哪一位。一直以來，他都以為他的這個『曹』，並非曹操的『曹』。不過是偶然同姓，應該沒什麼關聯。沒想到……

原來，他的祖籍不是中陽山，而是沛縣！這倒是真的有些出乎了曹朋的預料。

但又一想，即便是同宗，又能怎樣？說出去，還不是被人以為攀龍附鳳？再說了，曹操也未必肯認下這門親戚。按照曹楠的說法，曹朋是曹參的第十九代玄孫，也是曹參第四代子孫的分支。這中間差了十五代，隔了至少也有一、兩百年的時間，再親的親情也都不復存在。

天曉得，曹操又是曹參的幾代子孫？

想到這裡，曹朋啞然失笑。乍聽時，還真是有些激動，可細一想，也沒什麼。劉備還是漢景帝的後裔呢，結果呢？到頭來不也是靠著賣草鞋為生？

同宗，可未必會同心……所以還是別去想那些有的沒的事情，老老實實做好自己的本分才是最重要。想到這裡，曹朋再次苦笑搖頭。

一隻小手，掐著曹朋的臉蛋。

嗯！手勁兒還不小……曹朋從沉思中醒來，就見鄧艾在他懷中瞪著大眼睛，伸著胖乎乎的小手，正在掐他。他不由得笑了！

「小傢伙，這麼小就學會掐人了？」說著，他突然把鄧艾拋起，而後接住。

鄧艾咯咯笑著，似乎一點都不害怕，張牙舞爪的，想要去抓曹朋的耳朵。

「噗嗤！」遠處傳來一聲輕笑。

曹朋抬起頭，順著笑聲看去。迴廊上，夏侯真捂著嘴，正偷偷的發笑。

「真小姐！」

「曹都尉。」夏侯真臉一紅，連忙還禮。

她的聲音柔柔的，很悅耳。不過人很害羞，話未出口，桃腮透紅。

「祖婆有請。」

「啊？」曹朋一怔，旋即反應過來，夏侯真口中的『祖婆』，就是那位吳老夫人。「真小姐，老夫人還沒有歇息？」

「沒有。」

「那妳知道，老夫人找我有什麼事情嗎？」

夏侯真搖了搖頭，「祖婆的心思，做晚輩的怎好妄自推測？曹都尉若沒什麼事，快些去吧，莫讓祖婆等得久了。」

「呃……待我把小艾送還我阿姐，便過去拜見。」

「嗯！」夏侯真扭頭想要走。

夜色中，那一襲白裙，襯托出婀娜姿態。她年紀雖然不大，卻頗有一種別樣的韻味。與大多數同齡的小姑娘不一樣，曹朋可以感受到夏侯真心中的那一絲低落和抑鬱。

當初在許都初見時，多麼活潑的小姑娘。只一年，卻變成了這副模樣。

曹朋不知道該怎麼去勸說夏侯真，鬼使神差似的開口道：「真小姐，那隻小白兔還好嗎？」

「嗯？」夏侯真一怔，眼中閃過一抹迷離之色。「小白白，沒了！」

沒了？這個答案可是很模糊，是死了，還是跑了呢？

可曹朋又不好多問，沉默了片刻，輕聲道：「真小姐，開心一些，否則小白白一定很難過。」

「真的？」

「嗯！」曹朋道：「我相信不管小白白如今在何處，牠一定希望妳能快快樂樂，而非滿腹心事……其實沒什麼大不了的。妳看，環夫人很關心妳，還有妙才將軍，我相信他也一定很關心妳，只是有時候他們不會表達。妳越是這樣子，他們心裡就越難受，越是牽掛。不管是為了別人還是為了自己，都應該把心放寬一些，多開心，多笑……如果真的悶了，不妨找個人說說話。有時候，當心煩或者不痛快時，找個人傾訴一下，也滿不錯。」

夏侯真垂下螓首，曹朋依稀可以看到她眼角閃動的晶瑩。

「那，兔子哥哥願意聽我說話嗎？」

「呃……我相信，他一定很樂意陪一個小美女聊天。」

這句話，聽上去有些輕浮。

夏侯真臉一紅，扭頭一路小跑著走了。

呸！這不是坐實了老子『兔子哥哥』的稱呼嗎？我討厭兔子……

曹朋一隻手抱著鄧艾，一隻手撓撓頭。一不小心，被鄧艾揪住了耳朵，疼得他一陣鬼哭狼嚎！

把那個愛揪人耳朵的小魔王還給了曹楠，曹朋逕自來到老夫人的住所。通報之後，他走進了老夫人的房間，卻見老夫人正半倚在榻上，書案上擺放著一口小鼎，裡面燃著西域香料，氣息格外芬芳。

「曹都尉，坐！」

曹朋連忙客套，在一旁坐下。

「聽說，曹都尉你之前在下邳，曾犯了事？」

「啊……這個……確有其事。」

「那你現在，可知錯嗎？」

曹朋愕然，不由得沉默下來。他放走了呂布的家小，按道理說，殺頭的罪過也不算誇張。可若說後悔，他還真不覺得……特別是在海上為呂布一家送行的時候，他的心裡感到很滿足，雖然他無法改變呂布的命運，但至少使得呂布的家小獲得了新生。特別是貂蟬，不至於讓她像個貨物一樣，被人饋贈。可是，在老夫人面前，他又該怎麼回答？是悔，還是不悔？

片刻後，曹朋抬起頭。他剛要回答，卻見屏風後方探出一張俏麗的小臉，朝著他搖了搖頭。

是夏侯真！

她搖頭，又是什麼意思？

曹朋想了想，開口道：「曹朋知罪，但不後悔……」

「哦？」

「呂布此人，品行甚壞。然則，他誅殺了董卓，與社稷有功。其他不說，他那一身武藝，足以令人敬服，我很欽佩呂布的勇武。人常言，禍不及家小。可呂布死了，他的家小必然會受到牽連。我實不忍心見此事情發生……所以，即便是時光倒流，讓我重新選擇，我也會選擇去救呂布的家人……」

「你不怕死嗎？」

「我……怕！」

「那你還敢這麼說話？」

「朋以為，不管是什麼人，心裡總是要有些堅持。若無堅持，何異於行屍走肉？呂布的確是不足以饒恕，可不管怎樣，在我與姐夫初至海西時，他曾幫我過。不管他是出於什麼心思，哪怕他後來曾攻打海西，與我鏖戰曲陽，可恩就是恩，有恩不報，與禽獸何異？小子非是講什麼大義，只是知道這做人的一點原則。」

老夫人的臉，沉下來。「曹朋，你知老身何人？」

「知道。」

「那你還敢如此放肆？」

曹朋深吸一口氣，突然間笑了，「非是曹朋放肆，只是不忍欺騙夫人。」

「你以為，你與阿瞞同宗，便可以囂張嗎？」

「啊？」曹朋愣了一下，旋即笑道：「老夫人，這同宗之說……呵呵，說實話我還是剛聽我阿姐提起。不過一隔百年，哪裡還有那許多的親情可言？在此之前，我一直以為我祖籍中陽山。司空若怪罪我，我甘願受罰。但即便是司空當面問我，我也會如此回答……小子只這點蠻性，有些時候難免會觸犯律法。」

老夫人目光灼灼，凝視著曹朋，一言不發。

半晌後，她突然道：「山不在高，有仙則名，水不在深，有龍則靈……斯是陋室，唯吾德馨。阿福，要說年紀，你可算我曾孫輩兒了。老身索性托個大，就叫你一聲阿福。其實在陳縣時，子廉雖沒有說明，但言語間頗有些想要為你求情的意思。子廉這孩子，人不差，雖有些貪婪，但能被他看重，大抵也有可取之處。不過，你別指望老身會為你求情。我只是個孤老婆子，那些什麼大義啊、什麼道德啊，老身不懂。而且，阿瞞的事情，我從不過問。」

「小子明白。」

「你才學很好，那篇《陋室銘》，老婆子也很喜歡。」

「此小子的榮幸。」

「可你要清楚，這世上才學出眾、德行好的人，多如過江之鯽。」

「小子明白。」

「你能明白這些，那最好……老身這一輩子，見到的名不副實的人太多了……你能有所堅持，這是一樁好事。老身只希望你能堅持下去！既然你已做出選擇，日後的路必然艱辛，你能堅持嗎？」

曹朋大聲道：「我能！」

「好了，老身今日胡言亂語了許多，也有些乏了。」

「那小子告退！」

其實，對於吳老夫人的這一番言語，曹朋還是有些不太明白。但老夫人明顯不想再說下去，他也不好詢問。

躬身退出房間，曹朋長出了一口氣。

老夫人笑咪咪的說：「這小子，不差。」

「祖婆……」夏侯真從屏風後轉出來，半倚著床榻。

「丫頭。」

「嗯。」

「可惜了，已有了婚約，那個黃家小姑娘也不錯……否則，老身倒是想為妳，說一門親事。」

「祖婆！」夏侯真的臉騰地一下子紅了。她年紀雖然小，可是情竇初開，也聽得出老夫人話中的意思。

「丫頭啊，妳是個苦命的孩子。如今老身還能照拂妳一二，可將來……老身一直想給妳找個依靠，等老婆子走了，妳也不至於孤苦伶仃。可惜，好不容易有個合適的，卻已經……」老夫人說著，嘆了口氣。

不知為何，夏侯真這心裡面，感覺著空落落的，有一種酸酸的、澀澀的味道。她匍匐在老夫人的腿上，將粉靨貼著老夫人的手掌，一句話也不說。

其實，兔子哥哥真的很好……

曹朋昏頭昏腦的回到自己的客房，和衣倒在榻上。從老夫人那邊出來以後，他感覺著自己的思緒有一些混亂。老夫人今天和他說的這些話，究竟是什麼意思？她是要幫他呢？還是要袖手旁觀呢？

從內心而言，曹朋當然希望老夫人能幫他一下。但這種事情，有利也有弊。曹操也許會礙於老夫人的面子，而願意重用自己。可那心裡的疙瘩不解開，老夫人走了以後，會更麻煩。

可如果老夫人不開口，曹操何時才能解開心結？

想到這裡，曹朋就感到有些頭疼。之前他沒有考慮太多，而今老夫人提起，卻讓他不得不認真的考慮自己的前程。閉上眼睛，曹朋的腦袋裡依舊是一片混沌……

不知不覺間，已近子時。曹朋迷迷糊糊的睡著了……忽然，他聽到了一陣人喊馬嘶聲，不由得激靈靈打了個寒顫，連忙翻身坐起，抄起大刀，便衝出房間。

「外面何故如此騷亂？」

「這個……好像是和什麼人起了衝突。」

「速去打探！」曹朋一聲令下之後，又火速命令闞澤調動官驛中的人馬，做好警戒。

他翻身上馬，衝出官驛大門。迎面就見夏侯蘭匆匆策馬跑來，而後在曹朋面前勒馬停下。

「阿福，大事不好了！」

「子幽，何事驚慌？」

「外面來了一撥兵馬，非要我們讓出官驛。為首領兵之人，就是那個張三黑子。夏侯恩與他理論，卻被他走馬擒下，態度極為囂張。興霸和那張三黑子已經打起來了……楚戈讓我來詢問公子，該如何應對？」

「張三黑子？」曹朋臉色頓時一變。片刻後，他冷哼一聲道：「既然人家打上門來，咱們若不還擊，豈不是被人恥笑曹公帳下無人？」

說完，曹朋催馬往營寨方向行去。「我倒要看看，那張三黑子能有多張狂……」

章二　生擒張三爺

張三黑子，是夏侯蘭對張飛的稱呼。

在下邳的時候，張飛搶走了夏侯蘭押運的糧草，還把夏侯蘭打傷。這件事在夏侯蘭心裡就如同一根刺一樣，無法釋懷。夏侯蘭並不是小心眼，如果劫走糧草的人是呂布的手下，哪怕他被打死，也不會有任何怨言，偏偏是被自己人搶走，而且還是寄人籬下的張飛……他當然無法接受這樣的事情。

後來曹朋帶著人為他討回公道，堵住劉備的軍營。結果曹操竟然大事化小、小事化了，非但沒有責怪劉備，反而對曹朋表示出不滿，這讓夏侯蘭對劉備更加不滿。曹朋此次因罪而沒有獲得升遷，只得了一個虛職，在夏侯蘭看來，與當初曹朋為他出氣有著莫大關聯。所以後來曹朋推薦他在鄧稷手下做軍司馬，夏侯蘭卻一口拒絕，寧可跟隨曹朋返回許都，繼續做他那無名無姓的小卒，當曹朋手下的一個家將。

軍營外，兩隊人馬對峙。

張飛和甘寧正打在一處，難解難分，一個槍槍奪命，一個刀刀凶狠。甘寧和張飛本就是同一級別的對手，張飛殺法狂野，槍法精湛；甘寧沉穩老辣，勢大力沉。兩人殺在一處，一時間也分不出勝負來。但見得火光下，兩匹戰馬盤旋一處，槍來刀往，厲嘯聲不絕。每一次金鐵交鳴，必有轟鳴巨響，人喊馬嘶，好不熱鬧。

辰亭亭長急得在一旁大聲呼喚：「兩位將軍，住手，別打了！」

可甘寧和張飛已經殺得興起，哪裡還能聽得進去。

曹朋趕過來的時候，亭長連忙迎上前，「曹都尉，快讓他們住手……這打下去，可是要出人命啊！」

「滾開！」曹朋突然一聲厲喝。他催馬過去，來到了陣前。

郝昭和曹暘指揮兵馬，嚴陣以待。見曹朋來了，兩人連忙上前見禮。

「曹都尉，子羽被他們拿住了。」

「究竟是怎麼回事？」

曹暘苦笑道：「劉豫州的人，太不講道理。咱們紮下營寨之後，並沒有惹是生非，可剛才他們過來，非要搶咱們的營寨不可，還要咱們讓出官驛……子羽那脾氣你也知道，哪受得了這個？於是也沒有通知興霸他們，帶著人就衝出去，和劉豫州的人打起來。結果……興霸得到消息後，就帶著人出來，和對面那張三黑子一言不和，兩個人就打了起來，到現在也沒個結果。」

曹朋聽聞，心裡已經明白了一個大概。果然是張飛挑事在先……

張飛對曹朋，一向是懷著一股怨氣。得知這營地是曹朋的，自然不會善罷甘休，於是主動上來尋事。

可曹朋對這張飛，又何曾有過好感？如果說，前世曹朋對這位喝斷當陽橋，使當陽河水倒流的張三將軍非常喜愛的話，那麼在經歷了之前的衝突後，他對張飛的好感大大降低。如今張翼德尋事上門，曹朋豈能低頭？

這一回，他可占著理呢！而且背後的官驛中，還有曹操的養祖母。今日，正好教訓這張飛，出一口之前的惡氣……想到這裡，曹朋抬頭向對面兵馬看去。對面的兵馬，人數不是很多，大約有三、四百人左右，清一色白毦披身，內罩鐵劄甲。

白毦兵？這可是劉備手下最為精銳的人馬，怎麼會在張飛手裡？

此前，曹朋在下邳時也打聽過劉備的情況，知道這劉備手中尚有近千白毦，皆由一個名叫陳到陳叔至的人統領。陳到是誰？曹朋沒有見過，也沒有聽說過，至少《三國演義》裡面沒有出現過這麼一個人。只知道此人是汝南人，年歲還不到三十，是劉備帳下的一員青年將領，且此人深居簡出，不太招搖張揚。所以提起劉備的時候，人們更多是想起關羽、張飛，甚至包括糜竺、糜芳，和簡雍、孫乾這些人，都比陳到有名。可是，這陳到能統帥白毦，又豈是善與之輩？

曹朋瞇起眼，仔細打量。

白毦軍中，成圓形陣勢，中間有十幾輛車仗。壓陣的是一個青年將領，看年歲也就是在二十出頭，白面，頷下短髯黑鬚，使得他透出一股英武之氣。頭戴亮銀盔，身穿亮銀甲，胯下馬，掌中一口大刀。

他問：「那個人，是誰？」

郝昭搖搖頭，「不認識，好像是張飛的副將。」

「我剛才聽他喚張飛三叔，莫非是劉備的兒子？」

沒聽說劉備有兒子啊！至少這個時候，還不曾出現……

曹朋正疑惑的時候，忽聽戰場上一聲巨響。甘寧和張飛硬碰硬的對了一下，刀矛交擊，產生出的聲息格外驚人。不過，甘寧手中的龍雀也因為這一擊，而出現碎裂。張飛一見，立刻大喜，拍馬挺槍，就衝向甘寧。

「小子，看你還能張狂否？」

甘寧一見形式不妙，撥馬就走。曹朋不敢再猶豫，連忙道：「子幽，你和楚戈準備。」

說著話，曹朋催馬衝了出去，照夜白如同離弦利箭，劃出一道白影。

「張飛，仗著兵械之利，算什麼英雄？」

說話間，一枚鐵流星已經脫手飛出，帶著一聲厲嘯，向張飛砸去。此時的曹朋，可不是幾個月之前的曹朋，當他突破了易筋階段，達到洗髓的境地之後，力量暴漲。那鐵流星快如閃電，呼的砸向了張飛，張飛連忙勒馬，丈八蛇矛在空中一抖，鐺的一下子，將鐵流星磕飛出去。

「曹朋小兒，只知暗箭傷人嗎？」張飛可認得曹朋，頓時暴跳如雷。

想當初，曹朋在劉備軍營前，一刀砍斷了劉備的軍營大纛，令張飛對曹朋是恨之入骨。可惜那個時候，他也奈何不得曹朋。且不說曹朋手中有兵馬，又在曹洪帳下，單就是曹朋的人脈，他若是動手，估計會有一半的曹軍將領站在曹朋這一邊。典韋、許褚肯定不用說，他們的兒子和曹朋是結拜兄弟；曹洪肯定也會出手阻撓，再加上曹朋曾幫過夏侯淵，而夏侯惇在盛世賭坊裡也有股份，自然不可能袖手旁觀。曹洪和夏侯惇一旦出手，那曹軍將領又怎可能繼續看熱鬧呢？所以，張飛也不敢輕舉妄動。

而現在，曹朋落單了！

本來張飛並沒想占領曹朋的軍營，只是想在官驛中要幾間客房。他此次是奉命護送劉備的家小去許都。

之前劉備被呂布擊敗，家小後來都安置在沛縣。徐州之戰結束後，曹操帶著劉備回許都，如果再不把家眷接過去，那可就有點說不過去了。於是，劉備便命張飛去沛縣迎接家眷。

那十幾輛車仗裡，坐著劉備的兩個妻子，有『白玉美人』之稱的甘夫人，還有糜竺的妹妹，糜夫人。可是當張飛得知，這軍營是曹朋的手下，而且官驛又被曹朋占居，頓時生出了惡念：老子在下邳動不得你，如今你曹朋不過是小小的騎都尉，沒有半點實權，而且又是孤身一個，我就算殺不得你，也要教訓你一下，為我兄長討回顏面！

於是，張飛帶著人就去挑釁。可是張飛卻沒想到，曹朋帳下，居然還有一個和他不分伯仲的甘寧。論武藝，甘寧可能要略遜色張飛一些，但甘寧殺法沉穩，以至於張飛雖然悍勇，卻奈何不得甘寧。這越打，火氣越大。眼見著甘寧的刀不行了，張飛就想著幹掉甘寧。只是，曹朋一枚鐵流星卻壞了張飛的好事。

不過沒關係，殺不得甘寧，老子就殺了你曹朋！

「興霸，接刀！」曹朋有自知之明，自己雖然已達到了洗髓的階段，可畢竟剛晉級，並不穩固，對於力量的掌控，以及各方面都不是很完善，想要和那超一流的張飛交手，恐怕是不太可能。一枚鐵流星逼退了張飛之後，曹朋抽出河一大刀，抬手擲向甘寧。

哪知道，他這邊剛把大刀擲出去，張飛已殺到了跟前！

生鐵鑄成，重達六十二斤的丈八蛇矛槍撲稜稜一顫，怪蟒翻身，分心便刺。張飛胯下的烏騅馬，也非尋常戰馬。想當初他和關羽隨劉備在涿郡起事，正逢冀州商人張世平和蘇雙販馬路過，便得了這匹烏騅馬。雖然比不得赤兔或照夜白，可也相差不算太多。張飛槍疾馬快，眨眼間就到了曹朋跟前……

這時候，曹朋已沒了退路。雖然明知道自己不是張飛的對手，可是心中卻總期盼著能與張飛過過招。

想當初，曹朋不過二流武將的水準，就敢和典滿、許儀聯手鬥呂布。也就是在那一次，曹朋見識到了所謂超一流武將的厲害。只一招，呂布就把他三人擊敗。對曹朋而言，收穫甚多。

達到一流武將水準之後，曹朋更加渴望與超一流武將交鋒。既然張飛過來了，那就試一試，一流武將和超一流武將之間，究竟有什麼樣的差距吧……

他雙足扣緊馬鐙，照夜白希聿聿長嘶。

對於這樣的交鋒，照夜白同樣是興奮無比，四蹄發力，呼的一下子竄了出去，猶如一抹閃電。

曹朋反手握刀，人借馬勢，刷的將大刀拔出。一道閃亮電弧，在空中閃過，森寒的刀氣四溢，帶著一股剛猛氣勢。這一刀，是曹朋借鑒當初呂布那驚天一戟的『勢』而領悟出來。

刀氣縱橫，刀光閃動。

鏜！

一聲巨響過後，戰馬長嘶。曹朋一刀斬在張飛的大槍上，雖崩開了張飛的丈八蛇矛，可是卻感到手臂發麻，耳鳴不止。

「好力氣！」曹朋不由得大聲讚道。

怪不得後世有人說，呂布、典韋之後，以力而著稱者，莫過於張飛和許褚二人。趙雲雖然厲害，但很少見他用那種硬碰硬的招數。而關羽的刀法勝在一個『快』字，與張飛又不相同。

張飛環眼圓睜，心中同樣是暗自驚奇：這小白臉，還真有些手段！

兩人雖然不是在同一等級之上，可是卻不會妨礙張飛對曹朋的讚嘆。不過，讚嘆歸讚嘆，人還是要殺！

想到這裡，張飛撥馬回身，「曹家小賊，再吃你三爺一矛！」

有時候，這戰馬的靈性，讓人難以理解。張飛在剛才那一槍，占居了上風，烏騅馬也感受到了那種優勢，氣焰囂張。而照夜白，卻感受到了曹朋心中那強烈的戰意，更是仰天長嘶。

「公子，休要慌張，我來助你！」甘寧見曹朋和張飛對上了，不由得大急，他可是知道張飛的厲害。如果說在這次交手之前，他對張飛並不是很在意，那麼現在，他也不得不讚嘆張飛的悍勇。曹朋是什麼本事，甘寧如何能不知曉？怎可能是張飛對手？他從地上拔起那支河一龍雀，催馬就要出擊。

與此同時，白旄兵的陣營中，兩個美婦人從車中走出。

「坦之，還不助你三叔？」年紀較小的美婦人，厲聲喝道。

陣前的青年二話不說，催馬就衝出軍陣。

「甘興霸，關平在此！」青年大吼一聲，掄刀就攔住了甘寧。

甘寧擔心曹朋的安危，哪裡有心情和青年纏磨。「滾開！」河一大刀呼嘯著斜撩而起，刀光四射，狠狠的劈在了青年手中的大刀之上。

關平？這青年，名叫關平？

曹朋也聽到了那青年的喊叫，心中不免一怔。那不是關羽的乾兒子嗎？這時候就已經有了？

不過，場中形勢卻容不得他去胡思亂想，張飛到了跟前，丈八蛇矛亂舞。而曹朋抖擻精神，掄刀就上。

藉著照夜白之威，還有馬鐙高鞍之力，曹朋和張飛連戰七、八個回合。然則，這七、八個回合過後，曹朋就有些頂不住了。他心裡面很清楚，如果再打下去，自己就要成了張飛蛇矛下的亡魂。心念一轉，他撥馬就走。

張飛正打得得意，眼見曹朋要走，哪裡肯答應？

「曹家小賊，往哪裡走？」他催馬就追，烏騅馬猶如蛟龍出海，快如閃電。

而另一邊，甘寧被關平拚死纏住，想要去救援曹朋，奈何這關平完全是搏命的打法，使得甘寧一下子也脫不開身，只急得哇呀呀大叫。

「小環，鬧出人命，怕不好吧？」年長的美婦人眉頭一蹙，輕聲問道。

她姓甘，單名一個『玉』，是劉備的長夫人；而那小環，名叫糜環，也就是劉備的糜夫人。

同時，這糜夫人還是糜竺的妹妹。糜家在朐山的產業，被鄧稷打壓的喘不過氣來，幾乎面臨破滅之危，所以她也知道曹朋的名字，對曹朋更是恨之入骨。聽到甘夫人的詢問，糜環冷笑一聲：「姐姐何必擔心……這曹朋之前私自放走了呂布家眷，如今被曹公所怨，就算殺了他，也沒關係。」

甘玉一蹙眉，想要再勸說，可就在這時候，戰場上卻突然生出了變化。曹朋往本陣敗退，張飛緊追不捨。而曹朋麾下陣腳也在這時候出現了一陣混亂，曹朋在衝過門旗的一剎那，照夜白突然間一個騰空，飛躍而起。

這一騰空，速度隨之放緩。

張飛獰笑著，衝上前來，大吼一聲：「曹朋，哪裡走？」

曹朋似乎很慌張！無端端突然躍馬，使得速度放緩，給了張飛無盡機會。與此同時，曹朋本陣的陣腳大亂，面對張飛的追殺，竟無一人出面阻攔。張飛放聲大笑，烏騅馬風馳電掣般，就衝向了曹朋。

曹朋卻勒馬停下，兩枚鐵流星神出鬼沒般的飛出。

張飛哈哈大笑，掌中丈八蛇矛一抖，撲稜稜一招撥草尋蛇，叮叮兩聲響，鐵流星被張飛砸落地上……不過，也由於他的注意力都集中在那鐵流星上，所以並未留意四周。曹朋軍中尚有郝昭和夏侯蘭，可是卻一直沒有出現。當張飛砸落了鐵流星的時候，人已闖入陣中。

他剛要喊喝，忽聽有人高呼一聲：「起索！」

十幾根絆馬索突然間飛出，烏騅馬雖然有靈性，但面對這突如其來的重重絆馬索，即便是再有靈性，也難以躲過。加之張飛之前的注意力在曹朋的兩枚鐵流星上，也沒有任何準備，於是絆馬索一起，烏騅馬長嘶一聲，前腿一軟，撲通就跪了下來。

張飛雖然沒有任何準備，但身為超一流武將的本能，讓他還是有所提防。當烏騅馬跪倒的一瞬間，張飛也被甩了出去，蓬的一下子摔落在地。可就在落地的一剎那，張飛一個就地十八滾，而後迅速站起。丈八蛇矛不知道飛到了何處，但總體而言，張飛本人並沒有什麼大礙。

「小賊，只會這等詭計嗎？」張飛怒聲咆哮。

話音未落，夏侯蘭催馬從人群中竄出，手持丈二龍鱗，分心便刺。

好個張飛，雖身處重圍，卻絲毫不懼。一身重鎧，並未影響到他的靈活，在原地滴溜溜一轉，側身躲過了夏侯蘭的大槍。可未等張飛站穩，耳邊就聽到叮的一聲輕響，兩枚鐵流星呼嘯飛來，快如閃電。與剛才那兩枚鐵流星相比，這兩枚鐵流星的速度和力量明顯增加許多。

章三
生擒張三爺

張飛剛要去奪夏侯蘭的戰馬，可這兩枚鐵流星的出現，使他不得不再次閃身躲避。

兩支長矛從旁邊刺出，一支貼著張飛身上的鐵甲滑過，另一支則刺向了張飛的小腹。張飛探手，蓬的攫住那支刺向小腹的長矛，另一隻手臂抬起，一下子將另一支長矛夾在了胳肢窩下，口中一聲巨吼，而後一個頓足，兩隻手用力……兩個手握長矛的軍卒硬生生被張飛挑起來，旋身便甩飛出去。這傢伙雙手各執一支長矛，有如神助，面對從四面湧來的軍卒，連挑帶打，打得曹軍狼狽而逃。雖有夏侯蘭拚命阻攔，可一時間，卻也奈何不得張飛。

「閃開！」人群中傳來曹朋的厲吼聲。

馬蹄聲傳來，就見照夜白風一般衝出。曹朋雙手各拿著兩枚鐵流星，連珠似的脫手飛出。

這在後世裡，叫做雙飛炮。前世教曹朋武術的老武師，可以在瞬間發出八枚鐵流星，威力無窮。曹朋還達不到連發八枚的水準，可四枚鐵流星飛出，一樣使得張飛手忙腳亂。

趁著張飛閃避的瞬間，照夜白已衝到了張飛跟前。重逾千斤的照夜白，再加上凶猛的衝擊，張飛來不及躲閃，和照夜白狠狠的撞在了一起，兩支長矛脫手飛出，整個人一下子騰空飛起，狠狠的摔在地上，胸前的鐵甲被撞得凹陷進去，頭盔也不知道飛到何處。換作普通人被照夜白這麼一撞，不死也得殘廢。可張飛在落地之後，偏偏又站立起來，不過整個人看上去明顯有些神志不清。他環眼圓睜，一口鮮血噴出，但仍站著，沒有倒下去。

操，這傢伙還真耐撞！

撞擊這一下，曹朋甚至有些心疼自己的戰馬。可是看張飛仍不肯倒下，他也不由得暗自讚嘆這傢伙的身體素質之強。不過這種時候，再讚嘆也不能心慈手軟，手中大刀照頭劈斬，卻被張飛本能的閃身躲過。

只是，張飛躲過了曹朋的刀，卻無法躲過夏侯蘭的槍。夏侯蘭衝上來，一槍拍在了張飛的胸口，把個張飛打得仰面朝天摔倒在地上，鮮血奪口噴出之後，整個人也隨之昏迷過去。十幾名軍卒衝上去，將張飛捆住。

另一邊，關平雖然悍不畏死，和甘寧的差距終究太大。七、八個回合之後，關平的刀法就散亂不堪。二馬錯蹬，甘寧反手一刀拍在關平的後背，將關平打翻馬下。

「興霸，饒他性命！」曹朋這時候已經解決了張飛，衝出旗門，大聲喊道：「要活口！」

這邊關平翻身站起，剛站穩腳跟，一口明晃晃的大刀就架在了他的脖子上。

甘寧道：「小子，讓你的人老實點，否則休怪我無情。」

刀口散發著一股淡淡的血腥氣，暗紅色的刀刃透著一股寒意。

「住手，全都住手！」關平大聲喊喝。

白旄兵見主將被俘，一擁而上想要把關平和張飛搶回來，可是卻被早有準備的郝昭指揮三百兵丁列陣阻攔。白旄兵雖然厲害，可郝昭手下的兵卒也不差，以當初陷陣營二百兵卒為班底，後來又加入了一百參加過曲陽之戰的老兵，經過兩個月的訓練，同樣是勇不可當。一方自發而戰，另一方卻在郝昭的指揮下，沉著應對……

這高下自然就分了出來，白旄兵雖說悍勇，卻少了主帥，亂成一團。

甘夫人和糜夫人對此也無可奈何，她二人又不是那種戰將，更不懂得臨陣指揮。不過，雖然面臨危險，兩位夫人卻表現的鎮定自若。

「住手！全部住手！」

隨著關平和二位夫人的呼喊，白旄兵雖不甘願，卻也只能低頭。

曹朋不由得鬆了一口氣，坐在馬上，腦袋一個勁兒的犯暈乎……手臂瘦疼，甚至連大刀也有些拿不住了。不過，更多的是一種喜悅，一種和高手交鋒後，收穫頗多的喜悅。曹朋把大刀收回刀鞘，看著那昏迷不醒、被繩捆索綁的張飛，臉上露出一抹笑容。

說實話，這張飛不愧是三國有數的猛將兄！

如果是單純的拚殺，自己雖已算得上一流武將，也遠不是張飛的對手。

張飛的殺法，極為凶狠，槍出無回，猶如疾風暴雨……一般人，哪怕是一流武將，面對張飛這種凶狠的殺法，很容易被奪去勇氣。也幸虧曹朋之前算是經歷豐富，和呂布那種頂尖的武將交過手，又和典韋、甘寧這樣的超一流武將切磋過。甚至他身邊的人，夏侯蘭、潘璋等人也都非等閒。在這種環境下，再加上曲陽的那兩日血戰，使得曹朋的心性格外堅韌。

從一個手無縛雞之力的小孩子，到如今的水準。那也是從無數次的搏殺中歷練，自然不是那種閉門造車的武將可比。

若非照夜白，若非絆馬索，若非有夏侯蘭這些人……今天想要生擒張飛，還真不是一件容易的事情。

我，生擒了張飛？

曹朋心裡，陡然生出一種莫名的喜悅！

我竟然把張三爺抓住了……

也許曹朋並不明白，經此一戰之後給他帶來的信念，使他此後受益匪淺。

「公子，這傢伙如何處置？」夏侯蘭看著張飛，咬牙切齒。

「先把他捆住，盯緊這傢伙。」

「喏！」

上來幾個人，拖死豬一樣的把張飛拖進了大營。

曹朋催馬到了陣前，就看到幾名軍卒將繩捆索綁的關平，押到了他的馬前。

「爾等詭計取勝，算不得真英雄！」關平破口大罵，罵曹朋耍陰謀。

曹朋不由得冷笑，「你我交鋒，猶如敵我搏殺……爾不聞《孫子兵法》云：兵者，詭道也？輸了就輸了，哪來的那許多藉口。我最看不起的，就是你這種輸不起的傢伙……你，叫做關平？」

關平一怔，哼了一聲，梗著脖子不回答。

「你若是不配合一點，那車仗之上，似乎還有女眷。」

關平聽聞，頓時大驚：「曹朋，你休得放肆！那是劉豫州的家眷。」

「哦……」曹朋恍然大悟。怪不得要用白毦兵，原來是劉備的家眷。他冷笑一聲，「既然如此，你更要配合一點。否則我知道劉豫州，可我這些部曲，卻不知劉豫州。」

「你……」

「剛才你們擒下的將軍，現在何處？」

「在軍中扣押……三叔雖然擒下了那個傢伙，但也沒有為難他。三叔想要教訓的人，是你！」

「哈哈，那我是不是應該感到榮幸？」

說著話，曹朋一擺手，夏侯蘭帶著人，就衝向了白毦兵。

「子幽，不要驚擾了劉豫州的家眷，客氣一點，讓她們待在車上。那些白毦，全都收整過來。」

「喏！」夏侯蘭答應一聲，帶著兵馬過去。

曹朋上上下下打量關平，心裡卻突然間有些好奇。

關羽生平，有兩個兒子、一個姪子，此外還有一個女兒。長子就是關平，但依照著《演義》中的說法，關平是關羽的義子；次子關興，也是個驍勇善戰的猛將；姪子叫做關寧，是關羽兄長關定的兒子。女兒嘛……記不得名字了，只記得《演義》中孫權為兒子向關羽求親，關羽回答說：虎女焉能嫁犬子。至於民間流傳的花關索，估計是虛構出來，關羽並沒有這個兒子。

不過，不是說關平是在關羽過五關、往冀州尋兄時收的乾兒子嗎？而今關羽可還沒有過五關斬六將，那關平又從何而來？

「你是關二將軍的義子？」

關平一怔，旋即惱羞成怒，破口大罵：「你才是假子……某家自幼隨父親闖蕩，十二歲便在家父帳下效力，何來假子之說？」

咦？這傢伙，居然是關羽的親生兒子？

十二歲……怪不得如此厲害，那也是耳濡目染，從亂軍中殺出來的本事。

曹朋心裡奇怪，但臉上卻沒有表露出來。早已經習慣了羅大的糊弄，所以他也算是見怪不怪。

「管你假子還是親子，而今也不過是我階下之囚。老實一點，否則我不介意殺了你和你三叔，再把劉豫州的家眷……咱們到了許都，請曹公定奪。」

關平咬牙切齒的瞪著曹朋，突然冷哼一聲，不再開口。

楚戈牽著烏騅馬，走上來。「公子，好馬啊！」

「三將軍的馬，自然是好馬。」曹朋微微一笑，看了一眼甘寧胯下的坐騎。「興霸，你覺得此馬如何？」

「此馬雄健，當屬大宛良駒……雖比不得公子的照夜白，卻也是萬里挑一，千金難求的好馬。」

「送給你！」

「啊？」

關平怒道：「此乃我三叔愛馬，爾敢如斯？」

「三將軍愛馬？」曹朋哈哈大笑，「我只知道，這是我的戰利品。爾等當初在下邳劫我糧草時，你三叔曾對我部曲言：被他搶走了，那就是他的東西。有本事，讓你三叔來討要。」

說罷，他對甘寧道：「興霸，你可害怕？」

甘寧的坐騎是攻破下邳時，從下邳騎軍手中得來了一匹馬，雖然也很勇健，但終究是比不得烏騅馬這等名馬。之前他不敵張飛，除了手中兵器的緣故之外，還有胯下坐騎的原因，否則的話，張飛就算是想勝過他，沒有三、五百回合也不可能。

聽聞曹朋的問話，甘寧忍不住笑了，「若是張三爺肯再來指教，我倒是樂意奉陪。」

言下之意：有本事，讓他過來找我……

闞寧怒視曹朋和甘寧，半晌之後，卻不禁頹然低頭。

「小將軍，自古勝負論英雄，輸了的人，沒人權。」

人權？那是什麼東西？

闞寧不懂，卻可以聽得出曹朋言語中的調侃之意。不過，輸了就是輸了，說什麼都沒用。

「無恥！」

一輛馬車從身邊過去，窗簾一挑，露出一張如花粉靨。麋環聽到曹朋的那一句話，忍不住探頭咒罵。

曹朋聽聞一怔，旋即反應過來，這娘們兒是在罵他。雖說好男不和女鬥，可那也要看情況。他雖說擒下了張飛等人，卻也不能真的把他們殺了。不過，不殺他們，卻不代表曹朋不能教訓，否則任由這小娘皮囂張，這一路上有的罪受。

他猛然催馬，衝過去，拔刀一刀砍下了引車馬匹的頭顱。鮮血噴湧而出，馬車匡當一聲，便趴在了路上。

曹朋策馬，彎腰探手，將碩大的馬頭拎在手裡，而後撥馬來到馬車旁邊，將那馬頭扔進車中。

「小娘子，說話小心一點，否則休怪我不曉得憐香惜玉。」

「你……」麋環被摔得頭昏腦脹，花容失色。當她抬頭看到那個還在噴血的馬頭時，不由得驚聲尖叫。

另一輛車上，甘夫人連忙出來，「小將軍，我家妹子年少不懂事，你何必與她一般見識呢？」

甘夫人的聲音很悅耳，柔柔的，讓人覺得有些酥麻。

曹朋看了她一眼，嘆了口氣，「夫人，看好妳這個妹子。這世上魯男子不少，卻非各個曉得憐香惜玉。把那臭脾氣收一收，妳們現在是我的俘虜，惹怒了我，殺了妳們也無人出頭。」

甘夫人的臉上露出一抹苦色，只好道：「妹子，來我車上吧。」

糜環一身血汙，一瘸一拐的從馬車裡走出，而後登上了甘夫人的車。這一次，她不敢再張狂了，可是那眼中的恨意卻更加明顯……

曹朋心中冷笑：老子背後有吳老夫人，妳就算找曹公哭訴，他也奈何不得我。

這時候，夏侯恩鼻青臉腫的走到了曹朋的馬前。他猶豫了一下，搭手一禮：「曹都尉，我不喜歡你……不過，夏侯恩還是要感謝你救命之恩。」

他這是道謝嗎？

曹朋心裡面啞然失笑。不過他也知道，以夏侯恩這樣的性格，能說出這種話，已經很了不得。再者說了，曹朋也沒有想過要救夏侯恩，所以夏侯恩的感激對他而言，也算不得什麼大事，權作一段善緣吧。

「子羽將軍，你我同為曹公效力，何來感謝二字？不過呢，這邊出了這等事，想來老夫人也很著急。官驛那邊就請子羽多費心，我自押解這些人回軍營處置。天亮以後，咱們就要動身。希望接下來，可以平平安安，一路順暢。」

吳老夫人雖然沒有出面，但肯定能知道夏侯恩被俘的事情。讓夏侯恩過去，一方面是給老夫人報平安，另一方面也有周旋之意。夏侯恩不是傻子，哪能聽不出曹朋話語中的好意？心裡面不由得一陣感激，朝著曹朋再一拱手，上馬急急而去。

「還真是個沒見過世面的公子哥！」曹朋看著夏侯恩的背影，忍不住笑了。

他從楚戈手中接過了那支丈八蛇矛槍，入手沉甸甸的。以曹朋現在的力氣，使用這支蛇矛也頗為費力。不過，他對蛇矛本就沒什麼興趣，而且這支蛇矛，以平常人的眼光看，也許算得上一支好矛，可是在曹朋眼中，卻顯得是一文不值。

「把它收好！」

「喏！」

曹朋命人清理戰場，清點人數。此次劉備派出三百白毦負責護送家眷，以張飛之勇，再加上關平，本來是萬無一失的事情。誰料到，張飛臨時起意，挑釁曹朋，不但使自己成了階下囚，三百白毦也成了曹朋的俘虜。

「子幽，去把德潤請來。」

夏侯蘭出了心中一口惡氣，顯得氣定神閒，二話不說，跨馬離去。

而這時候，甘寧一手牽著馬，一手持大刀，來到曹朋跟前，把大刀呈上。曹朋並未去接那支大刀，而是從馬背上取下麂皮刀鞘，放到了甘寧手中。

「公子，你這是……」

「興霸，為上將者，寶馬神兵缺一不可。如今你已有了烏騅馬，手中焉能沒有寶刀？此河一大刀，雖不是神兵利器，卻是家父在去年親手為我打造。留在我手中，不免使寶刀蒙塵。興霸如今沒有稱手兵器，我便把這河一斬，贈與興霸。他日興霸乘烏騅馬，持河一斬，建功立業時，我與家父也會感到非常高興。」

甘寧聽聞，不由得心中一陣激動。他的龍雀被毀，一時間也找不來合適兵器，而河一雙刀也的確是稱手，只是沒想到曹朋如此爽快，將雙刀贈他。他感激道：「寧，謝公子厚愛。」

「好啦，天也不早了，咱們回營再說。」曹朋爽朗大笑，上馬返回軍營。

郝昭和楚戈則帶著人，將那三百白毦兵趕進了兵營之中，嚴加看守……

曹朋和甘寧回到軍帳坐下，不一會兒的工夫，夏侯蘭帶著闞澤前來。

「大兄，老夫人那邊情況如何？」

「一切甚好，公子無須擔憂。夏侯恩剛才過去了，接替了守衛。不過他的態度，可是比之前要好許多。」

「是嗎？」曹朋呵呵一笑，話鋒一轉，「劉備的家眷，如今成了階下之囚。還有那張飛、關平……我正在想，該如何處置他們？劉備此人，非同等閒，若殺了張飛的話，可斷他一臂。」

「不可！」闞澤連忙擺手。

夏侯蘭有些不滿道：「有何不可？難不成，只許他上門挑釁，卻殺不得嗎？」

「不是殺不得，而是不能殺。」闞澤當然明白夏侯蘭心中的怨氣，不由得笑道：「劉玄德，梟雄也，喜怒不形於色。曹公雖說對此人頗有猜忌，但同時也格外器重。若殺了張飛，劉備未必會與曹公反目，但卻會把恨意施加於公子。公子如今雖有戰功，但若說在曹公心中地位，恐怕還無法和劉備相比。公子此前義釋呂布家小，正在風口浪尖，若再得罪了劉備，恐不是一樁好事。以我之見，此事還當大事化小，權作是給劉備一個面子。」

而曹朋心裡，也確實不忍殺害張飛，更不忍禍及劉備那兩位夫人。

其實，甘夫人和糜夫人也挺可憐，嫁給劉備之後，便顛沛流離，幾次落入敵手。說起來，不過是兩個小女孩兒……曹朋還真不是那種隨隨便便就可以辣手摧花的主兒。

至於張飛，更是他前世幼時所崇拜的偶像。百萬軍中取上將首級，如探囊取物；長阪坡，喝斷當陽橋，何等威風？心裡面不禁暗自感慨一聲：我還真算不得心狠手辣！

「不殺也罷，只是……」

「公子可是覺得，被欺上門，心裡不舒服？」

「那是自然。」

「呵呵，我倒是有一策，說不得能使公子心裡舒暢一些。剛才我來的時候，見營中有一些俘虜。那些人一看，就是久經沙場的豪勇之士。雖成俘虜，卻頗有秩序，不見慌亂。觀其裝束，當為劉備手下精銳。似這種精銳之士，劉備手中恐怕也不會太多。公子若想出一口惡氣，不妨將這些精銳之士扣下……公子的兵馬並不多啊。」

把白毦兵私吞下來？這個想法，很有見地……

曹朋心裡面，也一直想組建一支類似於陷陣一樣的衛隊。可兵卒易招，銳士難求。陷陣銳士，那是經過千錘百鍊，一次次生死搏殺才練出的精兵，想要找到這種銳士，可不那麼容易。

就以曹朋手下的三百人而言，那參加過曲陽之戰的軍卒，雖說也經歷過生死考驗，可是和郝昭的二百陷陣相比，有著極為明顯的差距。銳士，可不是一、兩場搏殺，就能夠磨練出來。

白毦兵……曹朋有些心動了！

「公子如今雖無實權，卻是騎都尉。況且令尊諸冶都尉，還有鄧海西的屯田都尉之職，都可配備私兵。五、六百私兵算不得逾制，公子又何必擔心？況且公子如今不過蟄伏，早晚一飛沖天，身邊又豈能沒有親隨護衛？」

闞澤的話，說到了曹朋心裡。

他抬頭向甘寧看了一眼，片刻後輕聲道：「可那些傢伙，不好歸順啊。」

甘寧哼了一聲，「不降者殺……降者錦衣玉食。公子，白毦悍勇，但求的也是一個富貴耳。」

「那麼，此事就由你和子幽負責。天亮之前，需處理妥當。」

「末將必不負公子之託。」甘寧長身而起，與夏侯蘭走出軍帳。

曹朋和闞澤相視一笑，突然問道：「那麼，我這支衛隊，當喚何名？」

闞澤想了想，「既是衛士，何不喚以『黑毦士』？」

「黑毦士？」曹朋一怔，不由得哈哈大笑。

劉備有白毦兵，我如今有黑毦士……這算不算是與劉備對上了?也罷，反正早晚要對上，黑毦，便黑毦。

不得不說，這幫子白毦兵骨頭很硬，一開始甘寧和夏侯蘭招降，只有三分之一願意歸順。後來甘寧大怒，連殺二十名不願投降歸順的白毦，才使得這幫兵卒一個個低頭。不過，甘寧『凶惡』之名，也隨之在軍中豎起。

第二天一早，二百多白毦盡數歸附曹朋。再加上此前曹朋手中的二百多兵卒，雖經昨夜一戰損失十數人，可人數反而增加了近一倍。曹朋又把俘虜過來的幾十匹戰馬一併歸入自家名下，算上早先的五十名騎軍，加起來有八十多騎。夏侯恩看到之後，二話不說，從自家軍中又抽調出來了十幾匹戰馬，贈給了曹朋。

夏侯恩傲氣歸傲氣，卻也不是不知好歹的人。曹朋昨夜對他有救命之恩，所以他投桃報李，比之早先似乎親熱許多。

湊足百騎，曹朋索性喚之為『飛毦百騎』。把白毦披衣反穿，便成為了一支獨特的騎軍。

「曹都尉，老夫人讓我問你，那些俘虜怎麼處置？」

曹朋想了想，回答道：「把張飛、關平，還有兩位夫人留在官驛，讓亭長好好伺候。從此到許都，也有百十里路程，步行未免不太妥當。命人通知新汲縣，設法轉告劉備，讓他自己想辦法。」

反正是不可能歸降，張飛那夯貨罵起人來，又尖酸刻薄。曹朋可不想帶著他們在身邊，給自己找不自在。

他命甘寧為飛眊騎軍侯，以夏侯蘭為節從。而後讓夏侯蘭護送車仗先行離去，他則帶著甘寧和楚戈兩人，來到官驛門口。

「小賊，敢來送死？」張飛這會兒已經醒來，見到曹朋，立刻破口大罵。

要知道，曹朋不但搶走了他的馬，還奪走了他那一身獸面鑌鐵魚鱗甲。而且那一身甲冑，此刻就穿在甘寧的身上。除此之外，連趕車的馬匹也被曹朋搶走，令張飛更是暴跳如雷。

曹朋眼睛一瞪，厲聲喝道：「張三黑子，你若再出言不遜，可別怪我不給你大哥面子。」

「你……」

「我過來是要告訴你，我們要走了。這路上不安全，而且你們又沒有坐騎，難免會有危險。我已命人通知許都，想來過兩日，你大哥就會帶人來接你。你呢，最好老實一點。你那兩位如花似玉的嫂嫂可全靠你來保護。」

張飛氣得幾欲咬碎鋼牙。

「矛來！」

曹朋伸出手，楚戈立刻摘下那支丈八蛇矛槍，遞了過來。曹朋接過之後，催馬上前，抬手將丈八蛇矛槍倒插在地上。「你的兵器還給你，好好保護兩位夫人，莫讓她們受了驚嚇。」

說罷，曹朋搭手，與從房間裡走出的甘夫人和糜夫人，遙遙欠身。「兩位夫人多保重，咱們許都見！」

甘夫人臉一紅，溫婉回禮。糜夫人卻怒道：「小賊，待返還許都，我定不與你善罷甘休！」

曹朋啞然失笑，「夫人想不與我善罷甘休，只怕是玄德公會不高興吧！此等厚愛，曹朋擔受不起。」

說罷，他長笑一聲，撥馬就走。

甘寧對張飛道：「三將軍，若有機會，咱們再鬥一次。」

面對甘寧，張飛倒是表現的頗有禮貌。他為人雖說粗狂，但也分人。甘寧的武藝和他相差不多，同樣驍勇善戰，張飛心裡還是很敬佩。他拱手回道：「興霸，好好照拂老烏，將來我必從你手中奪回。」

甘寧大笑，率領飛旄，疾馳而去。

但見飛旄披衣在風中獵獵，百騎飛奔，卻氣勢雄渾。

「姐姐，剛才那小賊是什麼意思？夫君為何會不高興呢？」糜環畢竟年紀小，聽不明白曹朋的語帶雙關。

甘夫人那如玉粉靨透紅，朝著曹朋的背影啐了一口。她伏在糜環的耳邊輕聲解說，糜環的臉頓時通紅……

「小賊，你……不得好死！」

聲音越來越小，糜環突然撲入甘夫人懷中，放聲大哭。

從小到大，兩個哥哥待她甚親，要風得風，要雨得雨。後來嫁給了劉備，雖說是顛沛流離，卻也受人尊重。可是曹朋……卻讓她體會到了另一種感受。昨夜那凶狠的一刀，方才那離去時的風采，都讓糜環有一種不尋常的感覺。她說不清楚，只是覺得心裡面很委屈，很難過。

離開辰亭之後，曹朋很快便追上了車隊。這一路上，再也沒有遇到什麼危險，順順利利，直達許都城外。

一晃，便是一年半，曹朋再一次回到了許都。遠遠的，看到許都巍峨城牆，心中陡然生出感慨。

前方大路上，傳來一陣馬蹄聲，曹朋連忙使車仗停下，催馬迎上前去，就見一股黑色洪流，呼嘯而來。清一色的黑色大宛良駒，約有兩千之多。為首馬上一員大將，黑盔黑甲，胯下一匹黑馬。兩千鐵騎奔行，可謂聲勢浩大，只讓人產生一種莫名眩暈。

「吁！」

鐵騎在距離車隊大約三百步左右，驟然停下。兩千騎齊刷刷止住，為首那員大將帶著幾員小將縱馬上前。

「虎豹騎曹純，率子丹、伯權，恭迎祖母。」說著話，三人滾鞍落馬，單膝跪地。

吳老夫人從車仗中走出來，在夏侯真的攙扶下，看著曹純三人，臉上透出一抹滿意的笑容。

「子和，不必多禮，都起來吧。」

「謝祖母。」

三人起身，曹朋這才看清楚，曹真赫然也在其中。

虎豹騎！

曹朋看著眼前這支威武雄壯的鐵騎，不由得倒吸一口涼氣：威震三國的虎豹騎，終於出世……

章四 回家

費時近兩年，耗資不計其數，神秘的虎豹騎終於出現在人們的視線之中。雖然未曾上戰場驗證其戰鬥力，可是從肅穆的軍容，以及那兩千騎奔騰的氣勢而言，論東漢末年，恐怕是再也沒有能比擬虎豹騎的精銳。

配備高橋鞍和雙鐙，使得虎豹騎的戰鬥力，從一開始就高人一等。

曹朋不太明白，曹操為何在這個時候將虎豹騎拿出來。但他可以肯定，其中必有一些緣由。

到了這個時候，曹朋知道，自己該退場了。他抬起手，向後一擺，黑眊和飛眊同時向後撤退，夏侯恩則督兵馬，簇擁車仗上前。

「子羽，代我向老夫人道別，我們先告辭了。」

這種時候，輪不到曹朋出來搶風頭。夏侯恩也清楚這一點，虎豹騎既然出現，曹操必然隨行。

「阿福，回頭請你喝酒。」

曹朋搭手，微微一欠身，和車仗錯身而過。

「走吧，我們回家。」他深吸一口氣，看了一眼行過去的車仗和人馬，微笑著回身吩咐。

飛眊立刻調轉馬頭，黑眊則齊刷刷轉身。雖然只兩天的時間，這支不足六百人的兵馬已具雛形。這裡面，固然有郝昭等人的努力，但更多的，則是這批兵卒的素質實在是太好了！

曹朋準備繞道，從許都西門而入。可沒走多遠，忽聽身後有人喊叫他的名字，於是連忙勒馬。

夏侯真騎著一匹馬，在十幾名衛士的護送下，追了上來。曹朋不禁有些詫異不解，擺手示意車馬繼續行進，他則立馬於大路中間，笑咪咪的看著夏侯真。

「曹都尉，祖婆讓我來謝謝你。」

「呵呵，此乃我分內之事，何須言謝？」

夏侯真沉默了，不知道該怎麼說下去。

曹朋則疑惑的看著她，片刻後，夏侯真輕聲道：「曹都尉，那我回去了。」

「嗯！」

夏侯真撥轉馬頭，單薄的身影，帶著一絲絲清冷。

「真小姐！」曹朋喚住了夏侯真，催馬上前，攔住了夏侯真的去路。

「曹都尉，還有事嗎？」

「呃……有些話，我知道我不應該說。但一路下來，我覺得還是應該說出來……真小姐，快樂一點！」

「啊？」

「我知道妳心裡有很多苦楚，但人活著，總難免會有這樣那樣的不如意……如果覺得不開心，就找個人傾訴一番。如果找不到人，可以找月英，還有我姐姐，她們都非常喜歡妳。」

「那我可以找你嗎？」夏侯真鬼使神差的問道。話一出口，雙頰騰地一下子通紅，螓首幾乎垂到了胸前，她連忙輕聲道：「如果你忙的話，那就算了！」

回家

曹朋愣了一下，旋即笑道：「只要我在許都，隨時都可以來找我……心裡有什麼不如意，就說出來，說出來以後，會快樂許多。真小姐，凡事看開些，難不成一輩子這樣低沉嗎？」

「嗯！」夏侯真聲若蚊蠅，白皙而性感的頸子泛起桃紅。「你，可以叫我阿真。」

「啊？」

夏侯真紅著臉，抬起頭道：「我阿娘在世時，總叫我阿真。」

曹朋不由得笑了。他點點頭，突然催馬上前，伸手在夏侯真那挺拔的鼻子上輕輕刮了一下，「我叫阿福，以後別再叫我『兔子哥哥』了。」說完，曹朋哈哈大笑，縱馬離去。

當曹朋的手指從夏侯真鼻端掠過的一剎那，夏侯真整個人都呆住了！心中湧起一抹羞怒，但還有幾分歡喜。如果按照這個時代的禮法，曹朋剛才的舉動，無疑略顯得有些輕薄。可是對夏侯真而言，那略顯輕薄的動作，卻使得她感覺到心裡非常溫暖。

「兔子哥哥！」夏侯真突然從口中擠出四個字來。旋即，展顏而笑……

如今的曹府，不是曹操的『曹』，而是指曹朋的家，已非同往日。

想當初，他們曾寄居典韋的塢堡，而後又從曹洪手中買來宅院。而今，曹汲也算是比千石的官員，除了原有的房舍之外，加上曹操賞賜的宅院，至少比一年半之前大了一半有餘。

當曹朋來到自家大門口時，甚至有些認不出來了。

門頭橫匾，書諸冶二字，也代表著曹汲如今的身分。

鄧巨業夫婦早就得了消息，陪同著張氏，在門外等候。

一見到曹朋，張氏就忍不住放聲大哭，跑過來一把抱住了曹朋。「我的兒，這兩年，你受苦了……」

受苦嗎？曹朋倒是不覺得！

不過比起當初離開許都的時候，曹朋長高了許多，也壯實了許多，給人的感覺，他好像比當初變得威猛了！而且相貌也出現了一些變化。小時候，曹朋是一張瓜子臉，給人感覺很秀氣，可現在，顴骨略有些突起，使得面頰的輪廓不再那麼柔和。如果用後世的面相而言，有點介於國字臉和中字臉之間的形狀，這也使得曹朋看上去多了幾分陽剛之氣，加之個頭已到了一百七十公分左右，身材也變得魁梧結實。

張氏的感情流露，讓曹朋多多少少有一種手足無措的感覺。

對於張氏，他還停留在當初那個布裙木簪，為了他不惜變賣玉珮也要求取符水的淳樸婦人形象。而眼前的婦人卻是一身的綢緞，梳著倭墮馬髻，頭上插著金簪，透著珠光寶氣。

不過，當張氏抱住他的時候，曹朋心裡的那根弦，還是被觸動了。

「娘，我回來了！」

「嗯，回來就好，回來就好。」

「娘，還記得月英嗎？」

曹朋說著話，招手示意黃月英上前。黃月英帶著一絲羞澀，上前微微一福，拜見了張氏。

「妳不是……」張氏的記性很好，一眼認出了黃月英。

她剛要開口，卻見曹楠抱著鄧艾走上來，在她耳邊輕聲低語了一番之後，張氏頓時眉開眼笑：「月英啊，這兩年不見，越發俊俏了。」

一時間，張氏竟把曹朋給扔到了旁邊，拉著黃月英的手，往府中行去。

曹朋哭笑不得。

「巨業叔，洪家嬸子，一別經年，可安康否？」

曹朋向鄧巨業和洪娘子行禮，夫婦兩人樂得眉開眼笑，感覺頗有面子。

想當初，他們的兒子鄧範，不過是棘陽遊手好閒的混子。而今，聽王猛說，鄧範已經是陳郡兵曹史。

兵曹史是多大的官？鄧巨業夫婦也不太清楚。不過據王猛解釋，當初那黃射，也不過是個兵曹史。想當初，連棘陽縣令見到黃射，也畢恭畢敬。那鄧範的這個兵曹史，豈不是比縣令還大？夫妻兩人如何不樂！

只是他們不知道，當初蒯正並不是畏懼黃射，而是因為黃射背後的家族。黃射是江夏黃氏的嫡傳，而蒯正不過是襄陽蒯家的旁支。論官職，蒯正高過黃射，但……鄧巨業夫婦也是實在人，雖說兒子得了升遷，卻沒有在曹家表現出驕傲。曹朋是沒有實權，可鄧巨業夫婦卻不懂。騎都尉的名頭，足以讓夫婦兩人敬重不已，加之曹汲被任諸冶都尉，鄧稷也成了屯田都尉。一門三都尉啊……使得鄧巨業夫婦更加盡心盡力。

「巨業叔，雒陽那邊可還好？」

鄧巨業咧嘴笑道：「一切都好……有朱四哥幫襯，還有諸位將軍侯爺的支持，咱那邊的賭坊可是日進斗金。整個河洛地區的人，都曉得盛世賭坊之名。到了雒陽，若不耍兩把，就算沒到過雒陽！」

曹朋一笑，點了點頭，沒有再問下去。

盛世賭坊的確是日進斗金，可說實話，攤到個人身上，也不剩多少。曹朋根本沒指望那賭坊能賺錢，那不過是他用來拉關係，和曹洪、夏侯惇等人結交的一個籌碼。曹府現在最賺錢的行業，不是盛世賭坊，也不是曹汲造刀，而是在海西……

整個海西的商業，都是曹朋一手策劃出來。九大行首如今已把影響力覆蓋了大半個淮北，並隨著王買任廣陵農都尉，而蔓延至了淮南。一俟鹽瀆恢復正常運轉，就等於手握兩大鹽源。

雖說大部分的利潤會轉化成糧食和人口，但也足以令曹家家財豐厚。

這不，兩淮商屯、鹽引換土地的政策，已引起了曹操的關注。特別是去年，曹操在巡視了海西屯田之後，據說便有了加強鹽運，並著手在關中推行鹽引換土地、換人口的政策……

而執行這項政策的人，名叫衛覬。據說是河東衛氏族人，正著手編制一套完整的法規。

關中有鹽池，同樣是產鹽重地。如果能把海西那一套在此推行，毫無疑問，將會加快關中的恢復。

關中富，天下足！

不過曹朋估計，衛覬想要推行海西那一套，恐怕沒那麼容易。

海西有其極為獨特的情況，人口稀少，相對混亂，世家門閥不多。可關中不一樣，關中可謂世族林立，門閥之勢已初具規模。西有羌狄，北有鮮卑匈奴，想要推行，可不太輕鬆……

只是，沒有嘗試過，曹朋就算說出來，又有何用？

且讓那個衛覬（天曉得是什麼人？反正在《演義》中沒有出現）去折騰。他失敗了，方能體現出鄧稷的手段。

如今，曹家非比尋常。在原有的住宅上，加上賞賜曹汲和曹朋兩人的宅院，還有賞賜給王猛的宅院，面積很大。有奴僕大約百餘人，也算得上許都中下之家。

不過，如今曹朋帶了近六百黑眊回來，面積就顯得小了些。但這又算得了什麼？

曹朋把那些參與過曲陽之戰的軍卒挑選出來，讓他們住在城裡。其餘如甘寧、夏侯蘭、郝昭等人，全都安排去了典韋的塢堡。對此，曹朋已派人和典韋說過，典韋也沒有任何意見。把黑眊和飛眊騎兵安排妥當之後，曹朋這才帶著闞澤等人進了家門。

曹汲不在家，據說是曹操下令，命諸冶監加緊趕造兵器鎧甲。

聽說袁紹在河北是蠢蠢欲動，似乎有渡河與曹操決戰的架式……這也使得諸冶監變得很忙碌。

本來，曹汲已經卸下了河一工坊的事情，交由郭寰的老爹郭永，任河一監令。

河一監令，屬於工官，不在漢職官序列。用後世的話，就是非體制內人員，屬於編外職務，其情況有些類似於承包，也就是將河一工坊承包給郭永。

曹賊 章四
回家

郭永負責工坊的經營人事等各種事務，在完成朝廷分配任務的同時，還可以接一些小活計。這裡面，可大有油水。

郭永能得河一監令的職務，一方面是因為曹汲的推薦，另一方面則是因為他還擔任諸冶監丞。河一工坊能有今天，完全是靠曹汲和郭永兩人。由他來接掌，倒也是最合適的人選。於是曹汲返回許都任職。

不過，由於此次任務較重，所以曹汲不得不返回河一工坊，督造兵器。

據張氏說，大概過幾天曹汲就會回來。曹朋聽罷之後，也放下了心。

他正坐在廳堂上，與張氏說話，忽聞門丁來報：虎賁郎典滿、虎賁郎許儀登門造訪。

這兩個人，來的倒是很快嘛。

曹朋連忙道了聲罪，又叮囑了黃月英兩句，便匆匆迎了出去。

「阿福，你這傢伙，做好大的事！」典滿一見面，就指著曹朋的鼻子吵吵。

曹朋愕然問道：「我沒做什麼啊？」

「還說沒做什麼……你這傢伙，聽說在辰亭，把那燕人張飛給幹掉了？」

「沒有……我只是把他擒獲，而且是用計策。」

「管你用什麼手段！我還聽說，你當著劉豫州兩位夫人的面，把一匹馬給分屍了……你不知道，那劉備的兄弟知曉以後，氣得不得了。關羽已帶著人去辰亭迎接張飛，劉備這幾天更是足不出戶。我爹私下裡說，要我向你學呢。」

「這個，真是偶然。」曹朋一臉的謙虛，可心裡面卻暗爽不已。

哥把張飛擒下了，如今也算是名人了……

「對了，子丹剛才派人過來，讓我告訴你，中午毓秀樓為你接風。他這會兒當值，也脫不開身。讓咱們先過去……走走走，我已在毓秀樓訂好位子，咱們去痛飲一番。」許儀拉著曹朋，二話不說就往外走。

曹朋苦笑一聲道：「你們稍等一下，待我先與阿娘說一聲。」

「那你快點，我們在門口等你。」

曹朋返還客廳，把情況告訴了張氏。

張氏有一肚子的話想要和曹朋傾訴，卻也知道典滿和許儀既然過來，曹朋也不好推脫。

「阿福，少喝點酒，莫惹禍事。」

不管兒子做了多少大事，當娘的總是不放心。

曹朋連忙答應，又和黃月英使了個眼色，那意思是說：喂，可一定要哄好我娘啊。

黃月英展顏一笑：那還用你說？

當下，曹朋叫上了甘寧、夏侯蘭、郝昭和闞澤，一行五人走出府門，早有家丁備好了馬匹。而後，眾人浩浩蕩蕩，往毓秀樓行去！

章五

衣帶詔

比起兩年前離開許都的時候，許都面貌有了巨大的改變。城池在原有的基礎上，擴大了二分之一；新城牆已經營造結束，但城區的建設還沒有結束。

在屯田進入第三個年頭的時候，許都的人口翻了一翻。據說，曹操準備將兵屯引入許都，不過在正式引入兵屯之前，要先在海西進行實驗。如果效果驚人，那麼曹操在來年就會大力推行；如果效果不好，那麼曹操就會另想其他辦法。

其實，屯田政策早在戰國時期便出現。寓兵於農，亦兵亦農，是秦國當時的主要政策。曹操也不太清楚兵屯是否能夠在許都推行起來。而有了海西這個試驗田，曹操自然多了幾分把握。

毓秀樓，看上去好像並沒有什麼變化。巍峨高聳，雄立於大街之上。

「比不得當年嘍！」坐在毓秀樓的閣樓雅室，典滿發出一聲感慨。

從窗口望出，可看到毓秀樓背後，潺潺流水，楊柳青青。時值仲春，陽光明媚。溪水兩畔，芳草萋萋。杏白桃紅點綴在翠綠之中，更顯出幾分燦爛。

曹朋喝了一口水，奇怪的問道：「此話怎講？」

「聽我阿爹說，朝中爭鬥的很厲害。朝廷老臣似乎是要司空交出權柄，說是要還政於陛下。還有人竟喊出要招袁紹前來主持朝政，所以亂糟糟的……我和圓德在宮門值守，常聽到朝堂上爭執不休。司空也很惱火，可奈何那些老臣非常張狂。加之陛下今年也已成人，讓司空還政的聲音就越發響亮和強烈，搞得大家都是人心惶惶。」

「哦？」

闞澤突然問道：「是陛下的意思嗎？」

「是不是陛下的意思我不知道，但那些老臣們聯合了一些清流名士，鬧得很凶。」

「可有掌兵之人？」

「這個，倒好像沒聽說。」

闞澤笑道：「烏合之眾，成不得氣候。」

「為什麼？」

曹朋喝了一口水，笑呵呵的回答：「槍桿子裡出政權，筆頭子再硬，也擋不住刀槍斧鉞。」

「不錯，就是這個道理。」

「嗯，你這麼一說，好像還真是這個情況。主公自下邳還都之後，朝堂上似乎是平靜了許多。這兩天的爭吵也比往日少了，估計是怕了。」

怕了嗎？曹朋扭頭，向眺望窗外景色。只怕是在醞釀著更大的風暴吧……

隱隱約約，曹朋覺得自己好像忘記了一樁重要的事情，可一時半會兒他又有些想不起來。

「對了，劉備來許都之後，情況如何？」

「劉備？」典滿一怔，想了想回答道：「剛回來的時候還挺活躍，到處與人結交。聽說，陛下已經正式認可了劉備的宗室身分……你還別說，這傢伙居然真是中山靖王之後，論輩分還是陛下的叔父。媽的，居然成了皇叔！朝堂上的老臣們對他也很敬重，所以時常在一起走動。」

皇叔！劉備終於得了皇叔的名號……

此前，雖然他自稱是漢室宗親，但未曾得到皇室的認可。而今他被皇室承認，也代表著劉備的身分和地位得到了一個質的提高，從此將名揚天下。

「不止呢，阿福你可知道關羽？」

曹朋點點頭，「關羽怎麼了？」

「關羽在下邳斬了呂布，聲名大振。此次論功行賞，被封為揚武校尉，拜兩千石俸祿……娘地，他如何斬殺呂布，大家心知肚明。若非我阿爹和元讓將軍與呂布苦鬥數十合，耗盡了呂布的精神，那輪得到關羽得手？當時還是圓德阿爹出手救他，結果平白成就了他的名聲。」

在這個時空，關羽沒有溫酒斬華雄，也沒有三英戰呂布的戲碼。雖然武藝高強，但聲名卻不是特別響亮。而今，他斬殺了呂布，卻使得他聲名鵲起，成為這天底下有數的大將之一。

不管關羽是偷襲也好，是被典韋救下也罷，呂布死在他的手中是不爭事實。

這世上，成王敗寇。只不過呂布怕想不到，自己的死，令關羽成名……

曹朋不由得沉默了！

其實，對下邳一戰的狀況，他也非常清楚。典韋救下關羽是出於公心，在這一點上，典韋的品格無話可說。但曹朋覺得典韋真不應該救關羽。可再一想，這就和他殺不得張飛一樣，有著各種原因，不能以個人意志轉變。

劉備，終於要崛起了？

曹朋嘴角，勾勒出一抹邪魅的笑意。

就在這時候，忽聽隔壁的雅室中傳來一陣騷亂和喧譁。曹朋一蹙眉頭，心中不免有些不快。

典滿大怒，起身就要出去，但被曹朋給拽住了：「三哥，別惹事。」

「嗯……」

「對了，你們還沒說，劉備如今怎樣了？」

許儀咳嗽了一聲，笑呵呵道：「說來也奇怪，自春祭之後，劉備倒是變得老實了許多，在家裡開了一個菜園子，整日農耕種菜，也不去拜會走訪了……阿爹說，他當了皇叔，倒好像變了個人一樣。」

閉門，種菜？

曹朋不由得倒吸一口涼氣。《三國演義》裡有這一段，但究竟是發生了什麼事情？一下子，記憶好像出現了一個空缺，曹朋越是著急，就越是想不起來到底忘記了什麼事情。

隔壁雅室裡的喧譁吵鬧聲越來越大。聽口音，似乎不是豫州本地口音，而有些類似於涼州的方言。涼州方言豪壯，聲音也很大，吵得曹朋等人交談時，不得不提高嗓門。曹朋覺得毓秀樓的確是今不如昔了！想當初，這毓秀樓的客人多清雅高量之士，何曾有過如此的喧譁吵鬧？

他正感慨著，一旁典滿實在是忍不住了！罵道：「混帳東西，扯著嗓門喊叫什麼？」

隔壁雅室陡然一靜，旋即爆發出一連串的咒罵聲。

「爺爺們在此喝酒，哪個不長眼的東西，來擾爺爺們的酒興！」

「一群蠻子，哪配得喝酒？喝尿去吧。」

典滿那是什麼人？他也是在市井中長大，罵起人來毫不客氣。

曹朋想要阻攔，卻已阻攔不住，只聽蓬的一聲響，緊跟著有人就從外面闖進來。看裝束，是羌人打扮，體格雄武而壯碩。

來人一進來，就怒聲吼叫：「哪個混帳東西在說話！」

典滿呼的一下子長身而起，虎目圓睜，「老子沒去找你們的麻煩，你們倒是自己來送死了。」

典滿如今已十七歲，長的是越來越像典韋。身高八尺有餘，膀闊腰圓，頷下黑黝黝的鬍鬚，透著一股凶猛。而典滿這一起來，許儀也隨之起身，他個頭沒有典滿高，但身材比典滿還要粗一圈，看上去格外剽悍。

「臭小子，你找死！」闖進來的羌人勃然大怒，墊步就衝了過來。

曹朋背對著門，那羌人要過來，就必須要先從曹朋身邊過去。本來，他大可以繞道，卻偏偏要騰空從曹朋頭上跨過。這是赤裸裸的羞辱，如果讓他邁過去，那曹朋等於受胯下之辱。

雖說曹朋回到許都之後，一再告誡自己不要惹事。可他不惹事，卻不代表他會怕事。當那羌人就要邁過去的一剎那，曹朋猛然雙腿發力，一下子弓背而起，錯步向後一滑，一巴掌拍在了羌人的胯部。看似輕飄、渾不著力的一擊，羌人卻好像斷了線的風箏般飛了出去，狠狠的摔在牆上。雅室的牆壁並不是很結實，只這一下子就把那牆壁硬生生撞出了一個窟窿。羌人摔落在地，一口血噴出，竟站不起身。

典滿和許儀不由得大聲叫喊，甘寧也是充滿了讚嘆之意：「公子，好拳腳。」

「不知死活！」曹朋直起身子，看也不看那羌人，「二哥，你不是一直想要試試我的拳法嘛？趕明兒咱們過過手，讓我看看你有沒有長進。」

論武藝，典滿和許儀這一年來，在典韋、許褚的逼迫下，也達到了一流武將的水準。

沒想到曹朋這一出手，同樣展現出了洗髓階段的力量，令二人不由得心中生出無限感慨。

他們是苦練而成，曹朋則是在殺戮中提升。雖然是異曲同工，可差別卻非常巨大……苦練出來的武藝，缺少了幾分凌厲；而曹朋這種從殺戮中提升的傢伙，出手時毫不著力，可發力時卻是殺氣凌厲。如果馬上對決，典滿、許儀尚敢說不分伯仲；如果徒手交鋒，他二人相信，曹朋一定能把他二人給幹掉……

這差距，越來越大！

「小子，好毒辣的手段。」

一個雄渾的聲音響起，就見一個中年男子站在門外。他身高八尺有餘，身體壯碩魁梧，顴骨略高，鼻梁高挺，一雙虎目炯炯有神。身著一襲青色長衣，面帶怒色。

在他身後，有三個青年。一個年紀在二十出頭，個頭大約有一百七十五公分左右，面呈古銅色，一雙大手，指節寬大，手臂上青筋畢露，透著一股狂野的力感。另外兩個則顯得有些書卷氣，一個年紀也在二十多歲，身高約有一百八十公分；另一個大約十八、九歲，個頭偏瘦，身材略顯高鮴和單薄，但眼中卻閃爍精光。

這幾個人，氣勢不俗。

中年人喝道：「少年人，我等雖吵鬧了些，爾等又何必出口傷人？還有你，出手怎可如此毒辣？」

闞澤不吭聲，悄然往後一退。甘寧、夏侯蘭和郝昭三人，則自動站在了曹朋身後。

以至於中年人一眼就看到了曹朋，甚至以為曹朋是這裡的主導。而且剛才曹朋出手，他也看得清楚，心知這幾個少年人並不是等閒之輩，只是他常年掌兵，說話不免有些生硬。

然而他一開口就斥責曹朋，使得曹朋心裡頓時生出不快：你只看到我出手狠辣，卻沒有看到你的人竟然想從我頭上跳過去，讓我受胯下之辱？怎麼什麼事到你嘴裡，都成了你的道理？

曹朋素來是人敬我一尺，我敬人一丈。

你對我客客氣氣的講道理，那咱們就客客氣氣說話。你要是給我擺臉色，那我也不會給你好言語。

「這位老大人，你可知道，這毓秀樓是皇家酒樓？既然來了這裡，你們自當遵守一些禮儀。我們出言不遜是不對，你們又好到哪兒去？再說了，罵歸罵，是你們先動手。你不看好你家的狗，那就休怪我替你教訓你家的狗……」

中年人眼中陡然透出一抹凌厲殺意，凝視曹朋，半晌後突然道：「小子，有種！」

「有沒有種，用不著你來稱讚。」

「可敢報上姓名？」

「我叫曹朋……」

「曹朋？」中年人一怔，突然放聲大笑。「可是那用詭計，害了張翼德的曹友學？」

什麼叫做用詭計？我那是戰術得當……曹朋懶得回答，只看著中年人，一言不發。

「令明何在？」

「末將在。」

「這位曹都尉很張狂，教訓他一下，讓他知道知道，什麼叫天外有天。」

「喏！」粗壯的黑漢子，邁步就走出來。

甘寧眉頭不由得一蹙，閃身擋在了曹朋身前。「想要教訓我家公子，且問問我是否同意。」

這兩人一對峙，所產生的氣勢，令中年人不由得為之色變。

而曹朋，也不由得一蹙眉頭，因為他可以覺察到，眼前這黑壯青年氣血之強壯，遠勝於自己。這傢伙，可不是等閒的一流高手，至少比自己要強出半個等級……

不過和甘寧一比，黑壯青年又似乎有些不足。也就是說，他的身手當在一流高手之上，超一流高手之下。如果要有一個準確的定義，那就是類似於準超一流的水準。甘寧和那『令明』雖然沒有動手，但所產生的氣場卻格外驚人。

「令明，回來！」中年人沒想到曹朋身邊還跟著一個甘寧這樣的人物。連忙高聲喊喝，跨步上前。

就在這時候，曹朋猛然閃身衝出，「興霸，你對付那老傢伙，我來領教一下此人的高招。」

甘寧眼睛一瞇，二話不說，就攔住了中年人，抬手一拳轟出。

中年男子冷哼一聲，錯步閃身，便和甘寧打在了一起。與此同時，中年人身後的兩個青年也衝了過來，典滿和許儀大吼一聲，便攔住了兩個青年。剎那間，就在這樓閣的過道上，幾個人便打在一處。

曹朋一記炮錘，轟響黑壯青年。黑壯青年也不閃躲，迎著曹朋的拳頭，同樣是一記炮錘。拳腳交擊，發出沉悶的聲息。曹朋連退了七、八步，抖了抖雙手，呵呵笑道：「黑廝，好力氣。」

「力氣好，拳腳更好！」黑壯青年冷笑不停，猱身而上。

闞澤一把拉住了夏侯蘭和郝昭，笑呵呵道：「別著急，打不起來。」

「這已經打起來，怎還說打不起來？」

闞澤笑而不語，只盯著那個和甘寧打在一處的中年人，心裡面暗自思量，此人莫非就是……

曹朋拳腳如風，黑壯青年則勢大力沉。

按道理說，曹朋不是黑壯青年的對手，可是他的拳腳中，夾著內家拳的勁力，雖力量比不得黑壯青年，但也使得黑壯青年格外難受。特別是曹朋的太極纏絲勁，一圈圈一道道，令黑壯青年有一種束手束腳的奇怪感受。他越打越憋氣，越打越惱火，拳腳越發強猛，力道越發驚人。

「住手，全都住手！」忽聽樓下一陣吵鬧聲，緊跟著有人高聲叫喊。

曹朋一個愣神，被黑壯青年一拳轟在了肩膀上，打得他一個趔趄，險些摔倒。不過，他反應很快，趁著閃身的剎那，從兜囊中掏出一枚鐵流星，抖手飛出。黑壯青年一擊得手，正要跟進，不想鐵流星呼嘯而來，嚇得他不由得連忙閃躲。也就是在這眨眼工夫，一群人衝上酒樓。

「二弟、三弟，住手！」

「壽成將軍，請住手。」

「興霸，回來。」

一連串的呼喊聲響起，雙方迅速停下來。

典滿和許儀明顯是占居了上風，神清氣爽，而那兩個青年，一個衣冠狼狽，另一個被打得鼻青臉腫。

甘寧和中年男子，不分伯仲，但總體而言，甘寧占了上風，中年人似有些吃虧。

曹朋一隻胳膊垂著，顯然是受了傷。不過那黑壯青年也不好受，被曹朋用纏絲勁拍擊雙臂，當時還不覺得有什麼問題，可這一停下來，只覺得一陣陣針扎似的刺痛，擼起了袖子，就見小臂紅腫，略透著暗青之色……

「壽成將軍，都是自己人，何必認真？」

曹真和一個少年走上了酒樓。曹朋認識那少年，正是臨沂侯劉光。

劉光苦笑一聲，對曹朋道：「阿福兄弟，你這可真是……這剛回來，就要砸了我的酒樓嗎？」

「臨沂侯，別來無恙。」曹朋一隻胳膊抬不起來，也無法搭手。

曹真走過來說：「阿福，你怎麼和衛將軍打起來了？」

「衛將軍？」

曹真道：「我來給你介紹，這位是武威太守馬騰，此次奉命入京，朝賀天子。」

馬騰？曹朋抬起頭，向那中年人看去。

劉光則拉著馬騰，輕聲勸解。

「果然英雄出少年，曹都尉，你好本事。」

「馬太守，你也果然名不虛傳。」

「哈哈哈，今日馬某很開心，能識得幾位少年英雄。剛才的事情不過是個誤會，還請幾位莫要掛懷。」

曹朋連忙客套，目光一轉，卻落在了黑壯青年身上。「喂，黑廝……你可是龐德？」

黑壯青年一怔，「你怎知某家姓名？」

曹朋一笑，卻不回答。

這時候，曹真道：「阿福，本打算為你接風，可軍中尚有要務，咱們改日再聚吧。你剛回來，也累了！圓德，你帶阿福他們先回去。老二，你下午還要值守宮門，休要飲酒誤事。」

曹真說罷，再次拱手向馬騰道歉。

馬騰擺擺手，只饒有興趣的看了看曹朋，又看了一眼龐德，卻沒有說話。

劉光送曹朋等人走下酒樓，忽聽馬騰在身後道：「兀那漢子，有一身好本事，何不報效國家，勝過寄人籬下。若有興趣，不妨來武威。憑你這一身本領，博取功名，建立功業，不過早晚。」

這，顯然是對甘寧說話。

曹朋扭頭，怒視馬騰。可馬騰卻渾不在意……

甘寧笑了，「既然不過早晚，那又何必心急？」

跟著你，不過早晚；跟著我家公子，也不過早晚……既然是這樣子，我跟著公子，豈不更好？

言下之意：你馬騰，比不得我家公子！

馬騰的臉色，頓時陰沉。

曹朋站在樓梯下，朝著他一撇嘴，露出一抹嘲諷笑意。

「阿福，給某家一個面子，別再鬧事了，好不好？」劉光苦笑，拉著曹朋往外走。

「馬太守，你保重。」曹朋說罷，隨著劉光走出酒樓。

而馬騰的臉色卻更加難看。他心想：曹朋的那一句『保重』，似乎別有深意，莫非這小子覺察到了什麼？不可能，聽說他剛回許都，又怎可能知曉……不對不對，玄德也許想岔了！這小子，絕不可能是可有可無之人。

一個可有可無之人，焉能有那等高手？

一個可有可無之人，在下邳通敵，放走了呂布家人，到頭來卻沒有受到懲罰，反而做了騎都尉？

馬騰這心裡面有鬼，越想就越是覺得不太對勁。

「令明？」

「末將在。」

「你……認識這個曹朋嗎？」

「這個，末將不認識。」

「那他怎麼認識你呢？」

「……末將不知。」

馬騰面帶微笑，點了點頭，不過眼眸中，卻閃過了一抹疑慮。

在毓秀樓外，曹朋等人與劉光告辭之後，上馬離去。

「阿福！」

「嗯？」

「你和劉光很熟嗎？」

曹朋想了想，「也不是很熟，只不過有兩面之緣。一次是在鬥犬館中，我用阿爹打造的寶刀幫二哥抵了帳；還有一次，是我在離開許都之前，在街市中和他見過一次，說過幾句話。」

曹真點了點頭，「有些事情，我得提醒你。許都如今不太安全……公孫瓚死了，袁紹得了並幽，實力大增，如今對許都虎視眈眈。朝中很多人都在暗中反對主公，意圖迎接袁紹到來。劉光……你最好不要和他走得太近了！」

劉光是漢室宗親，是漢帝最信任的族人。他肯定是保皇黨，如果走得太近，可能會引火焚身。

曹真是一番好意，曹朋可以理解，不過心裡面，對劉光始終懷著一份好感。但是……曹朋心裡面暗自嘆息一聲：怪只怪，他是漢室宗親！

「對了大哥，有件事，你要留意。」

「什麼事？」

「劉備此人很會作戲，切莫被他的表面所欺騙。」

曹真聽聞，不由得眸光一凝。

馬騰，相傳是伏波將軍馬援的後代。其父馬肅，曾任天水校尉，後留居隴西，與姜姓羌女成親，生下了馬騰。不過，當時馬騰的家境很差，靠伐木砍柴為生。後涼州刺史耿鄙任用小人，導致羌狄造反。馬騰應徵而平叛，被州郡官員看重，任命為軍從事，後又因戰功，而被提拔為軍司馬。耿鄙被殺以後，馬騰聯合韓遂等人，為禍三輔。朝廷以皇甫嵩鎮守三輔，馬騰等人旋即在金城和武威坐大。

建安二年，馬騰和韓遂成為關中實力最強的諸侯。

曹操以鍾繇為司隸校尉，持節督關中諸軍。鍾繇到達長安之後，便書信馬騰，闡明利害干係。馬騰旋即歸附漢室，並與韓遂一同送兒子做人質。

《三國演義》裡，有一個情節叫『衣帶詔』。曹朋並不清楚這衣帶詔是否存在，但他卻知道，如果衣帶詔存在，馬騰的名字就在其中。

是揭發啊，是揭發啊，是揭發啊……

曹朋不是一個喜歡告密的人。同時，他也知道如果他向曹操揭發，曹操一定會詢問他消息來源。那樣一來，曹朋根本無法解釋。他解釋不出來，就會被曹操猜忌；解釋出來，同樣也會被曹操猜忌，出力不討好。

畢竟，連曹操都不清楚的事情，你一個常年在外的傢伙，居然能夠打聽到消息，豈不是說明你曹朋在許都城中有耳目？而且是那種比曹操的耳目更強大的耳目，那曹操焉能不猜忌？

所以，曹朋也只能對曹真點到為止。

「大哥，劉備非久居人下者。此前他未得皇室認可，尚張狂跋扈，而今得了皇室認可，卻突然變得低調，豈不是別有用心？我以為，此劉備掩人耳目，韜光養晦之策。而促使他韜光養晦的，定有不尋常的事情。你不妨命人多留意他，以免他暗中做出了是非。」

關於曹朋和劉備的衝突，曹真倒也有所耳聞。說實話，他對劉備的印象不錯。此人溫良恭謙，性格寬厚，氣度恢宏，頗令人親切，有長者之風。然聽聞曹朋這一番叮嚀，曹真眉頭一蹙。「阿福，我知你和玄德公有矛盾，可如今劉玄德已經低頭，你又何必趕盡殺絕，抓著不放手呢？」

「啊？」

曹真嘆了口氣，「玄德公乃溫良長者，當初劫你糧草的人，是他的部下，他並不知情。你打上門去，砍了他的大纛；如今又擒下了張飛，還把他的家眷困住，已經出了一口惡氣。既然如此，你何必……」

曹朋的臉色陡然變了。他詫異的看著曹真，半晌後也不出聲，撥馬就走。

「阿福……」

曹真想要喊住曹朋，哪知道曹朋根本不理睬，逕自離去。甘寧等人也不清楚發生了什麼事情，只看著曹朋走，也連忙跟上。許儀和典滿顯得有些糊塗，忙到了曹真身邊。

「子丹，阿福何故不告而別？」

曹真心裡也有些不高興，心想：我不過說了你幾句，你就給我使臉子，算什麼事情？

他沉聲道：「我不知道。」說罷，掉頭走了。

只留下典滿和許儀兩人面面相覷，有些不知道究竟……

當晚，劉備正在書房中，捧著一卷《史記》，認真的翻閱。

關羽不在他身邊，昨夜聽聞張飛被擒，被扣押在辰亭官驛的消息之後，劉備立刻命關羽帶領兵馬，前去援救。又擔心關羽心高氣傲，劉備還使糜竺隨同關羽前往。而此時，劉備身邊只剩下孫乾、簡雍兩人，府中的守衛則交由陳到負責。

他看了一會兒書，覺得有些心煩氣躁，於是把書卷放下來，走出房間，站在門廊上，露出沉吟之色。

前些日子，車騎將軍董承，突然秘密使人與他聯繫。劉備一開始並不知道是什麼事情，於是興沖沖前去赴宴，卻不想在酒宴之上，董承突然屏退了奴僕，取出一份詔書。這詔書是漢帝劉協所書，言曹操把持朝綱，名為漢臣，實為漢賊。

劉協如今已經長大成人，希望能夠親掌朝堂，興漢室基業。所以，他請董承秘密聯繫忠於漢室的臣子，共同誅殺曹操。劉協在信中，寫得是情真意切。而這封詔書之所以會出現在董承手裡，是因為董承的女兒即劉協的貴人，屬於外戚……

劉協已經找不到合適的人選，平日裡被禁足於深宮之中，左右大都是曹操的耳目，身邊的幾個心腹，如劉光、冷飛等人，要麼是不掌權，要麼資歷不夠，要麼就是手中沒有實權。就包括董承在內，也非實權人物。但不管怎麼說，董承也算是外戚，屬於劉協能信任的人。

「玄德乃漢室宗親，中山靖王之後。如今被陛下認為皇叔，更拜衛將軍……曹賊日益猖狂，若不能除去，早晚必成漢賊。我知玄德忠義，故今日相請，共謀大事，伺機誅殺曹賊……」

劉備激靈靈打了個寒顫，呆坐無語。他有野心不假，可是在此前，他從未捲入過朝堂之爭，一直是聽命於他人，雖是什麼豫州牧、徐州牧，但對朝堂上的爭鬥卻沒有半點經驗。

劉備敏銳的覺察到，這封衣帶詔，是他的一個機會。可他也清楚，一旦在詔書上寫下自己的名字，就等於和曹操徹底反目，再也沒有任何轉圜餘地。至少在目前，劉備還沒有做好和曹操反目的準備。或者說，他並無資格與曹操反目。

「董車騎，能為陛下剷除國賊，乃備之本分。不過如今曹操勢大，我等手中無兵無將，如何與之周旋？當務之急，車騎將軍當內聯朝臣，外合諸侯，待時機成熟時，我等裡應外合，可將國賊一舉剷除。但現在……恐不太合適。」

董承大喜，「玄德所想，正合我意。」

於是，劉備和董承秘密商議，並在衣帶詔上寫下了自己的名字。而後他便開始韜光養晦，試圖麻痺曹操，以設法逃離許都。

曹朋擒下張飛，扣押了他的家眷，劉備惱怒不惱怒？非常惱怒！可他不想招惹是非，所以只好對此事睜一隻眼、閉一隻眼。他現在所要做的是儘快離開許都，在許都多停留一日，就多一分性命之憂……

站在迴廊上，思忖近日所為，劉備基本上還算滿意。

老曹，你看我現在都挫成什麼樣子？你的人騎在我脖子上拉屎，我也默不作聲。每天在家裡種菜，什麼事情都不做……你還不放我離開？

可以說，劉備如今是在掰著指頭過日子。他在計算，計算自己還會在許都停留多長時間……

「主公！」

就在劉備沉思的時候，從花園小徑匆匆跑來一人。

劉備看過去，一眼便認出來人正是簡雍。在劉備的印象裡，簡雍是個遇事從不慌張，沉穩有度的傢伙。可是現在，他似乎有些慌亂。

「憲和，何故如此慌亂？」

「車騎將軍剛才命人送來了一個口信。」

「什麼口信？」

「馬壽成，明天一早離開許都。」

「啊？」劉備心裡陡然一咯登，臉上登時流露出一抹慌亂之色。

馬壽成，就是馬騰。

劉備知道，馬騰後來也在那份衣帶詔上簽下了名字。本來，董承和他們約好，過段時間會聚會一次，大家見見面。劉備呢，也想透過這次機會和馬騰搭上關係，將來能多一條出路。但怎麼好端端，馬騰要離開許都？

「怎麼回事？」

「馬壽成派人與車騎將軍說，最近最好不要有什麼動作。還說，很可能被人盯住了……」

「被誰盯住了？」

「這個……」簡雍苦笑著搖搖頭，「車騎將軍倒是沒說。」

他想了想，話鋒一轉，「不過我倒是聽人說，馬壽成今天在毓秀樓和人發生了衝突，還打了起來。」

「和誰打了起來？」

「就是那今天才回許都的曹朋。」

腦海中，不由得浮現出那個少年的身影。轅門外，一刀砍斷了自家大纛，劉備至今無法忘懷。他可以感覺出來，曹朋似乎對他非常瞭解。而今他一回來，就和馬騰發生衝突。究竟是什麼事，讓馬騰急匆匆要走？

「馬壽成如今何處？」

「正在官驛中準備行囊，並且已經得到了曹操的同意，明日一早就走。」

「你立刻讓公佑前去官驛，秘密拜訪馬騰。打聽一下，他究竟是因為何事要突然離開……」

「喏！」簡雍不敢怠慢，連忙轉身離去。

步下迴廊，劉備緩步而行。仲春的花園，桃杏綻放，空氣中瀰漫著一股淡淡的花香，沁人肺腑，令人不由得心曠神怡。劉備負手而行，思緒此起彼伏。

有一點可以肯定，馬騰之所以離開，與今日和曹朋在毓秀樓的衝突有關。曹朋，曹朋……這傢伙還真不是一個省心的主兒。之前破壞了自己留在徐州的計畫，還把張遼說降，歸順了曹操。

對於呂布帳下八健將，劉備可是非常眼饞，特別是張遼和臧霸，簡直說得上眼紅。雖然數次敗於張遼之手，但各為其主，劉備並不怨恨。對於張遼的能力，還有他的性格，劉備非常看重，只是到最後，這麼個人卻歸順了曹操。

若我得張文遠，可為一方諸侯！

劉備在心裡暗自發忧一聲感嘆。同時，他也開始審視自己的缺失……他發現自己，似乎小覷了曹朋一家。曹汲不用說了，那是曹操兵械供應的根本。只看曹軍現在的裝備，劉備就感到非常眼紅，特別是虎賁軍和那支新近成立的虎豹騎，其所裝備的兵器鎧甲，明顯比普通軍卒手中的兵器要強不止一籌。

若我白眊可配此等兵械，天底下誰能攔阻我？

還有那個鄧稷，如今雖然只是一個小小的海西令，可誰也不會把他當成一個縣令來看待。兩淮屯田，由此人一手經辦。這麼一個人，此前是沒沒無聞，怎就到了曹操手下？

還有那個曹朋，年紀不大，可是卻非同尋常。只看他手下有甘寧那等超一流的猛將，就足以說明此人的手段。一家三口，皆非等閒。為什麼在一開始，我對這一家人沒有關注呢？

劉備想到這裡，不免有些失落的嘆了一口氣。不過，他很快便振奮起來。

我如今也是漢室宗親，堂堂大漢皇叔，憑此身分，只要找到合適機會，定可以有所作為……

就這樣，劉備在花園中駐足了近半個時辰。

孫乾從官驛返回，匆匆來到劉備跟前。劉備問道：「公佑，情況如何？」

孫乾回答道：「馬壽成說，那個曹朋很可能是曹操帳下的耳目，之所以不在許都，不過是掩人耳目罷了。此人應當對許都的狀況非常清楚，今天和馬騰在毓秀樓衝突，他一口就喚出了馬騰帳下一員小將的名字……後來，他還對馬騰說出了『保重』的言語，給馬騰的感覺，此人一定知曉了什麼。主公，我覺得馬騰膽子太小，一句保重，就把他嚇得屁滾尿流。」

「不對！」劉備激靈靈打了個寒顫。「馬壽成非膽小之人，他縱橫三輔，威震西涼，總有他的道理。『保重』……曹家小兒這句話，絕不是隨便說說。慢著……你說，他為何要在辰亭扣留翼德？」

「啊？」

「他沒有殺翼德，大可以把他放回來。可是曹朋沒有，反而把翼德和坦之都留在辰亭，看押起來……這其中，會不會有什麼用意？」

人常道：不做虧心事，不怕鬼敲門。不管是馬騰也好，劉備也罷，心裡面都有鬼。恐怕連曹朋也沒有想到，他那隨口的一句『保重』，竟然使得兩個大人物都生出了忐忑。

孫乾眼珠子滴溜溜打轉，猛然瞪大眼睛，駭然看著劉備，「主公，此莫非是……」

劉備用力點點頭，沉聲道：「想來，曹操已經得到了風聲。我之前韜光養晦，並未使曹操釋懷，只是他並不想大張旗鼓，畢竟我如今也是大漢宗親。他讓曹朋扣押了翼德，知我兄弟情深，定然會派人前去。我身邊可用之人不多，也只有雲長……那麼他，就可以趁機把我拿下。」

孫乾變了臉色，一個勁兒的贊同。

劉備則徘徊幾步，片刻後，他輕聲道：「不行，我若不走，必被曹操所害。」

「主公，乃準備……」

「你連夜出城，通知雲長和翼德，暫勿返還許都。命他二人率兵，藏於鈞台……我會儘快與他們會合。」

章六

青梅煮酒

子夜後，下了一場小雨。天亮的時候，雨水已止住，花園裡的空氣格外清新。嫩綠的樹葉，含苞待放的花朵，沾著閃閃雨露，在晨光中晶瑩閃爍。

曹府後花園的一隅，有一塊空地。面積大約在七、八百平方米，四周栽種著垂柳。晨風中，垂柳搖曳，顯得格外清幽。空地被夯實，擺放著兩排兵器架，除此之外，還有石鎖等器具。在空地的最邊上，設有單槓、雙槓，以及幾個人形木樁。

這裡是曹朋練功的地方。雖然他一直不住在府中，可張氏還是給他留下了一塊空地，並按照當初在典家塢堡的設計，把所需的一切器具都打造下來。至少，她可以在這裡感受到兒子的氣息。

曹楠曾私下裡告訴曹朋：建安二年秋，曹朋隨著鄧稷離開許都。最開始，張氏極為思念曹朋，整日裡徘徊在這演武場中，有的時候一坐就是一整天……

慈母手中線，遊子身上衣。

對於這份沉甸甸的母愛，曹朋只覺得有些難以消受。

精神上，張氏並非他的母親；可是那血脈相連的親情，一輩子都無法割捨。所以，回到許都之後，曹朋一連數日足不出戶，或陪伴張氏聊天，或隨張氏出行，走遍了許都街巷。

同時，曹朋依舊堅持每天聞雞起舞的習慣。因為他遇到了一個麻煩……

前世，曹朋曾達到了易筋的水準；今生，他不過是把前世曾經做過的事情，重複了一遍而已。可是在進入易筋之後，由於曹朋前世工作的緣故，便把這功夫放下，以至於當今生他進入了洗髓階段之後，竟不知道該如何修煉下去。

每達到一個境界，自然有相應的功法變化。比如從最開始，曹朋以太極入門，後來又把白猿通背拳的金剛八式，結合真言修煉，迅速達成效果。這是一個經驗，曹朋知道用什麼辦法修煉，能達到最好的效果。但現在，問題來了！

在晉級一流武將，也就是洗髓的階段以後，曹朋不知道該如何才能提高。

體質可以加強，可以變得更強；力量可以增大，可以變得更大；可『勢』呢？這個『勢』究竟如何才能練成？搏殺疆場，與人切磋，的確是能夠提高，但提高的只是經驗。

『勢』，該如何蓄養？

如何能似呂布那驚天一戟，如何能似甘寧的長江三疊浪，如何才能像張飛的疾風暴雨？

曹朋不知道！

這是一種可以意會，而無法言傳的東西。如果不能凝聚出『勢』，則終生無法達到超一流的境界。

甘寧雖然有經驗，但個人的情況不同，甘寧也不知道該如何來指點曹朋。所以這幾日下來，曹朋顯得有些焦躁不安。

他走出房間，穿拱門，直奔演武場。遠遠的，曹朋就聽到演武場中傳來一種近似於獸吼的聲音，心中不免有些奇怪，於是放輕腳步，來到演武場邊緣。

空地上，一個青年赤裸著膀子，正在演武場上練功。晶瑩的汗珠掛在他的身上，在晨光中閃動。青年體態均勻，肌肉墳起。他正在練習一套極為簡陋的拳法，有點類似於懷中抱月的招式，每行進一步，就停頓一下，口中發出一聲爆音。

擬獸拳？曹朋覺得這拳法似曾相識，好像在哪裡見過，於是便站在場地邊緣靜靜的觀察。

青年，正是甘寧。隨著他一連串的爆音從口中發出，那動作就越發透出剛猛之氣。剛猛之中，卻又有一種奔騰之勢，就好像那滾滾不盡的大江之水。

「熊搏術！」曹朋腦海中突然閃過了一道靈光。他認出了甘寧的擬獸拳，是擬何種猛獸。同時他也想起來，這套拳術曾在何處見過。

甘寧猛然止住了動作，回頭看去。眸光中，透著一股凶光，令人感受到莫名的威脅。

見是曹朋，甘寧的目光旋即柔和下來。他收了拳腳，笑呵呵的朝著曹朋打了個招呼。隨著他的動作，鈴鐺聲響。曹朋激靈靈打了個寒顫，甘寧手上一直戴著鈴鐺，可是在剛才練功的時候，那麼剛猛無儔的動作，鈴鐺卻沒有發出任何聲息。這其中，又代表著什麼蘊意？

甘寧的力量，已達到了出神入化，收放自如的境界！

「公子，你怎知道我這是熊搏術？」甘寧從單槓上取下一塊乾布，把身上的汗水擦去。他一邊說話，一邊走過來，臉上透出一抹奇色。

曹朋猶豫了一下，輕聲道：「我曾見人練過這套拳法。」

甘寧一怔，脫口而出道：「你見人練過？」又旋即解釋道：「這熊搏術是我祖傳的拳法，你怎可能見人練過這套拳法？」

曹朋撓撓頭，「好像是三年前？不，是兩年前……嗯，那時候我家還住在棘陽，被江夏黃射陷害，幾乎家破人亡。我好像和你說過吧。也就是那個時候，我認識了典韋典叔父，還有子幽。當時我和我姐夫在夕陽聚失散，我們救下典韋之後，便輾轉繞穰城，返回涅陽。我姐夫，還有虎頭，被涅陽當地的名醫，前長沙太守張機所救。張太守的手下有一個老管家，曾使過這套拳術……我想想看，他好像是叫甘茂。嗯，就是甘茂，自號巴中米熊。不過我覺得，他的熊搏術似乎比你的更顯更猛，但並不圓潤。」

「巴中，米熊？」

「怎麼了？」

甘寧看著曹朋，半晌後突然笑了：「甘茂，是我叔祖，也是教授我熊搏術的人。」

曹朋愕然張大嘴巴，露出不可思議之色。

「巴中米熊，是他的號。其實，家叔祖是五斗米護法……對了，你應該知道五斗米教吧？」

五斗米教？曹朋當然聽說過，不過他有點想不起來這五斗米教在後世是什麼名字，好像五斗米的創始人……張道陵？沒錯，就是張道陵。

甘寧說：「我叔祖是五斗米大天師護法，太平道之亂時，五斗米教也受到了波及。後來，劉焉入蜀，當時五斗米的大天師張魯，和劉焉發生了衝突，劉焉甚至殺了張魯滿門，更對五斗米教眾展開剿殺。叔祖當時就是為了避禍，而逃離了巴郡。沒想到……那他現在何處？」

曹朋搔搔頭，「應該還在涅陽吧。」

甘寧顯得有些興奮！

不過也難怪，失散多年的親人，本以為不在了人世，不成想卻突然知道了下落，甘寧怎能不激動。

他在演武場徘徊片刻，輕聲道：「公子，我想去涅陽看看。」

「啊？」曹朋一怔，旋即反應過來。他猶豫了一下，點點頭，「令叔祖如今在張機太守門下做事，應該還在那邊。不過，涅陽目前還是劉表治下，你貿然前往，恐怕會有危險。我有一位兄長，如今就在南陽郡，官拜南陽司馬，屯守土復山。你可以找他，讓他幫忙送你到涅陽……對了，我還有一樣東西，請你幫我轉交給他。」

青梅煮酒

甘寧說：「公子放心，多則月餘，少則二十日，甘寧必返回許都。」

曹朋只是笑了笑，「那興霸你一路保重。」

正午時，甘寧告辭離去。他騎著那匹烏騅馬，帶著河一雙刀，趕赴土復山。

曹朋送走甘寧之後，回到家中，和母親張氏說了會兒話，然後又陪著黃月英研究了一下水車。一場小雨過後，讓曹朋多多少少感覺到了旱情的緩解。不過，即便如此，黃月英也沒有放鬆對水車的研究，相反熱情更高。

水車是個好東西啊！今年不旱，保不住明年也不旱。萬一遇到個災年，這水車就能派上用場。而如今的問題是，該怎樣才能讓這水車為自己一家換來最大的利益？曹朋目前還沒有一個成熟的概念。

晡時過後，曹朋坐在迴廊上，安安靜靜的看書。忽有下人來報，說是典滿來了。

自從那天和曹真不歡而散之後，曹朋就沒有再和幾個兄弟見面，大部分時間都用來陪伴張氏。但那只是曹朋和曹真之間的矛盾，和典滿無關。

聽說典滿來了，曹朋連忙道：「有請。」

不一會兒，典滿在家奴的領引下，笑呵呵的走進小院。見曹朋悠閒自得的模樣，他就抱怨起來：「阿福，你好悠閒。」

曹朋笑道：「三哥，你今兒怎麼來我這裡了？」

典滿也不回答，逕自走上前來，一屁股坐下。他拿起旁邊的一碗涼開水，咕嘟咕嘟的牛飲一通。而後把碗一放，伸手抹去頜下鬍子上的水漬，長出一口氣，往那廊柱上就是一靠。「還是你舒服，這幾日值守，可把我累壞了。」

「值守，有甚累的？」曹朋啞然失笑，「別以為我不知道，你們這些虎賁郎哪裡會真的值守，還不是找地方打麻將？」

「呸！這些天我一直在皇城值守，打得屁麻將。」說罷，典滿站起來，拉著曹朋的胳膊，「快點，咱們走。」

「去哪兒？」

「我阿爹找你。」

曹朋疑惑道：「典中郎找我？他找我幹嘛？難不成，他還想要我加入虎賁？那我可不會去。」

原來，自從下邳之後，典韋就想要把曹朋徵召進入虎賁。一方面是因為曹朋如今沒什麼事情可做，擔心他心情不好；另一方面，典韋也希望曹朋加入虎賁，因為他知道曹朋的本事，而且也非常喜愛曹朋。只不過，曹朋當時便嚴詞拒絕。

開玩笑，虎賁有什麼意思？雖說『虎賁』聽上去很威風，可他卻不想做。即便典韋承諾，如果曹朋進去，至少可以給他安排個虎賁中郎，但曹朋也是一直不肯吐口。

典滿拉下臉，「我就不明白，加入虎賁，有什麼不好？」

「加入虎賁，和你一樣去給人看門嗎？」

「你……」典滿笑罵道：「回頭我告訴老許，就說你說虎賁是看門狗，到時候看他怎麼收拾你。」

「哈，學會栽贓陷害了？」曹朋忍不住笑道：「我只說是看門，可沒說看門狗。三哥，你這本事……好端端罵自己作甚？」

典滿這才意識到自己的語病，頓時氣得暴跳如雷。兩人說笑了一會兒之後，他拉著曹朋道：「好了，說笑歸說笑，咱們快點走。我阿爹可是在家等著你呢。」

「那我也要和家人說一下。」

「說什麼說，快點走……」典滿不由分說，拉著曹朋就往外走。

章六 青梅煮酒

曹朋無奈，只好跟著典滿。出門的時候，他和家丁說了一聲，然後便和典滿一起上了戰馬。不過，他騎的不是照夜白，而是一匹普通的戰馬。

「阿福，你和子丹……」在前往典府的路上，典滿輕聲詢問。

曹朋說：「我和大哥沒什麼啊……只不過一些事情上的看法不同，有些爭議而已。」

「嗯，我也這麼想。」典滿輕呼了一口濁氣，低聲說：「想當初，咱們哥八個一個頭磕在地上，在孔聖人跟前發誓，結為兄弟。我和老許都有點擔心，害怕你們兩個……既然你說沒事兒，那明天我和老許擺酒，你跟子丹服個軟……你也知道，大哥那人，有點抹不下臉。」

曹朋沉默了！

他也不是真就想和曹真反目，可讓他服軟，豈不是說他承認了當時是對劉備落井下石？我雖然不算什麼好人，可還不屑於做這樣的事情……只是，這件事總有一個人，要先低頭。算了，就當讓小孩兒！老子好歹兩世加起來也四十多了，何苦和自家兄弟較真兒？將來，他自然能明白，我所說的是否正確。

想到這裡，曹朋點了點頭。

典滿頓時咧嘴笑了，也沒有繼續在這個話題上糾纏下去。

兩人很快來到虎賁府，典滿帶著曹朋直奔花廳。典韋就坐在花廳上等候，見到曹朋便迎上前來：「圓德，你先下去吧，我有些事情要和阿福說。」

「啊？」

「啊什麼啊，快點下去。」典韋好像趕蒼蠅似的，直接把典滿轟了出去。

典滿是一肚子不高興：使喚我的時候，對我那麼好；這人一帶過來，就立刻變了臉？過河拆橋！不過，他倒是明白父親這麼做一定有原因。

看著典滿心不甘情不願的離去，曹朋疑惑的看著典韋道：「叔父，你這是幹什麼？幹嘛把三哥轟走？」

典韋呵呵一笑，揉了揉曹朋的腦袋。「阿福，走！」

「去哪兒？」

典韋道：「我帶你去見個人。」

沿著虎賁府後花園的林蔭小徑一路走過來，曹朋心裡的疑惑越來越重，忍不住開口問道：「叔父，你這是要帶我去見誰？」

「就要到了！」典韋呵呵一笑，也沒有正面回答。

穿過花園小徑後，就看到一扇小小的拱門。兩扇木門緊閉，典韋走上前，伸手就把門推開。

「阿福，隨我來。」

曹朋可是記得，這拱門後面就是曹操的司空府花園。以前典滿和他提起過，而且還曾見到夏侯真從這道拱門後跑過來。

典韋帶我來曹操的花園，又是什麼意思？難道說，他剛才所言要帶我去見的那個人，就是曹操？

曹朋心裡面不由得有些忐忑。不過又一想，自己近來又沒有招惹什麼禍事，怕什麼？

但一想到要直面曹操，他又是一陣沒來由的緊張。雖然他一家人都為曹操效力，而且曹朋也見過曹操，但見歸見，卻沒有過正面的接觸。這種感覺，就好像前世剛上班，去見上級長官時的感覺一樣，緊張、忐忑，同時還有一絲絲的疑慮：曹操好端端，為何要見我？

隨典韋穿過拱門，就聽花園裡有傳來絲竹歌舞之聲。在花園小徑入口處，曹朋看到了許褚。

「姪兒見過叔父。」曹朋上前行禮。

章六
青梅煮酒

許褚臉上沒有任何表情，只是與曹朋點了點頭，「阿福，快些過去，主公已等候多時。」

果然是曹操！

曹朋只覺得心裡面猛然抽了一下。他深吸一口氣，邁步走上小徑。典韋在他走進小徑的時候，停下腳步，和許褚一起值守在外。

歌舞聲，越來越近。遠遠可以看到一個亭子，曹操正跪坐於榻上，身前擺放著一張條案。亭子前，有歌舞伎翩翩起舞。不過對於這種舞蹈，曹朋大都是看不太明白。

「阿福，來坐。」曹操看到了曹朋，哈哈大笑，向他招手示意。

曹朋連忙加快步伐，來到亭子裡，卻發現在亭子裡並非曹操一人，還有曹真和一個少年，正坐在旁邊。而夏侯真守著一排壚，正專心致志的溫酒。

壚，是一種溫酒的工具，在兩漢時極為流行。一般的酒肆裡都設有壚台，而看守壚台的，多為女人。一方面是可以溫酒照拂生意，另一方面可以招攬客人。壚台最初多為黑色，但在權貴富豪家中會增添一些點綴。比如這亭子裡的壚台，外面鑲嵌一層白沙卵石，頗為雅致。

說起壚台，本是市井中的擺設。不過自卓文君和司馬相如的故事發生之後，許多權貴家中，也會架設壚台，以附風雅。所以，又衍生出了一個職業，名為壚女。能燙得一手好酒，也是一門技藝，許多女子在修習女紅的同時，也大都會學習這燙酒的技巧。

夏侯真抬起頭，朝著曹朋微微一笑。看到夏侯真臉上的笑容，曹朋心裡的緊張一下子消失無蹤。他相信，如果真的有事情，夏侯真一定會暗示他。既然夏侯真神色輕鬆，那想來也不會有什麼大事。

「卑職曹朋，叩見司空。」曹朋上前，恭恭敬敬的行禮。

其實，在東漢時期，三跪九叩之說還未出現，人們相見也多顯得隨意。即便是在朝堂上議事，也非後世電視劇中那般的列隊森嚴，大都三五成群，而且可以隨意走動，或坐或立，非常隨意。

曹朋如此鄭重其事的行禮，讓曹操一怔。他啞然失笑道：「阿福，這是家中，何必行如此禮節，快坐下吧。」

但曹朋還是鄭重的行過了禮節，而後微微欠身，在一旁坐下。

「呃……我叫你阿福，沒問題吧？」曹操笑呵呵的看著曹朋，面帶和藹之色，輕聲問道。

「自然可以。」

「子丹，我無須介紹，小真你也認識；這是吾子丕，比你小四歲，年已十二。說起來，你們也算是同輩。我今日找你來，也沒什麼事情，主要是感謝你，這一路護送祖母周全。」

曹丕？

曹朋詫異的向那少年看去。卻見曹丕也正好奇的打量他……

曹丕的身材不高，可能不到一百六十公分，但卻有一種少有的沉穩氣度，不似普通的同齡少年人。

兩人目光接觸，曹丕微微一笑。

曹朋也笑了一下，旋即和曹真的目光相觸。曹真的目光裡，似有一些羞愧，連忙低下頭，不敢和曹朋相視。這不禁使得曹朋感到有些奇怪。

「阿福，我曾聽人說，你在廣陵時，曾作《陋室銘》？」

「啊……那是卑職閒暇時，偶然為之。」

曹操笑了，「都說了，此乃家宴，你無須拘謹。不用『卑職、卑職』的自稱。說起來，你也算是我的子姪輩兒……放輕鬆一些。我本來想請儁石來，可他如今在滎陽督造兵械，一時抽不開身。昨夜小雨，辰時散步於園中，適見枝頭梅子青青，忽感去年征張繡時，途中缺水，將士們皆感口渴。我心生一計，以鞭虛指說：前方有梅林……軍士聞之，口皆生唾，於是不渴。今見此梅，不可不賞。正逢閒來無事，故邀三五子姪，煮酒賞梅，亦為樂事。」

青梅煮酒

曹操這番話語，隱隱已承認了曹汲乃他族人的事實。只是這件事，還需待曹汲返回，再做認證。

曹真和曹丕連忙起身，「謝父親（叔父）厚愛。」

唯有曹朋，沒有反應。他呆呆坐於條案後，腦袋裡亂成了一片。

青梅煮酒論英雄？我勒個去的，怎麼會是這樣子？

青梅煮酒論英雄，取自《三國演義》第二十一回。在後世，可謂是婦孺皆知。不過，青梅煮酒論英雄者，是曹操和劉備。可是現在，劉備沒有坐在這裡，反而換成了自己和曹真、曹丕？那……劉備呢？

「阿福，阿福？」

「啊，司空……」

「嗯？」曹操粗眉擰在一起，沉下了臉色。

夏侯真忙對著曹朋使眼色，曹朋立刻醒悟過來，忙改口道：「叔父！」

曹操笑了，「我聽祖母言，你乃平陽侯四世孫共侯之後。說起來，你也算是我族中子弟，當年平陽侯宗因受太子牽連，而使曹氏蒙難。共侯四子輾轉，定居譙縣，而你祖上一支則流落南陽。我曾命人查過族譜，你祖上曹敏確有其人……阿福，我說過今日乃家宴，切莫拘束。」

「姪兒明白。」

曹丕突然道：「山不在高有仙則名，水不在深有龍則靈，斯是陋室，惟吾德馨……友學哥哥，我曾聞休若先生說，你詩文雙絕。今日園中景色怡人，歌舞美不勝收，何不賦詩一首？」

曹丕，後世建安文風的創始者。

曹氏父子三人，可為文采飛揚。曹操就不必說了，曹植更是聲名赫赫，就連曹丕，一樣文采出眾。

他開口邀詩，頓時使曹操來了興致。

「是啊，阿福，何不賦詩一闋？」

「這個……」

曹朋搔搔頭，有些頭疼。這可是應景詩文，可不是隨隨便便盜竊一首詩詞便可以蒙混過關。他閉上眼睛，片刻後起身，在亭中徘徊幾步，猛然睜開眼睛：「人人盡說雒陽好，遊人只合雒陽老。春水碧於天，樓閣聽雨眠。壚邊人似月，皓腕凝霜雪。未老莫還鄉，還鄉需斷腸。」而後重又坐下。

曹丕愕然，看著曹朋，片刻後道：「春水碧於天，樓閣聽雨眠……好是好，可是似乎不太應景啊。」

哪知道，曹操卻長嘆一聲，撫掌道：「阿福之心意，我已明白。然歸宗之事，非同等閒，還需你父返回之後，從長計議。不過阿福，你莫要擔心，我總會記在心上。」

這首《菩薩蠻》，出自唐代詩人韋莊之手。曹朋將原詩中的『江南』改為『雒陽』。東漢年間，雒陽為帝都，而今呢，雒陽殘破，許縣為都。這雒陽，有暗指許都之意。

人人都說帝都好，人們適合在帝都老去。

春天的水碧藍，壚台旁邊的女子，光彩照人……恰恰應和了夏侯真此時的寫照。夏侯真下意識的，將衣袖垂下，一張小臉通紅。

不到年老時，不要返回故鄉；回到家鄉後，又會思念帝都……這兩句詩詞，其實是反寫。在曹操看來，曹朋所表達的，是想要認祖歸宗而不能的愁苦悲傷；對曹丕而言，正是少年不知愁滋味的年歲，不免有些深沉。但曹操，還是能夠理解。

曹朋笑了笑，在條案後微微欠身，算是回應。

「小真，為阿福添酒。」

夏侯真答應一聲，為曹朋滿上一爵。曹朋道了聲謝，舉杯滿飲。

「阿福，劉備跑了！」一直沉默寡言的曹真，突然開口。

曹朋一口酒沒來得及嚥下去，被曹真這一句話給嗆得一陣劇烈咳嗽。

曹賊

章六
青梅煮酒

「子丹哥哥，你不會等一會兒再說嗎？」夏侯真忍不住給了曹真一個白眼球，讓曹真苦笑連連，又不知道該如何回答。

「劉備跑了？何時？」

曹真說：「就在前日……他說是狩獵，所以大家都未曾留意。不成想他帶著人離開許都之後，便一路南下。叔父得到消息的時候，立刻命人追擊，卻在鈞台遭遇關羽、張飛伏擊……劉備和他的家眷會合之後，便逃匿而去。據說，他帶著人往青州方向走，似是投奔袁紹。」

說完，曹真深吸一口氣，站起來朝著曹朋一揖到地。「此前阿福你曾提醒我說，要我多留意劉備，我還以為你是因為和劉玄德之間有仇怨，所以才說出那些話來。而今看來，你說得不錯，此人能隱忍，懂得掩飾自己。我被他的表面所欺騙，還誤會了你……阿福，我向你道歉。」

曹丕在一旁坐著，一雙眸子好奇的看著曹朋。

曹朋連忙起身還禮，「哥哥這話從何說起？那天也是我態度不好，以至於……劉備此人，有梟雄之姿。你沒和他交鋒過，所以不瞭解他。被他欺騙，也算不得什麼，倒是我有些任性了。」

曹操在一旁，默默無語。突然，他一擺手，示意亭外的歌舞伎退下。

「子丹，阿福說得沒錯，此事也怪不得你，就連我也險些被劉備迷惑。只是，劉備走得太匆忙，以至於我來不及做出反應。阿福，你說說看，劉玄德為什麼要走？」

曹朋坐下之後，心中恍然：怪不得……原來劉備跑了！

不過，對於劉備為什麼會突然逃離，曹朋也想不出一個緣由。他依稀記得，劉備種菜時，而後發生青梅煮酒論英雄；再後來，劉備使曹操徹底消除了疑心，藉口阻擊袁術，重占下邳。不過沒有多久，便被曹操打到了汝南。可是現在，他為何要逃？聽到曹操的問話，曹朋也不知該如何回答。

衣帶詔，肯定是衣帶詔……此事已經發生了，但不知是什麼緣由，使得劉備提前離開許都。

「叔父，中陽山有一句古諺：不做虧心事，不怕鬼叫門。劉備突然間逃離許都，必然是做了什麼見不得人的事情。而且此事後果很嚴重，他害怕被叔父知曉，故而……」話說到一半，曹朋閉上嘴巴。

曹操眼睛半瞇起來，突然沉聲喝道：「來人！」

只見一員小將匆匆來到亭外，單膝跪地。

「密令公達，徹查劉玄德在許都這段時間裡，和什麼人走動頻繁，又和什麼人有過接觸。」

「喏！」小將起身，匆匆離去。

此時，突然間陰雲漠漠，似驟雨將至。

「阿爹，快看！」

曹丕突然遙指天外一道龍掛，曹操和曹朋、曹真紛紛起立，憑欄而觀。

「子丹、友學，可知龍之變化？」

來了，來了，來了……曹朋心中暗道，脫口而出：「願聞其詳。」

曹操一笑，「龍能大能小，能升能隱；大則興雲吐霧，小則隱介藏行；升則飛騰於宇宙之間，隱則潛伏於波濤之內。方今春重，龍乘時變化，猶人得志而縱橫四海。龍之為物，可比世之英雄……阿大、子丹、阿福，今考校爾等，論數當今之世，誰可以為英雄哉？」

曹朋聽聞，不由得頓時啞然。這問題，幾乎和《演義》中青梅煮酒論英雄相同！曹操言論『龍』的時候，那種恢宏氣度，令人折服。可同樣的問題，劉備可以那樣回答，自己又該怎樣回答呢？

曹朋沉吟片刻，輕聲道：「朋以為，當世英雄，唯司空耳！」

夏侯真捂著小嘴，側過身子，強忍著沒有笑出聲來。

曹丕則一臉驚訝，看著曹朋心道：如此不要臉的話，這傢伙居然能說得這麼順流，可真厲害！

至於曹真，卻怒視曹朋：這麼無恥的話，你也能說出口？

曹朋微微一笑，用目光回答：有種，你站起來反駁？

曹真敗退……

曹操哈哈大笑，顯然是對曹朋的言語表示同意。他不會去扭扭捏捏，否則早年也不會在許子將點評他為『世之能臣，亂世之奸雄』之後，大笑離去。

該他的，曹操絕不會去虛偽退卻。不該他的，他也會去努力爭取。

後世常把曹操評價為奸雄，可曹朋卻以為，曹操還真算不得一個『奸』。至少終曹操一世，權傾朝野，始終未篡奪漢室。史書記載，曹操生平所願，不過是死後能在墓碑上寫下『故征西將軍曹侯』的字樣，便『平生願足矣』。所以，曹朋一直認為，曹操是一個真英雄。

或者說，真小人？

曹朋雖有溜鬚拍馬之嫌，但也是發自肺腑。同時，他不可能像劉備那樣，提出各路諸侯的名字。

曹操笑罷，饒有興趣的看著曹朋，「那友學何不言他人？」

「何人可當？」

什麼人能當得『英雄』二字？

曹操回身坐下，「淮南袁術，若何？」

「塚中枯骨耳。」

「那河北袁紹，四世三公，門多故吏，虎踞冀州，部下能事者幾多，為何不得『英雄』二字？」

曹朋道：「袁本初色厲膽薄，奸謀無斷，幹大事而惜身，見小利而忘命。我曾聽家兄言，袁本初早晚必為主公所破。此等人物，若為英雄，豈不是汙了『英雄』二字？當不得，當不得！」

曹操陷入了沉思。

其實，曹操問曹朋這番話，並非沒有道理。

袁紹如今平定了公孫瓚，和曹操早晚一戰，已無可挽回。他雄踞冀州，錢糧廣盛，麾下戰將過千，謀士如雲。說實話，即便時到今日，曹操仍有些忌憚。畢竟這袁紹，非袁術可比。

曹朋這一番話，說到了曹操的心坎上。也使得曹操，更下定了與袁紹一戰的決心……

曹真忽問：「荊州劉景升，有八俊之名，威震九州，若何？」

曹朋搔搔頭，嗤之以鼻，「劉景升守家之犬，不足為慮。他若亡時，必為叔父得荊州之日。」

曹操一怔，驀地大笑，「守家之犬……阿福，若劉景升聽聞此話，定會暴跳如雷……說不得，他還會找你麻煩。」

曹朋也笑了，「好啊，讓他來嘛。」

「呃……」曹操啞然。

既然是守家之犬，焉能離家而出？劉景升如果有那個膽子，何至於似今日這般仍龜縮荊襄？要知道，當初討伐董卓的時候，劉表就已經站穩了荊州，當時曹操甚至沒有一個容身之所。而現在呢？曹操雄霸兗州和豫州，鎮關中，平徐州，占居青州大半，劉表卻依舊是一個荊州而已。

守家之犬，還真是形象啊！

曹操的臉上露出嘲諷之色。

曹真想了一下，問道：「有一人，血氣方剛，領袖江東，孫策若何？」

曹朋搔了搔鼻子，「孫伯符勇冠三軍，然剛則易折，必不得好死……其人可為豪傑，卻非英雄。」

「那，何為英雄？」

「夫英雄者，胸懷大志，腹有良謀，有包藏宇宙之機，吞吐天地之志。我觀今世，除司空再無二選。」

聽到這番話，曹操本應該開懷，可是他卻沒有露出笑容，沉默無語。

此時，大雨瓢潑，雷聲大作。

一道閃電，撕裂蒼穹，將園中照映慘白……

「劉玄德，若何？」曹操抬起頭，輕聲道：「阿福，你以為劉備此人，可為英雄？」

曹朋不由得沉默了！

「劉備，如喪家之犬，只需一支精兵，便可將其消滅。父親又何必對那劉備耿耿於懷呢？」曹丕開口道，但是曹操卻沒有理睬。

良久，曹朋輕聲道：「若不殺劉備，此人必成大禍。他如今雖如喪家之犬，但其志猶存。雖百戰百敗，猶不氣餒，可知其堅韌之性格。我幼年時，曾教我識字的方士言：金麟豈是池中物，一遇風雲便化龍。劉備，如今就似那翅中蜉蝣，看似弱小，實則不然。若遇風雲，可化龍而升……叔父最好能在他未遇風雲時，將其剷除。」

「金麟豈是池中物，一遇風雲便化龍！」

曹操起身，負手憑欄。

「阿福，過了！」曹真低聲對曹朋言道。

但曹朋卻搖搖頭，「大哥，你看著吧，如果不能剷除劉備，他遲早會成為叔父最大的敵手。」

「叫子和來。」

曹操忽然開口，令曹真和曹丕不由得一怔。

子和，就是曹純，如今虎豹騎的主將。曹操這時候把他找來，莫非……

眾人一聲不吭，夏侯真也不言語，只是為他們默默添酒。大約一炷香的工夫，曹純冒著大雨，匆匆趕來。

「立刻率虎豹騎，追擊劉備。勿論死活，只要見到他，就立刻斬殺。」

「喏！」曹純雖然不明白發生了什麼事情，曹操為何動用虎豹騎追殺劉備，可軍令如山，曹純絕不會去詢問原因。

「子丹，你一同出擊。」

曹真聽聞，忙長身而起，拱手應命。

曹朋那一番話，終於使得曹操下定了殺掉劉備的決心。如果說此前他還有些猶豫，那麼曹朋那一句『金麟豈是池中物，一遇風雲便化龍』，使得曹操心中陡然間增添了危機感。

養虎為患啊！

「阿福，徐州一戰時，你立下了大功，而我卻未有封賞，你心裡可怨恨？」

「不怨！」

「當真？」

曹朋用力點頭，「姪兒公私不分，放走了呂布家人，此乃殺頭之罪。叔父未曾問罪與我，反而任我騎都尉之職，姪兒感激莫名。有功必賞，有過必罰，此立足之根本。依我說，叔父只賞不罰，實不公道。」

夏侯真急得連連使眼色。哪有這樣的人？只聽說過邀功請賞，哪有人自行請罰呢？

曹丕則怔怔看著曹朋，心中陡然生出一絲敬重。

曹操回過神，拍了拍曹朋的肩膀。「阿福，說得好……有功必賞，有過必罰，此立足根本。其實，我已經罰過你了，只是你不知道而已。原本我準備任你為廣陵農都尉，可由於這樁事情，我改變了主意，使你只得了個虛職……你很好！阿福，真的很好……若我麾下多幾個你這樣的人，天下何愁不定？」

雷雨，來得快，去得也快，眨眼間，雲開霧散，天光放晴。

曹朋心裡的那塊石頭，也終於落下。徐州之戰結束後，曹操什麼話也沒有說，使得曹朋心裡更加忐忑。現在看來，曹操並沒有責怪他……

「阿大，該溫習功課了。」

「啊，孩兒這就去。」曹丕連忙應承，而後和曹朋打了個招呼，便匆匆離去。

「阿真，妳也下去吧。」

「是！」夏侯真起身，微微一福，悄然退出亭子。

「阿福，之前曾有人向我推薦，由你出任白馬尉……哦，你不用猜想，就是文遠推薦的。我一直在猶豫。但現在，我可以做出決定了。」

「願從叔父安排。」

「你先留在許都吧……」

「啊？」曹朋本以為，曹操會讓他出任白馬尉。可沒想到，他居然做出這樣一個決定？難道說，還是不相信我嗎？抑或者，別有安排？

「陪我走走。」

曹操撩衣，從亭子裡走出。曹朋不敢怠慢，連忙跟隨曹操。

兩人一前一後走在花園裡，曹操道：「此前，休若曾有意讓你拜師荀仲豫，但我並沒有同意。」

荀仲豫？曹朋愣了一下，沒有開口。

「是不是不高興？」

「啊，沒有！」

曹操停下腳步，扭頭看著曹朋，「為什麼？這種事情放在任何人身上，都會感覺不開心，你又是為何呢？」

曹朋搔搔頭，露出一抹憨厚笑容，「仲豫先生大才，我也聽說過他的名號。只是一來，他編撰《漢紀》，恐沒有時間；二來嘛，先生是潁川荀氏族人，未必能看得上我，即便是休若先生推薦，仲豫先生收下我，心裡也未必高興；這其三……」

「嗯？」

「其實，在我還在棘陽的時候，曾敬佩一人，希望能拜那人為師。」

「誰？」

曹朋不禁有些猶豫，低著頭，吞吞吐吐的，不肯說出來。

曹操笑罵道：「大丈夫當爽落乾脆，何故效那小女兒之態？你說吧，是什麼人？我不會生氣。」

「賈詡！」

曹操頓時一陣劇烈咳嗽。他倒是猜到了，曹朋所說的這個人可能和他有芥蒂，但是卻沒有想到，曹朋竟然說出了賈詡這個名字。

「賈詡？賈文和？」

「嗯！」

「就是張繡帳下軍師，賈文和？」

曹朋再次點了點頭。

「這，我卻幫不得你了……難不成我使人把那賈詡綁過來，讓你拜師嗎？不過，這天下許都城裡，名士無數，你為何不選，卻偏偏中意賈詡？」

「許都城中名士雖多，可我看得上人家，人家卻看不上我；看得上我的人，我又看不上他……」

「比如？」

「嗯……孔文舉？」

曹操覺得，實在是太有趣了！曹朋給他的感覺，一直是很有法度。可是現在，他感覺到眼前這人，分明還是個小孩子。

「其實，他也看不上我。」曹操故作神秘，壓低聲音道：「不過，我也看不上他……這是個秘密，你可不許和任何人說。」

那副老天真的模樣，讓曹朋也忍不住笑了。

這時候，從濕漉漉的小路上行來一個美婦人，懷中還抱著一個小孩子。那小男孩兒……大概也就是兩、三歲的模樣，長得粉雕玉琢，極為可愛。遠遠的，看到了曹操，小孩兒立刻興奮的張開了手臂，拚命的想要從美婦人懷中掙脫出來，口中還含含糊糊的叫喊：「阿爹！」

「倉舒！」曹操看到那小孩子，臉上的笑容更盛。

美婦人一臉的無奈，把那小孩兒放下來。曹操則蹲下，張開了手臂。就見小孩兒一步一晃，跌跌撞撞、踉踉蹌蹌的向曹操走過來。看著他那隨時可能摔倒的模樣，曹朋都覺得心急。

正想著，小孩兒一個踉蹌，就趴在了地上。曹朋連忙跑過去，不等小孩兒哭出聲，就把他扶起來。

「倉舒，沒摔著吧。」

曹操和美婦人跑上前，卻見小孩兒瞪著烏溜溜的眼珠子，正好奇的看著曹朋，一根手指往嘴巴裡放，而後咧開嘴，笑了。曹朋忍不住伸手，把他臉上的痕跡輕輕擦去。這時候，曹操過來了，他連忙起身，剛想要退下去，不成想小孩兒的小手卻緊緊的攥著他的衣袂。

「咦，倉舒對你倒是很親熱嘛。」

這孩子叫倉舒？那不就是後世鼎鼎大名的曹小象曹沖嗎？曹朋有些尷尬的看著曹操，不知道該如何解釋。

還是美婦人笑道：「倉舒從不肯與人親近，除了司空之外，也就是和我與小真比較親。就連他幾個兄長，也不是很親熱，沒想到與公子卻是投緣。將軍，這位小公子，又是哪位？」

曹朋認得這美婦人，就是當初那個在虎賁府外登車的女子。不過很明顯，美婦人已經認不出他來。

曹朋連忙道：「卑職曹朋。」

「啊，你就是那個打了張飛，還搶走他坐騎的曹朋嗎？」

誰……誰在環夫人跟前，敗壞我的名聲？怎麼說得我好像土匪惡霸一樣？什麼叫搶走張飛的坐騎？拜託，那明明是戰利品好不好！

抬頭看去，卻見夏侯真跟在環夫人身後，正抿著嘴偷笑。曹朋頓時明白了……

「夫人，不是搶，那是戰利品。」曹操看著曹朋那一臉尷尬的模樣，忍不住哈哈大笑。他蹲下身子，伸出手，「倉舒，過來。」

曹小象看了看曹朋，又看了看曹操。手指頭放在嘴巴裡，眼珠子滴溜溜打轉，片刻後，他跌跌撞撞的走向了曹操，同時還含糊不清的喊道：「阿爹……」

惹得曹操又是一陣快活大笑。

「對了，聽說你武藝不差？」

「哦，還成。」

「只是還成？」曹操笑道：「君明說你武藝不俗，而且手下還有一員大將，能和張飛打得不分伯仲。」

「哦……叔父說的，可是甘寧？」

曹操呵呵笑道：「看起來，君明說的不假……嗯，既然你有一身好武藝，正好可送你一件禮物。」

章七 方天畫戟

一場雷雨過後，氣溫似乎有點回落。夜風，有點冷。

曹朋呆呆坐在門廊上，兩根廊柱上個插著一根兒臂粗細的牛油大蠟，上頭的火苗子撲簌簌亂跳，在夜風中搖曳。

在他面前，擺放著一桿方天畫戟。黑漆漆，如嬰兒拳頭粗細的戟桿與戟刃渾然一體，顯然是連體式的鍛造方法，戟桿上雕有盤龍圖案，龍口吐出井字形的戟首，兩邊月牙小枝並不是太對稱，一邊略高，一邊似乎略低。不過在試用的時候，這高低小枝可以產生不尋常的威力。

可以說，這桿方天畫戟和普通的畫桿戟相較，卻有些走形，在燭火的照映下，透出森森的殺氣。

戟名龍吞天，重達百斤，長約三米。

這桿方天畫戟，曹朋可是一點都不陌生，正是當初呂布所用的兵器……

「阿福，你站在這裡半天了，在看什麼？」

「我在想，曹公將這方天畫戟贈與我，究竟是什麼意思。」

他沒有回頭，也知道是誰在說話。那淡淡的體香，傳入鼻中。曹朋轉過身，就見黃月英俏生生站在他身後，臉上帶著濃濃關切。

「夜了，還不歇息嗎？」

「剛把翻車的圖繪好，明天準備尋匠人試製，然後還要再試驗一下……不過你那天車的設計，卻是麻煩。我想了很久，也未能想出頭緒，其中的機巧，恐怕不是短時間可以想出來。」

「想不出，就放下。」曹朋舒展猿臂，將黃月英輕輕環在懷中。「今日又是一場大雨，想來旱情能夠緩解，妳不必擔心。」

「許都大雨，不見得豫州大雨；豫州有雨，不見得其他地方有雨……造翻車非用於一地，而是為造福蒼生。阿福，你不用擔心，我一定能想出天車的機巧。不過，到時候叫什麼名字呢？」

「月女車？」

黃月英臉一紅，抬起頭，「可以嗎？」

「為什麼不可以……阿爹能造出曹公犁，我家阿醜，也可以造出月女車。」

「呸，誰是你家的……」黃月英輕輕捶了一下曹朋的胸口，把粉靨貼在了曹朋胸前。「你別想那麼多！其實我覺得，曹公將這方天畫戟送與你，並沒有什麼心思，只不過是希望你能學好本事，他日建功立業。你也說了，曹公有意令你們認祖歸宗，總要有個由頭不是？」

「嗯！」曹朋用力的點點頭。

他放開月英，邁步走下迴廊。一把將那方天畫戟抄在手中，卻險些拿不起來。

「這畫桿戟不簡單啊！」

「哦？」

「通體精鐵打造，也不知道當初造此大戟的匠人是如何工作，竟使其剛中帶柔……這麼重的分量，一般人還真用不得！呂溫侯能把如此大戟使得舉重若輕，果然不愧人中呂布之名。若是能使得好，憑此畫桿戟，倒是可以縱橫天下。我現在有些明白，溫侯執戟時的氣概。」

黃月英對此是一竅不通，但她卻能明白曹朋此刻那種複雜的心情。

「也許，曹公只是望你如溫侯般，馳騁天下，而非逐鹿江山？」

「啊？」

曹朋愣了一下，恍惚間，隱隱有些明白了曹操的心思。今兒個，他說對了一句話，說對了一句正中曹操心坎的話……

我能看得上的人，不一定看得上我；能看上我的人，我不一定能看得上他。

曹操怕是不希望自己和世族走得太過於接近！荀氏作為潁川大族，有著太過於強悍的名望。歷史上，曹操不容於荀彧，真的只是因為荀彧忠於漢室？其中，未嘗沒有對荀氏整個家族的忌憚。

做一個馳騁天下的大將，而非勾心鬥角的權臣。這，莫非就是曹操，贈我畫桿戟的真實意圖？

想到這裡，曹朋單手執戟，在空中舞了一下。

不得不承認，這畫桿戟對他目前而言，似乎有些重了。想要使好它，還需要更多的努力才是。

輕呼出一口濁氣，曹朋執戟而立，閉上了眼睛。方天畫戟，恐怕是最難使的一種兵器。此前，他多是用刀，但後來發現，那大刀未必適合於他，反倒是執戟而立時，腦海中總會浮現出呂布那驚天一戟的景象。

雖然物是人非，但他依稀能感受到呂布那種沖天的傲氣。畫桿戟在手中滴溜溜一轉，呼的刺出。戟勢迅猛，撕裂空氣隱隱發出一聲悶響。也許對普通人而言，曹朋使得不錯，可在曹朋自己看來，還是差了許多。

明日去找典韋，討教一二。

這許都城中，能使得一手好戟的人不多，典韋就是其中之一。他能使長戟，也會用短戟，同時還練得一手好刀。而且，典韋也是曹朋如今唯一能想到的人。

第二天一早，曹朋準備出門。不成想，沒等他出去，就被人堵在了家中。堵他的人，竟是張遼。如今張遼官拜中郎將，領本部兵馬，平時駐守在許都城外。曹朋回到許都已有多時，但並沒有和張遼見面。沒想到，他沒去找張遼，張遼卻自己找上了門來。

「夫人她們，如今可好？」一進房間，張遼就急不可待的問道。

他口中的夫人，指的是呂布的家眷，嚴夫人和貂蟬等人。張遼投降之後，並沒有前去海西送行，而後便急忙忙隨曹操返回許都。如今曹朋回來了，他自然是心急火燎，有些迫不及待。

「張將軍放心，我離開海西時，夫人她們已經在津川口登陸。」

「津川口，在何處？」

「這個，就是馬韓國的一處海港。據消息稱，馬韓雖為一國，但國內極為混亂，同樣是諸侯林立，混戰不休。津川口易守難攻，馬韓的兵力也很薄弱，再加上當地海商協助，夫人並不難立足。我派出了四百餘人，又有德循、叔龍兩位將軍輔佐，糧草輜重充足，絕不成問題。」

曹朋先讓張遼安靜下來，而後道：「我還令海西方面，設法加強與津川口的聯繫。若有什麼問題，夫人手中尚有海船，可以迅速脫離。文遠將軍，此時我自會留意，你無須太擔心。」

「那就好，那就好……」張遼如釋重負般，長出了一口氣。

突然，他臉色一變，咬牙切齒道：「可恨關雲長，偷襲溫侯……我與關羽，誓不兩立！」

歷史上，張遼和關羽的關係，那是相當不錯。白門樓上，關羽為張遼求情；土屯上，張遼代為關羽轉達約法三章。兩人彼此可算得上是惺惺相惜。只是在這個時空裡，由於曹朋的出現，竟然使得張遼和關羽兩人反目成仇。

曹朋對此也不知道該如何評述，只能在心中苦笑。

「對了，文遠將軍，近來可好？」

「好甚好，整日無所事事。」張遼嘆了口氣，旋即展顏一笑。「不過這也沒什麼辦法，誰讓我方歸附，曹公不敢用我，也很正常。」

曹朋眼珠子，滴溜溜一轉。「文遠將軍，可願聽我一言？」

「嗯？」

「你真想照拂好夫人一家嗎？」

「當然！」

「那麼從現在開始，請忘記夫人她們……」

張遼聽聞一怔，旋即明白了曹朋話語中的意思。

呂布已經死了！你現在是在為曹公效力，不應該總把心思放在遠在海外的那一家人身上。身在曹營心在漢？不，應該說身在曹營，心在呂。你總惦記著呂布的家眷，這讓你的新主公曹操情何以堪？在這種情況下，他敢任用你嗎？

張遼沉默了！

片刻後，他起身一揖，「友學，多謝你的點醒。」

「如今之局勢，曹公和袁紹早晚會有一戰。我聽說，如今白馬需加強防禦，但曹公手中尚無合適的人選。袁紹若與曹公決戰，必取白馬。將軍欲成功業，不妨多花費一些心思。」

「遼明白了！」

直到此時，張遼終於表現出正式認可曹朋的意願。

曹朋也知道，張遼未必肯依附他，但是有一個良好的同盟關係，無疑有著極其重要的意義。

送走了張遼，曹朋突然笑了！

歷史上是誰鎮守白馬？他已經記不清楚了。但如今換作張遼駐守白馬的話，他關雲長還能斬顏良、誅文醜嗎？哈！想想就讓人興奮。

曹朋深深吸了一口氣，走出了府門，剛準備上馬，卻見張遼又拐了回來。

「文遠將軍，還有事兒嗎？」

張遼也沒有下馬，直接問道：「我聽說，主公將溫侯兵器，贈與你了？」

「哦……是有這麼回事。」

誰這麼大嘴巴，昨天剛得了方天畫戟，今兒就傳出去了？曹朋心裡暗自咒罵，臉上卻透著笑容。

張遼想了想，從身上摘下了一個兜囊，甩手扔給曹朋，道：「當年我初從溫侯時，曾欲與溫侯學戟。然則後來發現，這戟難學，方天畫戟更難練。裡面是當年溫侯教我的戟法，我一直帶在身邊。既然方天畫戟落你手中，那這戟法一併給你。」

還真是想什麼，來什麼！

不過曹朋倒也能明白，張遼不僅僅是把戟法交給他，同時也是斬斷自己昔年的那點掛念。從今之後，他將會盡心竭力為曹操辦事。至於照顧呂布家人……如果曹朋開口，如果他能做到，絕不會推辭。只是從原來的第一位，變成了第二位。他，現在是曹操手下將官。

張遼旋即揚鞭而去。曹朋把兜囊掛在身上，而後翻身上馬。

「走，去虎賁府！」

許是得到了曹操的指示，對於教授曹朋戟法的事情，典韋沒有任何推辭。

不過，聽說曹朋隨典韋學戟，典滿也來了興趣。每天興沖沖的和曹朋一起，在典韋的指導下學習使

方天畫戟

戟。只是這戟真的難學，才幾天的工夫，典滿就有點不耐煩了。他也練過戟法，不過練的是雙戟。這雙戟和方天畫戟雖然都是戟，可練起來，卻完全是兩碼子的事情……

曹朋也不得不佩服，典韋竟然能把長戟、短戟還有大刀使得樣樣精通。如果換在後世，那就是十八般武藝精通的主兒。

典滿學了雙鐵戟，再練長戟就有點不順手。大約堅持了五、六天之後，他決定放棄學長戟。

曹朋不得不感慨，這中國冷兵器的博大精深。只這一個戟，就劃分了好多個種類，而且練法也各有不同。典韋練的是單耳戟，也屬於極為大眾的長戟。對於方天畫戟的練法，他也是一知半解。所以在教授曹朋的時候，典韋多是傳授他最基礎的戟法，至於方天畫戟……

好在張遼給了曹朋一份戟譜，倒是極大程度上緩解了這種尷尬。

每天晌午，曹朋會隨典韋學長戟；下午，在黃月英的督促下，練字習文，做一些功課；到晚上，則鑽研張遼的那份戟譜。

日子就這麼一天天過去，轉眼間，二月已成過去，三月到來。

曹純和曹真率虎豹騎返回。不過，如曹朋所猜測的一樣，他們並未能殺了劉備。

在這一點上，劉備可說是繼承了他老祖先的本事，逃跑絕對是一流水準。曹純率虎豹騎一直追殺劉備到青州，殺得劉備望風而逃。奈何他麾下有白毦，死戰掩護，最終使劉備脫身。

對此，曹朋並未感到失望。

與此同時，曹汲也忙完了公務，返回家中。父子重逢，自然又是一番親熱。

曹汲看起來，比之當初去滎陽河一工坊時，有了很大的變化。這個變化，不是樣貌上的變化，而是一種氣質上的改變。換句話說，就是有官氣！

「阿爹，諸治監令也好，諸治都尉也罷，總體上就是那麼多事情。有郭先生幫忙，你大可不必事必親躬。我倒是覺得，你應該趁著這個機會學識字，讀讀書，學一學怎麼做好官。」

「讀書，識字？」曹汲頓時愁眉苦臉。「阿福啊，你又不是不知道，我都這個年紀了，如何讀書識字？」

「學不分老少，君不聞『朝聞道，夕可死』嗎？從前有一個傢伙整日好勇鬥狠，被當地人稱之為三害。南山有虎，江水有蛟，猛虎惡蛟，皆不如一人。於是就有人設計，讓那傢伙去除猛虎和蛟龍。結果那人殺了蛟龍和惡虎，所有人都以為他死了，彈冠相慶。那人回家後，得知自己也是三害，不由得心生愧疚，於是前去拜訪當地一個名士，那名士就贈他這六個字。阿爹，我說個故事，不是說你很壞，而是想要告訴你這『朝聞道，夕可死』的含義……」

「夫君，我覺得阿福說的不錯。」張氏也表示贊同，對曹汲鼓勵道。

曹汲雖說覺得為難，但也表示認同。

只是，這識字，卻需要有先生教導。曹朋自己都忙不過來，又如何幫助老爹去識字和讀書？

「阿福，你確實難為叔父了！」黃月英卻責怪道：「他好歹也是諸冶都尉，你讓他從何學？從倉頡篇嗎？似乎不太合適吧。」

曹朋道：「讀書識字，可以請德潤先生代勞。不過這教材……」

他在迴廊上呆坐了一整夜，忽然間一拍腦袋，大聲叫道：「我知道了，我知道該怎麼做了！」

諸冶監隸屬少府，但卻又獨立於少府。

其實，在少府治下有兩個官署的性質很特殊，一個是水衡都尉的官署，督造舟船器械；另一個就是諸冶都尉的官署，監造兵械甲冑以及各種鐵器。水衡都尉如今是形同虛設，由少府劉曄兼任。但諸冶都尉則是實實在在的衙門，一方面隸屬少府，另一方面由司空府所轄。

不過，總體而言，諸冶府還是在少府治下，至少名義上，必須聽從少府劉曄的監管。

諸冶府由於工作性質的緣故，不在皇城設立官署，而是單獨設立在許都西里許。毗鄰許都秀春門之畔，占地零點六傾，約四萬平方米。門頭很高，兩邊各有一座上古吞金獸的石雕。

往裡面走，諸冶府的各項事宜，都是在前庭處理。三進三出，正中央是一座中堂，裡面又設立有諸如公輸般、歐冶子這樣的大匠雕像。

劉曄平時並不怎麼管理諸冶監，而諸冶監升級為府之後，他就更少過來。不過今天，劉曄要來查找一個資料。他本身也是機關大匠，一些關於機關消息的資料，平時都藏於諸冶府的書館之中。所以，即便是如劉曄這種家中藏書甚巨的人，在查找專業資料時，也需至諸冶府。

諸冶府的工作很駁雜，舉國冶煉以及各種輜重器械所需，都必須要由諸冶府報備，而後分發下去。

這裡的吏員、雜役加起來，差不多有百餘人，也算是一個很具體的職能部門。劉曄來到諸冶府的時候，吏員們正忙碌著。曹操下令，命諸冶府加緊趕造兵械，務必使豫州，特別是潁川陳郡包括陳留在內的兵馬，在年底前可以更換裝備。同時，諸冶府還承擔著曹公犁等農具的督造工作。海西在正月時上表，請求三千台曹公犁……這些事情，也要經由諸冶府監督。

總之，諸冶府是大事沒有，小事不斷。

一百餘人雖然忙碌，但井井有條，沒有半點亂象。

「這些牌子是怎麼回事？」劉曄指著各房間門口掛著的牌子，忍不住好奇問道。

「回劉少府，這是曹都尉命人打造出來，方便前來傳遞消息、遞交公文的人，無須詢問便可以找到所屬人員。」

劉曄微微點頭，問那隨行吏員道：「府中一切尚正常嗎？」

「一切正常。」那吏員說完，忽然忍不出噗嗤笑出聲來。
「笑什麼？」
「只是，只是……曹都尉最近好像多出了一樁興趣……還有啊，我們發現，曹都尉居然識字。」
「哦？」
「曹都尉最近魔障似的，整天嘴裡嘀嘀咕咕的，也不知道念叨什麼……什麼天地玄黃，宇宙洪荒……反正挺有趣的。大家都在猜測，曹都尉這是讀的什麼書，而且都非常的好奇。」
「我也很好奇。」劉曄聽聞，不由得微微一笑。
對曹汲，他並不是很熟悉。不過由於當初鄧稷頂了他推薦的梁習，使得劉曄心裡有點不舒服，於是乎，連帶著曹汲也受了牽連，不甚被劉曄待見。好在此前曹汲一直在滎陽工作，所以劉曄也找不到他的麻煩。如今曹汲回來了，而鄧稷在海西也確實是政績卓著，劉曄那點小怨念便隨之煙消雲散。
「曹都尉如今在做什麼？」
「好像在後面公房中讀書……」
「帶我過去看看。」
劉曄突然來了興致，讓那吏員帶著他去見曹汲。
一行人穿小徑，來到後院公房。曹汲工作的地方，其實就是一個獨立的跨院，裡面設有兩排廂房，一邊是接待客人所用，另一邊則可以供曹汲休息。公房的門開著，曹汲並不在房間裡。
雜役說，曹汲剛出去，一會兒便會回來。
劉曄心想：不管怎麼說，這曹雋石也是我治下官吏，從他上任到現在，我還沒有見過他。反正今天也沒什麼事情，索性就等一等，和他見一見。都說曹氏三都尉，倒要見識一下……
想到這裡，劉曄擺擺手，示意吏員們退下。他站在這公房裡，打量了一圈，輕輕點頭。

章七 方天畫戟

曹汲的公房，也就是辦公室，大約有兩百多平方米的樣子。沒有什麼附庸風雅的器具，一張條案，幾張坐榻。書架上擺放的也不全是書籍，有圖紙，還有各種器具的粗陋模型，想來是曹汲平日裡鑽研所出的。

房間很大，也很樸素。窗外有一片竹林，鬱鬱蔥蔥，令人心情舒暢，風吹進來，感覺很舒服。

劉曄在坐榻上坐下，眼睛一瞄，看到那條案上放著一本小冊子，大約十餘張，以絲線裝訂。上書：八百字文。

旁邊還有一行小字：朝聞道，夕可死。佳兒所期，尤不可負。

我寶貝兒子所期望的事情，我這個當爹的，絕不能讓我寶貝兒子失望。

劉曄看罷，不由得笑了。他伸出手，把那小冊子拿起來，翻開扉頁，見第一頁寫著：阿爹不努力，阿兒甚傷悲。平日多用功，豈有臨悔日？

最有趣的，是每兩行，就有一幅圖畫素描。

一幅是一個少年，淚流滿面；另一幅則是一個黑鬍子男子，咧嘴大笑。

這是典型的後世漫畫畫法，畫面極其卡通，卻又讓人一目了然。劉曄看罷，不由得噗嗤笑出聲來。他連連搖頭，心道：這曹氏父子，倒是有趣的人。

不過，朝聞道，夕可死……說得好，說得好啊！

劉曄翻過一頁，只見上寫：天地玄黃，宇宙洪荒，日月盈昃，辰宿列張。寒來暑往，秋收冬藏，閏余成歲，律呂調陽。

一開始，劉曄並沒有太在意，懷著消磨時間的念頭，一路看下去。

每八個字一列，四個字一組。每頁八列，共六十四個字。加上封面、扉頁和底面，一共十六張，大約八百多個字左右。劉曄漸漸發現，一路讀下來，這八百個字，竟無一個字重複。而八百字組合在一起，涵括了天文地理、軍事歷史、漁農耕作、古往典故。劉曄越看越吃驚，越看越感到不可思議。八百個方塊字，竟組合成一篇亙古未有的好文章，通俗易懂，卻又蘊意深刻。

看得出，寫這八百字的人，是照顧到了曹汲文化水準不高的因素，而刻意所為。聯想扉頁上那兩幅很特別的圖畫，還有那一首古怪的五言絕句，劉曄立刻猜到了是何人所書。

「啊，下官曹汲，未知劉少府前來，未曾遠迎，望請恕罪。」

就在這時候，曹汲從外面進來。

劉曄激靈靈打了個寒顫，抬頭向曹汲看去。只見曹汲身高八尺，體態魁梧，一襲深青色的長衫，使得他在魁梧中又透出一抹雅致。劉曄的目光頓時格外柔和，此時的曹汲在他眼中，變得非常可愛。特別是曹汲那一綹鬍子，讓他立刻聯想到了圖畫上那個咧嘴大笑的畫像，忍不住笑了起來。

「雋石，勿多禮，我今天也是偶爾路過，你何罪之有？」說著，劉曄竟站起身來，走過去把住了曹汲的手臂。

這也使得曹汲頓時有一種受寵若驚的感覺，而劉曄的隨從們則一個個目瞪口呆。誰不知道這位劉曄劉子揚是極為傲氣的人，平日裡哪怕是和孔融那些名士一處，也很少如此和藹。怎麼……

「雋石，這諸冶府還習慣嗎？」

曹汲搔搔頭，憨厚一笑，「有些不習慣。在工坊裡久了，聽慣了那打鐵的聲音，一下子變得這麼安靜……呵呵，不過沒關係，過些時候就好了。」

也難怪，讓一個長年在基層工作的人，改坐在辦公室裡，總是有些不舒服。

劉曄渾不在意，和曹汲又扯了一會兒閒話，突然話鋒一轉，把手中的小冊子晃了晃：「雋石，此何人所書？」

曹汲一怔，立刻回答道：「是我家阿福……哦，騎都尉曹朋所書。呵呵，他要我讀書識字，可我這麼大了，有些不太習慣。阿福，哦，犬子苦思一夜，趕出了這篇八百字文，還請了他身邊的幕僚闞澤先生教我。闞先生說，犬子這篇八百字文，乃奇文，五百年未必一出。我是不懂的，但覺得琅琅上口，頗為好記。每天背二十個字，然後回家默寫幾十次，倒也長了不少見識……」

「何止五百年一出，自高祖興漢，恐怕就算是那司馬相如和東方朔，也未必能寫出這等文章。」劉曄正色道：「雋石，這等好文，豈能獨享。我欲借回家中抄錄，不知可否？」

曹汲懵懂的點點頭說：「這有何不可？阿福，犬子為下官寫了三冊，一本在他手中，一本在闞澤先生手中。少府只管拿去，我回家後讓犬子再為我抄寫一本就是，何必客氣？」

他是真不太明白這八百個字中所蘊含的意義。

劉曄長出了一口氣，目光複雜的看了看曹汲，心中頗有些羨慕。

這麼好的一兒子，怎麼是這渾人之子？不過，有這麼好的一個兒子，這傢伙前途也會光明。

對於曹汲和曹操是同宗的事情，劉曄並不清楚。當初曹汲也只是偶然間對荀彧和郭嘉提過這件事，後來曹楠又對吳老夫人提過，再之後就是曹操、曹真、曹丕和夏侯真四個人知道。而曹汲回許都之後，曹操也沒有時間和他交談。再加上這認祖歸宗的事情，可不是說認祖歸宗就認祖歸宗，還需要做很多事情來進行考證……

劉備之所以能認祖歸宗，成為名正言順的漢室宗親，那是因為漢帝的一句話。宗室力量薄弱，需要強有力的人出現。劉協本身也希望宗室可以強大起來，於是順水推舟。但於宗族而言，有時候要比那皇室更加複雜。

曹朋也沒有告訴過曹汲，只是讓他讀書識字，為日後做準備。

為了能提高曹汲的學習興趣，曹朋可是煞費苦心。也真是幸虧了他前世的老爹是一位古漢語學者，曹朋前世的啟蒙讀物，就是《千字文》、《百家姓》、《三字經》和《弟子規》。不過相比之下，《三字經》和《弟子規》距離這個時代有些遠了，所以很多內容不太合適。而《千字文》卻不同，它成於南朝梁武帝時期，作者是員外散騎侍郎周興嗣。《千字文》成書的時間，距離此時也不過三百年，無論是平仄運用還是書文格式，都符合東漢末年的習慣。可即便如此，曹朋也費了很大的勁兒。

首先，他要把《千字文》全都默寫下來，而後要把不符合這個時代背景的內容抹消……

一來二去，他劃去了兩百字，也就成了現在的《八百字文》。

《八百字文》一出，不論是闞澤還是黃月英，都驚為天人。黃月英立刻抄寫一本，放在身邊研讀，平日裡還可以用這《八百字文》講解教授給張氏和曹楠，一方面能增進婆媳關係，另一方面也可以加強張氏母女的學識修養。畢竟，這八百字文出自曹朋之手，身為曹朋之母、之姐，豈能目不識丁？

不僅是張氏和曹楠能一知半解，步鸞和郭寰更需要熟讀，倒背如流。

這，是一個家族崛起的根本……將來，甚至可以作為曹家的傳承！

當一個家族，有了可以傳承的東西之後（這裡的傳承，不是物質上的傳承，而是指精神、文化上的傳承），也就等於有了成為世族的資本。

黃月英出自世家，自然瞭解的非常清楚。再加上此前曹朋在《論》上的獨特見解，同樣有傳承的意義。雖說他只寫了一篇《學而》，但在黃月英看來，若曹朋真能評點《論語》，便足以成為大家。

曹朋和黃月英的苦心積慮，曹汲是不明白的。可是背負著愛兒殷切期望的曹汲也下定決心，不可以令曹朋失望。只不過，曹汲不知道，這一篇《八百字文》會給他帶來怎樣的改變。在面對劉曄的時候，他還是出於本能的露出一絲惶恐，但是比之當初，已經有了很大進步。

劉曄得到了這一冊《八百字文》，再也無心逗留，又和曹汲閒扯了兩句，他便告辭離去。

懷揣著《八百字文》，劉曄匆匆走出了諸冶府。他登上馬車，對馭手道：「走，立刻去司空府。」

章八

吾家萬里侯

暮春三月，桃杏凋殘。緋紅粉白灑落地面，使人平添幾分惆悵。

建安四年二月，幽州戰事落下帷幕。袁紹攻滅公孫瓚之後，占居冀州、青州、幽州、並州之地，實力暴漲。其麾下有雄兵數十萬，戰將千員。加之建安三年冀州豐收，也使得袁紹緩解了錢糧之荒，可謂是兵精糧足。於是，袁紹以長子袁譚、次子袁熙、外甥高幹分守青州、幽州和並州，他自領冀州牧，以大漢大將軍之名瘋狂擴充兵馬，對曹操虎視眈眈。

說起來，曹操本應恐慌。可是那天青梅煮酒，曹朋的一席話使得曹操如撥雲見日。

袁紹，何足道？

倒是那個劉備，竟然逃脫了虎豹騎的追殺，讓曹操如鯁在喉。他想起了曹朋那天的話語：金鱗豈是池中物，一遇風雲便化龍。劉備的『風雲』，今在何處？若不能及早將其消滅，一旦化龍，必成心腹之患。可曹操也不得不承認，劉備滑溜的好像泥鰍，令人頗難下手對付。

這傢伙的警覺心很高，且頗有親和力，如今又得了皇叔的封號，使得他名望暴漲……

曹操命虎豹騎追殺，已經使朝中不少人對他心懷不滿。更有甚者，在朝堂上直接發起攻擊。

這些人，皆居心叵測！

曹操越想越後悔，以前只顧及了禮賢下士，卻不想是養虎為患。下邳時，曹朋因劫糧與劉備衝突，就應該藉機收拾了劉備；後來劉備私下聯繫張遼，也應該可以趁機發作。結果一時心慈手軟，竟使大耳賊逃脫，更平白成就了劉備兄弟的名聲：劉備當上了皇叔，而關羽更因斬殺呂布，聲名大振……

自己，可真是作繭自縛！

不過呢，倒也並非全都是壞事。

袁術在壽春苟延殘喘，已抵不住態勢。孫策在江東，虎視眈眈……年初時，他攻占了丹陽，收降大將太史慈；而後剿滅了嚴白虎，奪取烏程，將前吳郡太守許貢斬殺，旋即又設計奪取了廬江。至此，江東六郡盡歸孫策之手，其聲勢日益浩大，並對袁術展開攻擊。

如今的袁術，可謂眾叛親離，麾下大將死的死、降的降，已沒有什麼力量。於是，袁術命人向袁紹請降。他和袁紹本就是兄弟，雖說一個嫡出，一個庶出，可畢竟有那麼點親情。袁術表示，願意臣服袁紹，並獻出傳國玉璽。袁紹於是命外甥高幹率部於青州，接應袁術。

袁紹雖然表示願意接納袁術，可袁術要想到青州，必須穿過徐州。

這一段路程，袁紹幫不得他，只能靠他自己。於是袁術率部離開淮南，向青州挺進。不成想曹操得到消息，立刻派出中郎將張遼，率本部兵馬，屯守白馬，與離狐太守李典兩人合力，牽制高幹所部兵馬；同時又命海西屯田都尉鄧稷和廣陵太守陳登出兵，伏擊袁術所部。

鄧稷得到命令之後，於二月末，使曲陽長潘璋、海西尉周倉領兵出擊；同時陳登也派出東陽長陳矯與潘、周二人聯手，在僮縣夾擊袁術，令袁術大敗而走，最後不得不重又退回壽春。

袁術手下有一人，名叫徐璆，字孟玉。

曹賊

章八 吾家萬里侯

此人是海西徐氏子弟，父親徐淑，曾為度遼將軍。徐璆年少時，便以博學而著稱，後被征辟公府，舉孝廉。後來，徐璆又遷荊州刺史。那個時候的刺史，遠非如今刺史權力驚人。

當時董太后的外甥張忠是南陽太守，貪墨數億錢。徐璆欲治張忠之罪，董太后立刻派遣中常侍，向徐璆求情，但徐璆不允……董太后大怒，旋即征張忠為司隸校尉，想要威脅徐璆。可徐璆卻絲毫不懼，到任後便彈劾張忠。後因張忠一事，使五郡太守罷官，徐璆因而聲名遠揚，為世人讚嘆。

中平元年，徐璆和中郎將朱儁聯手破黃巾賊於宛城，卻因得罪了閹宦，而被治罪罷官。漢帝遷都許縣時，曾征辟徐璆為廷尉正，不成想在赴任途中，被袁術劫持。袁術欲授徐璆上公之位，但是被徐璆以死相逼，袁術最終不敢再逼迫。

袁術敗於僮縣時，徐璆盜來了傳國玉璽，來到許都。

玉璽的返還，也使得曹操正統之名更加顯赫，也算是在建安四年時的一樁喜事。

曹操款待了徐璆之後，感到有些疲乏，於是在家中小憩。午後，他抱著兒子曹沖，在書房裡寫寫畫畫，想要教授曹沖識字。雖然曹沖只兩歲，但天資聰穎，猶在曹操四子曹植之上。

拿著一本倉頡書，曹操一個字一個字的教曹沖。身為司空，總理朝堂，曹操很少有閒暇的時間和兒子相聚。如今機會難得，他自然不願放過機會。

正開懷時，忽聞家臣稟報：「少府劉曄在外求見。」

曹操一蹙眉，看了看正興致勃勃識字讀書的曹沖。

「請劉少府到書房說話。」

「喏！」

家臣旋即離去，不一會兒的工夫，劉曄與沖沖的走進了書房。

「司空！」

「噓。」曹操擺擺手，對劉曄說：「待倉舒把這個字寫完。」

曹沖胖乎乎的小手抓著筆，畫完了一個字，然後咯咯的笑不停，惹得曹操大笑，抱著曹沖，用鬍子貼著他的小臉，狠狠的蹂躪一番，也使得曹沖笑得更加響亮。

懷抱曹沖，曹操笑道：「子揚，有什麼事情嘛？看你這興沖沖的模樣。」

「司空，我今日前來，卻是為你獻禮。」

「獻禮？」

劉曄說：「我今天去了諸冶府，結果在雋石那邊，找來了一樣好東西。」

「雋石？他能有什麼好東西？莫非又是什麼刀劍嗎？」

「非也，非也！」劉曄說著話，從懷中取出那本小冊子，雙手呈給了曹操。

在曹操的印象裡，曹汲的確有才能，不過終究是個粗人，甚至目不識丁。也正是這緣故，曹操心裡還是有些猶豫。曹汲的才華也只在冶煉、造刀，若使其認祖歸宗，是不是有些草率？畢竟，譙縣曹氏乃官宦之家，雖然說不得是名門望族，也算得上上上之家。如果引這麼一家人，曹操的確是要考慮其中的利害。

認祖歸宗不是小事。有的時候，不是你是親戚就能認祖歸宗，宗族方面考慮的事情，覆蓋方方面面。

「八百字文？」曹操看著封面上的四個字，微微一笑。

「朝聞道，夕可死……說得好！」當他看到那一列小字的時候，不由得發出讚嘆。旋即，曹操翻開封面，露出裡面的扉頁……

「咯咯咯……」曹沖突然笑起來。他指著上面那個淚流滿面的圖畫，「倉舒。」然後又指著那個大鬍子頭像，「阿爹！」

曹操樂得大笑不止。不過笑完了，他又讀了一遍那闕不倫不類的五言絕句，露出一抹會意笑容。

「是友學所書？」

「正是。」

曹操頓時來了一點興趣，於是翻開來，「天地玄黃，宇宙洪荒……」

曹操一開始，大聲誦讀。可漸漸的，他讀書的聲音越來越小，臉上漸漸浮現出一抹凝重之色。

「這，果真是友學所書？」

「沒錯！」劉曄道：「據雋石所言，曹都尉為了督促他識字，專門寫出了這篇《八百字文》。我一開始也沒有留意，但後來卻發現，這八百字竟無一字重複，而且所書涉獵甚廣，乃驚世奇文。這等文字，看似淺顯易懂，再讀卻蘊意悠長。此天賜良才，主公怎能放過呢？」

曹操倒吸一口涼氣。

認識八百個字，不是難事，可要把這八百個字組合成一篇佳文，而且不見一個字的重複，即便是曹操自己，也未必能做到。

他再次認真讀罷，不由得連連稱讚。「子揚，你真確定，這是友學所著嗎？」

「司空，不會錯的……雋石說，友學一共抄錄了三本，原本如今在友學自己手中。這一本，還是我硬從雋石手裡討要過來，騙他說回家抄錄。但思來想去，又覺得應該先告知司空。」

曹沖瞪大眼睛在一旁，好奇的看著《八百字文》：「阿爹，天……洪，洪……」

曹操不由得笑了。曹沖是告訴他，他認得『天』字，還認得『洪』字。『天地玄黃，宇宙洪荒』八個字當中，他認得兩個。

「子揚，可否將此書留下來？」

「這個……」劉曄露出為難之色。

「這樣，你留下來，我用二十道左伯紙與你交換。並且我親自抄錄，明日把抄錄的文章給你。」

劉曄既然過來，本就存了獻書的意思，剛才的為難，不過是故意做出來的。

一道左伯紙，就是一百張；二十道左伯紙，就是兩千張。在這個時代，紙張仍是極為稀缺的物品。

一般而言，麻紙相對通用，而左伯紙就屬於權貴之家特有的物品。即便如劉曄，也對左伯紙極為看重。

不過，兩千張左伯紙並非主要，重要的是他藉此機會和曹操拉近了關係。

「可是，雋石那邊……」

曹操擺手，「雋石那邊我自會為你解說，你莫要掛念。」

「既然如此，那就遵司空之意。」

曹操和劉曄說了一會兒閒話，劉曄很識趣的告辭離去。

旋即，曹操把曹沖送到了環夫人那邊，而後拿著那冊《八百字文》，來到吳老夫人的住處……

「阿瞞，有事兒嗎？」

曹操把手中的這冊《八百字文》，呈到了老夫人面前。老夫人識得字，接過來之後，瞇著眼睛，認真的看了一遍，也不由得連連稱道。

「此何人所書？」

「祖母，此人您也認識，就是那個送您返還許都的曹友學。」

「曹都尉？」

曹操點點頭，看著老夫人不再言語。

老夫人拿起那小冊子，又認認真真的看了一遍之後，把書冊放在身邊，抬頭凝視曹操。

「阿瞞，你意欲如何？」

「祖母，曹家父子皆非等閒，特別是這曹友學，見識頗強，且有大局。此人能文能武，可算得上全才。我意欲使其認祖歸宗，但族中老丈未必肯同意，還需祖母出面說項。我原以為，曹朋無疑高強，有大局，未曾想他文采也如此出眾……假以時日，此人必為吾家萬里侯。」

老夫人手一顫，眸光陡然精亮。

曹操所說的萬里侯，其實也說的就是永平年間的定遠侯班超。班超本是書生，後投筆從戎，威震西域。可以說，班超的影響力貫穿了整個東漢。即便是曹操，對班超也極為讚嘆。

相傳，班超尚未投筆從戎時，曾找相者看相。

相者說：「生燕頷虎頸，飛而食肉，此乃萬里侯相也。」

這萬里侯，最初是指封侯於萬里之外。後來班超封定遠侯，都護西域，果然如相者所言。於是，萬里侯也就成了班超的另一個代名詞。

老夫人輕輕點頭，「曹友學有大才，中陽曹氏，可認祖歸宗，此事我可與族中老人商議……不過，孟德你又準備如何用他？他返還許都也有月餘，總不成一直這麼擱置，不免可惜。」

曹操想了想，「阿福天資不俗，大局無雙，又通武藝，且文采出眾。按道理說，他可以任一縣之長。但我覺得，既有此天資，何須急於出仕？天資越好，就越是需要調教。他這等資質，若沒個明白人指點，難保不會走歧路。」

老夫人說：「既然如此，當初荀衍推薦荀仲豫，你為何不同意？」

「這個……」

「既然你不同意荀仲豫，那就需要為他找一個更好的老師。不過我倒也贊成，若荀仲豫為友學之師，將來難保不會有麻煩。可這個老師，必須要好生考慮，莫耽擱了友學的前程。」

曹操想了想，「我心中倒是有一中意之人。」

「誰？」

曹操沉吟片刻，「祖母以為，那位陸渾山的孔明先生，如何？」

「孔明先生？」曹朋把手中的書卷放下，疑惑的看著曹真。

曹真是奉曹操之命，前來通知曹朋。

哪知道，曹朋聽了『孔明先生』四字之後，竟露出了駭然之色。

孔明？諸葛亮難道已經投靠了曹操？那自己這隻小蝴蝶未免也太厲害了一些，居然把諸葛亮給召喚過來了……不對，諸葛亮現在應該和自己差不多大，他如今應該正在求學，怎可能跑來曹操這邊，還被曹操看重？

「大哥，你說的，究竟是哪個孔明先生？」

此孔明，非彼孔明。

曹真所說的孔明先生，名叫胡昭，是潁川人。

三國時期有兩個孔明，胡昭就是其中之一。他出生於延熹四年，也就是西元一六一年，比諸葛孔明整整大了二十歲。建安四年，諸葛亮或許還沒有獲得『孔明』這個表字，正就讀於水鏡山莊，師從於司馬德操。而胡昭胡孔明，已名滿天下，是這個時期極有名的學者。

胡昭擅長書法，尤其在隸書方面，造詣極深。

蔡邕之後，以鍾繇、胡昭二人書法最強，時人稱讚：鍾瘦胡肥。『鍾瘦』，亦即鍾繇，『胡肥』，就是胡昭。此二人一出世、一隱世，都師從於東漢末年書法大家劉德升，並與邯鄲淳、衛覬和韋誕齊名。同時，胡昭還擅長修史，對於其史學造詣，即便是正在幫助漢帝編撰《漢紀》的荀悅，也極為推崇。荀悅曾上書漢帝，請求征辟胡昭一同修史，但最終被胡昭推辭。

曹朋知道諸葛孔明，但真沒有聽說過胡孔明。

曹賊

章八

吾家萬里侯

建安元年，曹操迎漢帝遷都許縣，發布了『唯才是舉令』。求賢若渴的曹操知道胡昭大才，於是多次派人請胡昭出山入仕，但胡昭一直沒有同意。後來，胡昭迫於無奈，前來許都面見曹操，自陳胡某一介村野民夫，無軍國之用，只習慣躬耕樵讀，做官入仕非其所能。曹操心知其志不可違，只得感慨『人各有志，出處異趣』，而後放胡昭回歸故里。

當時，曹朋剛剛重生於這個時代，尚困居於中陽鎮上，當然也不可能聽說過胡昭的名字。等曹朋來到許都，胡昭已遷居陸渾山（河南嵩縣東北），漸漸淡出人們的視線，所以他對胡昭更不可能瞭解。

「這好端端，怎麼會讓我拜他為師？」曹朋疑惑不解，看著曹真問道。

「此主公的意思，我哪能知道？不過，你就開心吧……若非主公派人與孔明先生相求，你未必能拜入他的門下。還有，你去學習，切莫帶太多隨從。孔明先生生性喜好簡約，你若是帶隨從過去，先生恐會不喜。」

聽得出來，曹真很羨慕。

他感慨道：「阿福，說起來你能拜入孔明先生門下，也是你的運氣。主公派人相求，固然是其中一個原因，另一個原因，就是你寫的那《八百字文》，使得孔明先生非常讚賞……你不知道，多少人想拜入孔明先生門下而不得，你這傢伙，怎就能寫出這《八百字文》呢？」

話語中，有羨慕，有嫉妒，還有些說不清楚、道不明白的情緒。

「那，我什麼時候出發？」

「主公說，清明過後就可啟程。」

「善！」

曹朋從曹真手中接過投帖名刺，讓郭寰收拾好。而後，與曹真漫步於花園中，登上一座小亭，兩人憑欄而立。

「阿福，對不起！」

「啊？」

「之前你讓我留意劉備，我卻誤會了你。」

「你不是道過歉了嗎？一世人，兩兄弟，何苦計較太多？」曹朋笑著搖搖頭，突然話鋒一轉，輕聲問道：「聽說，你們這次追殺劉備，還吃了點虧？劉備居然有這麼強的實力嗎？」

曹朋早就想詢問這件事情。

要知道，劉備手中現在並無太多兵馬，其精銳的白毦兵，在辰亭被曹朋一下子幹掉了三分之一。而三千虎豹騎，論戰鬥力可是比白毦兵要強橫許多，居然未能消滅劉備，反而中了劉備埋伏。聽說，連曹純都受了輕傷。

提起這件事，曹真就一肚子的火氣。他咬著牙，輕聲道：「非我等無能，實大耳賊狡詐。」

這句話，怎麼聽著如此熟悉？

非我軍無能，實在是共軍狡猾……前世的樣板戲裡，無數次出現過這麼一句話，讓曹朋不由得啞然失笑。

「到底怎麼回事？」

「大耳賊逃出許都之後，就往青州方向走，看樣子是想要投奔袁紹。我們一路追殺，在單父追上了那傢伙，本來已經要包圍了他，哪知道卻被一支人馬伏擊。我們是猝不及防，而對方又極其驍勇，連殺我二十三名虎豹騎，直闖中軍，還刺傷了子和叔父。劉備帶著關、張趁機掩殺，以至於我等遭遇此敗……天曉得，大耳賊帳下竟有如此猛將！」

曹朋不由得一怔。按照曹真這個說法，那刺傷曹純的人並非關羽、張飛。劉備手底下也就那麼幾員大將，關、張之外，就剩下了關平和陳到。

章八 吾家萬里侯

陳到如何？曹朋沒有領教過。但他見過關平，心知關平的本領，絕不可能斬殺二十三命虎豹騎之後，輕鬆闖入中軍，刺傷曹純。

「是那白旄兵主將陳叔至？」

「不是！」

「那是誰？」曹朋更加好奇的問道。

曹真搖搖頭，「不太清楚，那傢伙出來的很突然，身邊大約有百餘騎，全都是白馬白袍，極為凶悍。看他們那打扮，有點像是公孫瓚的白馬義從。不過，白馬義從不是被袁紹所消滅了嗎？白馬義從？」

曹朋聽聞，激靈靈打了個寒顫，問道：「那員將，甚模樣？」

「長得挺俊俏，年紀大概也就是二十多歲……嗯，感覺和子幽差不多，而且用同樣的兵器。」

和夏侯蘭差不多大？

一個在後世，耳熟能詳、婦孺皆知的名字，在曹朋的腦海中呼之欲出。

夏侯蘭可是說過，他的丈二龍鱗，是那個人根據自己的丈二龍膽槍，花費重金打造而成。白馬白袍，樣貌俊俏，而且用的還是類似於丈二龍鱗的長槍……

「阿福，你怎麼了？」

「啊，沒什麼。」曹朋搔搔頭，眼珠子滴溜溜直轉。

「對了，再過些時日就是清明，大家都會很忙。我過了清明又要離開，這兩天抽空，叫上二哥、三哥，一起聚一聚吧。我回來到現在，咱們兄弟四個都沒有聚過。雖說大家都有事情，可也不能薄了咱們的兄弟情義。這樣吧，後天就在我這裡，請三位哥哥前來聚會。」

曹真的臉上浮起一抹笑容，輕輕點頭。

「那我先走了。」

「我和你一起出去，你回軍營，我卻要去典叔父那邊練武。」

說罷，曹朋和曹真一同走出曹府，跨上了戰馬，並轡而行。

在街市的拐角處，忽聽有人叫喊曹真的名字。兩人勒住馬，回頭看去，就見一名男子催馬上來。

「子丹，最近可是少見啊！」

曹真連忙還禮，笑道：「孝興別來無恙。」

那人的年紀大約二十出頭，看上去挺俊朗，神采飛揚。觀其氣勢，也是一員武將。和曹真寒暄兩句之後，便告辭離去。

「誰啊？」

「種平種孝興。」

曹朋愣了一下，表示不知道此人是誰。

曹真說：「阿福，你以後要多留意朝中官員，還有這些傢伙。種孝興的父親，就是長水校尉種輯，也算是朝中極有名望的老臣。種孝興武藝不錯，而且精通兵法，將來必能成大器。」

長水校尉，種輯？

曹朋感覺這個名字有點耳熟。他手指輕輕敲擊馬鞍，片刻後突然道：「大哥，要多留意種輯。」

「哦？」

「這等朝中老臣，雖聽命於主公，卻未必忠於主公。」

曹朋記得，衣帶詔上似乎有種輯這個名字。但還有誰，他就記不清楚了。如果不是曹真今天提起，他也未必能記得起來。不過既然記起來了，曹朋覺得有必要提醒一下曹真才是……

經過劉備那件事，曹真對曹朋的話，變得格外重視。

種輯？

曹真看著種平的背影，心裡微微一動：阿福說得不錯，朝中老臣表面上聽從主公，卻未必與主公一條心。以前總覺得阿福有些多疑，可經過劉備一事，說明阿福的懷疑並不是無風起浪。也許，我應該多留意一下。

過了兩條街，曹真向曹朋告辭。曹朋呢，先去了典韋的家中，習武打熬力氣。午飯就在典韋家裡用過，午飯後返回家中，他立刻把夏侯蘭找來。

「子幽，你那位兄弟，可有消息？」

夏侯蘭愣了一下，旋即明白過來曹朋說的是誰。「你說子龍？」

「嗯。」

「目前尚未有消息……聽說公孫瓚被袁紹攻滅，其麾下四散離去。說不定子龍沒有收到我的信？」不過他說完之後，自己就立刻搖頭，「不可能，我去年五月寫的書信，這都過去大半年了，他怎可能沒有收到？」說罷，夏侯蘭疑惑的看著曹朋，輕聲問道：「公子，你怎麼突然問起這個，是不是收到了風聲？」

曹朋猶豫了一下，「前些日子，虎豹騎追擊劉備，於單父遭遇一支人馬伏擊。據說那些人清一色白馬白袍，為首一人使的兵器和你的很相似，連殺二十三名虎豹騎，還傷了子和將軍。我懷疑，你那兄弟已經投奔了劉備。如果真是這樣，我想他不太可能前來找你。」

「不會吧！」夏侯蘭頓時露出驚異之色。

但想想，似乎也沒什麼不可能……他也知道，自家兄弟早在界橋之戰時，便認識了劉備，後來還與劉備合作過，對劉備極為敬服。如果真去投奔劉備，似乎也沒什麼不可能。只是，自己曾信誓旦旦的向曹朋保證，如今豈不是丟了臉面？

不等夏侯蘭開口，卻見曹朋一擺手，「算了，人各有志！他既然要投奔劉備，隨他去吧……過些天，我要去陸渾山拜師求學。你挑選幾名飛眊，到時候和我一同過去。」

「去陸渾山？」

「是啊，據說那裡有一位大賢，而且是主公推薦，我也不好拒絕。」

最初，夏侯蘭有些失落。不過聽曹朋說，此次拜師是曹操親自推薦，頓時又來了精神……

這不是他懷有什麼貳心，只不過他跟隨曹朋，總希望能建立功業，如今曹朋卻遲遲沒有入仕，使得他心裡不免有些焦慮。可如果是曹操親自推薦，那性質又不一樣。這說明，曹操很看重曹朋，甚至是準備悉心培養。也就是說，待曹朋出師，必有大成就。

「如此，我立刻去安排。」

就這樣，時間過得飛快。眨眼，清明過去，暮春已至盡頭。

說來也奇怪，自二月那場雷雨過後，進入暮春，滴雨未落。三月，本應是一個淫雨霏霏的時節，可這雨水全無，使得不少人都感到有些焦慮。眼見著就要入夏，也不曉得這雨水何時可以到來。

但這一切，與曹朋已無太大關係。

曹操親自接見了曹汲，並讓曹汲取來族譜。但認祖歸宗之時尚不明朗，所以也沒有和曹汲說得太過清楚。

曹朋呢，同樣沒有和曹汲說明這件事情，只是讓曹汲加緊時間，讀書識字。為此，曹朋讓闞澤專門教授曹汲，以《八百字文》為基礎，大半個月下來，曹汲已可以粗識兩百餘字，並能夠進行簡單的書寫。同時，在闞澤的教導下，曹汲的學養有了明顯的提高。就連王猛都在私下裡和曹朋說：雋石一日一變，和當初在棘陽時大不一樣。其變化，可喜可賀。

也許是受到了曹汲的刺激，王猛也開始讀書識字。他底子比曹汲好，加上見過不少大世面，所以進步也非常快。

入三月以來，曹家的學習氣氛，一天濃似一天……

就在這種學習中，不知不覺，曹朋將要動身。好在這一次不是去海西那麼遠，陸渾山距離許都也不過六、七日的路程。張氏心裡不捨，可也知道，此次拜師對曹朋有著無比重大的意義，所以連著幾個晚上不休息，為曹朋製備了幾套新衣服。

隨曹朋一同前往陸渾山的，還有步鸞、郭寰兩人。除此之外，夏侯蘭點起二十名飛眊隨行，充當曹朋的護衛。

這天，天光明媚，碧空萬里無雲。曹朋跨上照夜白，帶著夏侯蘭等人，在張氏、黃月英等人依依不捨的相送之下，離開了許都。

這，也是他第二次獨自遠行。

曹真、許儀和典滿，送曹朋出許都十里外，互道珍重，拱手道別。

一路走來，曹朋漸漸擺脫了與親人分離的悲傷。眼見路旁春色濃濃，心情也逐漸變得開朗。

當晚，一行人就留宿於潁陰縣驛站，準備第二天過潁水，而後北上雒陽，再轉道陸渾。

吃罷晚飯，曹朋在屋中看書。忽聽門外郭寰輕聲道：「公子，外面有一人，自稱是公子同門師兄弟，求見公子。」

同門師兄弟？

我勒個去！我什麼時候拜過師？又什麼時候蹦出來一個同門師兄弟？這明顯就是胡說八道。

曹朋這段時間讀《論》，倒是變得穩重許多，心裡雖說奇怪，可是表面上卻不露聲色，「那個人，長什麼樣？」

「好像是個遊方術士。」

「術士？」曹朋更糊塗了！

子不語怪力亂神，不是說孔子不相信怪力亂神。他在《論語》中說天道遠，人道彌，意思是神仙之說，距離我等凡人太過遙遠，所以不要去談論，那其實就是一種對天道神仙的不尊敬。

曹朋經歷了重生之事，對於這種怪力亂神之說，更是心中敬慕。

舉頭三尺有神明，正是人在做，天在看，他又怎敢胡言亂語？不過對遊方術士，曹朋素來沒有好感。在他看來，所謂遊方術士，就是一幫子江湖騙子而已……所以郭寰一解釋，曹朋心裡更覺反感，也不知道是哪兒來的騙子，難不成是要過來和自己拉關係？很有可能。

漫漫長夜，也無甚事情，索性逗那騙子玩玩？曹朋想到這裡，嘴角一撇，露出一抹冷笑。

「有請！」我倒要看看，是哪個混蛋，居然冒充我師兄弟！

不一會兒，一名飛眊領著一個三十多歲的男子走進房間。只見他一襲月白色鶴氅，大袖飄飄，衣袂飛揚，儼然一副透骨仙風。

曹朋雖然不認識對方，可是從這氣質上看，還是能感覺出對方那種淡泊超脫的非凡神韻。

大凡騙子，都會做出仙風道骨之態。

可外表能裝出來，神韻卻難以模仿……曹朋自認眼力不差，感覺著眼前男子似乎不像是一個江湖騙子。但問題是，他真沒有拜師，又何來師兄弟？

於是，曹朋也不開口，只負手而立，靜靜看著來人。他想弄清楚，這『師兄弟』究竟是何人。

不用他開口詢問，來人稽首行禮：「琅琊葛玄，見過師弟。」

葛玄？這名字好熟悉！難不成還是一個歷史名人嗎？只是這『師弟』二字，又從何談起？看對方的模樣，曹朋還真有些拿捏不準葛玄究竟是何方神聖。

藉著屋中的燭火，葛玄上下打量曹朋，眉頭微微一蹙。大凡修煉者，都懂得望氣面相之法。葛玄有一種很奇怪的感覺，眼前這曹朋，似乎有些詭異。

「葛仙長，你我素昧平生，何來『師弟』之稱？」曹朋疑惑的問道。

葛玄遲疑了一下，「敢問，公子可名曹朋，乳名阿福？」

「是啊。」

「那可知道中陽山下的中陽鎮？」

曹朋眸光一凝，「我幼年時，就住在中陽鎮，怎麼了？」

這位『師兄』，打聽的這麼清楚，顯然是花費了不少心思。可越是如此，曹朋就越發警惕。所謂黃鼠狼給雞拜年，沒安好心。無親無故，你打聽那麼清楚做什麼？難不成，是想藉此來展現自己的大神通？哼，我可不會相信。

葛玄猶豫著，從懷中取出一個布包。他想了想，又把手縮回來，再次上下打量曹朋。

「敢問，可認得左仙翁？」

「哪個左仙翁？」

葛玄臉色一變，驀地沉下臉。只見他二話不說，跨步上前，雙手合陰陽，呼的一拳轟出！

「大膽妖孽，還不現形！」

曹朋嚇了一跳！這傢伙不是騙子，是殺手！

他本能的錯步後退，抬手使出太極攬紮衣，一隻手巧妙搭在了葛玄的拳頭上，另一隻手藏後，身形一轉，腳踩陰陽，踏步猛然跨出半步，蓬的一拳打出。拳出，發出一聲沉悶的空爆聲，聲勢駭人。半步崩拳驟然發出，一陰一陽，變幻莫測，狠狠的轟在了葛玄的拳頭上。

葛玄的拳勢同樣驚人，可是當雙拳撞擊，曹朋立刻感受不妙，因為他這勢在必得的一拳轟出之後，軟綿綿就好像無處著力。葛玄的拳勁陡然消失，使得曹朋這一拳就好像打在空氣上一樣。那種感覺，難受的令曹朋幾乎想要吐血，心中暗叫不好。

連忙錯步後退，可是葛玄雙眸陡然張開，口中發出一聲類似於野獸咆哮般的暴喝：「破！」

排山倒海似的拳勁，呼嘯湧來。曹朋再想發力還擊，就顯得有些來不及了。

剛而柔，柔而剛，葛玄的拳法顯然已經到了出神入化、隨心所欲的地步。這是一種純粹的武道，而非普通的搏殺之法。曹朋心中駭然，雙臂十字扣，蓬的架住葛玄的拳頭，巨大的勁力令他雙臂幾欲折斷，腳下蹬蹬蹬連退數步，方站穩了身形。

「住手！」曹朋一聲厲喝。

誰和我有這麼大的仇恨，從哪兒找來的這種高手？為何此前我從未聽說過葛玄的名字？單以武道境界而言，這葛玄恐怕比呂布還強勝一籌。

說時遲，那時快，門外守衛的飛眊衛士呼啦啦衝了進來。

「爾等休得上來，某今日是來斬妖除魔，而非是想要壞人性命……此獠不知何方妖孽，竟假冒某家師弟。妖孽，待我殺了你，為我師弟報仇雪恨！」

這究竟是哪一齣啊？

飛眊衛士們感覺莫名其妙。不過，他們聽命於曹朋，而非葛玄。雖然葛玄喊喝出聲，但幾名飛眊衛士還是上前把葛玄圍住。

「你才他娘的妖孽！」曹朋大怒，「你是何人指使，竟敢暗殺於我？」

葛玄冷喝一聲道：「妖孽，你還不承認？我問你，中陽鎮有幾個曹朋？你若是曹朋，焉能不知恩師之名？」

慢著慢著……

曹朋腦海中，靈光一閃：「你說的，可是教我識字的那位仙長？」

「教你識字？」葛玄也是一怔，疑惑的看著曹朋。

「我幼年時，的確是有一位仙長路經中陽鎮，並在鎮上停留了一年。當時，那位仙長曾教我讀書識字，但卻沒有留下姓名。後來他離開中陽鎮，我就再沒有見過他。你說的左仙翁，可是那位仙長嗎？」

葛玄聽聞愕然，目瞪口呆。「你，真是曹朋？」

「廢話，你哪隻眼睛看到我是妖孽了？」

「左仙翁，真的不是你師父？」

「我不知道你說的左仙翁是誰，但當時那位仙長，確實沒有留下名字，而且只教我讀書識字。」曹朋氣惱回答，同時把雙手背在身後，不停的搓揉手臂，心中更感到了幾分駭然：這個葛玄，究竟是何來歷？剛才那一拳，幾乎轟斷了我的手臂。更可怕的是，他拳中蘊含奇詭力道，若非我已進入洗髓階段，只這一拳，就能轟掉我半條命！

葛玄搔了搔頭，「你身體不好？」

「啊？」

「家師曾言，你身體不好，所以命我送你一套白虎七變，以強壯筋骨，休養身心。我之前到中陽鎮找你，結果當地人說，你一家不知逃到了何處，還指點我說，去棘陽找你試試看。我又跑到棘陽，結果當地人又說，你一家似乎得罪了什麼人，已不知去向。我後來聽人說許都有一人，名叫曹朋，於是就找過來，並打聽了你的生辰，猜想著是同一人。」

「你從何處探知我生辰？」

「回春堂，肖坤。」

該死的非著名婦科大夫……

曹朋咧嘴苦笑，「我幼年時，身體確實不好。後來依照著那位仙長……你剛才說，左仙翁？哪個左仙翁？」

「自然是左慈元放仙翁。」

操！

這一次，輪到了曹朋目瞪口呆。

左慈，他知道，那是東漢末年非常著名的三大神仙之一。一個左慈，一個于吉，還有一個南華仙翁……呸呸呸，南華仙翁好像是杜撰出來的人物。但左慈這個人，確實真實的存在。難道說他重生之前，教授曹朋識字的遊方術士，就是左慈左元放，左仙翁？

哈，沒想到我還認識這等人物！

曹朋想到這裡，苦笑一聲，擺手示意飛眊衛士退下。

郭寰煞白著一張小臉，站在一旁。剛才曹朋和葛玄忽然交手，著實嚇到了她。可是，她卻猶自保持鎮靜，倔強著不肯出去，警惕的看著葛玄。

葛玄揉了揉鼻子，點頭表示曹朋剛才沒有聽錯。

仙翁也真是的……說什麼一個方外弟子，原來你根本就沒有和人家說清楚，害得我冒冒失失前來，還差點殺了對方。

葛玄是個方士，隱世於深山。而東漢時期的深山老林中，可謂凶險萬分，猛獸橫行，處處殺機……身為常年在深山中的方士，若沒有防身之術，豈能存活？所以，一般似葛玄這種到處遊歷，出沒於深山老林中探訪仙緣、追尋仙道的人，必然會練一身好拳腳。他們或許不擅長搏殺疆場、決勝於兩陣之間，可若說修為，並不差。

吾家萬里侯

葛玄的拳腳，不適合戰場上的廝殺，但如果說單人搏鬥，卻出類拔萃……

「那，卻是我誤會了！」他再次稽首，與曹朋道歉。「家師在我出山的時候，只說讓我尋你，並授你白虎七變，卻未曾想……剛才確實是得罪了。」

操，你得罪我沒關係，你差點殺了我！

曹朋在心裡暗自咒罵，但臉上卻沒有表現出來。

「小寰，妳下去吧，我與仙長剛才是誤會……呵呵，要說起來，我還真是仙長的師弟呢。」

葛玄呵呵而笑，點頭卻不置可否。他大袖一擺，手上重又顯出那個布包。「看起來，師弟你也悟出了修行法門。剛才那一手拳腳，倒是頗有些仙道之風采。此白虎七變，是老師自《白虎七變經》中領悟出來的強身法門。既然找到了你，那就交與師弟吧。」

曹朋恭恭敬敬，上前接過了布包。他倒是沒有立刻拿出來觀看，而是問道：「師兄，老師身體可好？」

「老師如今修行已日漸深厚，說不得什麼時候，便能夠修成仙道，令人羨煞……」

還仙道？再說下去，就要變成仙俠小說了。

曹朋又問：「那師兄接下來，又有什麼打算？是回山修行嗎？」

「哦，我此次奉命出山，遊歷天下，尋求仙緣，體悟道法。若非找你，我說不得已經去了別的地方。如今既然已經完成了老師所託，也算是了卻一樁心事。師弟不妨看看那白虎七變，若是有什麼不懂之處，我也可以告知……而後，我當前往關中，而後有可能前往西川。」

曹朋的本意，是想要把葛玄留下來。如此強橫的拳腳，若能留在身邊，也可以為自己增添幾分安全。

自己很可能已經失了趙雲，若是能留下葛玄，倒也是個不錯的選擇。可現在看來，葛玄並無留戀塵世的意願，即便是強行挽留，估計也沒有可能。罷了，權作是一場緣分。將來與人說，自己有這麼一個修仙的師兄，也是一樁美談……想到這裡，曹朋便釋然了。

他打開了布包，見裡面有一本小冊子。小冊子裡，還有一封書信。

信中大致意思是：阿福，中陽鎮一年相處，也算是你我緣分。我雖然離開，但心中一直牽掛。你身子不好，需多調養。可一時間我又找不到適合你的功法，所以才拖到了現在。這白虎七變，是我從《白虎七變經》中演化而出的一套強身之法，最適合你的身體狀況。希望你能好生修煉，將來咱們說不定還能有相見之日，你要多保重。

左慈信中，充滿了關愛之情。

曹朋雖然沒有見過他，可是也可以感受到左慈對曹朋（重生前的曹朋）那份濃濃的關愛。沉默許久，曹朋輕出一口氣：「恩師關愛，朋……此生難報！」

也就是在這一刻，曹朋在心裡面，已認可了與左慈的師生之情！

與曹朋講解完白虎七變之後，已近寅時。

葛玄無意繼續逗留，於是向曹朋告辭，飄然離去。待離開官驛之後，葛玄趕了片刻路程。前方就是潁水渡口，他登上渡船，站在甲板之上，腦海中卻始終縈繞著一個無法解開的疑問。

觀阿福相貌，分明是早夭之相，可他的氣運卻顯得格外悠長，甚至有興旺之勢。曾聽人言，這世上有奪舍附體之法。難不成，是某位有大神通之人，奪走了阿福的身體？

不對不對，若如此的話，他又怎可能記得過往事情？

這裡面，可是透著古怪……我是不是應該留下來，再觀察一下呢？

葛玄想到這裡，不由得搔了搔頭，臉上露出了為難之色……

章九

漢時雒陽城

葛玄糾結不已，在函谷關徘徊不定。而曹朋，則一路暢通抵達雒陽。時已三月下旬，氣溫升高，天氣變得有些炎熱起來。

曹朋勒馬雒陽城外，心中不禁是感慨萬千。前世，他畢業於雒陽警官學校，在這座千年古都生活了數年之久。原本以為故地重遊會非常興奮，可是當他立馬雒陽城外的時候，卻又覺得很平靜，更沒有什麼情緒波動。

此雒陽，非彼雒陽……

曹朋發現，前世的種種，似乎都已忘懷。此情此景之下，他竟回憶不出前世的事蹟，只剩下一些淡淡的，幾乎快要忘懷的模糊片段。

古都雒陽，在歷史上又分為漢魏雒陽和隋唐雒陽。

後世的雒陽是在隋唐雒陽的基礎上建立起來，而此時曹朋所見到了雒陽，則是漢魏雒陽城。

雒陽，成四方形平面，南面城牆毗鄰雒水，東、西、北三面城牆，略高於南城牆。其中，南北城牆長約三點八公里，寬約二十五到三十米左右；東西城牆則在四公里左右。其中，西城牆略長，約四點五公里，東城牆略短，三點九公里。而且城牆的厚度不一，總體而言在十四到二十米左右。周長，十四公里。

作為東漢的都城，雒陽曾經是東漢最大、最繁華的城市，甚至連關中的長安也無法相比。夯土板築的牆壁，泛著灰色。在陽光的照映之下，古都雒陽雄渾蒼涼，卻又透著一絲破敗。每座城牆分有五門，有的是一門一洞，有的是一門兩洞，正中央一門三洞，也是雒陽的主城門。

曹朋在開陽門外站立許久，而後長嘆了一口氣，扭頭道：「四哥、史大俠，我們進城吧。」

朱贊與史阿相視一笑，簇擁著曹朋，向雒陽城內行去。

聽聞曹朋路過雒陽，身為雒陽北部尉的朱贊，又豈能使曹朋過門不入？一大早，他就和盛世賭坊的掌櫃史阿來到城外迎接。

如今的曹朋，可不是當初那個與史阿談生意的毛頭小子。

一篇《陋室銘》，一篇《八百字文》，使得曹朋崢嶸初露。說起來，如今的曹朋也是小有名氣。

而曹家更不是當初那個剛搬來許都，兩眼一抹黑的曹家。曹汲官拜諸冶都尉，掌天下兵械鑄造。據說，曹操有意拜曹汲河一侯。雖說這只是個名號侯，沒有食邑，沒有俸祿，但畢竟是侯爵。如果曹汲真的能拜河一侯，那麼曹家的地位也將隨之提升，遠不是當初小民。

鄧稷在海西，政績卓著。屯田都尉，權力巨大，執掌近三縣之地，握十數萬屯民，更擔負著平息兩淮商貿物價的責任。明眼人都能看得出，鄧稷日後的成就不會小了。特別是鄧稷和軍師祭酒郭嘉，似乎有同門之誼，而新任廷尉徐璆，也頗有力挺鄧稷的模樣。

原因？

徐璆是海西人，家族就在鄧稷治下。他的姪子徐宣，和曹朋關係非常密切，也使得徐璆對鄧稷頗有好感。

至於曹朋嘛……

誰都知道，憑那《陋室銘》和《八百字文》兩篇文章，使得曹朋已得到了士人的承認。包括荀衍、陳群等潁川名士，無不拍手稱讚。就連眼高於頂的孔融，也在私下裡評論：曹友學靈氣卓然，前途不可限量。

靈氣卓然？

那就等於孔融認可了這兩篇文章。哪怕孔融在朝堂上不得志，手中沒什麼權力，可他在士林中的威望，即便是曹操也不能匹敵。

此外，尚有滎陽經學大師鄭玄，亦稱讚《八百字文》妙不可言！

這兩位，可以說是東漢末年有數的大家。能夠得到所有人一致好評，也足令曹朋感到驕傲。

所以，史阿對曹朋的態度，顯得格外恭敬。

朱贊更是滿面春風。

倒不是說朱贊阿諛，只不過曹朋身為小八義的成員，他能揚名天下，朱贊也覺得面上有光。

雒陽北部尉，俸祿三百石，掌北城治安。而北城則是雒陽的鬧市，聚集了商業文化等各種產業，酒肆林立，店鋪成行，也是雒陽治安最為混亂的地區。雖說董卓火燒雒陽，遷雒陽富戶往長安，使得雒陽城變得格外殘破，但瘦死的駱駝比馬大，走進開陽門，曹朋立刻感受到了，即便是許都也無法比擬的繁華喧鬧。

雒陽皇城，已成廢墟，南北宮只剩殘垣斷壁……想要恢復原貌，估計沒個十年八年，無法做到。修繕皇宮是一樁耗資巨大的工程，以曹操目前的能力，還真抽不出這個錢來進行修繕整治。

外城的格局，縱四橫四，一共八條大街，其中從建春門到皇城宮門的闔閭門，長三公里，寬四十一米，是雒陽的主幹道，將雒陽分為南北兩半。雒陽北部尉官署，就設立在銅駝街上，占地大約有兩萬平方米，門外守衛森嚴。

「公子，可要去賭坊看看？」

曹朋笑著搖搖頭，「有什麼好看？賭坊由史大俠看守，萬無一失，我是只管拿錢，不問其他。」

史阿聽聞，不由得大笑。

而朱贊在一旁，也暗自點頭：阿福，已知道愛惜羽毛，珍惜名聲了！

一行人進入北部尉官署後宅，就見一個美婦人，懷抱一個嬰兒在門外恭迎。

「夫人，這就是我那八弟，曹朋。」

朱贊來雒陽已有兩年，更娶妻生子。曹朋倒是聽說了，可由於朱贊結婚時，他正好由海西調任廣陵，所以無法參加。而朱贊得子的時候，也正是下邳之戰開始之際，除了曹遵和曹真兩人過來道賀，其他人都不得成行。

朱贊的妻子，是雒陽本地人，家境算不得太好，小門小戶。不過人生得美麗，性子也很賢淑溫婉，夫婦兩人極為恩愛。

「曹朋，見過四嫂。」

「叔叔遠道而來，一路辛苦。酒宴已經備下，請速速入席……夫君，我去廚上盯著，若是有什麼需要，就讓人告訴我是了。」

看著朱贊妻子婀娜背影，曹朋不由得感慨：「四哥果然好福氣。」

「哈，你這傢伙，別以為我不知道！出使了一趟江東，拐走了江夏黃氏的女兒。不曉得你這算不算金屋藏嬌呢？你那兩個侍婢，也漂亮得緊……嘿嘿，依我看，好福氣的人是你才對。對了，可準備好，何時辦親事？」

「這個……」曹朋老臉一紅，沒有回答。

「對了，六哥如何？」

「他啊……年初隨鍾校尉去了長安，據說是忙得不可開交。對了，他今年年底就會成親，女家姓徐，是潁陰人。我沒有見過，但聽說長得很好。到時候，你可一定要過來觀禮才是。」

「那是當然！」

眾人說笑著，在席間落坐。曹朋和朱贊互道離別之情，史阿也不時的談論一些賭坊趣聞。

盛世賭坊如今的生意，非常好。不僅是河洛地區，甚至連潁川以及關中的富戶也前來玩耍。小至幾錢，多至上萬、上十萬，乃至百萬錢的賭局也都時常出現。據史阿說，今年由於許都豐收，所以許多富家子弟手頭也充裕，常在賭坊裡一玩就是一天。史阿在賭局的基礎上，還開闢了青樓酒肆，生意很不錯。

不過，看得出來，朱贊對此似乎並不是太贊成……

酒過三巡，菜過五味，史阿告辭離去。臨別時，史阿與曹朋約好，晚上由他在雒陽金剛崖寺設宴，為曹朋接風洗塵。曹朋欣然答應……

史阿走後，就只剩下曹朋和朱贊兩人。

「阿福，你今時不同往日，當需格外謹慎才是。似史阿這等人，盡量少打交道。雖說他交友廣闊，在江湖上也頗有人望，但操持的畢竟是……我不說，你也明白。有什麼事情，讓下人們和他接觸就是。你最好離他遠一些，對聲名不好。剛才你不去賭坊，我很贊成。這兩年來，見到的家破人亡事不知凡幾，有時候我真想……」

「你看，曹都護與夏侯府尹雖說是這賭坊之主，可從來不露面，更不公開與史阿打交道，你可知為什麼？只因這賭坊害人，他們心裡也非常清楚。有什麼事，都是讓人和史阿商議。」

曹朋沉默了！

朱贊這番話，可謂語重心長，所說出的每一個字，都是為曹朋打算。

片刻後，曹朋輕聲道：「四哥放心，小弟明白。」

「嗯，你明白就好……我也不和你贅言。」

兩人說罷，又喝了一陣子的酒，便命人把酒宴撤下。曹朋和朱贊走出花廳，沿著後宅一邊走，一邊聊天。

許是那酒有些多了，曹朋有些熏熏然。

「四哥，雒陽這邊的公務，可繁忙？」

朱贊伸了個懶腰，微微一笑：「說忙，也不忙；說不忙，也忙……反正大都是些小事情，也算不得什麼。比起當年主公出掌北部尉，設立五色棒的時候，如今雒陽城裡還算是太平。」他說著話，突然笑道：「我聽人說，你在海西搞了個北集市曹掾？」

「四哥也聽說了？」

「嗯！」朱贊找了塊石墩坐下，笑呵呵道：「其實，我也有心學你在海西那樣，搞一個集市曹掾……不過呢，一直沒有找到機會。雒陽集市雖然繁華，但大體上還不規範。我準備把你們海西的那一套手段拿過來，試上一試。對了，你搞的那個行會也挺不錯，能否與我說道說道？」

「這有何難？」

曹朋在朱贊旁邊坐下，將他在海西所做的事情，一五一十的講述了一遍。至於行會，其實曹朋也懂得不多，他在海西推行行會，說穿了就只是一個概念，許多規章制度是在行會推出來之後，不斷進行完善。

朱贊聽得津津有味，不時還會插嘴問上幾句，看得出他對這件事挺上心，問的也非常詳細。曹朋倒也沒有什麼隱瞞，盡量與朱贊解說。

不過在解說完之後，他輕聲道：「四哥，海西和雒陽的情況不一樣，切莫生搬硬套。海西偏遠，之前又一直處於混亂的狀態下，沒有任何秩序可言。所以，我和家兄以武力震懾之後，便可以使海西商戶一個個低頭。」

「雒陽不一樣，即便當初董卓遷走了雒陽富豪，現在看似殘破敗壞，可實際上，卻並非如此。如今這些商戶，身後大都有些背景，特別是潁川關中大族的背景深厚，使這其中的關係也就格外複雜。哥哥你要推行那些制度，必須要謹慎小心，徐徐而進。那些傢伙，關係盤根錯節，弄不好就會招惹來大麻煩……」

朱贊點點頭，「賢弟提醒的極是。」

至於他是否真的聽進去？曹朋也不知道。不過他知道，朱贊是個很沉穩、很有法度的人。他做事不會莽撞，所以曹朋倒也不是太擔心。

這時候，一名家臣匆匆走來，在朱贊耳邊低語兩句，朱贊點了點頭，對曹朋說：「賢弟，你這一路奔波，也夠辛苦。剛才你答應了史阿，晚上怕也不好推卻。不如這樣，你先去歇息一下，否則晚上會沒精神。」

曹朋知道朱贊怕是有公務要處理，於是他欣然應命，在朱贊奴僕的領引下，來到自己的住處。

朱贊早就讓人騰出了房間。郭寰和步鸞又打掃了一遍，曹朋來到房間的時候，兩人正坐在門廊上，小腦袋挨著小腦袋，說些體己的悄悄話。

「子幽呢？」

「夏侯大哥說是和飛眊一起，就住在隔壁的院子。公子，可是要喚他過來？」

曹朋搖搖頭，道了一聲不用。

「小鸞、小寰，今天的功課做完了嗎？」

步鸞剛要回答，卻被郭寰輕輕拉扯一下。她扭頭看去，就見郭寰紅著臉，低著頭……步鸞立刻明白了！郭寰肯定是沒有做好功課，但又擔心說出來，會被曹朋責怪。於是，步鸞也低下頭，輕聲道：「公子，我們還沒有做。」

「一日不讀口生，一日不練手生。」曹朋微微一蹙眉，輕聲道：「妳們先把功課做好，我去歇息一下，等醒過來，要考校妳們。」

「喏！」

所謂的功課，其實就是那《八百字文》。

反正曹朋已經盜竊過來，不用白不用。作為《八百字文》的創作者，他身邊的侍婢更要做足功課。所以，即便是離開了許都，步鸞和郭寰的功課也沒有停下來，曹朋對此也很在意。

不過，等他一覺醒來，已過了酉時。洗漱完畢之後，曹朋正準備把郭寰、步鸞叫過來考校，不成想，史阿已派人過來，請他赴宴。

此時，天剛濛濛黑，華燈初上。曹朋換上一身衣服，帶著夏侯蘭，施施然行出了北部尉官署……

暮春的夜晚，帶有一絲躁動。

在這個萬物萌發的時節，人們行走於建陽門大街上，四處可見街頭上招展的旗幡。正戌時，天已經黑了。街道兩邊的店鋪燈火通明，使得這古老都城的夜晚透出無限盎然的生趣。

曹朋沒有騎乘照夜白，而是坐在一輛牛車上。車篷敞開，夜風習習，坐在車裡倒也不覺得煩悶。夏侯蘭騎馬跟在旁邊，一名飛眊駕車，跟隨著史阿，沿悠長大街行進，兩邊景致盡入眼底。

曹朋坐在車上，倒也悠然自得。

金剛崖寺，聽上去似乎很陌生。但如果提起它後世的另一個名字，人們也許就耳熟能詳：白馬寺！

白馬寺是中國歷史上最早的三大佛寺之一，其他兩座則是榮陽洞林寺、龍門香山寺。不過，白馬寺

漢時雒陽城

最初名叫金剛崖，有金剛棲息之意。

相傳，漢明帝劉莊夜寢南宮，夢金神頭放白光，飛繞殿庭。次日得知，夢中金神即為佛門金剛，於是派遣使者蔡音、秦景等人前往西域求佛。此時的佛教，又稱浮屠教，早在西漢年間便流傳至中原，但是並不為太多人接受。不過在西域，許多國家視佛教為國教，如烏孫、疏勒、龜茲，更是浮屠治國。

蔡、秦二人於月氏遇到天竺僧人迦什摩騰（一名攝摩騰）、竺法蘭，於是便邀請這兩人到雒陽宣講佛法。這也就是佛教史上，最為著名的『永平求法』的故事。不過那畢竟是佛教史上的記錄，誰也說不清楚究竟。反正是迦什摩騰和竺法蘭來了，並向劉莊宣講一次佛法之後，漢明帝便敕令仿造天竺寺院的式樣，在北邙山和雒水之間，選定一處位址修建寺院。

最初，白馬寺是以官署之名而存在，管轄所有至中原傳法的僧人。若想要傳法，就必須持有白馬寺的度牒，否則便不受朝廷保護，甚至可能被官府視為邪教。

白馬寺的主持，拜白馬寺卿，不在朝廷品秩之內，但每月會領取俸祿。

迦什摩騰和竺法蘭在金剛崖寺定居之後，苦心編譯《四十二章經》，使之成為流傳至國內的第一部翻譯成漢語的經文。《四十二章經》編譯完畢之後，漢明帝以白馬馱載佛經、佛像有功的藉口，改金剛崖寺為白馬寺。不過許多人仍習慣稱之為金剛崖寺。

前世，曹朋也曾來過白馬寺。但說實話，除了看到一堆人，就是掏錢上香，並沒有領悟到什麼高深佛法。

東漢末年，受戰亂影響，白馬寺早已不在朝廷治下，而成為一座單獨的佛寺。信佛的人有，特別是在董卓遷都之後，許多雒陽人都開始信奉佛法，成為佛門信徒，並供奉家產。所以，白馬寺在戰火中並未受到太大的影響，反而變得越發興旺。

曹朋抵達白馬寺的時候，史阿已經在寺外等候多時。一見曹朋，他立刻熱情的迎上前來：「公子，怎地這時候才到？」

「路上欣賞夜景，以至於來得晚了，史大俠勿怪。」

「公子客氣了……今日正好有幾個好朋友也在，聽聞公子大名，他們也想拜會一番。史阿冒昧做主，還望公子海涵。」

在來白馬寺的路上，曹朋已經想到了這個結果，所以並沒有太在意。

他微微一笑，「史大俠，你才是客氣了！」

朱贊說得沒有錯，自己現在要謀求名聲，一言一行都必須注意。

史阿這個人，江湖氣甚重，所以和他打交道，必須要謹慎小心，不能太親熱，也不能太疏遠。這裡面有一個『度』的掌握，不過總體而言，曹朋把握的還算不錯。

史阿開懷大笑，拉著曹朋，大步走進寺院。

在後世，白馬寺設有許多風景名勝，比如二僧墓、齊雲塔，清涼台等景致……不過在東漢末年，這些景致還未曾出現。二僧墓只是兩座墳塋，墓前豎著兩塊石碑，看上去古樸簡陋。

曹朋隨著史阿登上一座高約有六米，底部是夯土板築，上面鋪著青石的高臺。

在後世，這座高臺名為清涼台，是白馬寺最為著名的一道風景，更被人稱之為『空中庭院』。但如今，空中庭院尚只是一個雛形，大約一百三十平方米的高臺上，建有重簷歇山的樓閣。

後世相傳，這裡曾是劉莊幼時讀書避暑之所，後來改為翻譯經文的地方。

不過曹朋大體上是不信的……這譯經臺據史阿所說，分明是迦什摩騰和竺法蘭來到雒陽之後才營造而成。當時，劉莊早已經登基……想必是佛教為了烘托自家的高明，編撰出這樣的故事。其實，佛經中這樣的謊話隨處可見，都是宗教為了爭取信徒，而刻意流傳下來。

曹朋前世是無神論者。對於宗教，他既不反對，也不排斥。道教也好，佛教也罷，包括什麼基督教天主教，他都沒有太多惡感。重生後，特別是得知自家還有個牛逼的神棍老師，也使得曹朋在不知不覺中更偏向道教。

閣樓中，四面窗戶敞開，裡面已坐著七、八個人。

「史兄，怎地現在才來？」一個相貌粗豪的漢子見史阿走進來，立刻大笑著起身。

史阿道：「祝兄，我來為你介紹……這位就是著有《陋室銘》和《八百字文》的曹八百，曹朋曹公子。」

曹八百？

曹朋聽聞一怔。

那粗豪的漢子已走上前，聽聞史阿介紹，微微一拱手，算是行禮。

「史兄，你來得正好。昨日我在你那賭坊中可是輸得好慘，今天你既然來了，祝某一定要你狠狠的破費一番，方解心頭之恨。」

看他這模樣，似乎並沒有把曹朋放在心上。

曹朋也沒有在意，同時對史阿剛才的介紹，心中暗自滿意。

他沒有介紹自己是什麼盛世賭坊的幕後老闆，說明史阿是個懂得分寸的人。一個知曉進退、懂得分寸的人，總是可以讓人產生好感。

如果說之前曹朋對史阿客氣，是因為當初是曹真介紹史阿過來，而且這傢伙的老師是當世第一劍客王越，漢靈帝的劍術教習——史阿自己，更擔任了兩年曹丕的劍術老師，所以曹朋不得不敬重；那麼現在，史阿的得體懂事就令曹朋產生了好感。怪不得那時候大哥推薦了史阿，這個人果然是一個有眼色的傢伙……

「此人名叫祝道，是雒陽有名的地頭蛇。他祖籍就在雒陽，而且使得一手好劍，家中且頗有財產，所以在雒陽，頗有一些影響力。」

祝道？沒聽說過！

曹朋搔了搔鼻子，表示自己知道了。

史阿沒有再說下去，而是帶著曹朋，與閣中眾人引介。

現任白馬寺卿玄碩，本姓袁。

董卓在遷都長安的時候，將當時的白馬寺卿一起帶走。初平三年，董卓被呂布所殺，李傕、郭汜圍攻長安，使得長安大亂。玄碩持前任白馬寺卿印綬，返回雒陽，接掌了白馬寺，並成為新一代白馬寺卿。不過，他這個白馬寺卿是自封的，並沒有得到朝廷的認可……

想想也是，朝廷當時亂成一團，小皇帝自身難保，誰有這等閒情逸致來理睬這白馬寺卿？而當時白馬寺殘破不堪，也沒有人願意擔當，既然這位袁玄碩願意出任白馬寺卿，自然也沒人反對。

一晃，七年。白馬寺比之當初，不曉得繁盛了多少倍，人們也就漸漸認可了玄碩。同時，玄碩才學淵博，兼通琴棋，在雒陽七年時間裡，他結交了不少朋友，漸漸站穩腳跟。

聽了史阿的介紹，玄碩忙稽首行禮：「原來是曹八百當面。」

又是曹八百？

曹朋這時候已經反應過來了這曹八百的意思，想必是取自那《八百字文》，就如同蔡邕被稱之為蔡飛白的性質一樣。蔡邕以飛白書而名揚天下，故而尊其飛白為雅稱。曹八百，也是同樣的原因，這種稱呼，也代表當世人對曹朋的一種認可。曹八百的稱號，起於清明之前，當時曹朋忙於出行，所以未曾留意外界的稱呼。

只是，『曹八百』這個名字，實在是太難聽了……

可這種事又不是曹朋能決定，所以也只能心中苦笑，認可了這個名字。

「這位是張梁張元安，張公子。」史阿手指一個青年，為曹朋繼續引薦。

張梁？那不是太平道的教主嗎？

這傢伙，還真敢取名字，居然和反賊同名。他身材高大，體格魁梧，大約在一百八十公分左右，生得孔武有力，相貌英武。

「我曾受過荊州龐元安先生的教誨，未曾想今日，又得識一位元安。看起來，我與叫元安的人有緣啊。」

張梁一怔，旋即哈哈大笑。

龐元安就是龐季，龐統的老子。

沒想到曹朋把自己和聞名天下的名士相提並論，張梁對曹朋的好感頓時倍增。

「此元安族弟，名張泰，字子瑜。曹公子，張公子乃杜夔先生門生，精於音律，是玄碩先生的至交。」

張泰，生得文文弱弱，臉上掛著一抹倨傲之色，與曹朋拱手：「聞曹八百學識出眾，文采過人，不知師出何人？」

靠，拚老師？

曹朋微微拱手，一臉卑謙之色，「在下才疏學淺，至今仍未得名師相授。曹司空正因此，所以推薦在下前往陸渾山，拜胡昭胡孔明先生為師。此次途經雒陽，正是前往陸渾山拜師。」

如果不清楚胡昭的情況，曹朋未必會這麼說。可他打聽過了，胡昭那是和鍾繇、邯鄲淳、衛覬等人齊名的人物。邯鄲淳，曹朋不是很瞭解，但衛覬，如今都護關中，乃當今名士；至於鍾繇，更了不得，不論出身名聲還是家世，少有人能夠相提並論。胡昭既然能與這些人齊名，那他的名聲，可想而知，絕對屬於翹楚。

不是說杜夔才疏學淺。杜夔是潁川人，曾官拜雅樂郎，於中平五年因病辭官，後戰亂開始，杜夔遠遁荊襄，寄居劉表帳下。所以，若以名望而言，杜夔和胡昭，明顯是兩個層面的人物。一個天，一個地，截然不同。

張泰以杜夔弟子而自居，洋洋自得，頗有些目中無人。哪知道，曹朋這一句話，就把他給噎得半死。胡昭隱世陸渾山，興辦書院，教授陸渾山三百里弟子。但實際上，能列入胡昭門牆者，寥寥數人哉。就如同許多玄幻小說裡，有外門弟子和核心弟子的區分。那書院裡的，大都是胡昭的外門弟子，想要成為胡昭親傳弟子，卻比登天還難。

曹朋奉曹操之命，拜師於胡昭，那斷然不可能是外門弟子，肯定是親傳弟子。否則，也不可能煩勞曹操出面。

張泰的臉，騰地一下紅了，嚅嚅不知該如何回答。

曹朋這句話分明是警告他：別跟我甩臉子，老子上面有人，連曹操曹司空都親自出面，為我尋找老師。你的老師是杜夔沒錯，可是和我提的兩個人比起來，狗屁不是，可別惹我。

「玄碩居士，有貴客登門，何不與我知？」

就在張泰面紅耳赤，不知道該說些什麼才好的時候，閣樓外忽然傳來了女子嬌柔的說話聲。一名緇衣女子，款款走進了閣樓。這女子一進了閣樓，頓時令所有人眼前一亮。

怎生個一亮？

女子秀髮如雲，披散瘦削肩背。眼眉兒彎彎，透著萬種風情，秋波蕩漾，鼻兒挺拔，櫻桃小嘴兒，令人不由得生出採擷品嘗的衝動。寬大緇衣，掩著玲瓏曼妙胴體，卻更顯誘惑……

「闞居士，我正要讓人過去請妳，妳卻自己來了。」玄碩呵呵笑道，聲音略顯嘶啞。他轉過身，對曹朋輕聲道：「此北邙山下，菊花庵庵主，岳闞居士。」

漢時雒陽城

說罷，玄碩笑著走上前，「關居士來得正好，待我來為妳引見一位少年俊才。這位就是前不久，做出《八百字文》，以《陋室銘》而享譽兩淮的曹朋曹八百。昨日妳還說『不見曹八百，成就浮屠亦枉然』。呵呵，現在可好了，曹八百就在妳面前，妳現在即便成就浮屠亦無憾了。」

岳關眸光似水，自曹朋身上掃過。不知為何，曹朋激靈靈打了一個寒顫……

東漢末年，佛教方傳，尚未大興，故而寺院之中也沒有後世種種的清規戒律，組織略顯鬆散。出家人不一定都會牛山濯濯，也可以帶髮修行。岳關應該就屬於這種情況，因此玄碩在介紹的時候，只稱她為居士、庵主。

曹朋對佛教的發展史並不瞭解，但多多少少知道，所謂的『庵』，在佛教當中一般是尼姑的修行之所。不過，在這個時代，人們更習慣於稱之為比丘。所以岳關也可以喚作比丘關。

只是，白馬寺旁邊，有這麼一座尼姑庵嗎？曹朋是一點印象都沒有。至少，在他前世的記憶中，遊玩白馬寺時，也沒有聽說過這麼一座古怪名字的尼姑庵……

有寺廟之地，必有尼姑庵。

曹朋偷偷打量了岳關一眼，只覺得這小尼姑渾不似出家人，風情萬種，舉手投足間帶著撩人之意。騷，真真個風騷小尼姑！

曹朋忍不住又看了一眼玄碩，再看了看岳關，心裡不懷惡意的猜想：莫非，這兩人有一腿嗎？後世人之所以有這種想法，也是見怪不怪。

不過看玄碩的長相，曹朋旋即打消了這個念頭。為什麼呢？玄碩長得實在是太難看了……皮膚黑黝黝的，臉上也不知道是被什麼燙傷了一樣，傷痕累累，讓人根本不願仔細觀看。想著風騷比丘，不會看得上玄碩吧。

「竟是曹公子當面，尼失禮了！」

尼，是以梵語音譯而來，在梵語當中，是女人的意思。如果翻譯過來，大致上就是『小女子失禮了』。這是比丘專用的自稱字，一般人不能使用。而尼姑這個詞，在這個時代還未出現，一直到東晉時期才有『尼姑』的字樣。不過，當時尼姑是指有大德行的佛門比丘。

岳關操著雒陽口音，柔柔的，讓人感覺有些酥麻。

曹朋連忙還禮，「未知居士前來，確是曹朋之過。」

「菊花仙，妳又在搔首弄姿，莫非看上了這小白臉嗎？」

曹朋循聲看去，就見祝道粗豪大笑。

岳關玉面一沉，驀地冷笑：「祝公，怎不見你那玉林兒相伴，卻跑來白馬寺與居士吃酒呢？」

祝道的臉，騰地一下子紅了，臉上浮現出一抹怒色。

什麼亂七八糟的關係？玉林兒又是誰？曹朋感覺莫名其妙，心裡面對祝道沒來由的平添幾分惱怒。

史阿也覺得沒有面子，寒聲道：「祝公，今日在座皆高明之士，你說話最好注意點，否則我不介意讓你滾出去。」

畢竟是當今有數的劍客，雒陽赫赫有名的地頭蛇，史阿這一怒，令閣中氣溫陡降。

祝道雖然張狂粗鄙，可是被史阿這一聲厲喝，也不由得閉了嘴。誰不知道，這史阿是殺人不眨眼的主兒。想當年王越在世，史阿在雒陽主持英雄樓，手中寶劍不知殺了多少鬧事之人。此次返回雒陽，史阿更顯跋扈。建安二年冬，他在雒水畔與人相約鬥劍。對方來了十幾人，最後卻只有史阿一個活著回來……之後，整個雒陽城，再無一人敢去與史阿挑釁。

「年兄，何必動怒……老祝也是開玩笑，開玩笑罷了！」玄碩連忙上前插話。

祝道雖說不滿，可是在史阿那種強橫的逼迫之下，也不得不低頭道歉。

岳關冷笑道：「確是個無膽之輩。」

她聲音不高，卻讓閣中所有人都聽得真切。

「菊花仙，妳莫非是專門尋我晦氣？」

岳關道：「誰搭腔我就尋誰晦氣，也不知是哪一個先跳出來生事。」

「妳……」祝道勃然大怒，向前邁出一大步。

可未等祝道開口，就見席間一青年閃身站出，橫在了岳關身前。

這青年年紀不大，二十出頭的模樣，生得是齒白唇紅，俊俏非凡。一襲青衫，襯托出卓爾不群風姿，他看著祝道，寒聲道：「祝公，你喝多了，最好回去休息，別在這裡繼續出醜了。」

「赤忠，你也要護著這小騷貨不成？」

祝道話音未落，那名叫赤忠的青年怒喝一聲，打斷了他的言語。

一道寒光掠空而出，直刺向祝道。史阿眉頭一蹙，腳下錯步，閃身騰挪，一柄細窄長劍刷的刺出，就聽叮的一聲響，兩柄利劍刺在一處。赤忠手中的寶劍一下子偏了方向，腳下更一個趔趄，險些摔倒。

「赤公子，小心！」岳關嬌聲呼喊，連忙攙扶住了赤忠。

赤忠白皙的面龐，登時透出一抹紅色……

「伯輿，給我一個面子，到此為止，如何？」史阿有些惱怒，而後扭頭對祝道說：「祝兄，你今天確實喝多了，還是回去休息一下的好。」

祝道臉通紅，看了看赤忠和岳關，又看了看史阿。

張梁和張泰等人，一個個眼觀鼻、鼻觀口、口觀心，若老僧禪定，視若不見。

「好，我走……赤伯輿，咱們沒完。」

赤忠冷笑道：「隨時奉陪。」

一幕鬧劇，就這麼落下了帷幕。祝道悻悻然的離去，而閣中眾人，放聲大笑。

「公子，此京兆赤忠赤伯輿，乃三輔望族之後……」史阿見祝道走了，於是向曹朋介紹道。

「赤？哪個赤？」

「就是那帝嚳之子，殷契之赤。」

曹朋這才反應過來，這赤忠的赤，就是赤色的赤。

赤姓，是一個極其古老的姓氏，源於姬姓，出自於黃帝曾孫帝嚳之子契，屬於以帝王賜姓為氏。相傳，黃帝曾孫帝嚳與女簡一見鍾情，生下了殷契。舜帝很高興，便賜殷契為子氏，又稱之為紫氏、赤氏。其後裔，就以赤氏為姓，歷史極為久遠。不過到了東漢末年，赤氏分為三支，分別在西川、京兆和並州。赤忠出自於京兆赤氏，但家境早已沒落。此人好武，有任俠氣，劍術高絕，在雒陽也是鼎鼎有名的劍手之一。

如今雒陽有三大劍手，排行第一的，當然就是史阿。其次就是剛剛離去的祝道，和留在閣中的赤忠，這兩人不分伯仲，而且還略有間隙，不太融洽。

赤忠與曹朋見禮後，便在一旁坐下。曹朋卻發現，赤忠看岳關的眼神有點古怪，有愛慕，有仰慕，還有一些說不清楚、道不明白的味道。而岳關，卻好像沒有覺察到這些。

「雪蓮，還不把我剛釀好的杏花酒取來。」岳關笑盈盈，在一旁坐下。

隨著她話語聲落下，就見一緇衣比丘，捧著一罈酒走進來。

這比丘的年紀比岳關小一些，大約十七、八歲，生得是花容月貌，極為俊秀。在眾目睽睽下，她似乎有些羞澀，把酒罈放在席間。

「庵主，還有吩咐嗎？」

「且退下吧。」

「鬮鬮，這才多久不見，雪蓮卻是越發標誌了。」張梁呵呵笑道，目送那緇衣女尼退出閣中。

岳鬮媚眼如絲，瞄了張梁一眼，「張元安，雪蓮可是一心修行，你可別打壞主意，壞了她的心。」

「哈哈哈，既然鬮鬮吩咐，張梁豈能不從。」

曹朋差點被嗆到，這是出家人嗎？怎地給人感覺，好像是夜總會裡的媽媽桑……

他向岳鬮看過去，心中不由得感覺奇怪：莫非，這菊花庵，是個藏汙納垢，掛羊頭賣狗肉的地方？

「公子，休要去招惹那菊花仙。她手段高得很，弄個不好，就會讓人五迷三道……我本想為你引介幾個本地團頭，不想……」

團頭，是漢唐時期地痞流氓頭子的稱號，類似於黑幫大哥。

曹朋點點頭，輕聲道：「我不喜歡這種女人，尚不及我家小鸞和小寰可愛……風騷而已。」

史阿聽聞，登時笑了：「公子說得不錯，菊花仙確是如此。」

「既然鬮居士把杏花釀都取來了，那子瑜何不撫琴一曲，以酬鬮居士之美意？」

張泰頓顯疏狂，喝了一大口酒之後，「玄碩先生既然有命，子瑜焉能不從。只是，還需玄碩先生取來鳳首琴。」

「這有何難。」玄碩說著，擊掌三下。「莫言，去把我那鳳首琴取來。」

「遵命……」

閣外傳來一聲回應，腳步聲漸漸遠去。

岳鬮飲了一口酒，粉面微紅，看似慵懶嬌柔的伸了一個懶腰。而後將寬鬆緇衣的衣釦解開了一個，露出半抹嫩白。修長的頸子，粉嫩的酥胸，令張梁、張泰忍不住嚥了一口唾沫，露出貪婪之色。倒是赤忠眉頭微微一皺，輕輕哼了一聲之後，低下頭，自顧自的飲酒，也不出聲。

玄碩同樣沒有反應，抑或者是習慣了？見多了？

那張醜臉上，帶著一抹淡淡的笑容，舉杯向曹朋邀酒。曹朋拱手，與玄碩遙遙敬酒，一飲而盡。

今天，這白馬寺譯經臺上的人，真有些古怪。但要說最古怪的，不是赤忠，也不是岳關，而是那位看似道行高深的白馬寺卿，袁玄碩。

為何這麼說呢？

曹朋覺得，玄碩不是普通的僧人，給他更多的感覺，這玄碩好像是一個謀者。一個沉靜，且身居高位，掌控全域的謀者……那種氣度，他曾在郭嘉身上見過，也曾在荀攸身上見過。當然了，玄碩似乎比不得郭嘉、荀攸這些人，可是那舉手投足間給人的感覺，不是一個普通的僧人。這傢伙，是個有故事的人！

思忖間，閣外傳來了一陣腳步聲。

一個青年僧人捧著一架古琴，走進閣中。這青年頗有些瘦小，個頭也不高，一雙烏溜溜的眼珠子轉不停，透著一股機靈勁兒。

「小莫，最近可好？」張粱笑呵呵的問道。

看起來，他和這僧人也很熟悉。

「這小子名叫莫言，也是個百靈通。早先是雒陽的小賊，後來不知道怎地，就到了白馬寺修行。不過，這小子好賭，欠了咱們幾千錢。若非看在玄碩先生的面子，老子早就打折了他的狗腿。人是個機靈人，但品行……」史阿就坐在曹朋身邊，輕聲為曹朋介紹。

曹朋笑了笑，沒有搭言。

莫言似乎很羞澀，也很膽小。把古琴放下，他與張粱道：「有勞公子掛念。」而後，他連看都不敢看史阿，低著頭便走了出去。

曹朋不由得心道一聲：這白馬寺，還真是一個古怪的地方……

張泰架好了琴，調好了弦，正襟危坐，先前那副登徒子的模樣，頓時一掃而空，取而代之以寧靜之態。片刻後，他手指撥動琴弦，悠揚的琴聲在閣中迴盪。曹朋這段時間在黃月英的調教下，倒是懂了些樂理。讓他彈琴，他是一竅不通，可若只是聽，倒也能聽出些門道。

《鳳求凰》……這是司馬相如所做的《鳳求凰》。

曹朋扭頭看了一眼史阿，發現史阿輕輕打著拍子，聽得津津有味。

這，還真是一個風流的年代。連他娘的流氓頭子都能聽懂樂律……後世那些大佬，可真羞煞人了。

一曲終了，眾人齊聲叫好。

張泰似乎回復了一些信心，頗有些得意的看了一眼曹朋。

「闞居士，如何？」

「子瑜的琴技，確是出神入化。」

張泰笑著對曹朋道：「曹公子，聽聞孔明先生琴棋書畫精絕。既然公子要拜在孔明先生門下，想來這琴技，定然不錯。今日大家相聚有緣，何不撫琴一曲，也讓我等一飽耳福呢？」

這顯然是在挑釁。

史阿眼睛一瞇，閃過一抹淩厲之色。曹朋輕輕拍了一下他的手臂，示意他少安勿躁。

「子瑜的琴是很妙，不過也只拘泥於技巧，匠氣太重。朋不擅樂律，但是曾聽得一人撫琴，當為天籟。時潁川荀休若，彭城張子布、東城魯子敬、還有會稽王景興皆在，皆讚嘆不已。當時休若先生評價說：伯喈之後，當為翹楚。」

你要和我比樂律？呸，老子和你玩人脈……和我一起聽琴的人，要麼是名滿天下的名士，要麼是居高位、手握大權的人物。你一個玩音樂的貨，有甚資格讓我撫琴？光這些名字，就能嚇死你。

在座之人，都不是傻子，聽曹朋說完，一個個都露出敬重之色。

曹朋說出的那些名字，可能也就是魯肅名氣小一些。其他人，如荀衍、張昭，的確是赫赫有名。

張泰滿臉通紅，竟說不出一句話來。

而史阿，臉上浮起一抹古怪笑容：曹公子的口舌之利，即便是蘇秦、張儀重生，怕也要甘拜下風。

這張泰平日裡牛逼哄哄，眼高於頂，今日被公子一番羞辱，著實是大快人心，大快人心……

章十 驚出一身冷汗

曹朋風輕雲淡，張泰面紅耳赤。

這高下，自然一目了然。當張泰還縮在破敗的雒陽城中，和一幫子閒人們吃喝玩樂、打發時間的時候，比他小了七、八歲的曹朋，已經和大儒名士們同席而坐，高談闊論起來……

這讓張泰情何以堪？

「敢問，那撫琴者何人？」不過，張泰猶自不肯低頭，梗著脖子問道。

曹朋喝了一口杏花酒，一派輕鬆之色道：「江東有諺：曲有誤，周郎顧，便是那周瑜周公瑾……對了，似乎周郎和子瑜年齡相仿，當為青年俊傑，實在是我輩楷模，令人心嚮往之。」

眾人聽聞，鴉雀無聲。

周瑜如今已聲名鵲起，在去年奪取了丹陽之後，明漢將軍、吳侯孫策拜周瑜為中護軍，江夏太守（虛職）。

曹朋臉上流露出輕蔑之色。

看看吧，人家也是玩音樂的，曲有誤，周郎顧，聲名多響亮?可人家不僅僅是玩音樂，而且文武全才。好像和你年紀差不多，已經是手握實權，得兩千石俸祿的太守。可你呢？

張泰被嗆得一句話都說不出來了。

曹朋發現，玄碩眸中閃過一抹光亮，稍縱即逝，又恢復了一派平靜。

這玄碩，不簡單！

他那眸光中，似有回憶，更多是一種不甘。

也許是感覺到曹朋目光的關注，玄碩微微一笑，舉杯邀酒，而曹朋則還之以禮，一飲而盡。

「天下間，竟有此等人物嗎？」岳關忍不住發出一聲感慨，而後輕輕嘆了口氣。

赤忠突然出聲：「聞曹公子以八百字而名揚天下，文采出眾。進入有緣歡聚，公子何不賦詩一首？」

「啊？」

赤忠面帶微笑，「不如，就以關居士為題，如何？」

「以我為題？」岳關愣了一下，而後笑了。

她這一笑，卻使閣中眾人眼前一亮，張梁、張泰更露出登徒子本色，嚥了口唾沫，而後齊聲叫好。

於張泰而言，他需要挽回這個面子；於張梁來說，他要力挺老鄉。可赤忠……

曹朋眼睛微微一合，掃了赤忠一眼。就見那赤忠雖表面上做出一副事不關己的樣子，可眼角餘光，卻不停的在岳關身上掃過。

操，你想討佳人歡心，把我扯進來做什麼？

「公子，要不……」史阿看出了曹朋心中不快，低聲道。

曹朋擺了擺手，看看赤忠，又看看一臉期盼之色的岳關，忽而心中生出了捉弄的心思……

他站起身，在屋中踱步。而張泰、岳關等人則息聲屏息，靜靜看著曹朋。玄碩的嘴角勾勒出一抹笑意，也好奇的打量曹朋，等待他的回答。

曹賊

章十
驚出一身冷汗

一步，兩步，三步……當曹朋走出第七步的時候，猛然停下腳步。

「菊花塢裡菊花庵，菊花庵住菊花仙。菊花仙人種菊枝，又獻菊花當酒錢。」

「平仄倒還相稱，只是普通得很，算不得佳句。」張泰冷笑著評論，話語中含有嘲諷。

「莫著急，且聽下文。」玄碩說：「想來八百公子還有佳句未出，你我又何必著急呢？」

話音未落，只聽曹朋再次吟唱：「酒醒只在花前坐，酒醉還需花下眠。半醉半醒日復日，花開花落年復年。但願老死花酒間，不願鞠躬車馬前。車塵馬足富者趣，酒盞花枝貧者緣。若將富貴比貧賤，一在平地一在天。若將貧賤比車馬，不得驅馳卻得眠。世人笑爾太瘋癲，我笑世人看不穿。不見五陵豪傑墓，無花無酒鋤作田。」

曹朋吟誦罷，抓起銅爵，踉蹌走到岳關案前。只見他伸手，蓬的攫住了岳關粉嫩玉臂，「菊花仙，我敬妳一爵。」

岳關的玉臂，柔若無骨，入手滑膩溫軟。

初時，聽曹朋作詩，她只是微笑不語，可到後來，卻不由得心馳神蕩，有些不能自已。美目秋波流轉，菊花仙纖手握住長長的銅爵，咬著紅唇，粉靨透紅，輕聲道：「多謝公子。」

說罷，她就要飲酒，不成想卻被曹朋攔住……

「菊花仙，此等飲酒法忒無趣了。不如這樣，妳我手臂相交，同飲一爵？」說著話，曹朋挑了赤忠一眼。

你拖我下水，老子就調戲你心上人。他將胳膊從岳關的手臂內側穿過，而後屈肘將銅爵放置唇邊。身形微微一傾，就貼在岳關胸前那一團溫軟之上。岳關粉靨透紅，卻從了曹朋這飲酒的方式，一爵交杯酒，一飲而盡，呼吸不由得隨之急促，那胸口軟玉隨著起伏，摩挲曹朋的手臂。

赤忠的臉，騰地煞白。

曹朋不由得略感心中快意，把著岳關的手臂，環繞席間。

「雒陽城裡春光好，但見少年春衫薄。珍重主人心，酒深情亦深。須愁春漏短，莫訴金杯滿。遇酒且呵呵，人生能幾何……痛快，痛快！」

但見岳關媚眼如絲，幾乎貼在了曹朋身上。而赤忠的臉色更慘白，片刻後，低下頭，不再言語。

「今日與諸君同席，曹朋之幸……然來日將赴陸渾，所以還須早還。諸君，若有緣，你我再聚。到那時，願聞大師佛法，聆聽仙子妙音，當然還有子瑜之仙樂。」

曹朋連飲三大爵，告辭離去。史阿連忙起身，緊隨曹朋身後。

眾人也不禁為曹朋的豪邁而感動，紛紛離座。哪怕是赤忠心懷不滿，此時也只能強作歡顏。

「此子，必成大器！」玄碩耳聞曹朋爽朗笑聲漸漸遠去，不由得發出一聲感慨。掃了一眼那一臉春情的岳關，他心中突然一聲冷笑，便又回復到先前那老神在在的模樣……

曹朋大笑離去，登上了車仗，仍忍不住偷笑。

也不知，後世唐伯虎還能裝逼否？今日一曲《菊花庵歌》，也算是成就了那位菊花仙子菊花關。殊不知，在後世，菊花卻包含深意。到那時候，人們又會怎麼來評判這位菊花仙子呢？

越想，曹朋就越覺得有趣，在車上不住的笑。車外，夏侯蘭和兩名飛眊衛士則是一臉的茫然之色，他們搞不清楚，這好端端的，曹朋究竟在笑什麼？難道說，在白馬寺遇到了可笑之事？不過，主人家的事情，身為家將卻不會詢問，所以也只能藏在心裡面。

出白馬寺，沿官路緩緩而行。雒水奔騰，一路東去。夜色中，北邙山巍峨，猶如一面巨大的屏障。

曹朋止住了笑聲，深吸一口氣，靠在車壁上，有一絲昏昏沉沉。

喝得急了！最後那三爵就入腹，有點急了！光顧著裝逼來著，不成想……東漢時的酒，雖未經過蒸

十章

驚出一身冷汗

餾，入口綿綿，可後勁卻不算小。風一吹，使得曹朋感覺酒勁上湧。

「停車，停車！」

曹朋從馬車上跳下來，扶著一棵柳樹，哇的嘔吐起來。

真是丟人啊！不過幸虧沒在白馬寺裡當著眾人的面吐酒，否則更加丟人。

「子幽，回去後，不許亂說。」

夏侯蘭忍住笑，連連點頭道：「公子放心，我曉得輕重。」

曹朋這才放下心，站在河邊，做了個擴胸的動作。他抬起頭，貪婪的深吸一口瀰漫著花香的空氣。在後世，如此清爽的空氣，可不得聞呢。他搔搔頭，長出一口氣，轉身準備登車。

就在這時，忽見從一旁小路上行來一輛推車，車上坐著一個人，兩個人在後面推動。想來是本地的農人回家……

曹朋並未在意，哪知道那推車到了河邊，推車的人突然停下，猛然一抽推車，坐在車上的人一頭便栽進了河裡，只聽撲通一聲，那推車的兩個男子，調轉車頭就準備離開。曹朋激靈靈打了個寒顫，腦海中頓時閃過了一個念頭，殺人了！他連忙喊道：「兀那賊子，休走！」

本來，推車的人並沒有看見曹朋，所以並未留意。可聽到曹朋的叫喊聲，推車的兩名男子丟下車子，撒丫子就跑。

「子幽，抓住他們！」

夏侯蘭忙策馬追過去，不成想兩名男子一見夏侯蘭騎馬追擊，立刻一頭鑽進了一片密林。

曹朋則帶著飛眊跑到了河邊。

「救人，快救人！」

這兩名飛眊皆是丹陽人，所以水性不差。聽聞曹朋的呼喊，二人立刻縱身跳進河水當中，曹朋則站在岸邊，腦袋感覺暈乎乎的。

出了這種事，著實嚇出了一身冷汗。先前那點酒勁立刻消失無蹤，他輕輕拍了拍額頭，轉身走到那輛推車旁邊，仔細觀瞧。

這是一輛極為普通的推車，也沒什麼標記。

夏侯蘭策馬回來，一臉羞愧之色，「公子，讓那兩個賊人跑了。」

「跑了？」

「嗯，他們似乎對地形很熟，鑽進林子裡，東一拐西一拐，便沒了蹤影。我雖有戰馬，可是……」

「好了，我知道了！」曹朋這會兒也冷靜了許多，站起身來，沉吟不語。半晌後，道：「子幽，你立刻去官署，請四哥帶人過來。」

「喏！」

夏侯蘭拱手應命，扳鞍認鐙，揚鞭而去。曹朋則繼續留在河邊，觀察這四周的地形。不遠處就是北邙山，雒水繞北邙山而走，附近有不少村落。夏侯蘭說，那兩個人對地形很熟悉，那就是說，是本地人。

曹朋拍了拍額頭，正思忖間，忽聽河裡傳來水聲，兩個飛毦氣喘吁吁，登上了河岸。

「人呢？」

「公子，沒有人……」

「啊？」

「我們已經找到了河底，可還是沒有發現屍體。除了淤泥，就是淤泥。」

「怎麼會這樣？」曹朋一聽，頓時愣住了。他親眼看見，那兩個人把坐在車上的人給扔進了河裡，怎麼可能找不到屍體？他快步走到河邊，看著河水，片刻後問道：「會不會是河水湍急，把人給捲走了？所以你們沒有找到。」

「不可能，這河水算不得湍急。若是在江水上，倒有可能出現這種情況。可這種水流，根本不可能把人捲走……李先，要不然咱們再下去看看？」一個飛眊開口道。

名叫李先的飛眊點點頭，「這樣，咱們分開來，大牙你往上走，我往下……公子，你看如何？」

「那就辛苦你們。」

李先和大牙，休息了一會兒，再次跳進河水。曹朋則站在岸邊，負手蹙眉，靜靜等待。

遠處，傳來人喊馬嘶聲。

夏侯蘭返回北部尉官署，叫醒了朱贊。朱贊聽聞，立刻點上十數名役隸，和夏侯蘭匆匆趕來。

「友學，情況如何？」朱贊遠遠的，就呼喊起來。

曹朋回過身子，朝朱贊招了招手。

「四哥，不好意思，這麼晚了還把你叫過來。」

「這是什麼話，某即為雒陽北部尉，而這一段又恰好屬於我治下。出了人命案，我焉能置之不理？快說說，究竟是怎麼一回事？凶手呢？還有屍體呢？」

「凶手跑了，但根據子幽所說，應該就是這附近的人，不會太遠。屍體……到目前還沒有找到。我親眼看到他們把人推進了河中，可不知為什麼，我派人下去打撈，卻什麼都沒有發現……對了，還有這輛車，是凶手留下，但卻看不出什麼線索來。」

嘩啦！

大牙從下游河水中露頭出來，「公子，還是沒有。」

「公子，我這邊也沒有找到。」

曹朋眉頭一蹙，揚聲道：「大牙、李先，你們先上來吧。」

他說著，轉過身對朱贊道：「還是沒有找到屍體，我讓大牙和李先向東西搜索，可是沒有任何發現。

四哥，這件事好像有些古怪，要不然你再找幾個人下去，看看能不能發現什麼？」

朱贊想了想，點頭道：「也只好如此。」而後，他笑道：「好了，這邊的事情我會盯著。看起來你喝了不少酒，先回去休息吧……明天還要動身出發。子幽，你陪著你家公子先回去。阿福，你放心好了，我會繼續命人打撈。」

用力呼出一口濁氣，曹朋點了點頭：「那就拜託四哥！」

不過，返回官署之後，曹朋卻不得入眠。

他躺在榻上，翻來覆去的折騰了大半夜，直到過了丑時，才勉勉強強合上了眼睛。也不知睡了多久，忽聽屋外傳來一陣嘈雜的聲音。曹朋睜開眼，呼的坐起來，披衣走出了客房。

只見朱贊一臉疲憊之色，正和夏侯蘭說話。

「阿福，把你吵醒了？」

「四哥，情況如何？」

朱贊苦笑一聲，搖了搖頭道：「還是什麼都沒有發現……」

活生生的人掉進河中，竟然蹤跡全無。這事情不免顯得過於離奇，以至於曹朋有些想不出頭緒。要知道，他可是親眼看到那人從車上被推下去，怎麼就這樣離奇的消失不見？前世那刑偵的熱血再次沸騰起來，讓他產生出強烈的好奇心。

「四哥……」

曹朋剛開口，就被朱贊攔住：「阿福，我知道你想做什麼，不過馬上就要天亮了，你還要動身前往陸渾山。你這次能拜入孔明先生門下，可說是天大的福氣，千萬不要錯過。至於這件事情，我會用心查探，既然有人被推下了河，那生可見人，死必有屍……天亮後，我會稟明雒陽令，封鎖雒水河道，一定能找到頭緒。你現在當務之急，是收拾一下，準備出發。此去陸渾，還需兩天的路程。」

曹朋想了想，點頭答應。不管怎麼說，自己現在雖空有騎都尉之名，卻沒有半分實權。說句不好聽的話，這件案子發生在雒陽，是雒陽令和朱贊的事情，如果自己表現的太過熱情，豈不是說朱贊他們無能？雖說自己和朱贊是結義兄弟，朱贊也未必樂意這樣。

這裡面不僅是一個責權的問題，還包含了雒陽上上下下官吏的臉面。

發生命案，自然應該由我雒陽官員負責，你一個騎都尉跑來指指點點，又算是哪門子事情？

後世，也常有這種事情發生。警局間說是協作，可實際上呢，如果案件發生在當地，當地的警方肯定不樂意外面的員警指指點點，插手其中。

曹朋也不傻，朱贊雖然沒有說明，可是他已經理解了其中的意思。搔搔頭，有些尷尬的笑了笑，曹朋道：「四哥，你放心，我就是看看，天亮就會出發。」

朱贊拍了拍他的肩膀，不再贅言。

郭寰和步鸞在一旁收拾東西，夏侯蘭則帶著人去準備車馬。

曹朋站在北部尉官署的前庭臺階上，看著兩個役隸將一輛車推進來，於是跳下臺階走過去。

「公子！」役隸連忙行禮。

曹朋道：「可是河邊那輛車子？」

「正是。」

曹朋圍著推車轉了兩圈，目光一凝，上前從車板上捏起了一塊泥土。「你們說，這車上怎麼會有泥呢？」

兩個役隸相視一眼，其中一個笑道：「公子，這推車本來就是裝放雜物的工具，有時候亂七八糟的東西，都往上面堆放。有泥土，也很正常。我家也有一輛推車，比這輛車還要髒。」

「是嗎？」曹朋想了想，點點頭，算是認可了這個回答。

「公子，那我們先把它推到庫房。」

「這東西，是在庫房裡存放？」

「是啊，其實也不算是庫房，就是一個放東西的屋子，雜亂得很。朱北部說，這種推車造價不低，要是有人丟失了，一定會前來領取，所以先妥善保管起來，然後看情況再做決斷。」

「也好，那小心點。」曹朋笑了笑，轉身離開。

還真他娘的撲朔迷離啊……不過以四哥之能，輔以雒陽上下的協助，想必找出凶手也不會太難。

一般來說，官府立案，需有屍體。只要找到那具屍體，一切就可以真相大白。

「公子，東西都已經收拾好了。」

「那咱們準備動身吧。」曹朋揉了揉鼻子，邁步往裡走。

此時，天已經濛濛亮，朱夫人也已經起身，正抱著孩子，準備出門。

朱贊不在家，說是剛出門，去雒陽令那邊報備案子，請求援助。朱夫人說，朱贊出門的時候說了，就不送曹朋上路了，並要曹朋一路多小心，到陸渾山後，一定要好好求學，莫掉了小八義的面子。

說著，朱夫人還命人取來一個包裹，遞給了曹朋：「這是你四哥為你準備的東西，到了陸渾，若有什麼需要，就通知一聲。反正雒陽過去也不遠，需要什麼，也很方便。」

包裹裡，是一道左伯紙，還有一卷《論》。

「你四哥聽說你好讀《論》，所以託人找來了這卷《論》，權作你進學拜師的禮物。聽他說，這《論》是由蔡，蔡……蔡邕，對就是蔡邕所注，當初也是東觀藏書，你四哥費了好大的勁兒，才算找來。」

一卷《論語》，包涵了濃濃的兄弟情。

章十
驚出一身冷汗

也許，朱夫人不曉得這蔡邕所注的《論語》有多麼珍貴，可曹朋卻很清楚。

後世，《論語》有很多個版本，但大都是以鄭玄所注的《論語》為主，到後來逐漸發展；殊不知，蔡邕是東漢末年名聲絲毫不遜色於鄭玄的經學大師，他所注的《論語》更被存於東觀，為皇家典藏。只是後來，蔡邕的文獻幾乎失傳，這卷《蔡注論語》更是無人知曉，包括曹朋也不清楚。但曹朋知道，既然是取自東觀，那麼一定是極為珍貴，他又豈能不表示感激？

朱贊是個工作狂，既然他這麼說了，也就沒必要再等他。於是，曹朋跨上照夜白，郭寰和步鸞登上馬車，在北部尉官署門外與朱夫人拱手道別，揚鞭離去。

天已經亮了，雒陽二十座城門都已經開啟。曹朋沿著銅駝街，上了大街，直奔雍門而去……

在雍門外，史阿提著一個食盒，正等著曹朋一行人。

「史大俠，你怎麼在這裡？」

「公子，此去陸渾，路途顛簸。史阿也沒什麼能拿得出手的東西，所以準備了雒陽特有的點心，公子路上可以品嘗。此次來雒陽匆忙，史阿也未能好生接待。下一次，公子再來雒陽的時候，一定要讓史阿盡地主之誼。」

食盒裡的點心，熱騰騰，顯然是剛出爐。

史阿這傢伙雖然草莽氣比較重，但不得不說，這傢伙是個重情義的人，而且心思很細膩。

曹朋也不客氣，從史阿手中接過食盒，讓步鸞收好。

「史大俠，下次我再來雒陽，一定好生叨擾。」

「一言為定。」

曹朋再次上馬，與史阿拱手道別。

目送曹朋一行人，漸行漸遠，史阿長出了一口氣。

「師父，那曹朋不過是個沒有實權的騎都尉，您何必如此看重他？此前，二公子不是還派人送信，說是請您返回許都，傳他劍術嗎？有二公子在，您又何必理睬一個小小的騎都尉呢？」

二公子，指的是曹丕。

史阿雖說接手了盛世賭坊，可是也沒有辭去曹丕劍術教習的職務。他的出身，還有他的經歷，註定無法入仕。想當初，史阿的老師王越，身為皇帝的劍術老師，一世求官，到頭來還是兩手空空。史阿比不得王越，但有一點，他比王越看得清楚……

有漢以來，遊俠成風。許多權貴世族子弟爭做遊俠，使得這遊俠看上去很風光。

可實際上，真正的遊俠上不得檯面。黑的，就是黑的，怎麼也不可能塗抹成白色。沒有一個好出身，做遊俠就等於絕了仕途。所以，從一開始，史阿就不願意往官場裡面廝混，他寧可守著一個英雄樓，結識天下英雄。

史阿，走得非常穩妥……

說話的，是史阿的徒弟，名叫苗旭。

史阿笑了笑，輕聲道：「二公子是二公子，曹公子是曹公子……心敖，你不懂這裡面的玄機。」

苗旭一臉茫然！

建安四年三月，袁術敗退於江亭。

歷史上，他死於六月。其原因就是劉備重新占領了徐州之後，雖奉命阻擊袁術，可是卻不肯用全力。而今，劉備逃亡青州，惶惶如喪家之犬。鄧稷和陳登聯手，兵分兩路，對袁術窮追猛打，毫不放鬆，以至於袁術逃至江亭的時候，手裡只剩下三十斛糧草。

他心火甚旺，想要飲蜜漿止咳。可就是這小小的要求，卻無法實現……

章十 驚出一身冷汗

坐在床上，袁術大叫道：「袁術也有今日。」

憤慨結鬱，致使心火大盛，吐血身亡。堂堂四世三公之家，到頭來只落得一個淒涼結局，卻是沒人能夠想到。袁術死後，其從弟袁胤不敢再返還壽春，就帶著部曲護送袁術靈柩以及袁術妻小，想要前往廬江……誰知道，此時廬江已經被孫策攻占，劉勳在城破後不知所蹤。

袁胤一行，正落入孫策手中！

孫策得丹陽廬江之後，其實力暴漲。三月末，他率部屯兵丹徒，對廣陵虎視眈眈。

一時間，兩淮風雲再起。曹操連忙命大將朱靈率部駐守沛國，以隨時增援陳登。同時，又命海西屯田都尉鄧稷徵召兵馬。

三月二十七日，孫策兵分兩路，自丹徒跨江而擊廣陵。

一路，由孫策親自率領，攻取江水祠。另一路，則由孫河統帥，以丹徒長呂蒙為先鋒，攻占東陵亭，試圖兩路夾擊廣陵縣，一舉奪取廣陵。

廣陵農都尉王買，於海陵向海西懇請援兵！

江淮的戰火燃起，而曹朋全無知曉。此時，他正在前往陸渾山的途中……

陸渾山，商代名為空桑。春秋時，秦晉遷陸渾之戎於此，於是就有了陸渾之名。戰國時期，此地屬韓國高都。漢代後，便有了陸渾縣，歸屬於弘農郡所轄。

曹朋一路走得也不太快，一邊趕路，一邊欣賞沿途景色。抵達陸渾時，天已經黑了。於是曹朋先與夏侯蘭拜訪了陸渾縣縣令，問清楚了胡昭所居住的地方，當晚便留宿於陸渾縣的官驛中。

陸渾山，三百里，伊水所出。想要在茫茫大山中找到胡昭，最好的辦法，還是先透過官府。

第二天一早曹朋便離開了陸渾官驛，直奔臥龍谷而去。胡昭的名聲很響亮，加之在陸渾山興辦書院，教化民風，所以並不難打聽。

只是，曹朋覺得奇怪。兩個孔明，一個號『臥龍』，耕讀與南陽臥龍崗；一個則住在陸渾臥龍谷……難道說，這兩個臥龍，還有什麼聯繫？抑或者說，叫孔明的人，都喜歡『臥龍』二字？

曹朋想到這些，不由得笑了……

臥龍谷位於陸渾東部，距離雒陽三百里，地處陸渾山腹地。

曹朋一路行進，一路打聽，很快便找到了臥龍谷所在的位置。這臥龍谷的面積極大，所謂的胡昭居於臥龍谷，其實只是一個很模糊的概念。進入臥龍谷，溪水彎彎，崎嶇似蜿蜒蛇形。林間芳草鬱鬱崢嶸，不時可見小石潭，點綴景致。

水潭裡，細軟沙石，映著翩翩魚影。車輛已無法行進，於是郭寰和步鸞下車，曹朋等人紛紛下馬，徒步行進。兩個女孩子也許從未見過如此優美的景色，一路上笑聲不斷，不時駐足，玩耍嬉戲，曹朋也不催促，只在一旁觀瞧。就這樣行走走，不知不覺已過了黑龍潭、吊潭、白龍潭、老龍窩……

眼前景致陡然變幻，豁然開朗。

深谷中，一個僻靜村落，靜靜座落於臥龍潭之畔。這村莊看上去並不是太大，大約有幾十戶人家。看似凌亂，又錯落有致的散落在臥龍潭旁邊，透出幽靜之色。

「老丈，敢問胡昭先生，可住在此地？」夏侯蘭攔住了一個樵夫，極有禮貌的問道。

樵夫微微一笑，「公子可是前來拜師孔明先生？」

「啊，老丈怎知？」

那樵夫哈哈大笑，「這臥龍村遠在深山，地處偏僻。那邊那位公子，雖衣著看似簡樸，但氣度非凡。你們這麼多人來這裡，總不成是為了遊山玩水？除了拜會孔明先生，還有甚事？小哥，告訴你家公子，孔明先生收徒可是非常嚴格。這兩年有不少富家公子前來拜師，不是被趕走，就是被拒之門外……若是只為求名，依我看大可不必。孔明先生擇徒之嚴，這兩年來，也只有一人得以列入門牆……你們，多保重。」

山民很淳樸，言語間也透著幾分禮貌。

曹朋在一旁聽了，不由得暗自稱奇。

夏侯蘭謝過了樵夫之後，回到曹朋身邊，「公子，看起來，似乎這位孔明先生並不好應付啊。」

曹朋也不言語，鳥瞰幽靜水潭旁的村落，片刻後，他突然展顏一笑，一手牽著馬韁繩，一手持一根入山時取來的竹杖，邁大步向山下行去。

夏侯蘭等人一怔，連忙緊跟上去。

公子舉手投足，崢嶸畢露，全無半點謙和之意。那樵夫說，孔明先生擇徒極為嚴格。公子若這般張狂而行，雖有司空引薦，卻未必能使孔明低頭。這，又如何是好？

寧靜的小山村，忽然被打破了原有的靜謐。

一群人鮮衣怒馬來到村中，引起了不少人的好奇，不過，村民們很快就猜出了這群人的來意。臥龍潭本是一個偏僻的小村落，不過由於胡昭遷居此地，並興辦書院，使得這小山村不復當年的荒僻。事實上，每年都會有一些人前來此地，尋胡昭拜師。有寒門士子，也有高門子弟。一來二去，人們也見怪不怪，所以很快的，村民們便自顧自的做自己的事。

臥龍潭書院，因臥龍潭而得名。曹朋一行人很容易便找到了這書院的所在。

它位於臥龍潭之畔，面積並不算太大，約兩千平方米。竹屋青舍，點綴於山水之間。兩米高的白色山牆，據說是村民們自發營造。大門是用竹子做成，顯得格外雅致。矮矮臺階，在角落處，青苔隱隱。整座書院，給人一種寧靜之感。

「你們在這裡守著。」曹朋說罷，邁步走上臺階。

就在這時候，門開了……

幾個青年從書院中走出，為首的一個身材高大，一襲灰色布裳，長得濃眉大眼，頗有些英武之氣。但如果仔細觀察，就會發現他印堂很窄，嘴唇有些單薄，眼神也透著一絲陰鷙。

「你是什麼人？」青年攔住了曹朋，沉聲問道。

「在下曹朋，前來拜見孔明先生。」

「先生不在，你走吧。」

「那先生何時回來？」

「我怎麼知道！」青年顯得有些不耐煩，「多則一、兩年，少則七、八月，先生的事情，我等怎能知曉。這裡不歡迎你，你還是快點離開。」

曹朋眼睛一瞇，突然道：「年兄，你可知誑語乃是大罪……若有來生，少不得入畜生道。」

他覺察到，當青年趕他的時候，眼角餘光不停的往書院裡掃。

曹操已經懇求過胡昭，而且胡昭也答應了，既然答應了，他就不會在這個時候離開，否則依著胡昭的性子，最可能是直接拒絕曹操。根據曹朋打聽來的消息，胡昭是一個很豪爽的人。據曹真當初介紹，胡昭這個人很直接，一就是一，二就是二。我不願意，你殺了我，也不可能低頭；但如果我答應了，那麼就算是天上下刀子，我也不會輕易改變我的主意。

似漢代儒者，很注重品德的修養。

什麼是品德？

如果按照這個時代的標準，就是忠、孝、悌、諾。事君以忠，事父母以孝，事兄弟以悌，事朋友以諾。能做到這四點，基本上就是道德仁義的典範。可不要小看這四點，聽上去容易，做起來卻很難。古

驚出一身冷汗

人有千金一諾的成語，這信諾可想而知。

青年的臉色頓時陰沉下來，他剛要開口，卻又被曹朋打斷。

「你可知道，你剛才那些話，於先生有何影響？若傳揚出去的話，則先生之名，盡毀於你手中。想來你也是先生的學生，置先生聲名於不顧，難道就不覺得羞愧？此等行徑，當不得人子。」

你毀了孔明先生的名聲，真不是個東西。

青年頓時大怒，厲聲喝道：「小子，你找死嗎？」

曹朋笑了，「我是來拜師的，而非來找死的。你若是想找死的話，只管試試看……」說話間，他腳下錯步，輕輕頓足。淡淡的殺氣，縈繞身外。

曹朋那是從戰場上走下來的人物，而青年不過是在村中好勇鬥狠。別看他比曹朋的個子高，比曹朋身體壯實，但是當曹朋殺意畢露的時候，青年只感到心跳加速，臉色頓時變得煞白。

「你若現在通稟，那我可以當什麼事都沒有發生。你若是執迷不悟，那我告訴你，憑你剛才的行徑，以漢律而言，我就算殺了你，也不足為過。」

「周奇，莫要鬧了！」青年身後的同學，嚥了口唾沫，輕聲勸說。接著轉頭對曹朋道：「這位公子，周奇剛才只是跟你開玩笑，你不必當真。先生並未遠行，正在書房中看書。這樣吧，我去給你通稟，還請公子忘記剛才的事情，如何？」

曹朋頓時笑了。

他這一笑，讓人感覺耳目一新。

先前，曹朋殺氣凜然，令人感到身前匍匐一頭猛虎；而這一笑，卻使人如沐春風，憨憨厚厚，好像鄰家沒有長大的男孩兒。幾個青年心裡不由得一顫，如釋重負般，輕輕出了口氣。

這小孩兒，和之前那些公子哥，不同！

兩個青年看著周奇，一個青年拱手，而後飛快跑進書院。曹朋退下臺階，負手而立。這時候，青年才看到，在不遠處停著一隊人馬。

兩個千嬌百媚的少女正竊竊私語，臉上帶著燦爛的笑容。臥龍潭地處陸渾山腹地，偏僻荒涼。周奇這些人是本地人，從小在山中長大，哪裡見過這等出色的女子，不由得目瞪口呆。

「對了，敢問公子大名，從何而來？」一個青年開口問道。

「在下曹朋，自許都而來。」

「曹朋……敢問與當朝司空大人，是何關係？」

曹朋一笑，「某在曹司空帳下效力，拜騎都尉之職。」

青年不由得倒吸一口涼氣，而周奇的臉色更加難看。他們並不知道，曹朋這騎都尉的職務，只是個名號，是個虛職。在他們眼中，騎都尉似乎比縣令還大。

兩個青年不由得暗自慶幸：我就說嘛，這位公子一看就和其他人不一樣，顯然是個有來歷的。如果剛才動了手，豈不是自找麻煩？若傷了他，少不得會使官府出動，到時候先生都救不得。

想到這裡，青年瞪了周奇一眼。周奇低下頭，沉默無語……

「敢問，可是曹八百，曹公子到來？」

從書院中，傳來一陣爽朗笑聲。緊跟著步履聲匆匆，一個青年快步從書院中走了出來。

周奇臉色更加陰沉，但還是讓道一旁。

曹朋抬頭看去，就見來人年紀比自己大，二十出頭的樣子。身高八尺，相貌俊朗，高挺鼻梁，眸光閃閃。他身著一襲白裳，腰繫一根玉帶，行走間衣袂飄飄，大袖飛揚，極有風度。

曹朋連忙上前，搭手道：「在下就是曹朋。」

「哈，曹公子，你總算是到了……老師說，你就是這一兩日會來，所以一直在書院中等候。」

周奇等人臉色又一變，下意識的往後又退了一步。

青年看了看外面的夏侯蘭等人，眉頭一蹙，輕聲道：「曹公子，你這些隨從，準備如何安置？」

見曹朋露出疑惑之色，青年連忙說：「書院有規矩，書院弟子只得一人進入，隨從不可同行。你若是住在這邊，這些扈從必須安排妥當。只是這麼多人，村中也未必能夠住得下啊。」

「那怎麼辦？」

「你或是讓他們離開，或者……」青年露出尷尬之色。

曹朋明白他的意思。青年是說，要麼讓夏侯蘭他們走，住在山外縣城裡；要麼就自己解決。

曹朋想了想，「我自己解決吧。」

「也好！」青年也是個爽快的人，見曹朋拿定主意，就不再贅言。他側身道：「曹公子，請隨我來。」

「師兄先請。」曹朋彬彬有禮，邁步走上臺階。

周奇等人見曹朋進了書院，心頭總算是鬆了一口氣。

他們向外走，當看到曹朋那匹照夜白的時候，又是一陣嘖嘖稱奇。來這裡拜師的人多了去，高門子弟也好，寒門士子也罷，竟無一人能同曹朋這般有如此一匹好馬。這就好像後世大學，如果你開著一輛桑塔納去上學的話，會讓人嫉妒；可如果你開著一輛布加迪威龍，那就不是嫉妒，而是尊敬。曹朋那匹照夜白，在周奇等人眼中，就如同是一輛布加迪威龍。

越如此，就越說明曹朋非同一般。加之他剛才殺氣畢露，更使得周奇等人心生畏懼。

而今，畏懼已轉變成了尊重……

根本就不在同一個層次上，有什麼可比性呢？別看人家小，可是一定殺過人，上過戰場；寶馬良駒，佳人隨行，虎賁相從，如何能比？至於官面上，曹朋是騎都尉，朝廷命官，更無法相比。

聽剛才的話語，這位曹公子似乎還是一位名人，那就更不能得罪。實力高出一點，會產生嫉妒；可是當實力高出百倍、千倍，使人根本不敢生出嫉妒之心……

「周奇，以後別去招惹曹公子，否則會有麻煩。」

周奇點點頭，目光中閃爍著複雜之色。

「對了，還未請教師兄大名？」在往書院拜見胡昭的路上，曹朋好奇的問道。

青年溫和而笑，「大名不敢當，在下溫縣司馬懿。」

「原來是司馬師兄……」曹朋心裡驀地一震，猛然停住了腳步。

重生這世上三年多，曹朋見過的名士牛人也多了去。一開始，他還會感到震驚，比如魏延，比如典韋……可如今，見得多了，也就麻木了。連自己的外甥都變成了鄧艾，他又有什麼震驚？

可這一次，他真的驚了！

司馬懿，這傢伙就是司馬懿？

那個把三國的牛人都給耗死，最後篡奪了曹魏政權，兒子建立西晉的司馬懿？

《三國演義》裡，有幾個曹朋最討厭的人物。很不幸，這司馬懿就是其中之一……在他看來，司馬懿才是得了劉邦的真傳，又厚又黑。不過，也不得不承認，這司馬懿在《三國演義》中，是唯一一個能使諸葛亮感到恐懼的對手。

司馬懿也愣住了！

我叫司馬懿，你也不用這麼大反應吧？

「曹公子，怎麼了？」

曹朋回過神來，忙展顏一笑，「沒什麼，只是聽人提起過司馬公子之名。」

驚出一身冷汗

「哦？」

「令兄，可是前成臯令司馬伯達？」

司馬伯達，就是司馬朗。建安二年時，被曹操征辟為司空掾屬，後任成臯令。建安三年，司馬朗因病去職，如今在溫縣老家養病。司馬朗，也就是司馬懿的哥哥。

司馬懿點頭，「正是，曹公子也知吾兄？」

「哈哈，何止令兄，司馬八達，名滿天下，誰人不知？」

司馬懿聽聞，頓時露出一抹得意笑容。

此時的司馬懿，還不是那個後世喜怒不形於色、榮辱不驚、老謀深算的司馬懿。他今年方二十歲，正是春風得意之時。聽曹朋誇讚，不由得心裡高興。不過，並不是說所有人誇獎他，他都會高興，這也要因人而異。曹朋是什麼人？那是以八百字而聲名鵲起的少年俊才。

別看司馬懿在陸渾山，他可是對外面的事情並不陌生。

特別是曹操為使曹朋拜師成功，在向胡昭推薦的時候，還命人將《八百字文》抄錄，送至胡昭面前。胡昭看罷之後，也是大為讚嘆，私下裡曾對司馬懿說：「單以文采，曹八百不輸蔡伯喈。」

這是一個何等駭人的評價！

蔡伯喈，蔡邕……胡昭竟然說，曹朋的文采不輸蔡邕？司馬懿身為世家子弟，也是個骨子裡極高傲之人。一開始，他也不甚服氣，但讀過了《八百字文》，後又找到那篇《陋室銘》之後，司馬懿心悅誠服。所以，聽說曹朋要來拜師胡昭，司馬懿心裡面也非常的高興。將來回去，與兄長和弟弟們說起時，『曹八百是我師弟』，聽著就有面子。

而今又聽曹朋稱讚自己，司馬懿心中又怎能不得意？

「賢弟，你過獎了！」

好傢伙，從公子一下子變成了賢弟。

聽上去可能少了些尊敬，可實際上，卻又透出了親熱。

但曹朋不知為何，陡然間毛骨悚然。也許是年邁後的司馬懿，給他留下了太深刻的印象。那種陰鷙詭譎的印象，使得司馬懿稱呼曹朋為『賢弟』的時候，曹朋竟感到了一絲恐懼。好在，他馬上就緩過來，與司馬懿客套。

司馬懿兄弟八個人，他行二。其祖父司馬俊，官至潁川太守，其父司馬防，歷任雒陽令、河南尹，年老時轉為騎都尉。

說到這裡，就不得不單獨提起司馬防這個人。

司馬防這一世，最得意的一件事情，莫過於在他出任雒陽令的時候，提拔了當時不過二十的曹操為雒陽北部尉。那也是曹操一生，極為重要的轉折之一。以至於曹操得勢之後，對司馬家族非常厚待，特別是司馬懿的哥哥司馬朗，曹操無比重用。如果說，司馬懿的兒子司馬昭，後來能篡奪曹魏政權，那司馬防當年的無意之舉，就是篡奪曹魏政權的基礎……

「賢弟，老師就在屋中，你自己去吧。」

曹朋思緒此起彼伏，忽聽司馬懿呼喚他的名字。

抬頭看去，只見在林蔭小徑的盡頭，一座紅瓦青磚營造而成的書舍，靜靜的矗立在眼前。

章十一

愛蓮說

臥龍潭書院，別有洞天。

如果只從外面看，書院並不大，可走進來，就會發現實際情況並非如此。整體而言，臥龍潭書院仿周代前堂後寢的體制，在中軸線上布置前後堂以及大門第三、四進的大宅。過門廡，進門有院，即為書院主體。而依照禮制，這裡是前堂所在。房間分為室與廂，堂上有承塵。這也是這所宅院的主要建築，體型高大，有東西兩階，設一道橫牆，與後院分開。橫牆上開了一道門，稱之為中閣。過中閣，即進入後堂，也是胡昭的家。

書院和宅邸融為一體，形成了臥龍潭最具風格的建築。後堂有山水，有階，有軒，還有樓亭；在中軸線左右有院牆，在牆內設迴廊一周，禮制上叫做『兩廡』，使後堂和門廡相連接，形成數重院落的格局，也顯示出莊嚴和肅穆之氣。

胡昭，年四十八歲，但看上去不過四十出頭。

也許是寄情於山水、不問世事的緣故，使得他比同齡人看上去年輕不少。至少在曹朋看來，胡昭似乎比荀衍還小。以至於當曹朋脫下紋履走進房間的時候，不由得為之愣了一下。

時近初夏，胡昭一襲白裳，博領大衫，卓爾不群。

「學生曹朋，拜見先生。」

胡昭身材不高，面頰瘦削。他跪坐在床榻上，正拿著一本小冊子翻閱。見曹朋行大禮，他放下書冊，微微一笑，「曹友學。」

「學生在。」

「我正在看你的《八百字文》。」

「學生惶恐。」

胡昭擺手示意曹朋在一旁的坐榻上坐下，取銅爵，抿了一口水，而後輕輕咳嗽了兩聲，「本來，我已無意收弟子，然則看罷你兩篇文章，竟欲罷不能。加之曹公親自推薦，我也不好推辭，所以便讓你過來……曹朋，我才疏學淺，無意於功名。此亂世時，但求避於一隅，苟全於世。所以，如果你想要學權謀、求功名，我恐怕教不得你，請你回去。」

胡昭的話，意思很明白。

曹朋倒是有所準備，他也知道，這時代的名士大都有一些古怪的性子。即便有曹操舉薦，也只是一個敲門磚。想要拜入胡昭門下，還要經過胡昭的考試。這番話，也是一樁試煉。

「學生此來，不求權謀，不為策術，更無意功名。」

「哦？」胡昭微微一笑，「那你求個什麼？」

「我只求，做人的道理。」

這一句話，令胡昭的眼睛一亮。「做人？難道，你不會做人嗎？」

「昔孔仲尼窮一世之功，也只敢言幾於道，學生焉敢自稱懂得做人？」

胡昭的眼中，閃過一抹笑意。

他沉默了片刻，輕聲道：「曹朋，生於中陽山，後因避禍，隨父母往棘陽。途中遇龐元安，而得鹿門所重。只因後來得罪了荊襄貴族，幾近家破人亡。因緣巧合，與典韋同行，投奔許都。其父曹汲，長於治煉之術，造斷二十劄寶刀，而受任諸冶監監令，又因改造曹公犁，得諸冶都尉；其姐夫鄧稷，棘陽鄧氏族人，原是棘陽小吏，歸附曹公後，任海西令，短短兩年，執掌兩淮屯田，拜屯田都尉。曹朋，雖鄧稷赴任，所建功勳甚多，隨荀休若出使江東，破陸氏命案一宗……後任海陵尉，與呂布軍鏖戰曲陽，卻因私自放走呂布家小而獲罪。」

曹朋愕然，抬頭看向胡昭。

古人收徒，是一樁極為重要的事情。

人道：天地君親師。師道之重要，可見一斑。古人常說，一日為師，終生為父。當了人家的老師，就要為學生的一輩子而操勞。胡昭既然要收徒，自然會仔細打聽曹朋的事蹟。只是未想到，他打聽得如此清楚。

胡昭說：「做人難，猶甚於求功名……曹朋，你所求，卻給我出了一個大難題。」

「學生不求那聖賢之道，只求此生，問心無愧。」

「問心無愧嗎？」胡昭陷入了沉思。

「友學，可有志向？」

「志向？」

「欲做人，須立志……你學做人，又為哪般？」

曹朋表情肅穆，神色端莊，「學生求學，求為天地立心，求為生民立命，求為往聖繼絕學，求為萬世開太平。」

十六歲的曹朋，正處於變聲階段，聲音略有些嘶啞，一字一頓，卻有千斤。

這段話，他曾在祖水河畔與郝昭、典滿、許儀說過，當時還差點遭了雷劈。而今，他再次說出這番話語，卻包含了信心。我為穿越眾，不但要求身前名，更要為身後謀，否則就是白來一遭！所以，當他說出這一席話，字字發自於心，也使得這一席話，更透出凝重色。

胡昭臉上的笑容，戛然而止。他怔怔看著曹朋，片刻後長身從床榻上站起，仰天大笑。

「曹朋，你一路跋涉，先下去歇息吧。聽說你帶了扈從來，只是入我這書院，卻不得扈從隨行。你若住書院，只能使扈從返回陸渾；若留下扈從，就要自行安排。你欲如何選擇呢？」

曹朋想了想，「學生好清靜，就住在書院外吧。」

「那你自己安排吧。」

曹朋起身，雙手抱拳舉過頭頂，一揖到地，而後告辭離去。

當他要出門的時候，就聽胡昭在他身後說：「我這後閣外，臥龍潭邊，尚有一塊空地。你如果想要在這裡造房而居，不妨就安排在那裡吧。明日，我將開堂解《論》，到時候會命題與諸生。若你能寫出佳作，方可入我門牆；若寫不出……曹朋，你便自行返回許都吧。」

「喏！」曹朋應命，退出房舍。

面試應該算是通過了，接下來還會有一場筆試。

曹朋在門口搔了搔頭，心中苦笑一聲：拜個老師，還真麻煩。

說起來，胡昭的規矩好像很大，可細想的話，這年月的名士都有這個毛病。當初在棘陽的時候，龐德公贈他《尚書》，卻未曾開解，只說若曹朋讀通了，方可拜入山門。

如何判斷曹朋是否讀通，還不是一樣要考試？

畢竟，曹朋和臥龍潭書院的普通學生並不一樣。胡昭開設書院，教授方圓三百里的學生讀書識字，這叫做教化；而曹朋也好，司馬懿也罷，其性質就是傳道和授業，要求自然不一樣。

司馬懿在門口等候，見曹朋出來，便笑呵呵的迎上前來：「賢弟，如何？」

「先生讓我在後閣外造房，還說明日會命題考試。」

「哦，這沒什麼……先生命題，大都有規律可循。就似我當初拜師，正好逢先生解《孝》，所以命題也是以《孝》的內容而立。對了，先生可告訴你，明日他會講解什麼文章？」

「《論》。」

司馬懿笑道：「那就好辦了，先生明日命題，必與《論》有關。」

好辦個屁！

曹朋感到有些頭疼。沒錯，他對《論》不算陌生，卻不代表他能寫出佳作。這件事，還真有些麻煩……

司馬懿作為胡昭的親傳弟子，非常熱情的陪著曹朋，來到了胡昭所說的那塊空地上。曹朋發現，這塊空地距離胡昭宅邸後閣不過幾百米的距離。空地的一邊，是一片桃林……中間大約有一千多平方米的空地，毗鄰臥龍潭，景色倒是非常動人。

再過兩天，就是初夏。可陸渾山中，涼風習習，絲毫感受不到半點炎熱。

曹朋搔搔頭，對司馬懿說：「這裡如何營造房舍？」

司馬懿想了想，「反正這漫山遍野的樹木和毛竹，找本地村民幫忙搭建一下，也不算麻煩。不需要造的太好，只需先住下來。嗯，不過你可要小心一點，這裡的民風很剽悍，可不要和村民發生衝突。請他們幫忙，千萬別談什麼錢帛，請他們喝酒就行。不如這樣，你先讓他們湊合一下，我帶你找本村里長。」

「如此，煩勞兄長。」

好在夏侯蘭等人雖棄了車仗，可是行李卻沒有落下。在曹朋的吩咐下，夏侯蘭命人在空地上先搭起了幾座小帳，郭寰與步鸞則操持著準備飯菜。

曹朋隨司馬懿走訪了村中里長，把事情說了一下，里長非常爽快的應承下來。

他也聽人說了，曹朋是朝廷官員，前來拜師求學，所以操辦起來也非常認真。而曹朋呢，聽從了司馬懿的勸說，命夏侯蘭帶著幾人，入深山中狩獵，而後又命人騎馬，到山外買酒。

一來二去，當天將入夜時，兩間簡陋的竹舍已經有了雛形。

里長還把家裡的被褥取來，說是山中夜風很寒冷，不妨用來禦寒。曹朋謝了之後，便讓郭寰和步鸞先住在竹舍中，自己則隨扈從們住在軍帳。他把打來的獵物和買來的酒水分贈與村民，臥龍潭的村民頓時喜出望外，一個個興高采烈的離去。山民不重錢帛，他們熱情好客，並非圖謀錢財，如果你給了他們錢帛，會使他們覺得你瞧不起他們，是侮辱他們。

曹朋也不由得暗自感激司馬懿，若非司馬懿提醒，他又怎知這其中奧妙？

司馬懿住在學舍，入夜之後，便告辭離去。

天黑後，氣溫陡降。

曹朋坐在軍帳中，從行囊裡取出一卷《論》，秉燭夜讀。天曉得，明天胡昭會出什麼難題呢？心裡不免有些恐慌……

第二天，天剛一亮，司馬懿就跑來找曹朋了。

「怎麼，先生開課這麼早嗎？」曹朋剛練完了拳腳，見司馬懿過來，不由得好奇詢問。

「非也，非也！」司馬懿笑道：「咱們這書院，辰時開課。不過呢，先生定下了規矩，每天早上所有人必須聚在一起，鍛鍊筋骨。而且，是先生親自教授，也是咱書院的習慣。」

愛蓮說

東漢時期的讀書人，可不要那種病秧子。書要讀好，身子骨也必須強健。

曹朋和司馬懿從後閣入宅邸，出中閣，便來到了前堂，只見數十名青年正隨著胡昭一同健身。

胡昭的健身之術，是東漢時期極為流行的引導術，共一百零八個動作，模仿飛禽走獸。後世馬王堆出土過一套千年引導術，就類似於胡昭傳授的這套健身術。

似瑜伽？似太極？似五禽戲？

反正曹朋也說不清楚。他和司馬懿在兩廡迴廊下，隨著學生們一起練習。

「兄長，咱們為什麼不去和他們一起練習呢？」

司馬懿一聳肩膀，苦笑道：「非是我不想去，而是他們不接受我……對了，昨天你來的時候，周奇是不是為難你了？」

「呃……」

「他是本地人，而且是書院裡眾弟子的領頭人。這個人……也說不上有多壞，只是心胸有些狹窄。我初入書院的時候，曾和他發生了一點誤會，所以一直都不太融洽。連帶著，書院的弟子們對我也很排斥，只好一個人在此健身。」

哈，沒想到大名鼎鼎的司馬懿，還吃過這種癟？

曹朋下意識的向那周奇看去，卻發現周奇也正朝他看來。兩人目光相觸，周奇朝他笑了笑，算是打招呼。曹朋也報之以笑容，而後又看看司馬懿，心中若有所悟：也未必是周奇心胸狹窄，和司馬懿自身怕是有關係。司馬懿出身高門，這高門子弟總是有一些傲氣……或者說，傲慢。也許正是這種傲慢，使得雙方誤會越來越深。

曹朋想了想，但並沒有與司馬懿說破……何必為這種事，得罪了司馬懿呢？別看他現在對我挺熱情，萬一惱了他，說不得會記恨於心。

晨練結束，弟子們三三兩兩散去。

胡昭並沒有理睬司馬懿和曹朋，自顧自的返回房間。

將近辰時，司馬懿叫上曹朋，一同走進前堂大廳。這是一個足有四百多平方米的廳堂，胡昭正襟危坐，下面則是一個個蒲團和條案。書院的弟子們分別在自己的位子上坐下來，胡昭衝曹朋招了招手，用手一指旁邊的條案。曹朋恭敬的行禮，而後走過去，坐了下來。

他坐在司馬懿的旁邊，側對著講臺，與眾弟子分開。

許多人並不認得曹朋，而胡昭也沒有刻意介紹。但大家都知道，坐在這個位子上，等於胡昭已收下了曹朋。不少人眼中流露出羨慕之色，更有人在堂上交頭接耳，竊竊私語起來。

胡昭也不理睬，拿起驚堂木，啪的拍在條案上。剎那間，堂上鴉雀無聲！

曹朋坐在蒲席上，恍惚間，似乎回到了前世學校的課堂……

也許是前世受到的教育，讓曹朋對古人的書院總有些反感。所有的電視劇裡，都是一個糟老頭子，帶著一幫子小孩兒，搖頭晃腦，之乎者也，透著酸腐氣。可是，當他真正坐在講堂的時候，卻生出別樣的感受。

說到這裡，就不得不提一個人，那就是當代經學大師，鄭玄。延熹九年，也就是西元一六六年，發生了東漢末年的第一次黨錮之禍。事情的緣由，是在於士家與閹宦之間的衝突，在這次黨錮之禍中，如李膺、陳實、杜密等兩百多位名士被捕捉下獄，另懸賞緝拿逃亡者。

隨後，由於外戚集團的支持，桓帝下令釋放李膺等兩百多人。但不久之後，閹宦集團發動了反擊，陰謀陷害，使李膺杜密等人一併下獄處死。至靈帝建寧元年，也就是西元一六八年，各州郡查究黨人，凡黨人及其門生故吏、父子兄弟，皆受到牽連，這就是所謂的第二次黨錮之禍。

章十一
愛蓮說

所謂黨錮，也就是視為黨人，而遭受禁錮，斷絕其入仕之路，永不得為官。當時鄭玄是杜密的故吏，又被杜密賞識提攜，因而也被視為黨人。

建寧四年，鄭玄遭遇禁錮。在被禁錮之後，鄭玄閉門不出，隱修經業。

漢代的經學，有今古之分。秦始皇焚書之後，漢代有一些儒生，憑記憶背誦出一些經文，用當時通行的文字，也就是隸書記錄整理，稱之為今文經；西漢成帝、哀帝時期，劉向父子從一些藏書中，發現了用古籀文編寫的《左氏春秋》，再加上在孔壁上寫的一些經文，以及《毛詩》等著作，形成了古文經學派。有漢以來，今古兩個學派之間的衝突從未停止。

鄭玄初從第五元學習《京氏易》和《公羊春秋》，屬於今文經學派；後來又隨張恭祖學《周官》、《左氏春秋》，屬於古文經學派。他融合今古，在被禁錮的歲月中，創出了『鄭學』學派，注釋了百家經文。鄭學經文一出，頓時引發了一場轟動。黃巾之亂以後，士子們開始拋棄了原有的今古文經學，轉而崇尚鄭學經文，並使之成為『天下所宗』的新儒學。

時值今日，十五個春秋過去。鄭學經文已成為主流，開堂授業，莫不以鄭學經文為基準。

胡昭生於熹平四年，在求學過程中也受到鄭學經文的影響，所以講解莫不以鄭玄所注的《論》為主體。不過，胡昭所學博雜，在講解經文的時候，不可避免的會加入自己的觀點。

由淺而深，由易而難，通俗易懂。曹朋發現自己聽得是津津有味……在誦讀《論》的時候，合著古人那極富特點的韻律，抑揚頓挫，也很有意思。

不知不覺，一個晌午過去，胡昭取小槌輕輕敲擊銅鐘，也預示著下課。根據書院的規矩，晌午一個時辰，午後一個時辰，中間留有半個時辰的時間吃飯。至晡時，全天課業全部結束。

曹朋和司馬懿起身，走出講堂。而其他的學子則三三兩兩聚在一處，一邊吃飯，一邊聊天。有道是食不言，寢不語。不過對於這山民學子來說，似乎並沒有這麼多的規矩。

「那個曹朋，聽說是朝廷命官？」

「嗯，我昨天去山外時打聽了，騎都尉可是比咱們縣長還要大……我還聽說，這個姓曹的，頗有名氣，不是個普通人。」

「既然入仕，為何又來求學？」

「這個……誰又知道呢？估計也是個高門子弟，想從老師門下，獲取點聲名吧……」

「你們可別亂說，曹都尉和那個人不一樣。昨日我爹去幫他造房，他送了我爹一片野豬腿，和一罈子酒。曹都尉挺和善的，他那些扈從一看就是經過世面的主兒，那位哪能相比呢？」

學子們口中的『那位』，就是司馬懿。

看得出，司馬懿在這所書院裡，人緣並不是很好。

就在這時，只見一個學子從門外走進來，拎著兩個沉甸甸的食盒，「來來來，曹公子請客……呵呵，他的扈從晌午剛獵來的麞鹿，送給咱兩隻鹿腿。都烤好了，大家快來，否則可就沒了。」

食盒的蓋子打開，肉香撲鼻。

山民們雖然也會狩獵，但說實話，獵來的獵物，大都要去換成柴米油鹽等生活必需品，如此一來，他們反倒沒有多少機會食肉。

幾名學子猶豫了一下，忍不住那撲鼻肉香，起身過來。有人帶頭，立刻便有人相隨。眨眼間，這庭院門廡內外就熱鬧起來，學子們吃得是津津有味。

「友學，你這又何必？」司馬懿和曹朋在一起吃飯，忍不住問道。也許在他看來，曹朋這種行為，不免有討好之嫌。

曹朋笑道：「獨樂樂，不如眾樂樂。此後我等還要在這裡生活，關係融洽些，總歸有好處。」

「獨樂樂不如眾樂樂？」司馬懿聽罷，不由得笑了！

章十一

愛蓮說

飯後，曹朋和司馬懿再次返回學堂，明顯感受不同。

吃人嘴短，拿人手短。不管這些山民學子是否真的接納曹朋，但至少在表面上，表現出幾分親近。

「曹都尉，多謝了！」

「是啊，曹都尉，你那房舍可曾修好？若需幫忙，說一聲便是。」

「……」

諸如此類的招呼聲，此起彼伏。就連和曹朋有過衝突的周奇，看到曹朋，也不由得點頭致意。

曹朋滿面笑容，一一回答，使得學子們也更加熱情。

司馬懿眉頭一蹙，眼中露出一絲了然之色。他在這書院整整一年，還未見過這些學子如此態度。此前，他和山民學子可謂是涇渭分明，所以至今也沒交到什麼朋友；或者說，他根本不屑於和這些山民打交道。昨天，他告訴曹朋山民的習俗，今天，他發現自己要向曹朋討教一下這與人相處之道……怪不得曹朋年紀這麼小，就能有如此的聲望。

其人也傲，遠而嚴，近而溫……

司馬懿這心裡面，不由得暗自佩服。

這時候，胡昭走進講堂，見到這講堂中極為和煦的一幕，他眼中閃過了一抹笑意。

「晌午時，我們講了鄉黨。今天正是月末，按照規矩，我要審核你們這一月所得。這一個月裡，我們講了《說文》，學了《孝》，解了《論》……所以今天，我要審一審你們的文章。今日命題，就以……」胡昭露出狡佶的笑容，「我知道，你們一定會以為，我會以《論》而命題。」

司馬懿臉色一變，曹朋臉色也跟著變了。

「可我偏不讓你們如意，今日就以窗外蓮池為題，做佳文一篇。」

講堂上，轟的一陣騷動。

曹朋扭頭向司馬懿看去，卻見司馬懿苦著臉，似有些不知所措。

胡昭，倒是個有趣的人。他昨天告訴我，今天要講什麼，也知道司馬懿一定會提醒我……這算不算做明修棧道，暗度陳倉呢？

曹朋忍不住笑著搖了搖頭。只是他臉上的笑容，旋即消失不見，蹙眉捉筆，露出沉吟之色。

司馬懿看著窗外那小小的蓮池，呆呆發愣；而堂下，更有學子，或抓耳撓腮，或苦思冥想，形態各異。

嘆了口氣，曹朋心道：又要千古文章一大抄嗎？

他提起筆，在面前擺好的紙張上，默默書寫起來……

說起來，還真要感謝黃月英。此前，曹朋那狗爬的字，根本拿不出手。不過自去年開始，在黃月英的督促下，他開始臨摹法帖。除了中間曲陽鏖戰的那段時間停止過之外，一直苦練到現在。雖不說書法大成，但也能拿得出手。而且，在經過曲陽之戰之後，曹朋的書法中明顯多了一種凌厲之氣。鐵筆銀鉤，頗有些章法，以至於黃月英也認為他進步很大。

水陸草木之花，可愛者甚蕃。

予獨愛蓮之出淤泥而不染，濯清漣而不妖，中通外直，不蔓不枝，香遠益清，亭亭靜植，可遠觀而不可褻玩焉。

菊，花之隱者；牡丹，花之富貴者；蓮，花之君子也。

寫到這裡，曹朋有些不知道該如何寫下去了。原文中的陶淵明，此時還是一隻小蝌蚪，而當世，似也無以愛菊而聞名之人。他猶豫了一下，想了想，提筆繼續書寫。

菊之愛，鮮有聞；蓮之愛，同予者何人；牡丹之愛，宜乎眾矣！

曹賊

章十一 愛蓮說

寫罷，他長出一口氣，放下了手中的筆，扭頭看去，司馬懿正憋紅了臉，似在醞釀感情，而其他人，或低頭苦思，或看著窗外蓮池，不知所措。胡昭坐在條案後，對堂上的眾生相，視若罔聞。他捧著一卷書，讀得是津津有味，不過眼角的餘光，卻將堂上一切一目了然。

看曹朋提筆書寫，胡昭一怔。待到曹朋放下筆，他又露出疑惑之色。

而曹朋呢，則把注意力放在了司馬懿的身上。

曹氏父子，文采出眾，創建安文風，是一代大家；反倒是司馬懿父子，似乎並未留下什麼特殊的東西。除了糜爛的東西兩晉之外，司馬氏最大的貢獻，似乎就是八王之亂、五胡亂華。也許正是這個原因，使得司馬氏在歷史上的評價遠不如曹氏父子。

而今看司馬懿，曹朋也覺得，至少在文采方面，非司馬懿所擅長。不過，他倒是挺享受司馬懿滿面通紅，憋文章的模樣。畢竟，能欣賞後世大名鼎鼎的塚虎吃癟，也是一件有趣的事。

「友學，你寫好了？」

司馬懿憋了半晌，扭頭看曹朋一臉笑容看著他，不由得大吃一驚。

曹朋點點頭，手指放在唇邊，噓了一聲。指了指司馬懿面前的紙筆，他微微一笑，沒有言語。

司馬懿心裡不由得駭然：這才多長時間？甚至不到半炷香，曹朋竟然寫完了！這文思之速，未免太過驚人，恐怕是老師也未必能做到這一點。

同時，心裡面破口大罵：你既然有這麼好的文采，跑來求什麼學呢？這不是讓我等難看嗎？

一種從未有過的嫉妒，悄然在心中埋下了種子。

他笑了笑，又低下頭，不再理睬曹朋。

「曹朋，你作完了？」胡昭突然開口詢問。

曹朋連忙躬身站起，「回先生的話，學生已經完成。」

「拿來我看。」

在滿堂學子驚異的目光之中，曹朋站起身來，恭恭敬敬將文章奉到了胡昭的面前。

胡昭瞇起眼睛，先掃了一眼。然後抬起頭，看著曹朋道：「煞氣太重。」

「啊？」

「你筆劃之中，煞氣太重！」胡昭沉聲道：「不過想來，這與你當初曾從行伍有關，殺氣畢露，致使你的字雖工整，卻使人難以接受。友學，此後需養浩然之氣，以平息這煞氣。」

曹朋臉一垮，恭敬道：「學生受教。」

胡昭嘆了口氣，開始審視文章。短短七十五個字，卻字字入他心懷。一開始，胡昭面無表情，漸漸的，臉上流露出淡淡笑意。他抬起頭，看著曹朋：「友學，從明日起，須著白裳。」

這一句話，也代表著胡昭正式認可了曹朋。

司馬懿在一旁臉色一變，嫉妒之心更重，同時更生出濃濃好奇。曹朋在這短短的時間裡，究竟寫了什麼？竟然讓老師如此滿意？竟然一下子准他白衣聽講？

低下頭，看了看自己剛才所寫的文章，司馬懿的臉色變得有些難看起來。同時，他心裡有些忐忑，也不知道今日這篇文章，是否能入得老師之眼？若不能，可丟大人了！

建安四年四月，曹操親率大軍，進臨大河。大將史渙攻取河內軍，而後與曹仁夾擊射犬，斬殺昔日河內太守張揚部將眭固。隨後，曹操渡河，繼續圍攻射犬。原河內長史薛洪率部投降。河內，有『南拒虎牢之險，北依在行之固』的說法。曹操攻取河內郡之後，任張遼為河內太守，率部駐紮射犬，以加強控制。

然則，就在這時，廣陵傳來告急，孫策跨江強攻江水祠，兵臨廣陵縣。而孫河則率部攻占了江水祠，揮兵北上，直撲海陵縣。

一時間，淮南局勢驟然緊張。

對曹操而言，此時顯然不太好過。

孫策跨江攻擊廣陵，使得廣陵郡的局勢驟然間變得緊張起來。戰事最初，陳登連戰連敗，甚至被迫讓出廣陵縣，退至東陽堅守。而海陵的情況，同樣是危在旦夕，面對孫河與魯肅聯手攻擊，王買一日間連敗三陣，最終不得不依託海陵縣，和孫河展開了慘烈的抵抗。

戰時最初，曹軍明顯陷入困境。

徐州刺史，車騎將軍車冑，遲遲不肯發兵救援，更下令鄧稷不得跨淮水援救，堅守淮水一線。鄧稷苦勸車冑，卻被車冑命人趕出下邳。無奈之下，鄧稷只得派人前往許都求援，同時命周倉率水軍沿海南下，直奔東陵亭入海口。這也是鄧稷在無奈之下，聽從鄧芝的計策，透過水路突襲，試圖掐斷孫河的輜重糧道。

但他也知道，周倉也許能成功一、兩次，但最終定然無功而返。

王買在海陵血戰十五日，幾近全軍覆沒。最後，他聽從了戴乾的計策，率部突圍。

而身受重傷的戴乾，與王旭留守海陵縣內。戴乾命人將所有的輜重糧草乾柴等一類可以引火之物，囤積於縣城之內，而後放棄抵抗。孫河得知消息，立刻令丹陽宗帥祖郎率部，攻入海陵縣城。祖郎此前，受袁術挑撥而起兵造反，但最終被人勸降，復又歸順了孫策。

此次跨江出擊，祖郎懷著將功贖罪的心思。孫河也很清楚他的想法，故而以祖郎為先鋒，令其先登海陵。

哪知，就在祖郎進入海陵之後，戴乾引火，火燒海陵縣。近三千丹陽兵在毫無戒備的情況下，被大火吞噬。孫河得知消息後，立刻出兵救援，奈何海陵火勢太大，最終無功而返。

海陵一役，孫策軍死傷超過五千。

而曹軍方面，海陵長戴乾與海陵尉王旭盡數戰死，農都尉王買只帶百餘人突圍成功，逃奔射陽。雙方的死傷，都極其慘重。

步騭在鹽瀆徵召六百精兵，在四月十三日抵達射陽，與王買合兵一處，暫時穩住了陣腳。孫河也因那三千丹陽兵之死，元氣大傷；在魯肅的勸說下，孫河總算是止住了繼續攻擊的想法，退回東陵亭屯守。周倉連續偷襲兩次，大獲成功，但在第三次偷襲的時候，遭遇丹徒長呂蒙和蕩寇都尉蔣欽的伏擊，四艘海船折損了一半，周倉不得已，沿原路返回，停靠於鹽瀆縣，暫時休養生息。

四月十七日，沛國太守朱靈，領兵馳援。不過在出兵之前，他先抵達下邳，將徐州刺史車冑斬殺，而後取得兵符，命鄧稷率部出擊。

四月二十日，鄧稷領兵渡過淮水，兵臨射陽，做出反攻之勢。

在這種情況下，孫策也知道攻取廣陵無望，只好領兵退出廣陵，退回丹徒。陳登趁勢復奪廣陵縣，搶占江水祠。東陵亭的孫河見此狀況，匆忙率部，返回江東……

江淮戰事緊張，但曹操並未太在意。

真正使曹操擔心的，是袁紹聽取了謀士郭圖、審配的意見，屯兵黎陽，意圖攻取兗州。而汝南黃巾餘孽劉辟、龔都，在江淮戰事發生之後，趁機占領了汝南郡。隨後，劉辟和龔都聯繫劉備，迎劉備前來汝南。袁紹得知以後，立刻命高幹贈劉備三千兵馬，使其能夠在汝南立足。

如此一來，袁紹和劉備一南一北，呈夾擊之勢。

曹操大為頭疼，下令大將于禁駐守黃河南岸，監視袁軍動向。而後，他又把曹仁調至梁郡，命曹仁為梁郡太守，與曹洪協力，監視劉備的動向。一時間，豫州人心惶惶，動盪不安。

章十一

愛蓮說

「子和，子丹，你們有事？」

曹操返回許都之後，還沒有來得及喘息一口氣，曹純便帶著曹真前來求見。

即便是心煩意亂，曹操還是接見了曹純二人。曹純在追擊劉備的時候，被人刺傷，以至於將養至今。他今日前來，是有一件重要的事情稟報。見曹操接見，他立刻請曹操屏退下人。

「子丹報告了我一件事情，此事重大，純亦不敢擅斷，故前來稟報。」

曹操輕輕出了口氣，笑咪咪問道：「子丹，你發現了什麼情況？」

曹真上前一步，插手道：「清明前，姪兒曾與友學聚會。當時在路上，偶遇長水校尉種輯之子種平。友學當時曾提醒姪兒，說種輯是老臣，未必會與主公一心，所以要對他嚴加提防。主公也知道，姪兒此前曾因劉備之事，誤會了友學。所以這次友學提醒我的時候，姪兒覺得很有道理，所以便命人秘密監視種輯的行動……」

曹操的臉色，陰沉下來。「結果如何？」

「從表面上看，種輯似乎很平靜。但是姪兒後來發現，種府和驃騎將軍董承的府邸，暗中往來密切。特別是主公出征，江淮戰事激烈的那段時間，兩府走動極為頻繁。除此之外，尚有昭信將軍吳蘭、偏將軍王服，以及議郎吳碩，與董承和種輯也頗有往來。袁紹屯兵黎陽之後，這幾家就變得非常活躍。姪兒於是稟報了子和叔父，叔父命我繼續監視。今晨，姪兒在城外抓到了一名細作，從那細作身上搜出一封書信，乃劉備與董承的密信。」

說罷，曹真取出一封書信，雙手呈遞給了曹操。

曹操接過來，掃了一眼之後，臉色頓時大變。「此事，還有誰知曉？」

曹純道：「只我與子丹知曉，並未告與任何人。」

「甚好，信我先留下……子丹，你這次做的非常好。」

曹真連忙說：「此非子丹之功，實當初友學提醒，子丹方有醒悟。所以，這首功當歸友學。」

「呵呵呵，你兄弟齊心，你也不必推辭。對了，友學去陸渾拜師，可有消息？這些日子我忙於軍務，倒也沒有留意陸渾那邊的事情。」

曹真頓時興奮了！

「主公，友學已列入孔明先生門下，之前還做有一篇佳文，令孔明先生讚嘆不已。」

「哦？」曹操的心情似乎一下子開朗許多，「友學又有佳作？」

「名《愛蓮說》。」

曹操不由得頓時雀躍起來，對曹純笑道：「吾家萬里侯又有佳作，我怎不知曉呢？」

曹純道：「族中長者，對友學才情也極為稱讚。祖婆之前與族中長者聯繫，如今皆有回覆，言永平之難，今曹氏分離，今當歸宗，方為正理。」

也就是說，譙縣曹氏已經認可了曹汲一家。如今，只需要尋一個合適的機會，曹操就可以光明正大的把曹汲一家列入譙縣曹氏宗族。

曹操頓感快慰，接著問道：「雋石近來，還在讀書？」

「回稟主公，雋石讀書不懈，據說已能熟讀八百字。前幾天奉孝拉我飲酒，還笑言雋石可出口成章，引經據典，較之從前，卻是大有長進。」

「是嗎？」曹操聽聞，不由得大喜。「那他近來在忙碌什麼？」

曹真連忙回答：「聽說雋石叔父近來對農耕之事頗有興趣，只不知道整日在家中擺弄什麼器具。」

「雋石開始對農耕感興趣了？他不是喜歡造刀嗎？」

「這個，姪兒倒是不太清楚。反正上次路過諸冶府的時候，聽役隸說，他跑去找劉少府談論什麼車的事情。說來也奇怪，劉少府那等高傲之人，居然能和雋石叔父談得來？反正，他們兩人這段時間走得

章十一
愛蓮說

倒是頗為親密，據說還時常在一起飲酒，也不知道究竟在討論什麼事情。」

曹操不禁生出好奇之心。

別人不瞭解劉曄，曹操卻瞭解，身為漢室宗親，劉曄的性子其實非常高傲。

而劉曄本身，對於一些奇淫巧計也非常感興趣，造詣還很深。曹汲能和劉曄談論到一起，說明劉曄已認可了曹汲的能力。單只這一點，就足以讓曹操好奇，好奇曹汲究竟在做什麼呢？

曹純和曹真退下之後，曹操命人尋找曹朋的《愛蓮說》，準備好好欣賞一下。

可就在這時，家人來報：「荀侍中有急事，前來稟報。」

「文若來了？快快有請。」曹朋連忙起身，命人將荀彧領來。

荀彧看上去比建安二年時，憔悴許多。才兩年時間，荀彧似乎衰老了。他今年不過三十六歲，可看上去卻如四十多一樣，兩鬢甚至有些斑白。

曹操一見，不由得有些心酸。

荀彧是最先追隨他的臣子，一直盡心盡力。可自從迎奉漢帝以來，曹操總覺得，他和荀彧之間似乎多了一層隔閡。其實，荀彧並沒有什麼變化，還是和以前一樣，但在曹操而言，他感覺得出來荀彧似乎更忠於漢室，而非自己。這讓他多多少少有些不太舒服，以至於不知不覺的，下意識和荀彧疏遠了許多。

曹操上前拉住了荀彧的手，「文若，何至如此疲乏？」

「主公，事情有些不妙啊。」

「什麼事？」曹操愣了一下，旋即有些緊張。

「清明過後，至今日，整個豫州，還有兗州小部分地區，滴雨未落。我已經接到好幾份快報，都是報告出現旱情……圉縣、己吾、武平，柘縣、寧平、新陽等地，旱情非常嚴重。陳郡的情況相對好一些，子廉在二月時，便命人挖鑿溝渠，可畢竟杯水車薪，也僅僅能保證陳縣等臨近浪湯渠附近的縣鎮旱情緩解。似其他地方，則旱情嚴重。」

曹操本以為，荀彧說的事情不妙，是袁紹方面有異動，不成想，竟然是一場天災。

他倒吸一口涼氣，心裡不免驚慌。

許都屯田，在過去兩年間，確實是大豐收。如今府庫存糧超過百萬斛，也是曹操的根本。按照他的計畫，只要今年再獲豐收，加上海西屯田的成功，那麼來年府庫將會囤積近三百萬斛。有這三百萬斛墊底，曹操就有足夠的底氣徵召人馬，跨河而渡，去攻打冀州的袁紹。

沒想到，竟然遇到了災年……

如果災情嚴重，那麼許都的屯糧就必須開倉賑濟，否則必然會引發新一輪的動盪。但開倉賑濟，來年就再無糧草。而再過兩年，袁紹兵精糧足，穩定了河北四州，那時候……

「文若，情況屬實？」

「我已命人下去查探，不過估計，都是事實。」

「那……可有什麼良策？」

荀彧沉吟片刻，輕輕搖頭，「司空，此等天災，非人力可當。我現在就擔心，若一直乾旱下去，這旱情會迅速蔓延。到時候，連許都恐怕也要遭受波及。」

曹操這下子，可真有些慌亂了。

如果說，之前他還信心滿滿，有把握抵禦袁紹的話，那麼現在，他心裡也開始起了波動。

莫非，天不助我？

曹操表面上雖保持平靜，可這心裡，卻是千回百轉。他知道，荀彧的確是盡了力，但在天災面前，人力的確渺小。荀彧既然說得這麼嚴重，那十有八九，情況不容樂觀。該如何是好？該如何是好？

曹操看著荀彧，荀彧苦笑看著曹操。

心裡，不免有些發苦。但曹操還是強笑道：「文若，此事我已經知道。你盡力去處理，如果實在不行，就做好開倉賑濟的準備。若豫州絕收，咱們還有海西……實在不行，到時候可以從海西調撥糧草。只要海西穩定，就可以保住豫州的暫時平安。」

「對了，說到海西，那朱靈將軍斬殺車胄之事……」

「車胄無能，該當被斬！」曹操突然咬牙切齒，而後閉上眼睛，沉吟不語。半晌後，道：「命徐璆為徐州刺史，即刻赴任。」

「喏！」荀彧不敢怠慢，連忙躬身退下。

讓徐璆徐孟玉接掌徐州，倒是一個絕佳的選擇。徐璆有才幹，有名望，也有資歷。最重要的是，徐璆本身就是徐州人，其家族就在海西。據說，徐家和鄧稷的關係不錯，若徐璆任徐州刺史，也可以為海西屯田，保駕護航。

現在不論是曹操還是荀彧，都寄託於海西不要再發生變故。如果豫州旱情不得緩解，那麼海西就是他們的救命稻草。無論如何，都要保證海西今年的豐收，否則必然會有麻煩。

送走了荀彧，曹操再也無心去讀什麼佳作。他走出房門，沿著兩廡緩步慢行，憂心忡忡。

時值初夏，氣溫炎炎。

曹操忽然停下腳步，仰天一聲長嘆，「難道，天不佑我漢室江山嗎？」

章十二

臨危受命

進入仲夏，旱情越來越嚴重。暮春時節的那場小雨，似乎是老天爺開的一場玩笑。也正是因為這一場小雨，使得很多人都放鬆了警惕，甚至包括曹洪在內，在那場小雨過後也放緩了挖鑿溝渠的事情。以至於當旱情出現的時候，所有人都措手不及。即便曹洪重挖溝渠蓄水，但浪湯渠水量卻已銳減……

五月，旱情蔓延整個豫州。汝南陳郡沛國，紛紛向許都告急；潁川因河流密布，所以情況還不算太壞，可即便如此，也有一些地方因河流斷水，出現了不同情況的乾旱。許都在這場大旱中，也是岌岌可危。

不得已，曹操只得停止了主動出擊與袁紹決戰的計畫，開始全力面對豫州的這場旱情。

五月中，漢帝在毓秀臺，祭祀天地，祈求雨水。而曹操則下令各地，開鑿溝渠，緩解旱災。

烈日炎炎，氣溫越來越高。晴朗碧藍的天空，萬里無雲。空氣裡充斥著燥熱之氣，令人心浮氣躁。即便是坐在蔭涼中，仍感受到濃濃的酷暑之氣。

曹操身著一件單薄的白衫，坐在房間裡，批閱公文。

屋中，擺放著十幾個冰龕，裡面是從地窖裡取來的冰塊。冰塊在冰龕裡發出一縷縷霜氣，令花廳格外涼爽。可即便如此，曹操仍揮汗如雨，不時拿起濕布擦拭身體，來緩解酷暑炎熱。

旱情，越來越厲害了。如果照這種情況發展下去，整個豫州很可能出現絕收的狀況。時已近暮夏，也是糧食生長的關鍵時候，如果再不下雨，那形式就會變得越發嚴峻。曹操放下手中的筆，起身在屋中徘徊。

面對這種狀況，曹操也好，荀彧也罷，都沒有太好的對策。人的智慧，的確是無窮盡，但面對天災，也是圖之奈何。他現在唯一能做的，就是下令開鑿溝渠，飲水灌溉。如果河流比較多，也許還能緩解，可那些水量稀缺的地方，不可避免會出現極為可怕的災難。

而且，許多河水的流量都在減少。如許都周邊，一些河流的水平線，已經回落到地平線以下。想要引水灌溉，也非常麻煩，常常是事倍功半。但即便是這樣，曹操也沒有別的法子，只能繼續開鑿溝渠，引水灌溉吧……

「司空！」

正當曹操為旱情而絞盡腦汁的時候，門外傳來一聲輕柔的呼喚，兩個美婦人出現在花廳門口。一個是環夫人，懷抱著曹沖；另一個美婦人，則一手牽著一個童子，曹丕緊隨其後。這美婦人，就是曹丕的母親，卞夫人。

兩位夫人同時出現，讓曹操不由得一怔，特別是看到她們都帶著孩子，不由得更加好奇，於是便邁步迎上前來。「你們要出門？」看兩位夫人的打扮，曹操就能猜出端倪。

環夫人笑道：「小真說，龍山出現了一個新玩意兒，讓我們過看稀奇。反正也閒來無事，我就與姐姐說了，準備帶孩子們一同過去。姐姐說，司空這幾日太辛苦，整天忙於公務，也非長久之事，所以就想請司空和我們一同前去，不知道司空意下如何？」

環夫人語聲嬌柔，令人不能拒絕。

卞夫人也說：「是啊，司空……你也很久沒有和孩子們一同戲耍。彰與植都說，想念你呢。」

自曹昂死後，丁夫人與曹操反目，回家去了。於是卞夫人就成了府中的大婦。

跟在卞夫人身邊的兩個童子，一個是曹操三子曹彰，年九歲，因髮髻略顯枯黃，故而有『黃鬚兒』之稱；另一個則粉雕玉琢，生得格外可愛，名叫曹植，是曹操的四兒子，今年七歲。

曹操也有些煩悶，聽兩位夫人勸說，旋即點頭答應，遂問道：「小真，龍山究竟出了什麼有趣的事物？」

夏侯真跟在環夫人身後，連忙回答：「是月英與我書信，說搞出來了一樁好東西，讓我去看稀奇。我見夫人們閒暇，所以就……還請司空恕罪。」

夏侯淵依舊駐守陳留，而他的大婦，也就是環夫人的妹妹，對夏侯真不冷不熱。好在環夫人待夏侯真挺親近，時常讓夏侯真來府中走動。

「月英？」

「……就是曹都尉的未婚妻。」

「曹都尉？妳是說曹朋？」

「正是。」

「他訂下親事了？」

「回司空，月英姐姐是曹都尉的知己，早在建安元年時便已經結識。月英姐姐為了曹都尉，還和家人生了爭執，獨自一人來到許都……如今就住在曹府中，和曹家姐姐一起。」

「未想友學，倒是個多情種啊！」曹操忍不住哈哈大笑。

不過，環夫人卻發現，當夏侯真提起月英的時候，眼中閃過了一抹失落。她心裡一動，秀眉隨之一蹙。

曹操換了一身衣服，乘上了車馬。

環夫人和卞夫人商量了一下，抱著曹沖，登上了曹操的車仗。

「小環，莫非有事？」曹操有些詫異的看著環夫人，奇怪的問道。

環夫人讓曹沖在車上玩耍，又偷偷看了一眼車外的夏侯真，然後輕聲道：「司空，近來可覺察到，小真有些不尋常？」

曹操愣了一下，「何處不尋常？」

「比之先前，小真好像開朗了……可是在無人的時候，卻又顯得心事重重。」

「那又如何？」

「你不覺得，小真的年紀，已可以談婚論嫁？」

曹操愕然，想了想，輕聲道：「小真今年快十四了吧。」

「正是。」

「要說起來，咱們並不好過問這件事。不過妙才常年在外，妳那妹子對小真似乎又有些……怎麼，妳可有合適人選？若是有，咱們倒是可以過問一下，畢竟妳說起來，也是小真的姨娘。」

環夫人說：「司空不覺得，小真提起曹都尉時，有些古怪？」

「妳是說曹友學？」曹操輕輕點頭，「要說年紀，友學和小真倒是般配。不過妳剛才也聽到了，曹友學已經有了婚約。對了，友學的那個女人，是江夏黃氏族人？」

「正是。」

「這個，可不太好辦。」

環夫人說：「好辦了，我與你說什麼？司空，小真這孩子也夠可憐。妙才整日行軍打仗，又不在家中，無人管她。她母親故去之後，整日裡鬱鬱寡歡。如今好不容易有了一點開心，怎麼也不好讓她再難過。反正，你要幫幫她。」

曹操沉吟許久，而後點點頭，「這件事，不用著急，我自會留意。這樣吧，讓小真最近先不要回家了，就住在這邊。改天我會找機會，探探雋石的口風，然後再做打算。」

環夫人聽聞，頓時喜出望外，「就知道司空定會憐惜。」

看著笑靨如花的環夫人，曹操也不禁有些欣慰。

就這樣，車隊駛離許都，直奔龍山方向而去。

龍山，許都以西，潁水之畔，地勢略顯低窪。這裡是一片平原，龍山腳下，就是典家塢堡。

曹操一行車隊抵達，正值中午。大太陽頭下，一群工匠正在河邊組裝著什麼東西，看上去體積很大。當車隊抵達時，正好輪休的典韋得到消息，帶著典滿匆匆迎上前，詫異道：「主公何故來此？」

「聽說這裡有新鮮事物，故而前來觀瞧。」曹操大眼一掃，詫異的發現，在潁水岸邊竟然還有很多老熟人，「文若、子揚，你們都在這裡？」

「司空，您也聽說了？」

「聽說什麼？」

荀彧笑呵呵道：「雋石前段時間，與子揚一同設計出了一樁利器，說不定能夠緩解旱情。」

劉曄連忙說：「此事和我無關，我只是幫著雋石找出一些資料。」

「什麼資料？」

劉曄說：「司空可還記得畢嵐？」

曹操一怔，「十常侍之畢嵐嗎？」

「正是他……當年畢嵐曾創出一個灑水用的翻車。雋石不知怎地，對這東西來了興致，跑到我那邊，把當年畢嵐做出的翻車從府庫裡找出來，還讓我幫他找了許多工匠。雋石果然在這方面有天賦，竟依照那翻車，改造出一種水車，可以自河中汲取河水，以灌溉農田。」

「竟有此事？」曹操聽聞，不由得大吃一驚。

他也顧不得環夫人和卞夫人，匆匆隨著荀彧和劉曄，就登上了河堤。環夫人、卞夫人，還有幾個公子，自然有人在一旁照拂。夏侯真和環夫人說了兩句話，便匆匆跑到了人群之中。

曹操登上河堤，就發現在不遠處，矗立一座龐然大物。

曹汲和一個身著翠綠色長裙的少女，手中各拿著一張圖紙，指揮工匠施工。在兩人身邊，跟著十幾個人，不時的傳遞命令。那龐然大物，如同一頭巨龍匍匐在岸邊，龍尾進入水流之中，龍頭則盎然立於堤岸之上。在堤岸下方，有一個巨大的蓄水池，連同數十個大小不一的水槽溝渠。

「這個，我依稀記得，當年畢嵐所造翻車，就設立在天津橋西。不過比起這個來，可是小了許多呢……對了，這東西如何汲水呢？潁水可是低於地面啊。」

忽然，有人大聲叫喊：「曹都尉，好了！」

曹汲和那綠衣少女交談了一下，點點頭，示意工匠離開。而後，他命人牽來三頭耕牛，拴在了水車下方的木羅盤上，把工匠全都驅趕走，而後命人趕動耕牛。牛拉著拐盤轉動發出嘎吱嘎吱的聲響，緊跟著，那水車的輪軸隨之轉動起來，帶動槽內板葉刮水上行，片刻後，從龍口中吐出一股清流，注入堤岸下方的水槽之中……

「闞大哥，開槽。」

少女嬌聲呼喚，水池旁邊的一個青年便上前提起一個水槽擋板。水流順著幾條溝渠，緩緩流淌出來，注入遠處的田地當中……剎那間，堤岸上傳來一陣陣歡呼聲，已乾旱多時的田地得到河水的澆灌滋潤，立時透出生機。耕牛轉動拐盤，河水源源不斷注入水池，而後有序的流入田地……

曹操不由得驚喜異常，手指著那水車，半晌說不出話來。

「計算出來沒有？」荀彧連忙向旁邊的隨從詢問。

「回侍中，依照這種情況，一天須有三次輪換，一台水車全天運轉，要六至八頭耕牛……其水量，估計今晚過後，這一片田地就可以澆灌完畢。卑職剛才計算了一下，如果一百二十架水車，便可以保證許都周遭大半田地不受旱情影響……如果推及整個豫州，還需另行計算。」

荀彧那瘦削的面頰上，透出一抹笑意。

曹操站在河堤上，看著那源源不斷流入田地的河水，欣喜若狂。他心裡急速盤算起來，片刻後突然道：「子揚，我有一事，與你商議。」

劉曄愕然道：「司空何事，但說無妨。」

「我欲將諸治府，自少府分出。我有意將民曹與諸治府合併，設民曹都尉，掌工匠、冶煉、水利等事務。雋石本就長於諸冶，如今又設計出這等神器，可以為民曹都尉……嗯，就歸於司空府治下，任司空曹掾。」

對曹操而言，龍骨水車，還有諸冶事務，都極為重要，最好能在他的掌控之下……

司空曹掾，直接聽命於曹操，而民曹都尉，就如同一個職權範圍。與曹汲之前的諸冶都尉相比，俸祿上相差不多，不過是比千石轉為秩千石，屬於千石俸祿的第二等。再往上，真千石俸祿，一般是九卿副手，比如少府丞、司空丞、廷尉正之類的官職。

別看只跳了半級，這半級對許多人而言，可能一輩子都無法邁過這一步。特別是在三公九卿治下的屬官，除非有外放的經歷，如果只在京師，每提升半步，都極為困難。

劉曄這心裡，多少有些不太舒服，好不容易有這麼一個出色的下屬，如今又要被挖走。諸治府從少府分離出去，對劉曄來說，等同於減少了一塊極大的利益。但既然曹操說出來了，劉曄即便不滿，也只有點頭。

自董卓之亂以後，許多官職都發生了變化，比如曹操增設屯田都尉、屯田中郎將，都是根據具體的情況而單獨設立。所以即便設立民曹都尉，也算不得什麼出軌的事情。說到底，民曹都尉類似於虛職，誰也說不出話。

「司空既然有此打算，子揚焉敢不從。」

曹操臉上的笑意，更濃。

那邊，荀彧也已經計算完畢，興致勃勃的跑上來，「司空，請即刻下令，趕造這曹公車。」

「啊？」曹操一怔，「曹公車？」

「是啊，我剛才派人問雋石這神器何名？他回答說是曹公車。」

曹操哈哈大笑，手虛指曹汲，搖頭道：「這曹雋石，也變得不老實了，竟學做這等阿諛之事。」

劉曄和荀彧同時在心裡鄙視。

你就裝吧，指不定你這會兒心裡面有多高興呢！前有曹公犁，後有曹公車，為啥這曹雋石就不能改名劉公車、荀公車呢？

荀彧看著曹操，忍不住腹誹不停。

「雋石旁邊那女孩兒，是何人？」

「哦，那是雋石之子曹朋的未婚妻。」

「就是那個江夏黃氏之女？」

劉曄點點頭，輕聲道：「此女有大才，據雋石說，曹公車最初是由她提出了主意，由曹朋給予了意見，最後是雋石參與設計。此女之父，便是江夏名士黃彣黃承彥，才華非常出眾。」

「竟有此事？」曹操看著黃月英，又看到了跑到黃月英身邊拉著她的手，一臉歡笑的夏侯真，臉上頓時流露出若有所思的表情。

看起來，此事當從長計議！

章十二 臨危受命

炎炎盛夏，酷熱難耐。

朱贊拖著疲乏的身子，返回了官衙。他吃過了晚飯，與幼子嬉鬧了一會兒，便獨自走進書房。擺上了酒壺，他在條案後坐下，取出公文，開始翻閱處理。曹朋已離開雒陽近三個月，可是那樁推人下水的命案卻毫無頭緒。朱贊命人搜索雒水上下游各二十里，也未曾發現屍體，以至於雒陽令對此極為不滿，認為朱贊純粹是浪費人力和物力。甚至連朱贊也認為，是不是曹朋看花了眼？畢竟那天晚上曹朋是喝了酒……

可是，那輛推車，還有當日夏侯蘭等人的證詞，又證明並非虛幻。這也使得朱贊頭疼無比，完全不知道該從何處下手……

他從條案上拿起一卷公文，喝了一口酒後，打開來。

這份案牘是從衙房提取的一些老案牘，朱贊是希望從過往的案牘中，查看有沒有類似的案件。屋外，很安靜。

朱贊在孤燈下，認真的查閱。忽然間，他肚中一陣絞痛，臉色頓時變得煞白。

「來人，來人……」朱贊站起身，大聲叫喊，可未等他喊完，一口血噴出，人就直接栽倒在地上。

朱夫人就在花廳隔壁，聽到朱贊的叫喊聲，連忙放下手中活計，匆匆忙忙跑了過來。一進花廳，就看到朱贊倒在地上，只嚇得朱夫人嘶聲叫喊：「快來人，快來人……」

她衝到朱贊身邊，把朱贊抱在懷裡，急道：「夫君醒來，夫君醒來！」

只這一會兒的工夫，朱贊已經是氣息奄奄。不過，他目光澄亮，似乎覺察到了什麼，輕聲道：「夫人，糊塗……夫人，糊塗……」

話未說完，就又噴出一口血，濕了朱夫人的衣襟。

雒陽北部尉，真三百石。在東漢諸多職官當中，這並非多大的官位，甚至比不得一個下縣的縣長。可是，這個職務卻有著不同凡響的意義。雒陽，是東漢的帝都，雒陽北部尉的職責包括了雒陽北部城門，包括雍門在內的四個街坊治安。而這四個街坊，也是雒陽最繁華，人口最多的四個街坊……

當年曹操任北部尉，杖殺蹇碩的叔叔。如今，曹操奉天子以令諸侯，也為這雒陽北部尉，增添了幾分不尋常的味道。出任雒陽北部尉者，必是曹操近臣。朱贊是曹操的老鄉，和曹真又是結義兄弟，符合了近臣的概念。

如今，朱贊突然死去，立刻引發出一場軒然大波。

曹真在得知消息後，當時就昏迷不醒，醒來後更是嚎啕大哭……

而曹操，也感到萬分憤怒。

雒陽局面，竟混亂如斯嗎？連雒陽北部尉，都難以保全性命？

六月初，雒陽令被罷黜。河南尹夏侯惇上書請罪，曹操二話不說，就罷免了夏侯惇的職務。旋即，曹操在六月中，調東郡太守程昱，出任河南尹一職。

程昱，是最早跟隨曹操的元老之一，對曹操忠心耿耿。其人性情剛烈，手段強硬，並有極高的權謀。出任東郡太守的三年中，程昱使東郡路不拾遺，夜不閉戶。而今，讓程昱出任河南尹，是一個極為合適的人選，可以令京畿迅速平穩。

不過，河南尹有了，雒陽令由何人出任？

雒陽的情況本來就很複雜，如今又死了一個北部尉，使得雒陽頓時混亂不堪。各方勢力紛紛行動，

曹賊

章十二

臨危受命

想要拿下雒陽令一職。曹操也很為難，實在不知道該用何人為好。

「主公，我薦一人，可為雒陽令。」司空府大堂上，董昭挺身而出。

曹操道：「公仁欲薦何人？」

「司空曹掾，潁川人陳群陳長文。」

「哦？」曹操一蹙眉頭，向堂上人看去。

荀彧、郭嘉、夏侯惇，包括即將上任的程昱，都沒有出聲。

「長文，是否資歷略顯不足？」曹操不免有些猶豫，開口問道。

也難怪，陳群尚不到而立之年，雖被舉為茂才，卻沒有執政的經驗。而雒陽，是昔日帝都，論品秩，幾與太守相同。而且雒陽如今情況複雜，各方勢力盤根錯節，可說是魚龍混雜。陳群年紀輕輕，且不說他是否合適，就算是讓他出任雒陽令，又是否能鎮得住場面呢？

此前雒陽令，是朝廷老臣，有資歷。而夏侯惇軍功顯赫，又是曹操近臣，可以震懾宵小。但現在，程昱的經驗不成問題，曹操很放心，可陳群的資歷和威望，未必能夠在雒陽站穩。

郭嘉咳嗽一聲，「若說資歷和年紀，長文的確是有所虧欠。不過司空莫忘記，長文祖父陳寔，乃潁川四長之一，門生故吏無數，聲望極高。長文之父陳記，也是潁川名士。長文出身於陳氏家族，有著極高的優勢，至少雒陽那些高門子弟，就必須要賣長文一個面子。此外長文性情清雅，遇事沉穩，漂泊多年，閱歷也非常的豐富。仲德長於剛強，長文則擅於懷柔，此一剛一柔，相得益彰，配合起來也好行事。若換一個資歷深厚且性格剛強之人，未必肯聽從仲德調遣。而且，既然是由仲德出任河南尹，那麼最好還是請教一下他的主意……」

曹操的目光，立刻落到了程昱身上。程昱身高八尺三寸，有一百九十公分的高度。在堂上，他的個頭明顯最高，一站起來，立刻令人感受到莫名的威壓。

程昱，兗州東郡東阿人，生有一部美髯，相貌堂堂。見曹操向他看過來，程昱沉吟片刻，點頭道：

「奉孝所言極是。」

自家事自家清楚，程昱對自己的弱點也非常瞭解。他可以在東郡做的完美，是因為他本身就是兗州人，於地方百姓而言，自然親善許多。而且東郡歷經呂布之亂以後，破敗不堪，世族豪門幾乎聲威不再，也就能使他順利推行政令。

然而雒陽……如果沒個有家世的，還真不好做事。畢竟以程昱的名望，遠不足去威懾那些世家豪門子弟。

但陳群卻不同。他出身潁川，就毗鄰雒陽，所以對雒陽也很熟悉。潁陰陳氏家族，乃潁川幾大世族豪門之一。陳群有功名、有才華，更重要的是，他有一個無人能比擬的好爺爺！只憑這一點，他就能在雒陽站穩腳跟。

至於年紀、資歷？

有年紀，有資歷，未必就能出任雒陽令。

「既然如此，立刻招長文前來。」既然程昱也認可了陳群，曹操自然不會再有疑慮。

片刻後，陳群被帶到了堂上，深施一禮。他已經聽說了，自己很有可能會出任雒陽令，所以在曹操任命之後，並未感到吃驚。

「長文，你此去雒陽，責任重大。這其一，你需要儘快使雒陽恢復秩序，不可再令其反覆。其二，雒陽的情況，如今相對不妙。自董卓遷都長安，火焚雒陽之後，雒陽城池破敗，若遇戰事，恐難以持久。前任雒陽令，因隨駕之功，任職已四年之久，卻並未給雒陽帶來太多改變。此次你前去任職，不可再如你前任無所事事，聽之任之。其三……想來你也已聽說，前雒陽北部尉朱贊被離奇毒殺，死因至今未能查明，我需要你儘快查清楚此事，將殺人凶手找出來……」

「長文，你有沒有什麼要求？若有，只管提出來。」

這些話出口，也表現出了曹操整治雒陽的堅定決心。

陳群沉吟片刻，抬起頭來，目光澄亮，「司空，群此去雒陽，需有一人，也必須由此人出任雒陽北部尉。」

「哦？」曹操不禁好奇揚眉。

程昱道：「你欲薦何人，出任北部尉？」

陳群笑而不語，向郭嘉看去。

「不行，奉孝怎可出任雒陽北部尉？」

曹操話音未落，郭嘉就笑著搖頭，「主公，長文並非此意。就算我同意，估計他也看不上我。」

「那……」

「我想，我已經猜到了長文所薦之人是誰！」

一轉眼，暮夏將過，初秋將臨。

山外，烈日炎炎，依舊是滴雨未落。

由於曹汲造曹公車，並在荀彧親自督促下，迅速在豫州推廣。至六月初，曹汲馬不停蹄帶著民曹官員，行遍陳郡、梁郡兩個旱情最為嚴重的地區，大約三百多架曹公車沿河設立，汲水開渠。三百多架曹公車，聽上去數量並不算多，對於兩郡之地而言，不過杯水車薪。然則，至六月末時，豫州各地共兩千多架曹公車架設完畢，或多或少緩解了一些旱情。曹汲也因此出任民曹都尉。

曹操強行通過，拜曹汲奉車侯，以獎勵曹汲在過往三年中所做出的種種貢獻。

造刀！重開河一工坊！造曹公犁，創曹公車，獻三寶（馬鞍、馬鐙和馬蹄鐵）……此種種貢獻，都使得曹操收穫頗豐。

雖然許多人反對，但也有許多人表示贊同。

出人意料的是，孔融等原以為會強烈反對的人，竟然保持了沉默。

這與曹朋之前寫《八百字文》，復又拜師胡昭，有一些關係。從某種程度上，孔融這些人算是認可了曹朋的文采。同時，奉車侯不過是一個名號侯，沒有實權，沒有食邑，當不得什麼大事。自桓帝以來，這名號侯多不勝數，連宦官都可以出任侯爵，曹汲做了這麼多事，立了這麼多功勞，為何不能得一個名號侯的爵位？對此，孔融等人都沒有反對的意見。

不過朝堂種種變故，與曹朋並無太大關係。

此時的他，正身處陸渾山中，每日在臥龍潭書院聽講，做功課。閒暇時，他帶著郭寰和步鸞遊山玩水，欣賞臥龍谷美景。山中涼風習習，山花爛漫，行走其中，總使人心曠神怡……

大清早，曹朋就看到周奇和幾個青年，在水潭邊練武。曹朋走過去，和他們打了個招呼。

「周奇，又在習武？」

周奇等人紛紛回應：「阿福，今日可是來得晚了。」

山民民風淳樸，又好勇鬥狠。曹朋來到臥龍潭之後，便覺察到了這一點，於是便主動教授周奇等人拳法。當然了，他不可能似教王買、鄧範那樣的傳授周奇，畢竟這裡面有親疏之別。

周奇等人一開始不服氣，於是便和曹朋過招。他們的拳腳大都是野路子，沒有什麼章法，雖說經常和人打架，但卻比不得曹朋這種經歷過戰場殺戮、生死考驗的一流高手。曹朋一個人打周奇四、五個，輕鬆異常，不費吹灰之力。好在周奇這些人輸得起！被曹朋打敗了之後，便開始聽從曹朋的教誨，每日練習拳腳。

一來二去，曹朋和這些青年的關係極好。

「哪裡晚了？」曹朋笑道：「山中晨間霧氣重，水氣濃，不適合練功。這練功要有章法，可不能隨便練習。以後，逢大霧天氣，最好別練功，在家裡休養為好。」

霧氣中，難免會有各種雜質，所以在大霧中練功，很容易起到反效果。

曹朋說罷，把衣服掛在一棵樹上，在水潭邊活動了一下身子之後，開始進行白虎七變的練習。

白虎七變，其實就類似於七個模仿猛虎習性的動作，虎撲、虎胯、虎吼、虎坐、虎抱、虎翻身和虎甩尾。七個動作可以獨立，但又相互聯繫。這是最為原始的擬虎拳，每一個動作都融合了道家的修煉之道，是左慈煞費苦心演化出來的。這種練功方式，最初可以強身健體，保養元氣。

曹朋發現，依照這種練法，到最後，可以凝練『勢』，這也是他目前最為需要的一種功法。

七個動作，做起來很艱難，每次演練完畢，曹朋總是大汗淋漓。氣血強壯，骨力勃發，而後一套太極，可以使氣血凝實，骨力強盛。每天一次練習，曹朋都能夠有極大的收穫。臥龍潭風景怡人，恰好也適合於道家功法修煉。

這兩天，胡昭出山去陸渾，所以暫停講課。曹朋的時間就寬裕了，練功的時間也隨之延長。

總體而言，這次來陸渾山收穫不小。只是曹朋隱隱約約感覺到，司馬懿不似最初的熱情。

用周奇的話：「司馬懿太傲了，誰都看不入眼。」

但曹朋卻不認同。

司馬懿並不孤僻，也不是一個難接觸的人。他大致上能覺察到司馬懿之所以出現這種變化，恐怕是源自於他內心中的驕傲。也許，自己剛來書院的時候鋒芒太露，令司馬懿感到了壓力。似司馬懿這樣的人，斷然不會允許自己不如別人，從他整天捧書苦讀便可以看出端倪。他在用功，他希望能超過曹朋……畢竟他出身好，年齡大，很難忍受不如曹朋的現實。

爭強好勝……

此司馬懿，還達不到後世司馬懿那種水準。

練完了拳腳，曹朋和周奇等人打了個招呼後，施施然往家走。

換好衣服，他坐在簡陋的竹製門廊上，拿起一卷《論》，準備好好閱讀一番。這《論》，越讀就越是感覺奧妙無窮，看似是仲尼和弟子們的問答，卻又包含了無數做人道理。學問學問，說穿了就是學做人。

曹朋如今頗為愜意，愜意這種悠閒的生活……

「公子！」就在曹朋剛靜下心的時候，步鸞步履匆匆的跑過來，「先生回來了，他要你馬上過去見他。」

「老師回來了？」曹朋一怔，感覺有些詫異。

胡昭此前走的匆忙，所以曹朋也不知道他出山去做什麼。如今又匆匆回來，而且一回來就讓人來找自己……莫非，發生了什麼事情嗎？

曹朋連忙蹬上黑履，把書卷交給步鸞，讓她收拾好，然後直奔書院後閣而去。後閣門外，司馬懿正等著他。見曹朋過來，他上前緊走兩步，輕聲道：「友學，老師已在書房等你多時。」

「師兄，究竟發生了什麼事，老師這麼著急找我？」

「不太清楚……不過老師是和三個人一同回來，你快過去吧。」

曹朋不敢耽擱，忙匆匆來到書房門口，脫下黑履，登上門廊，走進書齋……

一進門，曹朋頓時愣住了！

曹真、許儀和典滿坐在書齋內。三人一色白裳，頭紮白色飄帶，神情肅穆。而胡昭，則眉頭緊蹙，靜靜的坐在旁邊，一言不發。

書齋中，氣氛沉悶，令人幾欲窒息。

第十二章 臨危受命

當曹朋走進來時，曹真三人同時站起身來。

「大哥，二哥，三哥？你們三個怎麼會來這裡？」曹朋心中有一種不祥的預感，輕聲問道。

曹真三人，典型的孝裝。可曹朋卻不知道，他們究竟是為何人戴孝。

胡昭起身：「三位小將軍，你們說吧，我先出去。」

「多謝孔明先生。」

曹真向胡昭施禮，胡昭只是點點頭，邁步向書齋外走去。和曹朋錯身而過的一剎那，胡昭發出一聲幽幽嘆息。這一聲嘆息，又使得曹朋的心驀地一沉，不祥預感也隨之越發強烈。

「三位哥哥，你們這一身……」胡昭走出書齋，曹朋強作笑顏問道。

不過沒等他說完，曹真輕聲道：「阿福，老四走了。」

「啊？」

「公佐他，走了！」

公佐，是朱贊的表字。

曹朋一下子沒能反應過來，呆愣愣看著曹真三人：「你是說……」

「阿福，上月末，公佐在北部尉官署，被人毒殺。」

耳邊嗡的一聲嗚響，曹朋有些發懵。他這次聽明白了，朱贊死了！

說實話，曹朋和朱贊的關係，遠不如曹真、典滿、許儀三人親密，更比不得王買和鄧範。但是一個頭磕下去，就是一世的兄弟。朱贊性格沉穩，而且非常友善，雖說和曹朋接觸不多，可是待曹朋卻極為親近。

朱贊，怎麼會死呢？

「大哥，究竟是怎麼回事？」也許是經歷過太多的事情，曹朋很快就穩住了心神。他顫聲問道，目光直勾勾盯著曹真。

「尚不清楚，公佐遇害當天，發生的很突然。據府中下人說，他那天和平常沒什麼兩樣，回家後吃晚飯，和小姪兒玩了一會兒，便回花廳查看案牘公文。忽聽他叫喊，等家人抵達時，公佐已經……據查驗，公佐是中毒身亡。可是到目前為止，凶手仍不知所蹤。」

被人毒殺？曹朋雙手捂著臉，輕輕搓揉，半晌也不言語。

「主公已罷黜了雒陽令，並將元讓將軍革職。如今，袁紹陳兵河北，虎視眈眈。雒陽發生這種事，也使得主公極為擔心。故而主公命程仲德為河南尹，以陳群為雒陽令，並下令徹查此案，並命陳群儘快找到凶手，平定恐慌。」典滿輕聲說道，而後便閉上了嘴。

曹真接著說：「阿福，我知你如今正在求學，可是陳長文在接掌印綬的時候，向主公提出條件。他說這雒陽北部尉一職，必須要由你來接掌……否則他沒有信心能破案找到凶手。郭祭酒也表示贊同，還說你是最合適的人選。主公在躊躇許久後，最終下決心，辟你入仕。」

「讓我出任雒陽北部尉？」

曹真三人，齊刷刷點頭，同時用希冀的目光看著曹朋。

曹朋沒有立刻回應，而是慢慢走到了條案旁邊坐下。他長出一口氣，閉上眼睛，腦海中不由得浮現出，當日八人在許都大牢中結義時的場景。

停雲落月，隔山河而不爽廝盟；舊雨春風，歷歲月而各堅其志。毋以名利相傾軋，毋以才德而驕矜。結義金蘭，在今日即神明對視，輝生竹林，願他年當休戚相關……

當日誓言，仍聲聲在耳，卻不想，已天人永隔。

小八義少了一人，令曹朋心生感傷。

慢慢的，他抬起頭，目光在曹真三人臉上掃過，咬牙點頭。

「何時赴任？」

「越快越好……」曹真說著，從旁邊取出一個匣子，遞給曹朋。「陳長文已赴任雒陽，只等你前去襄助。主公在我出發之前，讓我把這個交給你，並言：無須覲見，直往雒陽。」

曹朋接過匣子，猶豫了一下，打開來。只見裡面擺放著一把長四十五公分左右的短刀，還有一套印綬。

刀口暗紅，略帶弧形。上書有刀銘：榮耀即吾命！

曹朋對這把刀再熟悉不過，赫然正是當初曹汲打造出的三十六把天罡刀之一。曹汲造天罡刀之後，除典韋之外，再也沒有贈與他人。而今，這支天罡刀出現在自己面前，也代表著……

仔細看去，就見刀鍔口處，鏤刻『天閑』二字。

天閑刀！如果按照三十六天罡的排序，這口刀位列第四。

曹朋不由得吃驚，心道一聲：曹操何至於對我如此厚待？要知道，曹操麾下戰將無數，且不說徐晃、張遼、李典、樂進這些外姓將領，但只是曹氏宗族，就有許多將領擔當著重要職務，陳郡太守曹洪、梁郡太守曹仁、虎豹騎統帥曹純……諸如此類的名字，他也計算不清楚有多少人盯著那三十五口天罡刀而不得，沒想到……

但同時，曹朋也從這口天閑刀中，感悟到了曹操的心意。

一個『閑』字，也寄託了曹操對他的希望。曹操的意思分明是告訴他，莫要去追求功名利祿，當富貴來臨時，自當來臨。少些權謀，多一些率性……這也是曹操對他的一份期望。

「我這就回去整理行裝，半個時辰之後，我們山口見。」曹朋合上匣子，起身對曹真三人道。

曹真三人點點頭，也不去催促曹朋，自領著人走出書院。

而曹朋走出書齋，就看到胡昭站在門口。

「老師！」

「決定下來了？」

「是！」

胡昭那張清瘦的面頰，透出一絲笑意。

他嘆了口氣，拍了拍曹朋的肩膀，「若再給我一年，我便可以傾囊相授。太匆忙了，三個月的時間，只使你養氣靜心，卻無任何教授，為師實在有些慚愧。不過我也知道，你一定會走。你性子看似淡漠，對外界渾不在意，其實內心火燙，忠孝悌諾，你已經深得三昧……我這裡為你準備了幾本法帖，回去之後，需認真臨摹揣摩。這卷《論》，還有《京氏易》和《歸藏》、《連山》兩部易書，一併送給你，望你能好生研讀。」

一般來說，贈書，也代表著衣缽傳承。特別是師生之間，老師贈與學生書籍，也預示著學生可以出師。

曹朋愕然，「老師……」

「友學，你此次出山，再想回來，恐怕非你能決定。我臨行只贈你一句，莫忘記了你來時與我所說的志向。」

「為天地立心，為生民立命，為往聖繼絕學，為萬世開太平。」

胡昭笑容更甚，「知易行難，望你將來不管走到哪裡，都不要忘記你今日所說的這些話語。」

「學生，銘記心中。」

「去吧，去闖出一片天地，為師當坐此山中，敬候佳音。」

「喏！」

師生二人話語不多，但是卻已表達了所有想要表達的情感。

胡昭是個性情偏於淡泊的人，而曹朋也不是一個善於表達內心情感的主兒。對他們來說，寥寥數語，足矣！

一旁，司馬懿站在門廊上，神情複雜。當曹朋來到他身前，向他告辭的一剎那，他突然笑了，「阿福，好好做。」

「也祝師兄早日學成，小弟在許都，恭候師兄。」

「我會去的！」

兩人旋即相互一揖，曹朋轉身離去。

看著曹朋的背影，司馬懿在心中暗自嘆了口氣。他也說不清楚，自己此刻究竟是怎樣一種心情。想到當初曹朋初來時，自己興高采烈，可是那篇《愛蓮說》一出，卻使得自己如鯁在喉。他倒也不是小心眼，只是感覺到一種說不出來的壓力。也許正是這種壓力，讓他在後來的日子裡，有意無意的和曹朋疏遠。可就在剛才道別的瞬間，司馬懿覺得自己有些可笑。

曹朋曾對他說過：「尺有所短，寸有所長。師兄所長之道，不在詩文，又何苦掛懷呢？」

那本是曹朋勸慰他的言語，只是在當時，聽上去似乎好像炫耀。

司馬懿扭過頭，看向了胡昭。而胡昭，正負手在一旁，靜靜的看著他。

尺有所短，寸有所長！阿福已經找到了他的志向，我也應該去尋找我的志向！

想到這裡，司馬懿眼中閃過一抹堅定之色。他暗自握緊了拳頭，在心中自言自語：阿福，我不會輸給你的，絕不會……

聽聞要立刻動身離開，夏侯蘭等人不免感到有些措手不及。不過，曹朋命令發出，夏侯蘭也不會去詢問原因，他立刻把人召集過來，準備啟程出發。

曹朋從馬廄中牽出了照夜白，輕輕拍了怕。

「阿福，你要走嗎？」

周奇帶著幾名青年，來到了竹舍門外。

曹朋笑了笑，而後點點頭，「我兄長被人毒殺，主公有命，令我出任雒陽北部尉，須即刻動身。」

「那，還會回來嗎？」

曹朋一怔，片刻後低聲道：「我不知道！」

他的目光有些迷離，心中充斥著一種說不清楚、道不明白的愁緒。在臥龍谷住了三個月，和周遭的鄉親處得也挺好。說心裡話，他也很喜歡這個寧靜的山谷，真的是『無絲竹之亂耳，無案牘之勞形』，山村裡透著祥和，山民們也很淳樸。住在這裡，不需要去勞神費心，每日快活輕鬆，雖說最初和周奇這些人有點矛盾，可後來，這矛盾也都化解開了，大家相處的不錯。不需要勾心鬥角，不需要整日鑽營，何等悠閒？

「老周，幫我照顧好這竹舍，說不定什麼時候，我還會回來。」

周奇等人都露出了不捨之色，點點頭，卻沒有出聲。

這時候，夏侯蘭等人已經準備好了行囊，而步鸞和郭寰也都跨坐上馬。曹朋深吸一口氣，猛然上前，和周奇等人一一擁抱道別。在和周奇擁抱的一剎，曹朋輕聲道：「老周，別和我師兄計較太多，他人不錯，並沒有什麼惡意，只是性子傲了些，你幫我多多擔待才是。」

周奇說：「看在你的面子上，我不和他計較。」

「好了，諸位，我要走了！」

「阿福，你要多保重，常回來看看。」

曹朋微微一笑，在馬上與眾人拱手，而後撥轉馬頭，揚鞭離去。夏侯蘭等人跟隨在曹朋身後，疾馳而去。

在山口處，曹朋和曹真等人會合一處。沿著崎嶇山路，一行人一邊走，一邊交談。

「四哥好端端的，怎會被人毒殺？」

「這個，還真不是太清楚。我問過弟妹，公佐到任以後，並未得罪什麼人，做事也非常低調，在雒陽城裡沒什麼仇家。甚至連那離職的蔡能，也沒有說出公佐的錯處，還一個勁兒的誇讚。我知道他言語中有些誇張，但也說明公佐的確沒有仇家。蔡能自己也說不出個一二來。」

蔡能，就是那位倒楣的前雒陽令。

「那嫂夫人和蔡縣令，有沒有說四哥最近反常之處？」

「沒有……哦，蔡能倒是說過，公佐之前曾下令封鎖雒水河道，說是要搜什麼屍體，結果什麼也沒有搜到。蔡能也就是這件事對公佐有些不滿，說他大題小做，平白浪費了錢糧。」

曹朋旋即了然，蔡能說的這件事，恐怕和當初自己見到的那樁命案有關。

說起來，曹朋並沒有把這件事情太放在心上。在他看來，朱贊破此案，應該不會有什麼難度。只要找到了屍體，自然可以弄清楚頭緒，可是……

曹朋隱隱約約有一種感覺，朱贊的死，很可能和那樁案子有關聯。

不知不覺，一行人已走出了陸渾山。天已經黑下來，可是曹朋等人都不想再耽擱時間。於是眾人一商量，決定連夜趕路，直奔雒陽。

就這樣，披星戴月，走了一天一夜。在一條岔路口上，曹真三人向曹朋道別。

曹真身在虎豹騎，而典滿和許儀則是虎賁郎將，他們三人身上都還擔負職責，不可能陪著曹朋一同上路。

「阿福，到了雒陽若有什麼事情，就派人告訴一聲。」

曹朋說：「到雒陽以後，說不得會有什麼事情。你們回去，記得到我府上，讓甘寧和郝昭帶三百黑毦過來……對了，記得讓闞先生一同過來，說不定我會需要他們的輔助。」

「這個容易！」

曹真當下答應，而後四人互道珍重，灑淚而別。

送走了曹真三人之後，曹朋調整了一下心情。他在馬上深吸一口氣，回身看了一眼身後眾人，道：

「在山裡窩了三個月，淡的出鳥來……走，咱們去雒陽，領教一下這雒陽的手段！」

曹朋一提韁繩，照夜白仰蹄長嘶，飛奔而走。夏侯蘭等人相視一眼，急忙催馬跟上。

「公子，等等我們！」步鸞和郭寰的嬌呼聲，在空中迴盪。

遠遠地，傳來曹朋那爽朗的笑聲……

章十三 出招

一場瓢潑大雨，驟然到來。

持續了近三個半月的旱情，隨著一場大雨，一下子緩解了很多。眼見立秋將至，這一場雨來得格外及時。燥熱的空氣頓時變得涼爽許多，雒水滾滾，咆哮著奔流，向大河流淌去。

清晨，雨停了。薄薄輕霧飄浮於空中，恍然若仙境。

曹朋催馬上了堤岸，看著滾滾東流的雒水，思緒此起彼伏。

三個月前，他曾站在這裡，當時的雒陽北部尉還是朱贊；而今，他又站在這裡，可是朱贊卻已魂歸故里，他將成為新一任的雒陽北部尉。

不需要任何人提醒，曹朋也清楚這雒陽北部尉的意義所在。別看只是個真三百石俸祿的芝麻官，若放在後世，那就等同於後世帝都的分局局長，至少也是個處級幹部……曹朋心中不禁生出奇怪感受，臉上閃過一抹玩味的笑容。

「公子，雒陽城門已開，我們該進城了！」夏侯蘭催馬到堤岸下，恭聲提醒。

曹朋深吸一口氣，撥轉馬頭衝下堤岸，「走，咱們進城！」

清晨的雒陽，經過雨水的洗刷之後，顯得格外潔淨。

一大早，幾十輛汲水車正在城門內列隊，等待出城，往西山汲水。這也是那些權貴富豪們所享受的一種特權。雖然家中有井水，但這些富豪權貴們卻大都不會飲用家中井水，而是每天命家人出城，自山中取泉水飲用。西山，也就是後世的雒陽龍門山。山中泉眼參差錯落，但大都是有主之物。吃大河魚，引西山水，是雒陽人的一種時尚，也是一種風雅……

「前方何人？住馬。」

當曹朋一行人抵達雒陽北門的時候，門卒上前阻攔。

夏侯蘭催馬上前，「新任雒陽北部尉前來就任，還不立刻讓路！」

「新任雒陽北部尉？」門卒一怔，連忙回稟門伯。

不多時，只見一個老軍匆匆上前，隨著夏侯蘭來到曹朋馬前。

「雒陽進出，怎如此森嚴？」

「回北部大人，此新任雒陽令的法度，雒陽四城二十座城門，每城只開放兩門，並加強盤查，以避免宵小進出。」

「陳雒陽已經到了？」

「回北部大人，新任雒陽令，已經在三天前抵達。」

看起來，陳群壓力不小啊，否則也不至於一過來，就搞出這麼大的動靜。

曹朋沉聲道：「如此，速速讓開通路，我還需拜會新任雒陽令，不可在此久留。」

「喏！」

老軍連忙應命，回到城門下，催促門卒把城門後的汲水車趕走，讓出一條通路。哪知道，這軍令一出，那些汲水的車夫立刻炸了窩。

「憑什麼讓我們讓路？」

「對啊，明明是我們先來，為何讓我們等候？」

「雒陽北部尉又如何？總要有個先來後到不是……如果耽擱了時辰，我家老爺怪罪下來，你們吃受不起。」

上一次來雒陽，曹朋並沒有感受到這許多的麻煩，沒想到這一次過來，還沒等進城，就遇到這樣的事情。

雒陽的這些大豪們似乎也太張狂了。一群汲水的下人，竟然敢和朝廷命官進行對峙？

曹朋的臉一下子沉下來，冷聲道：「子幽，休要理睬這些人，給我衝過去。」

夏侯蘭二話不說，率領飛眊就衝進了城門中。只見他取出丈二龍鱗，上下翻飛，把一干汲水的下人打得抱頭鼠竄。好在，曹朋也知道輕重，故而夏侯蘭沒有傷人命，只是把人趕走。

片刻工夫，道路已經清空出來。曹朋領著步鸞和郭寰，催馬入城。

「老軍。」

「在。」門伯被這曹朋這突如其來的發作，也嚇得不輕，連忙上前。

「這城門出入，是如何管理？」

「回大人，城門車馬出入，需登記在冊。」

「也是陳雒陽之法令？」

「正是。」

曹朋不再詢問，看了看城門口排列的長長車隊，不禁眉頭緊蹙。不過他並沒有說什麼，只帶著人揚長而去。

看著曹朋一行人的背影，那老軍忽然笑了……

「門伯，何故發笑？」

「這位新任北部大人，看起來和前面幾位北部不一樣。」

一干門卒，不由得愕然。

曹朋入城之後，催馬沿著濕漉漉的長街，往雒陽令官署行去。

雒陽令官署，同設立在雒陽北裡，和北部尉官署只隔了兩條街。相比之下，雒陽北里，臨近北宮，其中建春門直通閶闔門的午門大街，就在北里治下。

按道理說，他已經拿到了北部尉印綬，大可以直接先到北部尉官署，可曹朋還是決定先拜訪陳群。這是官場的基本禮節，曹朋必須要遵守，否則，即便他和陳群熟悉，說不得也會產生隔閡。

一行人在雒陽令官署門前停下，只見官署大門緊閉。夏侯蘭下馬，跳上門階，叩響門扉。

不一會兒，從裡面行出一個役隸，「何故叩門？」

「請通稟陳雒陽，只說新任雒陽曹北部前來求見。」

「曹北部？」役隸向門階下看去，頓時露出笑臉，「我家老爺吩咐，若曹北部到來，就請先至花廳休息。」

曹朋下馬，把韁繩丟給了一名飛眊，帶著郭寰和步鸞，邁步登上門階。

在役隸的引領下，穿過前堂，來到後院花廳之中。早有人通稟了陳群，曹朋在花廳坐不多時，就聽到廳外一陣腳步聲匆匆。陳群帶著疲憊之色走進花廳，一見曹朋，二話不說就上前抱住了曹朋。曹朋現在也有一百七十三公分左右的身高，不過比起陳群，似乎還是低了一個頭……

「阿福，你總算是來了。」

陳群這出人意料的熱情，讓曹朋心裡大呼消受不起。

出招

「大兄，你這是怎麼了？」

陳群長出一口氣，「你這一來，我總算是能輕鬆一些。」

曹朋一臉茫然。

陳群這時候也恢復了曹朋所熟悉的那份清雅姿態，肅手讓座。他看了看站在曹朋身後的兩個小婢女，指著曹朋笑道：「我就知道，這世上若說最會享受的，莫過於你曹友學。呵呵，即便是到孔明先生門下求學，也要帶著如花似玉的美嬌娘啊。」

步鸞和郭寰臉一紅，垂下頭來。

曹朋哭笑不得，「大兄，你休要取消我。我長途跋涉，冒著大雨而來，你卻……喏，你要是沒什麼事情，那我可先回北部尉官署了。」

「誰說沒事！我等你三天了，你才過來，怎可能沒有事？」陳群立刻叫嚷，目光卻在不經意間掃了郭寰和步鸞一下。

曹朋立刻明白了他的意思，扭頭道：「小鸞、小寰，妳們先出去一下，我和大兄有事情要說。」

「是！」

兩個小侍婢也知道這個時候，她們不適合待在這裡，於是退出了花廳。

待郭寰和步鸞退出，陳群神情一肅，起身搭手，向曹朋一揖，「阿福，我要先向你道歉。」

「大兄，你這唱的是哪一齣？」

陳群說：「我知你如今正在求學。能拜在孔明先生門下，也是千載難逢的好機會，可是我卻向司空請求，讓你前來幫忙。擾了你的課業，實乃大罪過。為兄也是不得已……而為之。」

「大兄，你這是什麼話！」曹朋臉色一沉，「食君俸祿，為君分憂，此天經地義。再說了，就算你不找我，我四哥這麼離奇的死去，我也一定會出來查個水落石出……不過，是你推薦我？我怎聽說是郭祭酒？」

陳群笑道：「奉孝也中意你出任北部尉。所以我向司空提出之後，奉孝立刻表示贊成。」

「為什麼是我？」

陳群走過來，在曹朋旁邊坐下。

「別人不知你的本事，我卻知道。當初你在海西，剝繭抽絲，查出了海西謎案，我就清楚了你的本事。說心裡話，曹公讓我來接掌雒陽令，我實有些忐忑。朱公佐走的蹊蹺，而且這雒陽城中似藏著一個天大秘密。我在司空府中查閱案牘的時候，就感覺到公佐之死，絕非是什麼私怨仇殺，恐怕另有隱情。雖然文若他們推薦我，可我所長不在於此，需有人協助，於是就想到了你。」

「你也認為，我四哥走的蹊蹺？」

陳群點點頭，「非常蹊蹺。」

「怎麼說？」

「我來雒陽三天，幾乎什麼事情都沒有做，除了下令戒嚴城門之外，大部分時間就是在查閱案牘。朱公佐死前，曾封鎖雒水河道，說是查找什麼屍體。這件事，與你有關？」

曹朋一激靈，打了個寒顫，點了點頭。他把那天夜裡發生的事情，又重複了一遍。說來也奇怪，時隔三個半月，當晚發生的案情似乎更加清晰。

曹朋說得非常詳盡，陳群聽得也格外仔細。待曹朋說罷，他低頭不語，沉思良久後說道：「阿福，你說的這件事情，的確有些古怪……朱公佐故去前，將縣衙所有的案牘都調了過去，也不知道他究竟在查找什麼。我覺得，這其中是不是有什麼關聯？」

「不好說！」曹朋想了想，「我現在還不清楚具體情況是怎樣，所以也不好下結論。」

「阿福，這次你可一定要幫我。」陳群嘆了口氣，拍了拍曹朋的肩膀，「我來到雒陽之後，便覺察

章十三 出招

到這雒陽城裡極為複雜，各方勢力盤根錯節，讓我也有些不知道該如何下手……」

就在這時，忽聽門外一陣喧譁聲。陳群不由得眉頭一蹙，清秀的面頰浮起一抹怒氣。他長身而起，大步走出花廳，厲聲喝道：「何人在此喧譁？」

一個老管家神色慌張，快步走上前來：「老爺，大事不好！」

「什麼事？」

「北部尉……北部尉官署走水了！」

「啊？」陳群聽聞後，不由得嚇了一跳，「你再說一遍？」

「北部尉衙門走水了……」

陳群面頰一抽搐，轉過身來。

曹朋在裡面聽得非常真切，眼睛不由得瞇成了一條縫。他走到陳群身邊，扯了一下陳群的衣袖。

「大兄，咱們過去看看。」

「好！」

陳群立刻命人備馬，曹朋帶著郭寰和步鸞走出雒陽令府衙大門。站在門階上，就見遠處濃煙滾滾，隱隱傳來一陣陣呼喝聲。

夏侯蘭上前，剛要開口，卻被曹朋擺手制止，「子幽，看起來有人想要我好看啊。」

「公子，咱們怎麼辦？」

「不用著急，先過去查看一下狀況。」

說罷，曹朋翻身上馬，陳群這時候也騎著馬過來。兩人誰也沒有吭聲，只是點點頭，撥馬就往北部尉衙門行去，一邊走，陳群還問道：「阿福，誰竟如此大膽？」

「誰這麼大膽我不知道，不過我知道，一定是有人坐不住了。」

「哦？」

「早不燒，晚不燒……」曹朋冷笑一聲，「偏偏我前腳進城，後腳這北部尉衙門就走了水，未免太過巧合。不過，這也正說明，有些人心裡發虛了，否則也不會用這種蹩腳的手段，給我下馬威。」

「你不生氣？」

曹朋沒有回答，神色顯得格外平靜。

北部尉衙門的前堂，濃煙滾滾。衙堂的役隸們奔走呼喊，提著水桶救火。當陳群和曹朋抵達衙堂外的時候，火勢基本上已經被控制住。

「是庫房走水，估計是有人不小心所致。」一名役隸過來稟報，陳群不由得勃然大怒。

「只有庫房走水嗎？」

「是。」

曹朋點點頭，下馬上了門階。當他站在北部尉衙堂大門口的時候，突然間生出了無盡的感慨。三個半月以前，自己和朱贊一同走進北部尉衙堂，有說有笑，當時朱贊的妻兒出來迎接，自己還逗弄了那嬰兒片刻。哪知道，才三個半月，雒陽北部尉衙堂已經是物是人非了……

「大兄，我四嫂和我那姪兒，如今在何處？」

「公佐妻兒已返回許都，如今就住在子丹府中……」

「也好，至少不會驚嚇到我那嫂嫂和姪兒。否則的話，我心裡會更加愧疚。」曹朋輕聲說著，人已來到了庫房前。

庫房仍冒著濃煙，空氣中瀰漫著嗆人的味道。偌大的庫房，並沒有完全被焚毀，只有小部分被燒得

第十三章 出招

黝黑。曹朋蹙眉，捂著鼻子走過去，在一片狼籍中徘徊片刻，臉色也變得越發森冷。

當著外人的面，陳群還是會依照禮制來稱呼曹朋。

「曹北部，如何？」

曹朋冷笑道：「這不是走水，而是有人刻意放火……來人，立刻清查庫房損失，儘快呈報於我。」

說完，他走到陳群身邊，沉吟不語。

「你打算怎麼辦？」陳群也是一臉凝重之色。

呼出一口濁氣，曹朋輕聲道：「既然人家已經出招了，我焉能沒有表示？」

雖然曹朋竭力掩飾，可陳群依舊能夠感受到他內心中的火氣。

好一個下馬威，好一把大火！這些人難道就不怕暴露？抑或者是背後有所依持，故意挑釁？

陳群也說不出所以然！不過他知道，這雒陽的局勢很微妙。

世家豪門，權貴望族……保皇的，袁紹的，甚至包括為自己謀劃的，盤根錯節在一起，令人難以分辨。當年董卓一把大火，不僅僅是焚毀了雒陽這座古都，更焚盡了人們的忠誠。

禮義廉恥似乎無人在意，所有人追求的，是自家的利益。

小小雒陽城，天下一局棋！

陳群在心中感慨，同時也生出了無盡好奇：曹朋，會如何應對？

不只是陳群好奇，許多人都在好奇的關注。

北部尉府庫的一把大火，與其說是給曹朋下馬威，倒不如說，是要試探一下曹朋的底線。

他們想要查看一下，這位新任的雒陽北部尉，究竟是怎樣一種性格。是強硬，還是軟弱？是如同前任北部尉朱贊一樣的謹慎小心，還是如同早年曹操那般強橫？不同的反應，雒陽人會給予不同的對策。

總之，這一把火的意義，非同小可……

但出乎所有人的意料，曹朋並沒有做出什麼激烈的反應，也沒有任何舉措。就好像什麼都沒有發生一樣，在上任的第一天，曹朋下令修繕北部尉前堂院牆，並命人清點府庫的損失。除此之外，再也沒有動靜。

曹朋，不接招！

這也讓許多人感到疑惑。要知道，曹朋這個北部尉的意義非同尋常，其背後代表著曹操的利益。他竟然沒有任何作為，甚至連陳群也無法猜透曹朋的心思。

曹朋，究竟有什麼打算？

「打算？」

清晨，曹朋懷中抱月，做出虎抱之姿，後背微微弓起，整個人就如同一張滿弓似的，口中突然發出一口暴喝，呼的一下子撲出，如同餓虎撲食，身體匍匐在地上，盡量的拉伸筋膜。當筋膜拉伸到極致的時候，雙手撐地，彈起身子，向後一頓，全身的骨節錯動，發出一連串空爆聲息。

站在一旁觀看的夏侯蘭，不由得向後退了一大步。

就在曹朋起身的一剎那，他感受到了一種淡淡的殺氣。那殺氣之中，似有糅合猛虎氣勢，令夏侯蘭心中一顫。在陸渾山的時候，夏侯蘭已突破了平靜，進入洗髓階段。只是和曹朋之前的情況一樣，進入洗髓之後，他似乎失去了修行的方向，也不知道該如何繼續練下去。

而今，見曹朋虎勢初成，夏侯蘭也有些羨慕。

想當初，童淵把所有的心思都放在了趙雲身上，對夏侯蘭並沒有給予太多的關注。有些功法，趙雲可以教給夏侯蘭，可還有一些功法，如果沒有童淵點頭，趙雲也不敢輕易傳授。

曹朋收功，從步鸞手中接過布巾，擦了擦額頭上的汗水。舒展了一下身子骨，他對夏侯蘭說道：「子幽，你帶李先和大牙出去走走，看看能不能和史阿聯繫上，向他打聽一些消息……不過，我估計史阿現在未必會在雒陽，否則他昨天就會登門。如果找不到史阿，也不用著急，去街市上轉轉，多聽少說，也許能有意外的收穫。」

「喏！」

「小鸞，妳一會兒讓小寰把府衙役隸的名冊取來，我要看一下。還有，去找兩個匠人來，我有些東西需要他們打製。今天不論什麼人拜訪，我一律不見客。」

「是。」

曹朋吩咐罷，喝了一口水，然後又來到練功場上，抄起一張三石左右的強弓。只見他氣定神閒，弓開滿月……

夏侯蘭見曹朋沒有其他吩咐，便轉身離去。

步鸞站在場邊，靜靜的看著曹朋的背影，那張秀美的粉靨驀地紅撲撲，格外誘人。

練完功，已經是辰時，曹朋休息了一下後，便回到書房。郭寰已經把書房整理完畢，各種案牘分門別類的擺放好，曹朋所要求的名冊也已經攤在條案之上。她在書房外聽候招呼，一邊做著女紅。眼看就要立秋了，天氣轉涼，少不得要更換衣服，而曹朋此次來得匆忙，並沒有帶太多換洗的衣服。郭寰手巧，於是便生起了女紅的心思，一針一線，態度很認真。

整個晌午，北部尉官衙顯得格外寧靜。

正午時，夏侯蘭回來了。

「公子，你猜的不錯，史阿果不在雒陽。」

「哦？」

「昨天晌午，史阿就走了……據他的弟子苗旭說，是許都二世子臨時召喚，所以走得匆忙。」

「二世子召喚？」曹朋冷笑一聲，「二世子召喚的，可真及時啊。」

曹丕不可能在這個時候輕易召喚史阿。因為曹朋知道，曹操正在籌謀應戰袁紹。入六月之後，隨著豫州旱情緩解，曹操便開始著手部署與袁紹的交鋒。據陳群介紹，曹操已下令臧霸攻入青州，占領齊郡、北海等地，已鞏固曹軍右翼，放著袁紹外甥高幹，自東面出兵夾擊。

于禁繼續屯軍黃河南岸，張遼則屯兵野王，一方面可以監視袁紹軍自並州南下的動向，另一方面也可以對冀州形成有力的牽制。而後曹操命夏侯惇駐守方山，又命滿寵出兵佯攻穰縣，增加對荊州所部的威懾。同時下令曹仁、曹洪做好出擊準備，意欲出兵攻打汝南劉備。而徐晃接掌白馬，與夏侯淵遙相呼應。

按照這個局勢發展，曹朋隱隱約約能猜出接下來可能發生的變化。

官渡之戰，一定是官渡之戰！

記憶裡，曹操平定了呂布之後，官渡之戰隨即發生。具體的時間，曹朋記不清楚，但是根據現在這個情況可以推斷，官渡之戰已經是迫在眉睫。

身為曹操次子，曹昂死後，曹丕已成為曹操培養的重點。這時候招呼史阿過去，難道說是要史阿做保鏢嗎？曹朋見過曹丕，曹丕年紀雖小，但是卻很有心計，所以曹丕絕不可能在這個時候召見史阿。那麼史阿離開，也就變得頗為有趣。

「算了，既然他走了，那隨他去。」曹朋漫步於庭院中，對夏侯蘭道：「史阿那個徒弟……叫什麼來著？」

「苗旭。」

「嗯，苗旭可說了其他事情？」

三十章
出招

夏侯蘭想了想，「苗旭說，自公子走後，雒陽倒是沒什麼大事發生。對了，那個祝道和赤忠倒是鬥了好幾次劍，引發了幾次不大不小的衝突。除此之外，也沒聽說出現什麼異常……」

祝道？赤忠？

「他們因何鬥劍？」

「呵呵，據說是祝道跑去菊花庵找那岳庵主的麻煩，赤忠為岳庵主出頭，所以就發生爭執。」

菊花庵？

曹朋腦海中，頓時浮現出那位風姿綽約，卻又風騷入骨的比丘尼來。不過，他旋即便把這位比丘拋諸於腦後，在一塊方石上坐下，沉思不語。

史阿在這個時候離開雒陽，說明他或多或少知道一些內幕。依著史阿之前的表現，他應該會主動和我聯繫才對，而突然離開，說明史阿心存顧忌。能令史阿心存顧忌的人，想來不簡單。

會是什麼人？

雒陽豪族？呸，雒陽豪族都快死絕了！

那就是盤踞在雒陽城中的門閥力量？好像也不太可能……陳群出任雒陽令，其實也是曹操與高門大閥之間的一次交換。換句話說，雒陽的高門大閥不太可能找我的麻煩，因為這樣做，就等同於是不給陳群面子……

不管怎麼說，陳群出身潁川陳氏，其身分地位，也註定了他是高門大閥的代表。和陳群為難，豈不是和自己為難嗎？

曹朋輕輕搖頭，把這個念頭掩去。

不是雒陽豪族，也不是高門大閥！那麼還有什麼力量，能讓史阿畏懼？

曹朋發現，這件事情並不是他想像的那麼簡單。在雒陽城內，似隱藏著一隻無形的大手，在暗中操控一切。如此神秘而巨大的力量，著實讓曹朋為之心悸！試想，這些人敢毒殺朱贊，可以縱火北部尉府衙，膽子是何等之大？

還有一個疑問，這些人，為什麼要毒殺朱贊！

曹朋有一種直覺，縱火之人和毒殺朱贊的人，有著極為密切的聯繫，甚至可能是同一夥人。

「對了，府庫損失清點出來沒有？」

郭寰連忙上前，輕聲道：「已經清點出來了。」

「有何損失？」

「倒也沒什麼損失，據差役說，著火的那間房子堆放的都是雜物，也沒什麼重要的物品。」

「是嗎？」曹朋呆坐著，目光直勾勾的看著正前方的一排房舍。忽然，他站起身，往房舍走去。

夏侯蘭與郭寰愣了一下，連忙跟上前。

這排房舍，也是北部尉後堂的主建築，正中間是一座花廳，兩邊各有兩間廂房……

這裡，曾經是朱贊的居所。

由於曹朋來得匆忙，這一排房舍還沒有來得及整理清掃，所以昨日曹朋便住在了上次做客雒陽時居住的跨院當中。當他推開花廳大門，只覺這廳堂上瀰漫著一股令人心悸的氣息。

也難怪，剛死過人，這廳堂裡難免會讓人產生恐懼感。

郭寰的小臉煞白，顯得很惶恐。夏侯蘭雖說膽子大，可是站在花廳裡仍覺得陰風陣陣，不免頭皮發麻。

「這裡是我四哥辦公之地！」

曹朋恍若未覺，站在花廳正中間，環視四周。條案倒在地面上，書卷案牘散亂一地。地上還隱隱有暗黑色的血跡，更增添幾分恐怖之氣。

三十章 出招

「四哥，我是阿福，我來看你了！」曹朋突然大聲叫喊。

夏侯蘭激靈靈打了個寒顫，而郭寰更緊張的站在曹朋身後，小手緊緊抓住曹朋的衣袖。

「公子，你莫嚇我。」

「怕什麼！」曹朋深吸一口氣，對郭寰道：「難不成，我四哥還會害我性命……四哥，若你在天有靈，請保佑我早日抓到凶手，為你報仇雪恨。」

聲音，在空蕩蕩的花廳中迴盪：報仇雪恨，報仇雪恨……

曹朋輕揉面頰，蹲下來，拾起地上的案牘。

「對了，我四哥飲酒的酒壺酒杯，如今在何處？」

「朱四哥出事之後，他一應物品被前任雒陽令收走了，存放在縣衙庫房之中。」

「子幽，你立刻去縣衙，把原屬北部尉官衙的各種物品全都要過來，記得一定要保存好。」說罷，曹朋伸手揉了揉郭寰的腦袋，「打掃一下，我晚上要在這裡讀書。」

「在這裡讀書？」郭寰一哆嗦，駭然看著曹朋。

曹朋微微一笑，輕聲道：「若四哥有靈，說不定會給我一些提示呢。」

郭寰閉口不言。

當晚，曹朋就在花廳裡過夜。

兩支兒臂粗細的牛油大蠟點燃，把花廳照映的通通透透。條案上，案牘書冊被擺放的整整齊齊，一個青銅鏤花酒壺，一只鏤花銅爵，也放在上面。

曹朋端坐榻上，看著那酒壺和銅爵，沉吟不語。他閉上眼睛，腦海中閃過當晚的景象：朱贊一如往常，讓人冰了一壺酒，一邊飲酒，一邊批閱公文。忽然間，他站起來噴出一口鮮血，腳步踉蹌著，撞翻了條案，案牘書冊灑了一地……而後，朱贊倒在地上，朱夫人聽到叫喊聲，便衝進來，把朱贊抱在懷中呼喚……

睜開眼，曹朋拿起一卷案牘，掃了一眼，上面是朱夫人當時的口供。

朱贊在臨死前，曾對朱夫人說：「夫人，糊塗，糊塗……」

誰糊塗？朱夫人糊塗？還是朱贊自己糊塗？

朱贊留下這麼一句古怪的言語，究竟是什麼意思？

還有，他是被人毒殺，那麼凶手又是如何投毒？

根據朱夫人的口供，朱贊的生活並不寬裕，所以家中也沒有太多僕人，一個老管家、兩個廚娘，還是朱夫人從娘家帶來，所以很多事情都是由朱夫人自己打理。比如朱贊每天晚上喝的酒，也是朱夫人親自用井水冰過後，擺放在條案上……所以，凶手要投毒，大致上會有幾個可能：其一，這酒買來的時候，便被投毒；其二，酒水在冰鎮的時候，被人投毒；其三，是朱夫人親自動手，投注進毒藥。

朱夫人嗎？

應該不太可能！曹朋見過朱夫人，能感覺得出朱贊夫婦的恩愛，情真意切。

難道是酒鋪裡投毒？

朱贊每天飲用的酒水，都是從銅駝街一家酒肆裡買來，而且是極為普通的酒。根據供詞，每天晡時，由朱夫人帶來的老管家在那家酒鋪裡買酒……莫非，是酒肆老闆下毒？

也不太可能。因為老管家說：到酒肆後，酒肆夥計從一個酒缸中汲酒。酒缸裡的酒，是對所有顧客開放，如果是酒肆投毒，那不曉得要死多少人。

至於冰酒的工作，也是朱夫人所為，所以曹朋也不再考慮。

所有的可能全都否定，那麼凶手，究竟是如何投毒？

出招

曹朋放下卷宗，陷入久久沉思……

轉眼間，三天過去。時已入立秋，可秋老虎仍在肆虐。

陳群坐在花園中看書，但卻顯得心神不定。老家人陳倢不禁有些擔憂，靜靜的看著陳群，卻不知道該如何是好。陳倢是陳家三代家臣，從陳群的祖父那一輩起，便為陳家效力，先後侍奉過陳寔、陳紀，陳群更是他看著長大的，所以見陳群這般模樣，也不免感到有些擔心。

在陳倢的印象裡，陳群性清雅，很少有不當的表現。

世家子弟從出生後，就必須要學習禮儀。喜怒不形於色？那是必須的！最重要的是，在舉手投足間要有風範……陳群此時的表現，明顯不合世家子弟的風範，也說明他心中的焦慮。

可問題是，陳倢不知道該如何勸慰陳群。

「請夫人來。」陳倢終於想出了一個好主意，吩咐下人。

陳群早在三年前便成親，女方是潁川荀氏之女，也就是荀氏八龍之一荀敷的女兒。荀敷，是八龍之中年紀最小的一個，也是荀彧的叔父。所以從某種程度上，陳群和荀彧也算親戚。

這也符合世家大族的婚姻狀況。

相互聯姻，盤根錯節，哪怕陳氏家族在這幾年有些衰弱，可瘦死的駱駝比馬大，其根基猶在。

陳群和荀氏女的感情非常好，可算得上舉案齊眉。平日裡，若有心事，陳群一定會和荀氏女商議，雖然荀氏女不見得能給出什麼主意，但也能使陳群心境平和。這種時候，正需要荀氏女出面勸解，說不定能讓陳群平復焦慮的心情。

陳群閉上眼睛，手指急促的敲擊欄杆。身後，忽傳來腳步聲，他眉頭一蹙，回身看去，只見一個端莊溫婉的女子來到他的身邊。

「夫人，妳怎麼來了？」

那女子，正是荀氏女。

「夫君似有心事？」

「呃……」陳群下意識回頭，就見遠處陳偍肅手而立。

他輕輕嘆了口氣，拉著荀氏女的柔荑坐下來，「我在疑惑，曹友學就任已第四天，卻至今未有動作。此前，他府庫被燒，曾信誓旦旦會給人好看，可是到現在一點動靜都沒有，我不免有些著急。曹友學究竟如何考慮？他又準備如何做？抑或者，他一直不聞不問嗎？」

荀氏女不禁默然。她不止一次聽陳群提起過那位『曹八百』，但說實話，她對曹朋並無半點瞭解，只知道堂兄對那少年頗有些重視，曾稱讚曹朋將來必能成大器。而陳群和曹朋的關係也不錯，在下邳時，兩人便有往來。據說下邳城破時，還是曹朋救下了陳群，可算得上過命交情。此次陳群來雒陽赴任，專門點了曹朋的名字，而曹朋毫無作為，陳群心急也在常理之中。

「夫君當初為何舉薦曹北部？」

「這個……我也說不上來，只是當年在海西時，他曾破過一樁大案。外人大都以為那樁案子是他姐夫偵破，可我是親眼見到他如何剝繭抽絲，找到其中真相。加之他身手好，於我又有救命之恩，所以此次前來，我第一個就想到了他。」

「既然如此，夫君可信他？」

陳群愣了一下，「夫人所言之『信』，是何意義？」

荀氏女微微一笑，輕聲道：「妾身之意，夫君既然相信他，又何必焦慮？你舉薦他，就要信他的才能。他蟄伏不動，必然有其緣由，待時機到來，自然有所行動。如果夫君還是不放心，那索性就去問問他。你坐在這裡焦躁不安，也沒什麼意思。你不問他，他豈能告之？」

章十三
出招

陳群心裡一動，突然撫掌笑道：「夫人所言極是，我想不明白，索性找他就是。」說罷，他站起來，「陳偍，備上車馬，去銅駝街。」

雒陽北部尉府衙，就座落在銅駝街上。

曹朋正在花廳中翻看案牘，試圖從其中尋找線索。在他面前，有一張麻紙，上面用炭筆寫了密密麻麻的字，還鉤鉤畫畫的，看上去頗有些凌亂。

聽聞陳群來訪，曹朋連忙把他迎進來。

「大兄，你怎麼來了？」

陳群笑道：「今日風和日麗，也正是菊花綻放之時。我聽說，北邙山下有一個好去處，也是賞菊的最佳場所。閒來無事，索性來請賢弟一同前往。」

北邙山，賞菊？

曹朋一怔，脫口道：「大兄說的，可是那菊花庵？」

「咦，賢弟也知道？」

曹朋點點頭，「上次經過雒陽時，曾與那菊花庵庵主有過一面之緣。」

「哦？」陳群精神一振，呼的坐直了身子，「菊花庵住菊花仙……嘿嘿，我來雒陽時，便聽人傳唱，說那菊花仙人頗有姿色，而且非常動人。更有不知名者為她賦詩，詩中對她可是極為誇讚。其詩平和，用詞也不甚華美，卻蘊意深刻。我愛其詩詞蘊意，故用心記下：菊花塢裡菊花庵，菊花庵住菊花仙。菊花仙人種菊枝，又獻菊花當酒錢……」

陳群背誦著那首《菊花庵歌》，忽然發現曹朋的表情顯得有些詭異。他停下來，看著曹朋，半晌不語。

「好吧，這首詩正出自於我。」曹朋忍不住笑了。

這首詩，原本是他惡搞所為，不成想竟被人傳唱。只希望伯虎兄將來不要責備自己，再設法寫出一首更好的詩詞吧。

陳群手指曹朋，大笑道：「我就說，這首詩的用詞頗讓我感到熟悉。我所認識的人裡面，似乎唯有你好以這等平和詞句，暗藏蘊意……對了，那菊花仙果真美豔？你們是不是……」

「沒有！」曹朋立刻矢口否認。

「那咱們走吧。」

「現在就去？」

「怎麼，難不成還要通知一下那位菊花仙人嗎？」

看起來，陳群已經認定了曹朋和那位菊花庵庵主，有不清不楚的關係。

想想也是，如果沒有關聯，曹朋又怎可能為一比丘賦詩？關鍵是，那比丘在雒陽頗有豔名，而曹朋年少風流，又有才華，所以他二人即便是有不清不楚的關係，也似乎在情理之中。

估計，不只是陳群這麼想，許多不明真相的人都會這麼認為吧……

曹朋覺得自己有必要寫封信給黃月英，把情況與黃月英解釋一下，否則很容易鬧出誤會。

說實話，曹朋不是太想去菊花庵，一方面是因為他想翻閱案牘，查找線索；另一方面，則是因為比丘尼媚態撩人，美豔不可方物，特別是岳關那種撩人風情，令曹朋印象深刻。自己也不是柳下惠，萬一……豈不是對不起月英？

可陳群既然開口了，曹朋也不好拒絕。但其實內心裡，未嘗沒有一點期盼，想要再見一見那位『菊花仙』的心思。當然了，這點心思當中並不是欲望所致，更多的還是當初那首惡搞詩，讓他多少有些愧疚。因為在曹朋前世的時代裡，『菊花』可是別有內涵！

章十三
出招

「既然大兄盛意相邀，小弟卻之不恭。」

於是曹朋換了一身白裳，但後來想了想，又脫下來，轉而一身青衫。

按照規矩，秋季著白衣，是一種習俗。比如陳群，就是一身白色博領大衫，行走間衣袂飄飛，頗有仙人之氣。可曹朋卻換了一身青色大裳，透出端莊之氣。這兩年來，他身體越發強壯，所以配上青裳，更顯英武。

兩人行出官衙，曹朋登上了陳群的馬車，緩緩向城外行去。

「大兄，你是不是有話要說？」

「嗯？」

「你莫要瞞我，我能感覺得出來，你有事情要問我。」

在馬車上，曹朋突然開口。陳群一怔，旋即苦笑。

「你這傢伙，確是厲害。」

陳群想了想，問道：「你來也有三、四天了，到底有什麼打算？」

「打算？」

「是啊，你不是說，要給人顏色？」

曹朋沉默了！

透過車簾，他看了一眼車外。

陳群立刻明白過來，輕聲道：「子方是我心腹，你大可放心。」

子方，名叫陳矩，是一名馭手，此時正在為陳群趕車。他是陳偍的曾孫，比陳群小一輩，但年紀卻和陳群差不多大，今年二十四、五的樣子。

既然陳群開口，那就說明這個陳矩無須迴避。

曹朋嘆了一口氣，「北衙的人，我信不過。」

「啊？」

「那些役隸，我不太相信。遠的不說，就拿庫房著火這件事而言，我認為是內賊所為。當時北衙都在當值，那麼多人卻沒有看到引火的賊子。幾乎所有人都認為，是偶然走水……可明眼人就能看出，是故意為之。如今北衙這些役隸巡兵，我一個都不信，包括在內宅的廚娘、伙夫……我也全都信不過。這幾天，我的飲食全部是由小鸞一手負責，任何人都不得插手其中。大兄，你想想看，這整個北衙都不得我信任，我又能如何作為？」

陳群聽聞，臉色驟變。

由北衙，他聯想到了自家的縣衙。到任以來，他並沒有大肆更換役隸，許多役隸都是前任留下，那麼這些役隸，是否值得信任？

慶幸的是，陳群來到雒陽後，內宅的雜役和下人全都被換走。倒不是陳群小心謹慎，而是因為他本身就帶著家臣奴僕。潁川荀氏，潁川陳氏，哪個不是名門望族？家裡面豈能缺少家奴！陳群就任雒陽令，也是一個不小的官職，陳家人也不可能怠慢了陳長文，更不要說荀氏女的家境尤甚於陳家。

曹朋見陳群沉思，於是勸慰道：「子曰：欲善其工，必先利其器。大兄，你我這次來雒陽，都背負有重任，所以行事更須小心。雒陽不是海西，哪裡沒有規矩，我就是規矩；可是在雒陽，一切都有規矩，你我想要改變這狀況，就必須先學會瞭解。」

「庫房火事，是一次試探。有些人想要弄清楚，我究竟會如何施為。我越是不著急，他們就越是著急；我越是不動手，他們就越多猜忌。如今敵暗我明，所以急切不得。不過大兄倒是可以藉此機會，小小的整頓一下雒陽。比如此前大兄在城門加強盤查，效率太慢，我有一個辦法可以令效率增快。大兄你可設立號牌制，進出雒陽，發放號牌；若無號牌，則許進不許出……如此一來，雒陽局勢，你大可以了然於心間……」

「號牌制？」陳群不禁陷入沉思。

「這只是一個設想，但具體的，我尚未有規劃。同時，大兄可整頓集市。雒陽集市如今有些混亂，但畢竟是一群商賈，其能量即便是有，又有多大？大兄先整頓集市，平穩雒陽民生。而那些人的注意力則集中在我身上，大兄可放手施為，而不會有太大阻礙。一俟民生平穩，則雒陽百姓歸心，那時候大兄就可以把整個雒陽掌控手中……」

「大兄你現在是雒陽令，所要考慮的是雒陽穩定，而非是關注於瑣事。」

陳群有一種豁然開朗的感覺。他到雒陽也有一週，說起來他的注意力，一直都集中在朱贊之死的案子上，以及後來庫房火事上面。對民生，他反而沒有留意。卻不知，以自己的背景，欲整頓民生，並不是太困難。雒陽大賈的背後，多有世家豪門支持，自己本身就是世家子弟，自然不會受到阻撓……

「賢弟一席話，為兄茅塞頓開。」陳群不由得笑道，輕輕拍了拍曹朋的肩膀，「看起來，當初我舉薦賢弟，並沒有選錯人。」

不知不覺，車馬已到了城門口。

一隊車仗和陳群的馬車錯肩而過，曹朋無意中掃了一眼，彷彿看到了一個熟悉的人影。他不由得一怔，連忙喊住馬車，走出來觀望。卻見那車隊沿著大街緩緩遠去，剛才那熟悉的人影，早不見了蹤影。

「賢弟，怎麼了？」陳群探出頭來，好奇的問道。

曹朋搖搖頭，「沒什麼……對了，剛才那車仗，是從何處來？」

陳群自然也不知曉，不過沒關係，他立刻讓陳矩下車，跑到城門口，詢問當值的門伯。

片刻後，陳矩回來，「公子，剛才那車仗，是中山大豪蘇家的商隊。據門伯說，蘇家每年這個季節，都會帶大批的皮毛前來雒陽販賣，在雒陽城內也設有商鋪。」

中山蘇家？沒聽說過……

曹朋搔搔頭，暗道一聲不可能。那個人又怎會和中山蘇家有聯繫？而且還混跡在商隊之中？可能看錯人了吧！

曹朋想到這裡，登上了馬車。

陳群也沒有再詢問，只下令陳矩趕車。就這樣，一行車馬駛出了雒陽城，朝著北邙而走。

章十四

願為公子朝

北邙，又名郟山。東西延綿三百餘里，猶如長龍般，橫臥雒陽城北，是雒陽北面的天然屏障。山巒起伏，風光綺麗。

相傳，道教始祖老子曾在此山煉丹，故而在後世，成為道教聖地。

菊花庵就座落在北邙山腳下的一處峪谷之中。谷中生長有野菊花，立秋之後，紛紛綻放，五彩繽紛，滿山絢爛，成為雒陽一處景致。立秋過後，來此遊玩者絡繹不絕。在欣賞完菊花之後，人們會登高而眺。每到傍晚，暮色蒼茫，立於北邙山上，可見雲霞縹緲，令人恍若進入了仙境……

邙山晚眺，是後世雒陽八大景之一。

只不過曹朋前世並沒有來過此地，更未曾欣賞過這晚眺的美景。

周圍群巒起伏，山川格外秀美。遠眺雒陽城廓巍峨，只是在暮色中，隱隱透著一股衰敗。

和陳群並肩站在北邙山上，曹朋不由得心曠神怡。這裡沒有什麼人工雕琢的痕跡，也看不到滿天的纜車，一派自然風光。往山下看，野菊花正燦爛；往遠處看，雒陽城就在眼簾……

「夕陽無限好，只是近黃昏。」

他不由得發出一聲感慨，不成想卻被陳群聽得真切。

「阿福，何故如此感嘆？」

「呃，只是偶感而發，當不得什麼。」

「是嗎？」陳群不由得笑了，點點頭沒有再追問。

和曹朋爬了半天山，也欣賞了北邙的景致，陳群感覺到有些疲乏，於是便生出了歸家之意。

他今天找曹朋，說是賞菊，實則是想要弄清楚曹朋的打算。而曹朋已經把話挑明，陳群也就放下心來，他開始盤算著如何去整頓雒陽集市，平定民生。

雒陽的物價，在東漢年間一直高居不下。即便是歷經董卓遷都之變，破敗的雒陽，同樣是物價驚人。在許都，一升粗粟大約要一百三十餘錢；而在雒陽，同樣一升粗粟，價格就高達二百餘，近三百錢。這還是許都屯糧之後，曹操平抑糧價之後的結果。如果放在早先，一升粗粟一度超過了一貫錢，其物價之高，可見一斑。陳群現在所要做的，是盡力讓雒陽的糧價回落。

熹平年間，雒陽糧價不過百餘錢。陳群不指望能回落到熹平年間的水準，只要能穩定在二百錢左右，便能稱得上是非凡政績。

「阿福，我們回去吧。」

「也好。」曹朋也有心離開，於是便點頭應下。

「晚上，到你家用餐？」

「為什麼要到我家？」

陳群嘿嘿直笑，「如此好時節，焉能沒有美食？但若說美食，還是你家小鸞做的最好。」

「大兄，做人不能這般無恥。」

「賢弟，你來雒陽，我尚未為你接風，不如今天就在你家中補上，略表為兄這一番心意。」

章十四 願為公子朝

你為人接風，卻要去被接風之人的家中吃飯！

好在曹朋對陳群已習慣，所以笑罵兩句之後，也就答應下來。

此時，金烏西沉，暮雲四合。

山上涼風習習，可到了山下，頓時感覺如蒸籠般的悶熱。也不知是老天心情不好，抑或者別的原因，下得山後，天色陡然生變，但見滾滾烏雲從遠處撲來，眨眼間遮掩蒼穹，甚至從厚厚的雲層中，隱約傳來雷聲。

曹朋正要登車，忽聽遠處有人叫喊他的名字。他停下腳步，扭頭看過去，卻見一個相貌極其難看的老僧，和一個青年正施施然向他走來。

「果然是你，曹公子！」

「玄碩先生？」

曹朋一眼認出，來人一個是現任白馬寺卿（自封的，朝廷沒有備案）袁玄碩，另一個則是和那位太平道『人公將軍』同名的張梁。兩人來到曹朋跟前，一個稽首，一個拱手作揖。

「張公子、玄碩先生，你們怎在這裡？」

玄碩咧嘴一笑，臉上的傷疤迭起，令人不由得心生厭惡。

他回答道：「今日菊花仙設宴，我等豈能不來？她去年釀成的菊花釀，正值一年，可以啟封，所以我們受邀前來，一品岳庵主佳釀。剛才遠遠看到曹公子背影熟悉，故而貿然呼喚。」

說著話，玄碩掃了一眼陳群，一拱手，「陳縣令也在。」

他是白馬寺卿，不管這個『白馬寺卿』是否得到朝廷的認可，畢竟也在陳群治下。陳群到任的時候，玄碩也曾前去迎接，故而他一眼就認出了陳群，倒也不值得曹朋奇怪。

張梁也上前與陳群見禮，而後便站在一旁不說話。

「陳縣令、曹公子，看這天色，似有雷雨將臨，何不到庵中避雨，也好品嘗那菊花佳釀？」

「這個……」陳群猶豫一下，向曹朋看去。

曹朋抬頭看了看空中層層的烏雲，輕聲道：「玄碩先生說得倒也有理，既然如此，你我不妨先找地方避雨。等雨停了，咱們再回去，如何？」

「就依友學之意。」

其實，陳群心裡未嘗沒有想去領教一下菊花仙風采之意。不過他是雒陽令，一言一行都必須要有章法。

說好聽一點，叫做矜持；說難聽一些，就是裝逼。

玄碩不由得笑了，「今日有陳縣令和曹公子至，說不得是我等之幸。元安，我陪縣令和曹公子過去，你通知一下菊花仙，讓她好好拾掇一下，莫要怠慢了陳縣令和曹公子兩位貴客。」

張粱點頭，轉身離去。

陳群和曹朋，在袁玄碩的陪伴下，往菊花庵方向走。

「袁先生此前，在何處高就？」

「哪裡有什麼高就，不過是在長安城中做一小卒耳。當初王司徒設計殺死董卓，李傕、郭汜圍攻長安。在下也是怕死，所以便偷偷的離開。這臉上的傷，便是當時被城門大火所傷。本來，我還有心做些事業，可這面皮一傷，那心思也就薄了。正好我早年也曾修過佛法，故而來到雒陽後，便生了遁世之心，於是在白馬寺落腳。當時白馬寺也沒人，我便被推薦位白馬寺卿……對了，陳縣令還請費心，為我在朝廷早日造冊。」

「前任雒陽令，為何不造冊呢？」

「如何造冊？」玄碩嘆了口氣，「最初連朝廷都不知在何處，所以也沒人過問；陛下遷許都之後，

曹賊

章十四
願為公子朝

連年戰事，我曾幾次催促前任雒陽令，可一直都未得重視，於是就這麼拖延下來。之前，洞林寺僧人曾請造浮屠五百弟子像，只因為未得正名，以至於遲遲不得成事……」

說罷，玄碩又一聲嘆息。

浮屠是梵語，翻譯過來就是『佛』的意思。

佛教裡，有《佛五百弟子自說本起經》，早在永平年間，便傳入東漢。

只不過，永平求法時，竺法蘭和迦什摩騰翻譯了《四十二章經》等經文，並沒有翻譯《佛五百弟子自說本起經》，故而民間流傳的《本起經》，還是以梵文為主。僧人們即便知曉，也沒有去翻譯過來，以保持自己崇高的地位。而這佛五百弟子，也就是後世的五百羅漢。

古天竺慣用『五百』、『八萬四』來形容眾多的意思。例如這五百比丘、五百弟子、五百阿羅漢，都是在佛經中經常出現的數字。

洞林寺，位於滎陽，與雒陽白馬寺、西山香山寺並稱中國最為古老的三大佛寺。洞林寺也是興建於永平年間，不過比白馬寺略遲，屬於白馬寺的分支，供奉釋迦摩尼，所以求五百弟子佛像，倒也正常。

只不過，似洞林寺不得擅造佛像，必須由白馬寺批准，並由白馬寺監造。

如今白馬寺沒有得到朝廷認可，就算是造成了，也無法運送。特別是在太平道之後，朝廷對這種宗教傳法一直處於謹慎狀態，如果在路上被查到，很有可能會被就地銷毀……

陳群點頭道：「此事我會留意……不過還需上奏鴻臚寺，恐怕需要些時間。」

「只要陳縣令當心就好，否則我寺中五百弟子像已經造好，卻遲遲不得運送，也是一樁麻煩。」

玄碩點到為止，沒有再討論下去。

至於陳群什麼時候上書，什麼時候批准，他不會詢問。似陳群這樣的人物，既然答應下來，自然不會反悔。想必玄碩相陪，也就是為了陳群這句話。

曹朋一旁靜靜聆聽，一路上也不曾開口打斷。

一行人不知不覺便來到了菊花庵外，雲層中的雷聲更急，隱隱間可看到銀蛇在烏雲中流轉。

大雨，將至！

岳關帶著弟子小比丘雪蓮在庵外恭候。只見她秀髮披肩，襯托出肌膚白嫩，一張粉靨顯是經過仔細修飾，彎彎柳葉眉，一雙桃花眼，眸光閃動，勾人魂魄。一襲青色緇衣披在身上，風拂過，撩起衣袂，隱約可見一雙修長白皙的美腿，若隱若現。凹凸有致的曲線，隨緇衣抖動而若隱若現，更顯誘人之色。

見陳群等人過來，岳關邁蓮步，款款走下門階。她躬身一揖，「小尼見過雒陽令，曹北部。」當她身體向前傾的剎那，修長的頸子勾出一道動人曲線，隔著寬鬆的緇衣，可以看到那白皙下面兩團豐腴……

陳群見岳關，不由得眼睛一亮。

這女子，舉手投足間，莫不流露出勾人魂魄的風情，當真是、當真是……傾城傾國的妖孽。

曹朋輕輕咳嗽了一聲，陳群才算是回過神來。幾人與岳關見過之後，岳關在前面領路，只見豐臀在緇衣下婀娜，將那背影勾勒的，勾勒的……

陳群壓低聲音道：「如此尤物，可比衛靈公之南子。」

衛靈公是春秋時衛國的之主，他有一美豔妃子，名宋南，也就是史書裡記載的南子。

史書中，評價南子『美而淫』。

《論語．雍也》也有一段記載：子見南子，子路不悅。夫子矢之曰：予所否者，天厭之，天厭之。

意思是說，孔子在衛國得南子召見，他的學生子路很不高興。孔子不得已甚至發誓表白心跡……

其實，曹朋讀到這一段的時候，不免覺得有些怪異。老師見了一個女人，就要向學生發誓？那這位老師不免做的太過於憋屈，子路這學生也太霸道。

曹賊

章十四
願為公子朝

事實上，孔子見南子，到後世也是一大謎團。東漢大儒王充在《論衡》中，更直接懷疑孔子和南子是否真的有一腿？這也許是誰也無法查明的一大緋聞吧……

曹朋笑了，輕聲道：「兄願公子朝，抑或孔仲尼？」

公子朝，是南子的情人，同時還是衛靈公的男寵。他和南子一朝雲雨之後，甚至私奔逃亡，哪知道卻被衛靈公請回來，三人行，樂融融。

陳群聽聞，頓時劇烈的咳嗽起來。

岳關停下腳步，回頭看去，「陳雒陽，有恙乎？」

你身體不舒服嗎？

曹朋笑道：「沒事兒、沒事兒，陳雒陽只是一時激動，故而咳嗽。」

「激動？」岳關美目秋波轉動，疑惑的看了陳群一眼。

陳群連忙擺手，「真的沒事兒，休聽曹北部胡言亂語。」說罷，他狠狠的瞪了曹朋一眼。

岳關有點糊塗，但既然陳群說了沒事，她也不好再詢問。

「你這傢伙，休拿聖人取笑。」

曹朋嘿嘿直笑，閉口不言。

菊花庵面積不大，正對山門一座佛堂。佛堂一邊，是三間禪房。穿過欞門，進入後院。這後院緊鄰佛堂，是一個庭院，也是岳關的住所。庭院旁邊，有一個花池，池中建有一座水榭，大約百十平方的面積。此時，水榭中已有不少人紛紛走出相迎。

曹朋一眼看去，有熟人，也有幾張陌生的面孔。

赤忠、張泰赫然在列，此外尚有兩個男子，一個大約有四十多歲，胖乎乎的，頗有富態相。而另一個，卻是個青年，面容陰沉，不苟言笑。

句。

「其實，我覺得公子朝比較好。」陳群上前與眾人相見，不過在邁出腳步之前，突然對曹朋說了一句。

曹朋腳下一個踉蹌，陡然間生出哭笑不得的感受。這陳長文還真是……不過這樣的性格，倒是頗合曹朋心意。他搖搖頭，邁步上前。

中年人，名叫蘇威，中山人。

而青年呢，姓陳。不過不是陳群的『陳』，而是陳蕃的『陳』。一個潁川，一個汝南平輿，兩者沒有任何聯繫。

蘇威是雒陽一位大賈，也是中山蘇家族人。

中山蘇家？

不知為什麼，曹朋的腦海中閃過一個熟悉的身影，心中不由得有些疑惑：早先我在雒陽城門內看見的那人，究竟是看錯了？抑或者就是他呢？

深邃的目光，在蘇威身上閃過……

章十五

雪蓮，雪蓮

「諸位，祝某遲來，望請恕罪。」

正當眾人就坐，準備開始酒宴的時候，水榭外傳來一個洪亮的聲音。

曹朋抬頭看過去，只見一個魁梧男子大步走來，他不由得一怔，心中有些詫異。來人也是個熟人，就是當日在譯經臺上見過的雒陽大豪，祝道。只見他一身錦衣，步履似有些錯亂。進入水榭之後，曹朋就聞到了一股濃濃的酒氣。顯然，這祝道是剛喝了酒，甚至還有些醉意。

赤忠一見祝道，頓時勃然色變：「姓祝的，你來做何？」

祝道醉眼朦朧，瞄了赤忠一眼，哈哈笑道：「伯輿，我來是受關關相邀，你有什麼意見嗎？」

「這裡不歡迎你。」

「哈，難不成，這菊花庵改姓了赤？你與菊花仙是何關係，有什麼資格來管我的事情？」

陳群在一旁，眉頭微微一蹙，問道：「阿福，怎麼回事？」

曹朋輕聲道：「此人名叫祝道，是雒陽有名的劍手，和那位赤忠還有史阿並稱雒陽三支劍。此人和赤忠一向不合，聽說之前還曾在雒陽郊外鬥劍，不分伯仲。故而兩人相見，必有爭執。」

赤忠似乎暗戀岳關！

不過呢，曹朋卻不好明說，哪怕這件事眾人皆知，可當著別人的面，也不能亂嚼舌頭。

曹朋也不是個喜歡八卦的人，岳關美豔動人，有人追求也很正常。《詩經》裡不是說：關關之雎，在河之洲，窈窕淑女，君子好逑嗎？呵呵，岳關這名字裡，恰好有個『關』，倒也妥帖。

「兩位，兩位！」玄碩起身道：「今日陳雒陽和曹北部都在，還請矜持，矜持些。」

祝道這才留意到席間的陳群，不由得嚇了一跳，連忙上前見禮，「不知陳雒陽也在，祝道失禮。」而對曹朋，他卻視若不見。

曹朋臉色一沉，心裡哼了一聲，卻沒有說什麼。

陳群道：「今日菊花庵做客，大家相見即是有緣。本官聽聞岳庵主新出美酒，還望庵主不吝。」

祝道不理曹朋，陳群也不理祝道。

雒陽大豪？

呸！那是別人抬舉而已。

在陳群眼中，所謂的雒陽大豪，不過是一些上不得檯面的暴發戶罷了。當然，他也有這個資格，潁川陳氏的聲威遠不是一個小小的地方大豪可以比擬。更何況陳群如今是雒陽令，什麼地方大豪，也不過是他治下小民。

或許，其他人奈何不得祝道，但陳群若要收拾祝道，不過是輕而易舉的事情，不費吹灰之力。

東漢，說穿了就是一個門閥統治的時代。雖然其聲勢沒有兩晉南北朝時那樣浩大，但也不是祝道這樣的人可以得罪。雒陽世族林立，關係盤根錯節，陳群要收拾他，那實在是太容易了。

祝道有些尷尬，但是卻不敢有半點不滿。目光一凝，他看了曹朋一眼。

曹朋眼睛微合，心道：尼瑪，惹不起陳群，想遷怒於我嗎？

曹賊

章十五
雪蓮，雪蓮

對祝道這種人物，曹朋沒什麼好感。據說，這祝道還是個龍陽君，也使得曹朋對他更加厭惡。如果祝道不招惹他，他也懶得理睬祝道；可如果祝道生事，他倒是不介意教訓一下此人。

說來奇怪，自從修煉那白虎七變之後，曹朋發現自己變得頗有些好鬥。

也不知道是本性如此，還是那白虎七變的緣故，反正在祝道看他的時候，曹朋感受到了一種被挑釁的憤怒。輕輕抖動了一下身子，骨節隨著他的抖動，發出一連串輕弱低沉的空爆。

剎那間，曹朋已做好了出手的準備。不過祝道並沒有繼續生事，而是乖乖的坐下。

水榭中，菜肴已經擺放妥當。水陸八珍，樣樣齊全，也顯示出這小小菊花庵並沒有清苦。

轟隆！一聲驚雷過後，大雨傾盆。昏暗的天地頓時被雨幕籠罩，大雨落下。

岳關盈盈一笑，舉起酒杯，「至此良宵，尼聊備水酒，得陳雒陽與曹北部至，不勝感激。兩位老爺來雒陽就任，一直未能接風洗塵。今日這頓水酒，權作為兩位老爺接風，還請日後多與關照。」

「正是，還請兩位老爺多與關照。」

蘇威、玄碩、祝道等人紛紛起身敬酒。

陳群笑而不語，舉杯一飲而盡。

曹朋隨著陳群，一同滿飲杯中酒之後，便在一旁坐下。眼看著眾人推杯換盞，盡興言語，他卻沉默不言。不得不說，岳關是個調節氣氛的好手，而且話語間，頗有才情，談吐不凡，周旋於眾人之間，使得大家都非常開懷，不時吐出幾句妙語，令眾人哈哈大笑。陳群也似乎漸漸放開，表現出瀟脫氣概，端著銅爵，來者不拒。

「曹北部，為何不說話？」岳關飄然來到曹朋身邊，傾身為曹朋滿上一杯。

透過那緇衣縫隙，隱隱可見兩團豐腴。她在曹朋身旁坐下，媚眼如絲，輕聲道：「聞北部在陸渾又有佳作，尼也曾拜讀。公子高潔，尼甚敬之。只是有一句，尼卻不甚滿贊同……」

陳群臉紅撲撲，聽聞笑道：「岳庵主不贊同哪一句？」

要知道，曹朋如今也算是小有名氣，連孔融等人對他的文字也是萬分推崇。岳關竟直言要指點錯誤，陳群當然來了興趣。不僅僅是陳群，在座眾人各懷心思，紛紛看過來。

「公子文章末尾，言菊之愛，鮮有聞。可是公子之前方做『菊花塢裡菊花庵，菊花庵住菊花仙』。才短短幾日光景，公子便將小尼拋卻腦後，小尼焉能快活？北部大人，只為您這一句鮮有聞，就當罰酒三杯，如何？」

我勒個去！難不成讓我寫，菊之愛，自菊花關後鮮有聞？

不過，曹朋也知道，岳關調笑之意更多，於是也不推辭，舉杯滿飲。

「岳庵主說的是，朋當罰。」

「曹北部，前面還喚人菊花仙，這會兒又變成了岳庵主……尼好生難過，還要再罰你三杯。」

火熱的胴體，幾乎是貼在曹朋身上。一抹如蘭似麝的肉香撲來，令曹朋只覺獸血沸騰。端地是個尤物，好端端做什麼出家人？曹朋心裡苦笑，臉上卻要做出平常之色，探手環住了岳關的小蠻腰。那腰肢纖細，隔著一層緇衣，曹朋可以發現她裡面竟然沒有任何衣物。細膩的肌膚，有些發燙。

曹朋強穩住心神，「那庵主欲我如何稱呼？」

岳關輕聲道：「喚尼關關即可。」

「關關，不若妳我仿效當日，再飲一杯，如何？」

「公子有命，尼焉能不從。」

在一陣叫好聲中，曹朋和岳關又喝了一個交杯酒，岳關才算是放過他。感受到有凌厲的目光朝自己看來，曹朋抬頭看去，只見赤忠雙眸似噴火一樣盯著他，似乎恨不得把他生吞活剝一樣。

曹賊

章十五
雪蓮，雪蓮

哈，好一個醋男！

曹朋笑了笑，舉杯向赤忠邀酒。赤忠惡狠狠看了他一眼，不再理睬。

「阿福，還說你二人沒有關係？」

「本來就沒關係嘛。」

陳群一臉『我信你才怪』的表情，輕聲道：「剛才那菊花仙，恨不得當眾就吃了你，還裝。」

「這個，真沒有！」曹朋苦笑，卻也知道這種事情是越描越黑。

這時候，一個小比丘走進水榭，還拿著銅壺和幾枝短矢。

這是在東漢年間頗為流行的一種酒令，投壺。把銅壺擺放在中間，每個人有三枝短矢，坐在原位上不動，向銅壺投擲。投失一枝，則罰酒一杯。眾人興高采烈，便開始玩起了投壺的遊戲。這遊戲一開始，酒水就下的越來越快。陳群更是因投失了短矢，連飲十餘杯，醉態可掬。

「菊花仙，跳個舞吧。」祝道大笑著，衝岳關喊道。

陳群醉眼朦朧，笑問道：「怎麼，岳庵主尚能舞？」

「陳雒陽有所不知，岳庵主的歌舞雙絕，猶善舞。」

赤忠怒道：「祝道，你休要生事，岳庵主又非那舞姬，你說讓舞，便要舞於你看嗎？」

「赤伯輿，老子就是要看，你奈我何？」

「你……」

「好了好了，不就是舞一曲嘛。今日是為陳雒陽接風，在這菊花庵中舞一曲，又算得甚事？」玄碩似乎也有些喝高了，說話時，帶著濃濃的涼州口音。

此前，他一直是說官話，以關中和雒陽口音為主。突然轉為涼州口音，讓曹朋不由得一怔。

「玄碩先生去過涼州？」

玄碩臉色微微一變，但旋即笑道：「哪裡去過涼州，不過是當年隨著涼州人，學過幾句而已。公子有所不知，當年在長安，能說得幾句涼州話，總能得到關照，故而是不得不學，哈哈哈哈……」

曹朋笑了笑，沒有再詢問。

岳關說：「要尼舞一曲也行，不過還要請曹北部放歌。」

「啊？」

「不如，就以《菊花庵歌》，如何？」

這小娘，怎地盯上我了？

曹朋不由得笑了。

「子瑜，你來撫琴，怎樣？」

張泰今天表現的非常得體，聽聞一笑，「敢不從命。」

「雪蓮，取琴來。」

不一會兒的工夫，就見那小比丘雪蓮，頗吃力的捧琴入內。

張泰起身來到琴邊坐下，看了一眼曹朋。

這是趕鴨子上架啊……好在，在陸渾山的三個月裡，曹朋倒是隨胡昭學了一些音律之學，故而倒也不會怯場。當下開口道：「既然關關相邀，那曹朋卻之不恭，我來放歌，請諸君應和。」

話音一落，琴聲響起。

曹朋開歌喉唱響，眾人隨之相合。岳關輕挪蓮步，搖閃細腰，翩翩起舞。

琴聲嘹亮清潤，會合節拍。岳關笑顏溶漾，如三春桃李，舞臺自若，如風中柔柳……

雖無環珮，也無錦衣，可是卻將那女子柔美顯露無遺。隨著她舞的越來越急，漸漸額絲汗潤，蟬鬟微濕。凝脂裡，透著紅霞，那緇衣被汗打濕，幾令曼妙曲線、玲瓏凹凸，一覽無餘。

章十五
雪蓮，雪蓮

「公子，我知道朱北部的死因，今夜請留宿庵中，少間與你細說。」

趁著曹朋放歌間隙，雪蓮突然湊過來，輕聲耳語。

剎那間，曹朋差一點亂了節奏，抬頭看去，卻見雪蓮已轉過身，為陳群斟酒。

她知道朱贊的死因？

一股寒氣，順著脊梁呼的一下子竄起，汗毛頓時乍起。

難道說，朱贊的死，和在座之人，有關聯嗎？倘若真是，那麼，又會是哪一個？一時間，曹朋心亂如麻，梳理不清。不過在表面上，他仍需要做出若無其事的模樣，把那首《菊花庵歌》唱完。

忽而，弦樂急促，舞曲變得氣象磅礴。岳關如疾風驟雨般旋轉跳騰，恰似一團霓霞閃爍明滅，一簇仙葩搖曳舒放……

琴聲，戛然而止。岳關匍匐在席間，曲線柔美。

陳群忍不住大聲叫好，撫掌稱讚。

岳關起身，笑盈盈與眾人道謝，而後一一敬酒。至陳群面前時，陳群突然道：「岳庵主這一舞端地是氣象萬千，無比動人。不過感覺間，岳庵主的歌舞似乎頗有宮中之氣，莫非曾在宮中學過？」

他這句話，倒也沒什麼意思。這些年，戰亂不止，朝廷動盪不安，不到十年間就發生過兩次遷都。昔年宮中舞姬，流落民間無數，所以岳關即便曾是宮女，也不足為奇。

哪知岳關臉色微微一變，笑道：「陳雒陽說笑，尼哪有這等福氣？」說罷便退出了水榭，更換衣裳。

而曹朋此刻，卻已經心不在焉。

「阿福，雨停了……不如咱們回去吧。」陳群突然開口。

曹朋一怔，旋即做出酒醉姿態，「大兄，我似有些醉意。看這天色已晚，路途不甚行進，不如今夜，咱們就借宿庵中，你看如何？」

陳群聽聞，不由得愕然。向曹朋看去，只見曹朋向他眨了眨眼。他頓時明白過來，偷笑道：「還說你和那菊花仙無關，都要留宿庵中……好吧，哥哥就幫你一次，不過日後還需美味佳餚補償。」

幹！這廝又誤會了……

可是，曹朋又不好與他說清楚，只好苦笑著點點頭。

雪蓮說，她知道朱贊的死因。是真的知道，抑或者別有居心？這個必須要等夜間和雪蓮見過之後，才能夠知曉。瞇起眼睛，在水榭中眾人身上掃過，曹朋在心中不由得暗自盤算。

這些人裡面，哪一個會是凶手？

酒宴將結束時，又起了風波。

原來，就在岳關換衣服的時候，赤忠竟耐不住心中的那份衝動，悄然離開水榭，暗中偷窺。不成想，祝道也在這時候出水榭方便，正瞧見了赤忠的行為。

兩個人本來就不太對盤，於是乎祝道上前抓住了赤忠，而赤忠惱羞成怒，和祝道鬥將起來。兩個人實力在伯仲間，而且又非常熟悉彼此，所以這一打起來，頓時引得眾人紛紛走出水榭觀瞧。

岳關羞怒不已，在跨院門內，一言不發。赤忠好像發瘋了似的，和祝道拚命。而祝道則顯得有些狼狽，騰挪躲閃。雖說兩人熟悉，可是赤忠發起瘋來，也讓祝道頗為頭疼，連連後退。但見劍光閃閃，呵斥聲不斷。

陳群在水榭門前面色陰沉，只看著兩人，也不說話。

「老祝、伯輿，快點住手！」玄碩大聲呼喊，可兩人卻恍若未聞。

「陳縣令，這，這如何是好？」

「讓他們打，且看最後，何人可以脫身。」

陳群厲聲喝道，使得眾人不禁頓時色變。他們忘記了，陳群是雒陽令，上面還有一個手段極其強硬的河南尹。如果在這時候鬧出人命來，到最後肯定是不會善罷甘休，沒人能脫身。

岳關也急了，忙跑過去阻止。赤忠此時也冷靜下來，羞愧難當，二話不說便揚長而去。祝道哼哼兩聲，卻並未言語。岳關的眼睛發紅，似受了無盡委屈，上前與陳群等人道歉。

水榭外，又下起了雨……

曹朋伏在案上，似乎已經睡著了。

陳群苦笑道：「岳庵主，看起來今夜要叨擾一番。友學醉酒，實不宜再行走，不知可有空房？」

岳關說：「前堂有三間廂房，就是為了方便居士們休息。只是簡陋了些，若陳雒陽不嫌棄，不妨與曹公子在前堂休息。反正這前堂三間廂房倒也充足。」

「如此叨擾了！」

陳群拱手道謝，便喚來了陳矩，攙扶著曹朋去了廂房。

「蘇公，還有一樁事情需麻煩你一趟。」

曲終人散，陳群喚住了蘇威。

蘇威一臉惶恐之色，「陳雒陽有何吩咐？」

「想請你通知一下雒陽有頭面的大賈，後日晌午到縣衙議事。你也知道，本官剛來雒陽，人面不熟，蘇公你久居雒陽，想必比本官瞭解，不知可否？」

有頭面的賈人？蘇威一愣，連忙道：「小民願意效勞。」

雨越下越大，曹朋驀地睜開眼。

前院裡，非常安靜，客人們都已經散去。曹朋推開門，走出廂房，閃身來到了隔壁房門口，抬起手，輕輕叩擊房門。「大兄，可在？」

房間裡傳來腳步聲，緊跟著房門拉開。

陳群一臉詫異，「阿福，你怎地敲我的門？」

曹朋閃身進了房間，在屋中坐下，「兄長，我不來找你，還能去找誰？」

陳群嚇得一哆嗦，「你不是……」

「大兄，你誤會了！」曹朋輕聲道：「我剛才裝醉，是因為在酒席宴上，有人告訴我，她知道我四哥是怎麼死的，要我設法留在庵中……你不會真的以為我和那位岳庵主有關係吧？」

「有人知道朱公佐的死因？誰！」陳群的酒勁兒一下子醒了。

「那庵中小比丘，還記得嗎？」

「當然記得，也是個美人胚子……只是比起岳庵主來，似乎少了些風情……難道是她知曉？」

曹朋點點頭，呼出一口濁氣。他端起桌案上一杯水，咕嘟咕嘟一飲而盡。

「這幾天我一直在想，四哥究竟是何人所殺，可我思來想去，也想不出一個端倪……四哥生前，正追查一樁案子，便是當初我在河邊見人落水。那天晚上的事情，至今仍歷歷在目。我可以肯定，有人落水！可偏偏，生不見人，死不見屍。我離開雒陽的時候，四哥曾向我保證一定會追查到底，不成想他竟離奇被害。」

陳群默不作聲，從屋中水壺裡又倒了一碗水，放在曹朋面前。

「我一直在想，四哥被毒殺，那一定有人投毒。但是，我仔細翻閱了證詞，卻找不到投毒的線索。庫房被焚毀，四哥被毒殺，還有那個落水之人……我在想，這三者間究竟有什麼關聯。今日雪蓮與我通信，使得我懷疑，那凶手就是今晚酒席上的某一個人。不過，我現在仍未找到答案，只等雪蓮今晚過來，告與我真相。」

章十五 雪蓮，雪蓮

陳群點點頭，「此案，還需儘快了結。」

「一會兒雪蓮過來，還請大兄幫忙盯著。」

「這個當然。」

曹朋說罷，起身準備告辭。可就在這時候，耳聽一聲輕弱的弦音，一枝短矢刷的刺破了窗紙，飛進屋中，朝著曹朋射來！也是曹朋反應快，嚇得連忙一個鐵板橋，短矢幾乎是擦著曹朋的鼻子飛過去，蓬的正中床榻圍欄。

激靈靈，曹朋打了一個寒顫。他二話不說，踮步衝出房間。

房門拉開，他來到房門外，沒等他站穩身形，第二枝短矢就呼嘯飛來。曹朋連忙閃身躲過，縱身形從門廊上跳到庭院之中。雨霧迷濛，視線極為模糊，曹朋隱約看到山牆上人影一閃。

「狗賊，哪裡走！」

曹朋做勢撲出，身形快如閃電。他的身形快，但卻比不得手中的鐵流星快。

一枚鐵流星在曹朋撲出的剎那，脫手飛出……只聽那山牆上傳來悶哼，緊跟著撲通一聲，似有人摔倒在山牆下。曹朋如同猛虎一樣，來到山牆腳下，踮步騰空而起，雙手扒住了牆頭，呼的掠起，站在牆頭上。往牆外看，只見地上有一張短弓和一個盛著短矢的胡祿……除此之外，再無影蹤。

「子方，有刺客！」陳群這時候也跑出房門，大聲呼喊。

就住在旁邊廂房的陳矩和兩名家將，聽到動靜立刻跑出來，手持刀劍，緊張的四處張望。

「阿福，情況如何？」

「讓他跑了！」曹朋說著話，縱身從牆頭跳到了牆外。

「子方，快去幫忙。」

「老爺，你這邊……」

「休要管我，快去外面幫友學。這裡有他們保護就行。」

兩個家將站在門口，警惕的四處張望。陳矩也不敢猶豫，打開山門，如風一般衝了出去。

「曹北部，如何？」

曹朋蹲在地上，撿起那短弓和短矢。

「子方，有火摺子嗎？」

「有！」

陳矩上前，擦亮了火摺子，遞給曹朋。

細雨濛濛，火摺子的光亮也很微弱。只見牆外地面上留有凌亂的腳印，曹朋的那枚鐵流星，被泥水淹沒了一半。曹朋把短弓和短矢遞給陳矩，上前拾起鐵流星，放回自己的兜囊。

「這傢伙個頭不高，身體也很靈活。」曹朋彷彿自言自語，站起身來，抬頭向蒼茫的夜色中眺望。遠處，北邙山如同一頭猛獸，匍匐在夜色之中。雨霧迷濛，根本無法看清楚前方的路途，更不要說去尋找凶手。曹朋呆立片刻，和陳矩轉身返回庵內。

岳關也聽到了動靜，披衣從後院匆匆跑出來。和曹朋正好打了個照面，岳關一臉急切之色，連忙開口問道：「曹北部，可無恙？」

「我沒事兒！」

陳群的臉色有些發白，顯然是受了驚嚇。不過，他倒是沒有太過慌張，也沒有流露出恐懼之色，只站在門廊上，眉頭緊鎖。

「那傢伙受傷了！」

「嗯？」

「只留下了弓矢。」

曹朋把短弓和短矢遞給陳群，而後邁步走進房間。蹲在床榻邊上，他仔細打量那枝插在床榻上的短矢。片刻後，伸出手，將那枝短矢拔下來。

「這傢伙的力量可不小。」

「何以見得？」陳群走進來，正好聽到曹朋的問話。

曹朋指著箭痕說：「這短弓，是柘木弓，以兩股牛筋鞣製而成，製成了弓弦。」

說著，曹朋把短弓拿起來，弓開滿月。「想要拉開這張弓，沒有二百斤以上的力道，根本不可能。他剛才是從山牆下射箭，從那裡到房間，距離大約有六十步左右。這種兩石短弓的射程，最多八十步。穿透窗稜，射中床榻後還能沒入半指，可見此人的力量不一般……大兄，這種人應該不太難查找出來。」

「哦？」

「他對這裡應該很熟悉，否則也不會那麼快逃離。所以，我判定此人即便不是本地人，至少也在這裡生活多年。力氣大，身手靈活，個頭不高，而且擅長弓矢。大兄可以依照這個線索查找，想來很快便能找出來線索……」

岳關站在房門口，神色緊張。

陳群點點頭，「我這就派人回去，下令盤查。」

曹朋想了想，突然問道：「岳庵主，妳庵中的那個小尼比丘何在？」

岳關一怔，「公子說的可是雪蓮？」

「正是。」

「她就在我隔壁……這丫頭，發生這麼大的事情，居然一點動靜也沒有，我這就去喊她前來。」

曹朋點頭，讓陳矩跟著岳關一同去。

「阿福，看起來，咱們好像摸到他們的痛處了。」

「應該是，否則也不會暗殺於我。」

很明顯，那刺客是衝著曹朋過來。連發兩箭，若不是曹朋身手靈活，只怕此時已成了死人。越是如此，就說明對方緊張了！可是，他們為何緊張？

曹朋心裡頓時有一種不祥的預兆。他邁步剛要走出房門，就見岳關急匆匆的從後堂跑過來。

「曹公子，雪蓮……不見了！」

「啊？」曹朋激靈靈打了一個寒顫，頓時變了臉色。他連忙衝出門廊，大聲喝道：「快帶我過去。」

岳關在前面領路，曹朋緊隨其後。走了兩步，曹朋猛然回身對陳群道：「大兄，立刻調集縣衙差役，封鎖此地。」

陳群也意識到了不妙，連忙命一個家臣趕回雒陽，召集人手。

庵堂裡，寂靜無聲。

陳群感覺毛骨悚然，先有人刺殺，而後一個知情者突然消失……他打了個哆嗦，不敢再在前堂停留，帶著陳矩和另一個家將，匆匆忙跟上曹朋，來到後堂。

小跨院裡，有三間房舍。一間，是岳關的禪房，一間則存放著一些書籍。剩下的一間，就是雪蓮的房間。

「舞畢，雪蓮對尼說，她有些不舒服，所以尼就讓她先回房休息。後來酒宴散了，尼也感到不勝酒力，安排了老爺的住所之後，就回房去了。你們看，水榭裡都沒來得及收拾，正說明天起來，叫上雪蓮一起。可我剛才進來，卻發現雪蓮屋中無人。」岳關一邊解釋，一邊推開了房門。

曹朋邁步走進來，只見屋中銀燭點燃，把房間裡照得通透。

這是一間很樸素的房舍，有一張床榻，還有一張蒲席。正中央牆上是一座佛龕，裡面擺放著佛像。佛像前的銅爐，仍有餘溫，顯示這不久之前，這屋中曾有人來過。

章十五

雪蓮，雪蓮

很乾淨，也非常整潔。

可不知為什麼，曹朋總覺得有些怪異，但他又說不清楚究竟是何處怪異，於是走到床榻旁的書案邊站穩身形，拿起書案上的銀燭。

「妳確定，雪蓮回了房間？」

「我親眼見她回屋。」

「可是，這床榻分明沒有人躺過……岳庵主，妳不是說她不舒服嗎？」

「這個……尼卻是不清楚了。」

岳關粉靨，露出一抹淒苦之色，輕聲道：「雪蓮脾氣挺怪，平日裡除了參拜浮屠，話也不多。她雖說是隨尼修行，實際上一直都是自己修行。尼也無暇顧及，沒想到她竟然……」說話間，那雙勾人魂魄的眸子，淚光閃閃。

曹朋沉默不語，只是靜靜的在書案旁，坐下……

「岳庵主，妳先出去。一會兒縣衙會有人過來，妳就帶他們四處查探一下。本縣與曹北部有話要說，陳矩和我的家將都在外面，妳不用擔心。」

畢竟和曹朋是老相識，看曹朋的動作，陳群便猜出他的心思。

岳關似驚魂未定，但還是退出房間。陳群在曹朋跟前坐下，看著曹朋，也不說話。

燭淚，順著銀燭流淌……

曹朋如同老僧入定般，一言不發。

大約過了一個時辰，陳俔帶著幾十名役隸，匆匆從縣衙趕來。陳群從房間走出，吩咐役隸們在菊花庵附近查找線索。

雨，停了，菊花庵周遭燈火通明，人聲鼎沸。

不知不覺，天邊露出了魚肚白。役隸們紛紛返回，卻一無所獲。

曹朋走出房間，在門廊上站立片刻，邁步向跨院一隅的水井走去。這一夜，令他頭昏腦脹。曹朋相信，雪蓮和那刺客沒有關係，否則也不會偷偷的通知自己。可是，她如今又在何處？

心中那不祥之兆越發強烈，走到水井旁，他拎起木桶正要扔進去汲水。

忽然間，曹朋呆住了！他癡癡的看著眼前這口水井，心中湧起了莫名的恐懼……

一張蒼白的臉，從水下漂浮上來。木然的雙眸凝視著曹朋，隱隱含著兩汪淚光。曹朋的目光，和那雙眸子相視，彷彿穿越了時空一樣。木桶，磅的一聲掉落在地上，骨碌碌滾動。

那張臉，正是雪蓮。

章十六 黑眊到

清晨，下雨了。

淅淅瀝瀝的小雨，陰沉沉的天空，讓人心情極其低落。一整個夏天不下雨，可一下起來，就沒完沒了。在連綿的秋雨中，骨頭都好像鏽住了似的，讓人感覺到四肢僵硬，非常難受。

曹朋的臉色非常難看，就好像這陰沉沉的天氣一樣，站在那裡，散發出一股冷意。所有在他身邊的人，都顯得戰戰兢兢。即便是陳群，也沒有上前搭話，只在門廊下遠遠觀望。

岳關在禪房中，眼睛都哭腫了。在這孤寂的庵寺裡，雪蓮是她唯一的夥伴。如今，夥伴走了，岳關非常難過。當她看到雪蓮的屍體時，就一頭栽倒在地，昏迷不醒。

曹朋蹲下身子，伸出手合上了雪蓮那雙空洞的眼睛。他瞇起眼睛，仔細的查看一番，而後站起來，緩緩登上門廊。

「如何？」陳群問道。

「身上有傷痕，衣服有破爛處，但致命傷是在腦後，被鈍器所致。她身上的傷痕，應該是在落井時，被井壁擦傷……死亡時間我現在不好確定，但大致可以推斷，是在戌時和丑時之間。」

曹朋眼中噴火，咬牙切齒。

雪蓮，如同是在他眼皮子底下被人殺害。他明知道當時凶手很有可能就在酒席宴上，卻偏偏沒有任何防範。

失職！這是典型的失職！

曹朋覺得自己著實大意了。

深吸一口氣，他閉上眼睛。一夜未睡，太陽穴突突直跳，腦袋裡也顯得格外混亂……

雪蓮為什麼被殺？是偶然，抑或者是故意為之？

昨天雪蓮和自己說話時，聲音很輕，加之當時歌舞正酣，就連距離他最近的陳群也沒有聽見。也就是說，雪蓮和自己說了什麼，根本不會有人知道。而所有人當時注意力都在岳關的舞蹈上，誰又會在那個時候留意到雪蓮和自己交談呢？曹朋蹙眉，慢慢從門廊走下。

「阿福，你去哪兒？」

「去水榭裡看看。」

隱隱有種感覺，雪蓮之死，和昨晚她與自己交談有關。

陳群命人封鎖了整個菊花庵，緊隨曹朋身後，朝水榭走去。兩人一前一後來到水榭裡，曹朋停下腳步，環視水榭中的狼籍。昨夜歌舞似猶在耳邊迴響，那喧鬧聲，仍聲聲入耳……

曹朋突然問道：「大兄，可記得昨晚大家的位置？」

陳群仔細回憶了一下，走到正中央的座位，「我昨天坐在這裡，你在我左手邊。右邊我記得是袁玄碩，玄碩下邊是張元安。京兆赤伯輿，坐在張元安的旁邊，他對面就是那個勞什子祝道。祝道上首好像是張泰……下首是……我想想，汝南陳伯至。陳伯至對面坐的是蘇威。岳關在你下首處，當時我還調笑說，這位岳庵主似對你有意……大致上就是這個順序吧。」

章十六

黑眊到

陳群的記憶力很強，很快就排列出昨晚眾人落坐的位置。

「不過後來，有些亂了。」他補充了一句。

「歌舞時，大家是什麼位置？」

「歌舞的時候？」陳群閉上眼，思忖起來。

「張子瑜撫琴，就在水榭門口；赤忠和蘇威換了一個位子……岳庵主當時在歌舞，其他人嘛……張元安當時在和祝道說話，陳伯至有些醉了，所以趴在桌子上。袁玄碩則欣賞歌舞。」

「赤忠為何要與蘇威換位子？」

「這個……」陳群臉上閃過一抹古怪神情，「我看那位赤伯輿似乎頗有些喜歡岳庵主。蘇威所在的位子，可以看得更清楚，所以……你知道的，岳庵主的歌舞，頗有幾分風情啊。」

「呃……我明白了！」

也就是說，當時並沒有人留意到自己。至少從陳群的話語中，曹朋是這麼認為。

「阿福，接下來怎麼辦？」

曹朋想了想，「既然發生了命案，而且又是在這菊花庵裡發現，只怕是要委屈一下岳庵主。」

「嗯，她是最後一個看到雪蓮的人，倒也不可避免。」

曹朋和陳群從水榭中走出來，又返回跨院。陳群去和岳關說明情況，要請她到雒陽縣衙一行，詳細詢問當時的狀況；曹朋呢，則復又走進雪蓮的房間，在床榻上坐下，靜靜觀察。

岳關說，雪蓮因身體不適，回房休息，而後再也沒有出現。可是她的屍體，卻在水井中被發現……也就是說，她很有可能是在這間屋子裡被人殺害，而後扔進水井。但是屋子裡沒有任何搏鬥的痕跡，除了那佛龕裡的香爐之外，好像沒有任何物品可以證明雪蓮曾回過房間。曹朋旋即產生了另一個假設，雪蓮不是在屋內被殺，而是被人喊到了水井旁邊，用鈍器砸中腦後。雪蓮被那股慣性所致，一頭栽進了水井中……

慢著，若是如此，凶器呢？

曹朋立刻起身，從房間裡走出來。

岳關換了一身樸素的衣裳，正準備隨陳群去縣衙。見曹朋出來，她微微一福。

曹朋衝著她一笑，而後招手示意陳矩過來，問道：「剛才搜查時，可發現凶器？」

「未曾發現。」

曹朋點點頭，對陳群道：「大兄，你先回去，我讓子方帶幾個人留下。」

「好！」陳群二話不說，便答應了曹朋的請求。

曹朋命陳矩帶人，繼續搜索凶器。而他則站在門廊上，認真的觀察這個幽靜的小跨院……

跨院面積不大，但很雅致。這裡距離水榭大約隔了一百五十米左右，有一面約兩米多高的院牆，阻隔了從水榭投來的視線。即便是在這裡殺人，水榭裡的人也不會發現。

曹朋從門廊上下來，慢慢走到水井邊站定。黑漆漆的水井，很深……

「陳矩！」

「喏。」

「查探一下，這口井連通何處。」

陳矩一怔，連忙應命。

曹朋又喚來兩個役隸，「你們誰的水性好？」

「回北部老爺，我等在伊水畔長大，水性都還可以。」

「能不能潛下去？」

兩個役隸愕然，苦笑道：「潛下去倒是可以，不過不曉得這水井有多深，未必能潛到底。」

也是，如果這水井很深的話，氣未必能夠。

曹朋想了想，讓人找來牛皮，命人設法趕製氣囊。用氣囊儲備空氣，可以在水下進行換氣。這在後世，是一個非常簡單的方法。不過這氣囊並不太容易製作，足足用了一個時辰，才做成了三個簡易的氣囊。一名役隸試驗了一下，用繩子綁在腰間，而後縱身躍入了水井。

此時，天光大亮，雨停了。

陽光透過樹蔭，照射進小院內，忽明忽暗，令這小跨院透出一股陰森之氣。

大約半盞茶的時間，繩子突然抖動，井邊的差役連忙大聲呼喊，飛快的拉起繩子。不一會兒，那下水的役隸臉色蒼白的從井水中出現。在差役的幫助下，他從水井中爬出來，吐著舌頭，大口的喘息。

「情況如何？」

「回北部老爺，在井底發現了一口銅壺。」他手裡拿著一個變形的銅壺，放在曹朋的面前。

曹朋一眼認出，這口銅壺正是昨夜投壺時所用的道具。投壺所用的銅壺，基本上是實心，入手頗有分量。壺口有明顯的凹痕，顯然是在擊打時受到了損傷。曹朋拿著銅壺，仔細觀察。

在壺底，有淡淡的血印子，雖經過井水浸泡，但因為時間的緣故，所以還沒有全部消除。

毫無疑問，這個銅壺，就是殺害雪蓮的凶器。

曹朋命人把銅壺收好之後，下令準備離開……

在離開之前，曹朋再次走進了雪蓮的房間。不知是什麼原因，他總覺得這房間裡有些古怪。

「曹北部，已經問清楚了。」陳矩這時候走進來，恭敬的回覆：「我查問了一下周圍的鄉民，這附近的水井，大都是和伊水相連。」

「嗯。」曹朋心不在焉的點點頭。

「子方。」

「喏！」

「你信浮屠嗎？」

「啊？」

「或者說，你在家，參拜神靈嗎？」

陳矩猶豫了一下，輕聲道：「家祖當年曾信過一段太平道，不過後來便不再信了。」

「呃，你不用害怕，我不是追查這件事。我只是想問你，你家裡若祭祀祖先，或者參拜神靈，會不會把靈牌或神位，正對著大門呢？」

陳矩愕然，想了想，搖頭說：「不會吧，那樣豈不是直接受風煞吹襲？」目光順著曹朋的視線，落在那正對大門的佛龕上。陳矩一蹙眉，恍然間似明白了曹朋心意。他連忙走過去，伸手從佛龕中將佛像取出來，卻見佛像下面藏著一個和佛龕顏色幾乎相同的木匣子。如果不仔細觀察，還真不容易看出破綻。他小心翼翼將木匣子取出來，轉身來到曹朋跟前，將佛像和木匣子一起遞給了曹朋，臉上更露出一抹極為敬佩的神色。

「曹北部，果然有玄機。」

曹朋笑了笑，把佛像擺放在旁邊，然後將木匣子打開，目光陡然一凝。那匣子裡，空空如也，什麼東西都沒有……

「曹北部，是空的。」

曹朋深吸一口氣，輕聲道：「也許，是晚了一步。」

這佛像的體積很小，所以下面必須有東西墊著。雪蓮用這個匣子代替，而且還特意把佛龕正對房門，未嘗沒有提醒的意圖。也許，她早就預料到了這一天，所以才刻意這麼安排。

邁步來到佛龕跟前，曹朋仔細的觀察一番。片刻後，他長出一口氣，自言自語道：「道高一尺，魔高一丈……雪蓮啊雪蓮，妳雖早有提防，殊不知妳的對手也有所覺察！子方，你看這佛龕，分明是一個新的！雪蓮在菊花庵修行多年，按道理說受了這麼多香火，佛龕早應該熏黑。可是這座佛龕，還能看出本色。這佛龕使用，不會超過三個月……雪蓮，妳這丫頭糊塗，卻也夠聰明，竟想出……」

曹朋突然閉上嘴，猛然回頭，怔怔的看著書案上的那座佛像。

陳矩忍不住問道：「曹北部，你怎麼了？」

曹朋卻沒有回應。

「陳矩，這東西是什麼？」

「浮屠啊。」

「什麼？」

「浮屠！」

「不，你連起來唸，唸快一點。」

「浮屠，浮屠，浮屠……」陳矩不明白曹朋究竟是什麼意思，於是不停的重複著『浮屠』二字，剛開始他還能吐字清晰，可漸漸的，口乾舌燥，言語就變得含糊起來，並且越來越含糊。

曹朋驟然倒吸一口涼氣，臉色也隨之變得煞白。

他自言自語道：「四哥啊四哥，原來你也看出了破綻，所以才遭此劫難……哥哥，你為何不直接上奏，偏要自己偷偷摸摸的查找呢？糊塗，糊塗……四哥啊四哥，你可真是糊塗啊！」眼中，浮現出一抹悲傷。

曹朋閃身走出雪蓮的房間，逕自衝進了岳關的屋內。

岳關的房間，看上去也很樸素，和雪蓮房間的布置頗有些相似。只不過，雪蓮的房間，如其主人的名字，素雅端莊；而岳關的房間，色彩明顯要比雪蓮的房間鮮豔，就如同其主人……

「曹北部？」

「哦，我沒事……咱們走吧。」

曹朋微微一笑，臉色仍有些蒼白，但氣度卻變得沉穩了。他離開菊花庵的時候，看了一眼前庭那三間廂房，眼中閃過一抹獰色。

出菊花庵時，已經是正午時分。曹朋一行人匆匆往雒陽返回，眼見著就要到雒陽城門，只見一騎自雒陽城中飛馳而出。

「子幽？」曹朋勒馬，疑惑的看著飛馳而來的夏侯蘭，有些疑惑。

夏侯蘭也看到了曹朋，催馬到曹朋跟前，而後滾鞍落馬，單膝跪地。「公子，黑眊到了。」

曹朋聽聞，頓時喜出望外。

「子幽，黑眊已經到了嗎？如今在何處？」

「回公子的話，剛得到興霸傳信，黑眊已過了伊水口，正往雒陽這邊趕來。興霸還說，老夫人和黃小姐都來了，所以才會耽擱了兩日。估計，他們晡時便會抵達雒陽。」

「阿娘和月英也來了？」曹朋先是一怔，旋即釋然。

阿爹在許都，忙於公務，如今官拜民曹都尉，督察水利農耕，估計也是整天忙得不著家。此前曹朋在陸渾山求學，張氏也不好打攪。現在曹朋出任雒陽北部尉，距離許都也不算遠，張氏過來探望曹朋，也是一樁很正常的事情。

不過，最讓曹朋感到開心的，莫過於黑眊的到來。黑眊抵達，也解決了他人手不足、無人可用的尷尬局面，更不要說闞澤、甘寧、郝昭隨行，使得曹朋的信心頓時大增。

念頭一轉，曹朋眸光頓時凌厲，「子幽，你立刻回去，讓苗旭今晚來見我。」

章十七

案中案

一夜未睡，可是陳群卻格外亢奮。

先是凌厲的刺殺，而後又發生離奇的命案。昨晚發生的事情，幾乎包含了所有離奇的變數。以至於他回到縣衙之後，甚至沒有吃飯，便再次提問岳關。因為岳關是菊花庵的庵主，也是最後一個見到雪蓮的人。她的每一句話都非常關鍵，甚至可能影響到以後的案情發展。

不過，岳關的回答，和在菊花庵時沒有太大區別。陳群詢問了半天，也沒有問出一個頭緒。

「陳縣令，尼已經把所有知道的事情都做出了回答，不知縣令還有什麼問題？」

陳群想了想，也著實不知道還要再問些什麼。

「既然如此，就請岳庵主回吧。」他微笑著對岳關道：「不過岳庵主回去以後，若想起什麼，可以隨時告之本縣。對了，菊花庵剛發生命案，而且又只剩下庵主一個人，只怕會有危險。不如這樣，我隨後命人過去，一來可以保護庵主，二來如果庵主有事，可以隨時派人來報。」

岳關恭敬的說：「那就有勞縣令費心。」

送走了岳關之後，陳群獨自坐在花廳，等候曹朋返回。

那亢奮之意漸漸過去，疲倦一陣陣的襲來。而曹朋又遲遲不見回來，陳群返回臥房，靠在床榻上看了會兒書，很快就進入了夢鄉……

睡夢中，他又夢到了岳關的歌舞，曼妙動人！

「公子，公子醒來。」

睡得正香甜時，陳群忽感有人推搡，並在耳畔呼喚。

他睜開眼睛，就見老管家陳偍在一旁喊叫。心裡不禁生出幾分不快，陳群翻身坐起來，揉了揉面頰，「現在什麼時辰？我睡了多久？」

「公子才睡了半個時辰，剛過未時。」

陳群伸了個懶腰，「曹北部回來了？」

「剛才子方回來了，不過曹北部並沒有一同返回。子方說，曹北部的家人從許都過來，所以曹北部去東十里亭迎接，估計要到申時以後才會返回。」

「友學家裡人來了？」

陳群站起來，有侍婢奉來一塊濕巾。他把濕巾敷在臉上，然後用力的擦了一把，精神陡然振奮。

「說吧，什麼事。」

「公子，剛有人前來報告，說是在城南的樹林裡，發現了一具屍體。」

陳群正對著銅鏡，梳理頷下短鬚，聽聞陳偍這一句話，手不由自主的一抖，把鬍子揪斷了兩根。

「你說什麼？」

「在城南樹林中，發現了一具屍體。」

「可曾通報南部尉？」

「正是南部尉府呈報……南部尉已帶人過去查探，並派人稟報公子。」

七十章 案中案

陳群不由得輕輕拍了拍額頭，馬上讓人為他換上官服，命陳矩帶路，匆匆走出了縣衙大門。

雒陽分四部尉，各守其責。發生在城南，自然是由南部尉所管轄，所以陳群並沒有讓人通知曹朋。一路匆匆行來，出城門往南走，在一座小樹林外，就看到一批役隸正把樹林團團圍住。周遭全都是看熱鬧的鄉鄰，一個個交頭接耳。

雒陽南部尉，名叫孟坦。

曹朋第一次來雒陽時，便知道此人。不過，當時曹朋急於往陸渾拜師，所以並沒有和這個人見面。任北部尉以後，和孟坦見過一次，可是卻沒有深交。

孟坦年約三十，是雒陽本地人，自建安二年便任南部尉，和朱贊幾乎是同期赴任。論資格，他比曹朋老；論年紀，他比曹朋大，所以也不會和曹朋主動聯繫。但對陳群，孟坦卻是極為恭敬。

「孟南部，什麼情況？」陳群下了馬，和孟坦邊走邊說。

「差不多將近午時，南鄉里長和幾個鄉人從這裡路過，在林中歇腳。不成想，在林中發現一具死屍，便立刻派人報之。下官得到消息之後，帶人趕過來，將樹林封鎖，而後通知縣令。」

「死者可曾查明身分？」

「已經查明，正是下官治下之民，名叫赤忠，是京兆人。」

陳群驀地停住了腳步，愕然看著孟坦，「赤忠？」

「正是。」

「就是那京兆赤伯輿？」

孟坦一怔，脫口而出道：「縣令也知道此人？」

陳群不由得苦笑連連，讓孟坦在前面領路。不一會兒的工夫，他便來到了樹林深處。陽光從枝椏縫隙中投入樹林，光點斑斑。一具死屍，身上沾著泥水，仰面朝天的躺在地上……

陳群閉上眼，深吸一口氣，邁步走過去。他在死屍跟前蹲下，伸出手，抹去臉上的泥汙，露出一張極為清秀的面龐。

果然是赤忠！

「可查明，如何致死？」

孟坦連忙回答：「仵作尚未趕來，所以還不清楚。下官害怕壞了屍首，所以不敢輕舉妄動……不過，這個赤忠可是雒陽有名的劍手，身手極為高絕。」

「我知道！」陳群眉頭一蹙，臉色陰沉下來。

這孟坦，年紀比曹朋大了快一倍，可做事卻不如曹朋仔細。如果曹朋在這裡，肯定會清楚的告訴自己赤忠的死因，甚至可能會分辨出赤忠死亡的時間。而現在，還要等待仵作到來……

陳群沉吟片刻，突然道：「孟坦，立刻讓你的人，退出林子。」

「啊？」

「我會命人請曹北部前來，他在這方面頗有才幹，就由他來查探死因。」

「可是，這不合規矩。」

「赤忠昨夜還與本官在一起飲酒，而本官昨夜更連續遭遇刺殺和命案。本官懷疑，赤忠之死，和昨夜的案情有關。此事一直是由曹北部負責，現在本官決定將兩案歸一，你有意見？」

「這個……下官不敢。」

孟坦覺得很憋屈，但是又不得不聽從命令。且不說陳群是他的上官，就算陳群不是雒陽令，單憑陳群的出身，也足以讓孟坦低頭。

可恨曹友學！

曹賊

七十章 案中案

孟坦不由得心懷恨意。

原本以為朱贊被殺之後，自己可以接掌北部尉。名義上，南部尉與北部尉相等，可實際上，北部尉是雒陽四部尉之首，南部尉的地位猶在北部尉之下。沒想到，中途殺出來一個曹朋，讓孟坦心裡很不舒服。

如今，明明是在自己治下發生的案子，卻要歸於北部尉監察。這對孟坦來說，無異於赤裸裸的打臉。再想起之前曹朋搶了自己的位子，孟坦心裡面就更不是滋味。他不敢忤逆陳群，但是卻可以憎恨曹朋。帶著人，他退出了樹林之後，靜靜在林外等候，心中怒火中燒。

陳群命人去找曹朋，自己則蹲在屍體旁邊，仔細的觀察。和曹朋待得久了，陳群也曾聽曹朋說過一些破案的要點。如今，既然曹朋不在，那索性便由自己來判斷……

赤忠是被人一劍穿透胸口，當場斃命。不過由於泥水浸泡的緣故，所以陳群也無法看清楚傷口的情況。

赤忠是一個劍手，而且是一個有名的劍手！如今他……

陳群站起來，在屍體旁陷入沉思。片刻後，他突然下令：「告訴孟南部，命他立刻帶人，前去城中，緝拿祝道歸案。」

緝拿祝道？

孟坦覺得有些奇怪，但還是聽從命令，帶著人匆匆離去。

他前腳剛走，就見從大道盡頭，一隊鐵騎風馳電掣般疾馳而來。這支鐵騎，清一色黑色甲冑，黑氈披衣。

曹朋一馬當先，率先抵達樹林旁。陳矩候在林外，見曹朋趕來，立刻迎了上去。

偷眼向後看了一下，陳矩心裡不由得暗自吃驚。曹朋身後的騎隊，大約有三十餘騎。一員大將，身高八尺，膀闊腰圓，生得極為雄壯，跳下馬時，隱隱有銅鈴聲響，若有若無。

「興霸，你帶人在外面守著，我進去觀看。」

大漢插手領命，三十名黑毦下馬，迅速將樹林入口封鎖起來，並且將看熱鬧的老百姓逼退十步。所有的行動，都是在瞬間完成，顯得有條不紊。

陳矩暗自感嘆：如此猛士，竟會在曹北部帳下效力？

曹朋走進林中，看遍地的足跡，不由得眉頭緊鎖。

「阿福，家裡人都安排好了？」陳群見曹朋到來，便開口詢問。

曹朋點點頭，「若非阿母和月英隨行，我本不用前去迎接。我接到通知，已命夏侯與郝昭率部先行入城，便匆匆趕來。怎麼，我聽說赤忠死了？可曾查看清楚，這赤忠的死因？」

「被人一劍穿心，當場斃命。」

曹朋不再詢問，走到屍體旁邊，蹲下來，翻開赤忠的眼皮查看了一下，然後又把赤忠屍體翻過來……片刻後，他揭開赤忠的血衣，命人舉著火把，仔細的看了一下他胸前的傷口。

「二指細劍。」

「啊？」

「凶手用的是一柄大約二指寬的細劍，劍刃一端，似有鋸齒形狀。大兄，立刻派人打探，雒陽城裡何人使用這種利劍……還有，凶手和赤忠應該認識，而且彼此還很熟悉。凶手的劍術不俗，出劍非常迅速。看這劍孔的入口，凶手應該是一個左撇子。」

陳群說：「我已經命孟坦前去緝拿祝道。」

「緝拿祝道？」

「我覺得，最有可能殺死赤忠的，應該就是祝道。」

「為什麼？」

「你不是說過，他二人素有矛盾，而且曾數次鬥劍？另外，他和赤忠相識，昨夜兩人還發生了衝突。祝道劍術高明，和赤忠一樣，是雒陽有名的劍手。所以我推測，凶手就是祝道。」

聽上去，似乎非常合理。

但曹朋沉思片刻後，卻搖搖頭，表示反對：「大兄，你過來看赤忠的眼睛。」

「怎麼了？」

「一般而言，人死之後，眼睛會留下一些資訊，或驚愕，或不敢，或仇恨，或……可是赤忠的表情非常平靜，甚至沒有半點憤怒。你剛才也說了，祝道和赤忠有矛盾，而且曾數次鬥劍。那我問你，如果是你，面對一個剛和你發生了衝突，撞破你好事的人面對面站著，會不會有所防備？」

陳群想了想，「按道理說，肯定會有防備。」

「可是你看這赤忠的身上，除了這穿心一劍之外，沒有任何傷痕。也就是說，凶手面對面突然出手，赤忠一點防備都沒有，所以才會被一劍穿心致死。」

曹朋停頓了一下，接著說：「而且，赤忠的表情非常平靜，甚至有一種解脫之色……究竟是什麼人出手，讓他能如此坦然面對死亡？又是什麼人出手，可以讓他一點防範都沒有呢？昨天，我見過祝道和赤忠鬥劍。祝道的劍術，走的是剛猛路數，用的是三指寬劍，而非兩指細劍。」

說著，曹朋站在陳群對面，一臉微笑。猛然間出手，手指抵在了陳群的胸口，「大兄，這個人的劍術，絕對要比赤忠高明許多。」

曹朋手指抵在陳群胸口，把陳群嚇了一跳，臉色有些發白。

「阿福，你別這麼一驚一乍的好不好？嚇死我了！」

「你看，我們這麼熟悉，我剛才這麼一下，你也受了驚嚇。可是赤忠卻沒有半點驚駭之色，這平靜的表情，本身就代表了一個答案。所以，我不認為祝道是凶手，他沒這個本事。」

「那會是誰？」

曹朋揉了揉鼻子，搖了搖頭。

「這個問題，可真的難住了我。這樣，讓我們把事情梳理一下。根據赤忠身上的傷口來看，他死亡的時間，應該是昨天夜裡。這麼細的劍孔，血卻流乾了……絕非一時半會兒可以做到。傷口有些發白，是血流乾之後被泥水浸泡所造成的結果。昨天夜裡到今天，一共下了三場雨。而經過一個晌午，水已經沒了……所以我判斷，他是在昨天晚上，離開菊花庵之後，被人一箭穿心而致死。」

「昨晚酒宴最後，他偷窺岳關換衣，被祝道撞破，而後雙方發生了爭執，提前告辭。他前腳走，酒宴也隨之結束。我當時裝醉，所以沒有留意……但大兄可曾留意，酒宴結束後，誰走得最急？或者說，誰最先離開？」

「這個……」陳群想了想，「好像是一起離開的。」

「好吧，咱們這麼假設。赤忠離開之後，便往家走。有一個人，和大家一同離開後，便獨自追趕。他趕上了赤忠以後，拉著赤忠到林中避雨，而後突然出手，置赤忠於死地……嗯，應該就是這樣。」

陳群閉口不言，面露沉吟之色。

曹朋招手，示意役隸過來收拾屍體，而後和陳群一同步出了樹林。

就在這時候，一名役隸從雒陽方向飛馳而來。在林前下馬，役隸匆匆走到陳矩跟前低語兩句。陳矩一皺眉，連忙跑到陳群身邊，耳語幾句之後，陳群扭頭向曹朋看去，臉上的表情，極為古怪。

「怎麼了？」

「阿福，你好像猜錯了。」

「哦？」

「我剛才命孟南部回城緝拿祝道，結果孟南部到了祝道家中，卻發現祝道已經不見了蹤跡。」

曹朋坐在花廳外的門廊上，好像睡著了似的，閉著眼睛，一動也不動。

張氏在遠處看著他，露出焦慮之色。原本是來探望愛兒，不成想卻遇到了這一樁麻煩。曹朋回家之後，便坐在那裡發呆，好像失了魂魄，讓張氏格外擔心。三年前，曹朋那一場大病猶歷歷在目，也使得張氏總是提心吊膽，雖說曹朋這幾年一日強健一日，可終究是一樁心病。張氏很擔心，擔心有一天愛兒會突然發病，把幾年前那險死還生的經歷再次重複。

「月英，阿福他沒事兒吧？」張氏不敢去打攪曹朋，於是來到黃月英身邊，輕聲詢問。

月英看著曹朋的身影，「阿娘，妳莫擔心。阿福恐怕是遇到了煩心的事情，過一會兒就好了。」

「可是他從回家到現在，一句話也不說……」

其實，黃月英心裡同樣憂慮，只是她不能表現出來。因為她知道，自己一旦表現出焦躁不安，就會令張氏更加擔心。想了想，黃月英安慰了張氏兩句，邁步走向曹朋。

一抹幽香襲來，曹朋動了！

他扭過頭，看到是黃月英，微微一笑，「月英，我沒事兒……妳和阿娘說，讓她不要擔心。」

黃月英在他身邊坐下，「這話啊，還是你去說。」

沉吟片刻，黃月英突然問道：「阿福，有什麼想不明白的事情，說來聽聽。」

曹朋抬起頭，看著天邊晚霞，許久後長長出了一口氣，「我還是不相信，祝道會殺了赤忠。」

對於雒陽發生的事情，黃月英已經大致有所瞭解。「那你認為，是誰所為？」

「我不知道……」曹朋閉上眼，露出苦惱之色。半晌後，他輕聲道：「其實，我大概能猜出這件事情的脈絡，可目前還缺少一個重要環節。」

「哪個環節？」

「我真的不知道。」曹朋說著，站起身來。

晚霞，照映的天邊一片殘紅。院中的垂柳，柳葉紛落，似已凋零。

秋天的蕭瑟之氣，越來越重。到了傍晚時，風有些涼，吹拂在身上，可以感受到一絲寒意。

黃月英沒有再去追問，只是坐在那裡，靜靜的看著曹朋。

「祝道和赤忠雖有矛盾，但還不至於下毒手。如果說是赤忠殺了祝道，我也許能夠理解，但若說祝道殺了赤忠，我卻無法接受。祝道這個人，雖說粗莽，卻並非一個不曉得輕重的傢伙。他能在雒陽成為地頭蛇，說明此人眼皮子非常活絡。好端端的，他為什麼要殺赤忠？」

黃月英笑了，「那你說，不是祝道所為，又是何人？」

腦海中，閃現出一個又一個面孔。曹朋手指在鼻梁上滑動，「就是昨夜水榭中的一人。」

「哦？」

「張泰可能性不大，這個人精擅樂律，卻是個手無縛雞之力的傢伙。玄碩嘛……應該也像。此人的來歷不同一般，非常詭秘，但他應該不是赤忠的對手。一劍奪命，需要很高超的技巧。如果赤忠是個普通人，我倒可能會懷疑玄碩，可是……那剩下的，就只有蘇威、陳紹和張元安。可是，我卻著實無法想出來，這三人為什麼要殺了赤忠。」曹朋說著，臉上露出一抹苦笑。

如果在前世，他可以利用高科技手段，透過指紋對比、現場熱像掃描等方法，來查清楚真相。可是現在，他卻只能透過各種蛛絲馬跡來進行推理。

不過和黃月英聊了一會兒，曹朋這心裡面輕鬆許多。至少，不再像早先那樣，鬱鬱寡歡了。

母親來了，怎麼也要陪她開心。難不成讓母親和黃月英千里迢迢的從許都趕來，陪著他一起發愁嗎？

案中案

「走，咱們今晚吃火鍋。」

黃月英開心不已，連忙跑去告訴張氏。

聽說曹朋已經恢復正常，張氏也感覺很高興。於是，她喊來郭寰和步鸞，在廚上忙碌起來……

曹朋在小校場找到了甘寧。

甘寧似乎比三個月前更加精壯，精神頭也越發矍鑠。他正在校場中練習熊搏術，一招一式，似乎比之當初更見功底。看得出，此次去涅陽尋親，甘寧收穫不小。

「興霸，甘叔祖可好？」

甘寧點頭道：「一切尚好，我到了涅陽之後，得叔祖提點，又傳授了熊搏術的最後三式……嘿嘿，下次再見到那張黑子，我未必會輸給他。」

「那張先生呢？」

「仲景先生似閉關撰書，未能得見。不過聽叔祖的意思，仲景先生有意命族人來雒陽開設醫館，似乎想要把基業轉過來這邊。」

「那是好事啊！」

甘寧說：「不過這件事並不容易辦理，張家的基業在涅陽，要搬過來頗為麻煩。我臨走時，和魏文長說了這件事。文長表示，如果仲景先生真要搬家的話，他一定會出手襄助。公子，文長還託我向你問好呢。」

曹朋笑了，「文長現在如何？」

「他？挺得意！手握一校兵馬，看上去精神也挺好。公子，你這朋友可是不簡單。我和他切磋了一番，非百回合難以獲勝。文長武藝，當在你之上……哈，你這傢伙，結交盡是不俗。若文長能勤練不怠，早晚能凝勢而成，成為大將。」

蜀漢五虎上將之外，堪稱第一高手。不管魏延的品性如何，的確是一把好手。

曹朋有些得意，走到兵器架前，抬手摘下方天畫戟。

這支畫桿戟，並非呂布留下的那支畫桿戟。呂布的方天畫戟實在是太重，曹朋雖能使動，但還是有些吃力，這與他骨力未成、筋膜未開有關係。至少在目前，曹朋還用的不順手……

於是，曹汲仿呂布的方天畫戟，耗時三個月，造出四十二斤重的畫桿戟。

從重量上來說，倒是正合了曹朋的心意。不過就品質而言，這支畫桿戟，少了方天畫戟的韌性。好在，這只是一個過渡。曹朋的身體還在生長發育、還在成長，當他骨力大成，筋膜伸展之後，自然可使得動方天畫戟。所以目前，且湊合一下吧。

曹朋舞戟而動，走了一趟架子，便聽到步鸞喊他吃飯。

叫上甘寧，又喊來了夏侯蘭，三人直奔飯堂而去。此時，飯堂上已擺好了滿滿一桌子酒菜，郝昭和闞澤也都在座。黃月英、張氏還有步鸞、郭寰則單獨一桌，在一旁竊竊私語，說著悄悄話。

這也是禮法，女子不得同桌食用。

曹朋雖有心改變，可是這觀念根深蒂固，一時間也變化不得。

吃過晚飯，郝昭和夏侯蘭返回北園校場。這北園校場隸屬就在北部尉府旁邊，距離不過幾十米遠。此次甘寧等人前來，共帶來了三百黑甿和八十名飛甿。北部尉府根本住不下這麼多人，只好另尋住處。北園校場曾經是禁軍駐地，但由於雒陽屢遭劫難，後遷移許都，校場早已經廢棄……曹朋早就讓人把北園校場簡單的清理過，容納三百人，綽綽有餘。

天黑以後，曹朋返回花廳，繼續翻閱案牘。經過這幾日的辛苦，朱贊留下來的案牘公文，他大都閱過，並一一做出標注。

曹賊　七十章　案中案

正翻閱時，郭寰在門外說：「公子，盛世賭坊苗旭來了。」

「讓他進來。」曹朋頭也不抬，吩咐下去。

不一會兒，腳步聲響起。一個青年大步走進花廳，恭敬的搭手行禮：「草民苗旭，參見曹北部。」

「嗯。」曹朋只應了一聲，便沒有再理睬來人。他就坐在條案後面，繼續翻閱公文。

苗旭一開始還好，可是隨時間推移，他開始有些惶恐。

曹朋三百黑眊抵達，苗旭也跑過去觀看。

那黑眊一個個雄武非凡，一看就知道不同凡響。

如果說，苗旭本來並不太把曹朋放在眼中，特別是庫房起火之後，曹朋沒有任何動靜，苗旭不免更小覷曹朋。可是隨著黑眊抵達，苗旭似有所醒悟。

人家不是沒反應，而是在等大隊人馬抵達！

今晚，曹朋招呼他過來，明顯有秋後算帳的意思，苗旭可不認為，他手裡那些青皮地痞能抵擋得住黑眊屠殺。所以從進屋之後，苗旭就表現的很低調，甚至很惶恐。

花廳裡靜悄悄的，只有竹簡展開時發出的輕弱聲息。

額頭，不禁泛出了冷汗，苗旭的心怦怦直跳。可是他不敢吭聲，只能老老實實站在原處，等候曹朋發問。

「呼！」曹朋長出一口氣，把手中竹簡放下。

「苗心敖。」

「草民在。」

「本官與你師父，是合作關係，盛世賭坊裡尚有我一成份子，說起來，你應隸屬於我。」

「草民知道。」

「你師父為什麼走，去了哪兒，我不管。從現在開始，我希望能聽到我想聽到的事情。如果你想要敷衍我，這後果你自己去考慮吧。」說罷，曹朋盯著苗旭，目光灼灼。

苗旭的心神亂了……

他猶豫良久，輕聲道：「北部尉府的那場火事，應該是由北部尉庫丁李中所為。此人……是雒陽本地人，同時也是北部尉府的老人。參與這件事的，大約有十七人，全都是北部尉府役隸。草民已打聽清楚了他們的身分，曹北部若需要，草民可以立刻附上他們的名單。」

「嗯……這個，自會有人問你。還有呢？」

曹朋不動聲色，站起身來，走到了苗旭跟前。他圍著苗旭轉了一圈，拍了拍他的肩膀。

苗旭身子一顫，連忙道：「其實，朱北部生前，曾與家師聯絡過。」

「說下去。」

「大約在四月末，朱北部在北市查到過一批私貨。但朱北部並沒有告訴任何人，只是在私下裡和家師聯繫，並請家師打探那批私貨的來歷。可是未等家師得到消息，朱北部就……家師之所以離開，其實也是擔心被牽連其中，他們連朱北部都敢殺，更不會對家師心慈手軟。家師還說，如果曹北部需要幫助，可尋求祝道相助。祝道在雒陽的眼皮子比家師更活泛，而且消息更靈通，有他幫忙，定水落石出。」

苗旭抬起頭，輕聲道：「曹北部，草民只知道這些。」

「他們……是誰？」

苗旭道：「家師也未能查出來，但隱隱透出的意思，和許都有關聯。」

「那批私貨，又是什麼？為何我遍查卷宗，未有記錄？」

「這個……草民確實不太清楚。朱北部與家師聯絡時，草民並未在場。後來，聽家師話語的意思，好像是一批軍械。不過雒陽經營兵械者，大都有些背景。家師答應朱北部的時候，也有點勉強……為了這件事，草民兩個弟子離奇失蹤，家師就再也不敢追查下去，害怕牽連太深。曹北部就任，家師本來挺高興。可尉府火事，令家師感到惶恐，他也擔心到最後會連累到我們，所以才會離開，但具體去了何處，草民就不太清楚。」

兵械？

曹朋坐回了原處，露出沉吟之色。

這件事，似乎牽連越來越廣，如今更引出了兵械。

朱贊查出了這批兵械，竟然沒有上報，而是秘密查探，甚至不惜找史阿合作。要知道，朱贊對史阿的觀感並不好。所謂俠以武犯禁，身為雒陽北部尉，朱贊對史阿這種江湖人物一直是敬謝不敏。可是，他竟然找到了史阿……也就說明，朱贊在雒陽已找不到可信任的人。

史阿呢，是個謹小慎微的傢伙。這個人很知道明哲保身之道。一開始，他或許真的是想幫助朱贊，可是到後來，連他也害怕了……

從書案上拿起炭筆，曹朋在一張白紙上，寫下了朱贊的名字，然後又分出兩道支線，寫下兵械和糊塗兩個字樣。在朱贊名字下面，寫了雪蓮兩個字。由雪蓮，又引申出岳關、赤忠、祝道的名字。

這些名字，看上去相互間並沒有什麼聯繫。

曹朋沉吟片刻，對郭寰道：「小寰。」

「小婢在。」

「帶心敖去找闞澤先生，讓他寫下名單。然後立刻令夏侯蘭、郝昭、甘寧三人各領一百黑眊，按照名單上的名字抓人，先打入天牢之中。」

北部尉府，負責緝拿盜匪，本身也設有牢房。

郭寰答應了一聲，帶著苗旭往外走。

就在苗旭要走出花廳的時候，曹朋突然開口問道：「苗旭，雒陽城裡，除了赤忠、祝道和你師父之外，還有誰的劍術比較出眾？」

「劍術出眾？」苗旭想了想，「張梁！」

「張元安嗎？」

「就是他……聽家師說，張元安幼年時，曾隨家師祖學過兩年劍，當時甚得家師祖的讚賞。但後來，他因落馬，摔斷了胳膊……後來他雖然刻苦練習，但進步並不算太大。家師說，張元安劍術雖好，可因為幼時傷殘，使得他難以大成。不過在雒陽城裡，也能算得上一把好手。」

腦海中，浮現出張梁那張敦實的面容。

「他，可會左手劍？」

「左手劍？」苗旭連連搖頭，「劍乃君子，走不得偏鋒。家師祖曾有訓，劍走中門為君子，劍走偏鋒是為賊……反正沒聽說張元安會使左手劍。」

「你下去吧。」曹朋擺手，示意苗旭退下。

苗旭又施了一禮，極為恭敬的退出了花廳。

曹朋沉吟片刻，在赤忠的名字下面，寫下了張梁的名字。

站起身，他在花廳裡徘徊良久，而後又返回書案，從書案下，取出雪蓮房中找到的那個匣子。黑漆漆的匣子，許是煙薰火燎的緣故，看上去非常粗陋。將匣子打開，裡面是紅綢作墊，空無一物……這塊綢子，可真是鮮豔。做工也顯得很考究，與這匣子的粗陋，極不協調。

不協調，很不協調！

雪蓮為什麼要用這麼一塊貴重的紅綢作底呢？

曹朋腦海中，頓時閃過一個疑問。

七十章 案中案

把匣子放在一邊，曹朋盯著書案上的那張紙，陷入良久沉思。

天已經完全黑了！

曹朋頭昏腦脹，從花廳中走出。

隨著黑眊抵達，整個尉府如今都被曹朋的部曲所控制，外鬆內緊。看看天色，想來甘寧他們已經開始行動了吧。

曹朋在花廳門廊上，伸了一個懶腰，轉過身，準備回房間休息一下。只見花廳隔壁的房間中，燭火閃動，一個婀娜身影映在窗子上。

那是黃月英的房間……

曹朋輕手輕腳的走過去，想要看看黃月英在做什麼。可是當他推開房門，卻意外的看到步鸞站在窗邊……

「公子，這麼晚了，還不休息？」步鸞睜大眼睛，疑惑的看著曹朋。

曹朋奇道：「小鸞，怎麼是妳？月英呢？」

「小姐和夫人趕了一天的路，有些累了，所以已經歇息。我在這裡幫小姐收拾東西，怎麼了？」

還真奇怪！

剛才從窗外看的時候，那影像分明是黃月英，可進了屋子，卻是步鸞。步鸞和黃月英的體形，頗有不同，步鸞小巧玲瓏，而黃月英相對高䠷、豐滿……

「小鸞，妳站在這裡別動。」

曹朋突然想起了什麼，忙轉身出去，站在窗戶外面。

燭光投影……

曹朋的腦海中，突然閃過了一個非常古怪的念頭。

昨夜，自己遭遇刺殺。可究竟是刺殺自己，還是另有目標？

當時，曹朋站在窗戶邊上。如果從外面看，很難分清楚是曹朋，還是陳群。如果刺客刺殺的是曹朋，他應該是找曹朋的房間才對……

難道說，刺客要殺的不是我，而是陳群陳長文？

這念頭一起，曹朋心裡咯登一下。

如果刺客是要刺殺陳群，又是什麼緣由？

章十八 真相，初顯端倪

三百黑眊，如狼似虎。

當夜深人靜時，甘寧、郝昭、夏侯蘭三人各帶一百黑眊，按照苗旭所提供的名單，挨家闖入，將那些從睡夢中驚醒，尚不知發生了什麼事情的人們捉拿起來，繩捆索綁扔進了大牢。

雒陽北部尉，在抵達雒陽五天後，終於出手了。

當晚，整個雒陽北城陷入一片恐慌之中。哭喊聲、嘈雜聲、叫嚷聲連在一起，足足持續了一個時辰。

黑眊抵達雒陽的時候，許多人已經猜到曹朋會動手。可誰也沒有想到，曹朋出手竟如此凶狠凌厲，一點風聲都沒有傳出。

黑眊一到，便即刻出招。這也顯示出曹朋手段之強硬和果決。

這一晚，雒陽北城，人心惶惶……

「侯爺，不能再等了！」

北城一處偏僻的宅院中，陳紹站在門外，垂手而立，「那小曹賊既然動手，斷然不會就此甘休。如果再不離開，只怕他遲早會找上門來。到時候事情就會變得越發嚴重，請侯爺儘早決斷。」

「我早就說不要殺人、不要殺人……殺人固然能滅口，可是卻會使破綻越來越多，更何況是堂堂朝廷命官。殺了一個人，就會有第二個人、第三個人……到最後，只能是不可收拾。可是沒人肯聽……現在急眼了，又有什麼用處？」

陳紹低下了頭，不知道該如何回答。

片刻後，屋裡的人再次開口：「這件事，我來想辦法解決。我會先讓蘇公設法送你離開，把東西運出去再說。至於雒陽這邊的所有人員，必須要撤走。從今以後，雒陽集市廢棄，不得再啟用之……我會儘快安排新的地方，到時候你們要多小心。還有，告訴玄德公，我們能做的都已經做了……現在曹老賊已經有了覺察，短時間內，恐怕無法再給他足夠的支持。為陛下安危所慮，年前不會再提供兵械，請他多多保重。」

陳紹躬身道：「卑下明白。」

「好了，你先下去吧。」

陳紹退走之後，房門開啟。

從門內，走出一名白衣少年，負手立於門廊上。

一個白面無鬚的中年人，緊跟在少年身後，「侯爺，情況不妙，咱們最好儘快離開。」

「嗯！」

「岳長使那邊……」

「岳長使盡量保全吧。」少年想了想，又道：「畢竟她為了陛下付出那麼多，吃了不少苦，總不成說放棄就放棄。再者說了，陛下對她也頗為中意，如果能帶她回去，就盡量帶她回去。到了宮中，自然可以平安。不過現在這形勢，很難說把她平安帶走。如果實在不行，就讓她閉嘴！這件事，阿父你自行

真相，初顯端倪

決斷，把事情處理乾淨後，就儘快回來。」

「奴婢明白。」

長使，是漢宮十四等女官爵之一，在五官之上，位列第十，爵比五大夫，視六百石的俸祿。

中年人應命之後，閃身離去。只見他腳步輕盈，似足不點地般，眨眼間消失不見。

少年站在門廊之上，揉了揉眉心，頗有些苦悶的嘆了口氣，「原本想與你做個朋友，卻不想，還是成了敵手……曹友學啊曹友學，看你能做到什麼地步。我能做的，也都已經做了！」

嘆罷，少年轉身，沒入屋內。

屋內的燭光一閃，旋即熄滅，使得房間裡，陷入一片漆黑。

正如曹朋所猜想的那樣，苗旭列出十八個人的名單，只有十六個人被捉。

李中和一個名叫王二的役隸，在尉府火事發生的第二天就不見了蹤跡……據二人的家人說，這兩人一直沒有回家，如今生死不明。從李中家的水缸下，發現了一大包銅錢，約五十貫，四萬多錢。想來，這是他們焚燒府庫的報酬，甚至有可能這只是所有報酬的一部分。

根據那些被捉的役隸口供，李中和王二是這件事的主謀。

有人花錢，讓他們設法把府庫中的物品從北部尉府運走……當時，朱贊被殺，北部尉形同散沙，於是不少人就動了心思，李中和王二一起頭，立刻有人贊同。十六個役隸，每人得了一貫錢的好處，自然設法配合。他們也不需要費什麼事，只需在當值的時候睜一隻眼、閉一隻眼。

後來，曹朋就任，這些役隸就慌了。

又是李中出面，縱火把庫房焚毀，對外則宣稱，裡面只是一些雜物……隨後，李中王二兩人，再也沒有出現過。

「公子，乾脆稟報陳縣令，全城戒嚴，挨家搜查？」

夏侯蘭獻出計策，卻被曹朋搖頭否決。

闞澤笑道：「搜查什麼？如果我是那些人，肯定會殺人滅口。他們連朱北部都敢殺，更何況兩個小小的役隸？現在搜查，估計連骨頭渣子都找不到。」

「那怎麼辦？」

「怎麼辦？」闞澤道：「等！」

「等？」

「公子今日所做，可以稱作是打草驚蛇。那些役隸是草，他們背後的人才是蛇……捉蛇，需引蛇出洞。先使他們驚慌失措，而後再伺機等候。等他們出洞的時候，咱們一舉將他們拿下，到時候人贓俱獲，看他們怎麼說。」

夏侯蘭恍然大悟，連連點頭。再問道：「那這些役隸？」

曹朋眉頭一蹙，沉聲道：「此事可大可小，但此風不可長。先關押起來，等事情結束之後，處以罰作。反正雒陽城裡到處都有需要修繕的地方，有的他們辛苦。」

「正當如此。」

曹朋站起來，伸了一個懶腰。「諸公昨夜忙了一晚上，也都乏了。我去找陳縣令，大家先下去歇息……大兄留守衙堂，如果有什麼事情，可以酌情處理。你三人分作三班，輪流值守。我估計用不了多久，對方就會有行動，且做好準備，隨時出擊。」

「喏！」

眾人站起，躬身應命。

曹朋與張氏和黃月英說明了情況，而後換了身衣服，帶著十名飛眊作護衛，離開了北部尉府。

章十八

真相，初顯端倪

不過，他剛一出門，就見玄碩急匆匆跑來。

「曹北部，留步。」

「玄碩先生，你怎麼在這裡？」

玄碩拱手行禮，微微有些喘息。他嘆了口氣，有些疲憊的說：「曹北部，我都聽說了。」

「哦？」

「雪蓮死了、赤忠也死了……」

「嗯。」

「本來我昨天就打算過來，可是天色太晚，以至於……我今日來，是有一件事情要告訴北部。」

「什麼事？」

「北部還記得，我座下小沙彌莫言嗎？」

曹朋微合雙眸，沉吟片刻後點點頭，「玄碩先生說的，可是那當日在譯經臺上，捧琴之小沙彌？」

「正是。」

「他怎麼了？」

玄碩回道：「自昨日，草民就未見莫言。原本以為那孩子貪玩，可不成想，昨天一晚上都沒有回來。再加上出了這麼多事，草民也有些擔心，害怕莫言發生意外。所以這一大早就趕來，想請曹北部幫忙，看看能否找到他。」

說實話，曹朋對莫言，還真沒有什麼印象。因為這莫言幾乎沒有和他說過一句話，當日在譯經臺上，也是匆匆見了一面，如果不是玄碩提起，曹朋甚至想不起來這個人。眉頭微微一蹙，心道：這玄碩真是不懂事，我現在哪有時間幫他去找一個小沙彌？再者說了，我去哪兒找呢？說不定那小沙彌動了凡心，還俗了……雒陽這麼大，近十萬人口，我又如何查找？從何處查找？真是不知所謂……

但白馬寺，屬北部尉府治下。玄碩來找他報案，合情合理，也沒什麼過分。

想了想，曹朋回身道：「大牙，你先去闞澤先生那邊，把這件事情登記在冊，等我回來處理。」

「那多謝曹北部。」

「玄碩先生留步……」曹朋喚住了玄碩。

正打算找你呢，你自己就送上門來，我又豈能放過？

「我正有事要問你，咱們一同去縣衙吧。」

「啊？」

「別擔心，只是想請教先生一些事情，耽擱不了多長時間。」

「如此，草民願從曹北部之命。」

縣衙距離北部尉府並不遠，從銅駝街上了建春門大街，再走兩個街口，就是雒陽縣衙所在。

兩人一邊走，一邊聊了起來。玄碩嘴巴不停，一會兒說起了這白馬寺卿的印綬官爵，一會兒又談起了莫言的調皮搗蛋，話語中，無不透出濃濃的關愛之情。依照玄碩的說法，那莫言也是個苦孩子出身，最後當上沙彌，也是不得已而為之。不過他挺有靈性，可以用梵語背誦諸多經文，玄碩對他也非常看好。

「玄碩先生，問你件事。」

「啊，請北部吩咐。」

「前天晚上，酒宴散去之後，你和誰一起離開？」

玄碩愣了一下，蹙眉仔細回憶了片刻後：「那天晚上，因為最後發生的那件事，大家都不太愉快。老祝很不高興，還罵罵咧咧的說赤伯輿如何如何……我見他吃多了酒，而且情緒也有些激動。我擔心他惹事，所以便拉著他回白馬寺，安排他休息。當時有寺中的沙彌可以證明，我還給他安排了一間廂房，供他休息。第二天天沒亮，他就走了，我正在誦經作功課，所以也沒和他照面……對了，我聽說，是老祝殺了赤伯輿？呵呵，我覺得，除非他有分身之術。」

「可是他，確實跑了！」

「這個我就不太清楚了……」玄碩露出疑惑之色，「不過呢，我覺得老祝不是殺赤伯輿的人。」

「怎麼說？」

「沒錯，他和赤伯輿是有點矛盾，可也就是口角之爭。兩個人打架鬥劍倒是常有的事情，但如果說老祝殺赤伯輿……且不說他會不會這麼做，就算他有這心思，也未必是赤伯輿的對手。」

「哦？」

「他二人，劍術差不多。」

曹朋突然道：「玄碩先生也知劍術？」

「呃……說不上知曉，但是能看出些端倪。想當年在長安，溫侯他們演武時，我也曾見過。老祝的劍術和赤伯輿差不多，很難說誰高誰低。」

曹朋心裡一動，「那倒也是，想當年涼州軍何等興盛，董太師麾下，猛將如雲啊。」

「那是！」玄碩呵呵笑道。

曹朋又問：「那張梁如何？」

「張梁？」

「聽說他曾得名師傳授。」

「張元安啊，是有這麼回事。不過那也是很早以前的事情。後來聽說他落馬斷了手臂，也就沒有再隨王越習劍……反正我沒有見他用過劍，也很少聽說他與人衝突。至於真實本領，我說不準，說不準。」

不知不覺，曹朋兩人便到了縣衙門口。迎面，就見陳群帶著孟坦匆匆從縣衙裡出來。

「友學，你來的正好，快跟我走。」

「去哪兒？」

「菊花庵！」

「菊花庵？」

陳群有些氣急敗壞，咬牙切齒道：「岳關跑了！」

「啊？」

「昨天我問過岳關之後，便讓她回去。當時我還擔心，岳關一介女子獨自一人回庵內會有危險，於是安排了兩個人輪流守護。今天早上，我派去保護岳關的那人過去替換值守，不成想發現那人被殺了。不僅如此，菊花庵內還發現了一具死屍，岳關不見了蹤影。我懷疑，那岳關就是殺人凶手！」

曹朋不由得倒吸一口涼氣。

兩日裡，這是第三樁命案！

我的個天，這案子還真是接連不斷啊……

難怪陳群會氣急敗壞。昨日凶手就在他眼皮子底下，卻被他生生放走。這也就算了，又接連死了兩個人，岳關還跑了！這對於心高氣傲的陳群而言，又怎可能嚥得下這口惡氣？

孟坦看了曹朋一眼，卻視若不見。

曹朋也不明白，自己何處得罪了孟坦。不過也容不得他多考慮，陳群已命下人，又牽過來兩匹馬。

「玄碩先生，你來的正好，咱們一同前去。」

「喏！」

這個時候，玄碩根本不敢露出半點拒絕之意，二話不說便跨上了戰馬。

一行人打馬揚鞭，便衝出了雒陽……

章十八
真相，初顯端倪

菊花庵周圍，依舊寧靜。山上的野菊花盛開，五彩斑斕。

孟坦突然冷笑道：「菊花塢裡菊花庵，菊花庵住菊花仙……曹北部，聽說這是你為岳關作的詩？」

曹朋眉頭一皺，「正是。」

「果然好詩……不過所贈的人卻不對。依我看，這哪裡是什麼菊花仙，分明就是個殺人狂。」

「孟南部，住嘴！」

陳群回身一聲厲喝，孟坦悻悻然，閉上了嘴巴。

曹朋看了他一眼，沒有理睬，逕自下了馬。

「曹北部，孟南部好像和你有誤會？」

曹朋瞪了玄碩一眼，「沒你的事兒，跟上。」

玄碩嘴角勾勒出一抹嘲諷的笑容，但旋即便消失不見。他緊隨在陳群身後，走進菊花庵中。

前堂廂房門口，一具屍體仰面朝天，眉心處正插著一枝黑色短矢。對那枝短矢，曹朋並不陌生，前夜他被刺客襲擊的時候，那刺客所用的正是這樣一枝短矢，一模一樣。

「一箭斃命，好箭法。」孟坦忍不住稱讚，輕輕搖頭。

雒陽城裡，還真是臥虎藏龍。先有人使赤忠一劍穿心，現在又有人一箭斃命。也不知這兩件案子的凶手，是否為同一人？

曹朋撓撓頭，轉身問差役：「另一具屍體，今在何處？」

「在後堂跨院。」

「前頭帶路。」

曹朋吩咐一聲，差役連忙往後院走。陳群和孟坦也都紛紛站起來，隨著曹朋，穿過中閣門，進入了後院。

水榭依舊，可池水中的荷花卻已掉落。這秋天一日寒死一日，難免會出現這樣的現象。

曹朋無心欣賞這小院裡秋日蕭索的景色，直奔跨院。

「在哪兒？」

「喏……房間裡。」

差役用手一指，正是岳關的房間。只見房門洞開，曹朋縱身跳上門廊，便闖進屋中。

一個男子赤身裸體的躺在榻上，身下的被褥被鮮血浸透。屋中，瀰漫著一股奇怪的味道，似是血腥味，但又好像混合了什麼氣息，格外刺鼻。

「把窗子打開！」

陳群和孟坦這時候也走進來，掃視房間。

書案被清空了，上面擺放著兩樣菜肴，還有半罈子酒。地上，遍布破碎的布條，曹朋蹲下身子，撿起來看了一眼，扭頭對陳群道：「好像是比丘所著緇衣，被人用暴力撕扯開來……」

孟坦忍不住道：「還是個風流比丘。」

「孟南部，本縣請你過來，不是讓你在這裡陰陽怪氣。」

陳群這一怒，孟坦頓時閉上了嘴巴。

曹朋看了他一眼，也懶得理睬孟坦，「找兩隻狗，試一試這菜肴和酒水，裡頭可有什麼東西。」

「喏！」

曹朋吩咐罷，邁步上前，把那男屍翻轉過來。

「咦？」當他看清楚屍體的樣貌，不由得大吃一驚，連忙喊道：「玄碩先生，你快點過來！」

身為出家人，雖說目前只是居士，卻也不願見這殺人的場面。可是聽到曹朋的呼喚，玄碩也只好走進房間。他一隻手抬起來，用袖子遮著面孔，一邊走一邊捂著鼻子道：「曹北部，什麼事？」

章十八
真相，初顯端倪

「你自己看吧。」曹朋起身，讓開了路。

玄碩則放下了袖子，凝神向榻上的屍體看去。這一看不要緊，玄碩當時就呆愣住了，半天說不出一句話來。

陳群一旁愕然問道：「怎麼了？」

曹朋深吸一口氣，沉聲回道：「若我沒有認錯人的話，這個人……就是玄碩先生的弟子，名叫莫言。今早玄碩先生還來報案，說莫言下落不明。而且，我想，在前夜刺殺陳雒陽的刺客，就是他。」

玄碩聽聞，不由得一震，怒道：「你，胡說！」

突然，外頭有人來報：「縣令，在榻後發現一柄劍。」

孟坦連忙走過去，從一名差役手裡接過長劍後掃了一眼，目光極為複雜的朝曹朋看過去。

「縣令，這應該是殺死赤忠的那柄劍。」

陳群顧不得安撫怒火中燒的玄碩，忙快步上前。

孟坦手中的長劍，長約三尺半，在八十公分左右。劍身呈流線型，刃口鋒利。兩指寬，一面呈鋸齒狀，可增加切割的力量。這柄劍，和曹朋所形容殺死赤忠的寶劍，基本吻合。

陳群對玄碩道：「未曾想，莫言還是一名劍手！怪不得我們查不出人來，原來是他所為。玄碩居士，很抱歉，這件事恐怕連你也無法脫身。在未弄清楚真相之前，還請你委屈一下。來人，送玄碩居士回縣衙，先關押起來，不得無禮。」

玄碩目瞪口呆，久久不能言。

曹朋在一旁，也沒有任何解釋，只是蹲在屍體旁邊，仔細的觀察。

袁玄碩如同失魂落魄般，在兩名差役的押送下，走出禪房。

陳群走過來，拍了拍曹朋的肩膀，「走吧……回去後，我立刻發出海捕文書，緝拿比丘闞。」

曹朋抬起頭，輕聲道：「莫言不是殺死赤忠的凶手。」
「哦？」
孟坦一旁忍耐不住道：「曹北部，殺死赤忠的凶器形狀，是你所言。如今凶器就在這裡發現，不是莫言，難道是岳關嗎？我可是記得，赤忠被殺時，岳關一直在這裡，並沒有離開。」
「不是岳關。」曹朋指著屍體，對孟坦道：「至於我為什麼說不是莫言，孟南部看過就知道。」
孟坦冷冷的哼了一聲，走到屍體旁。
「看他的左手臂……」
「好像有傷？」
「左臂骨折，他如何殺得了赤忠？」曹朋咳嗽了一聲，似乎是有些受不了這屋中的氣味，轉身走到門口，「前夜，此人前來刺殺陳雛陽時，被我用鐵流星擊傷。左臂重創，根本無法使劍。而且，他的雙手皮膚雖然粗糙，但絕非練劍所致。一般而言，劍手的手指多有老繭。若孟南部不相信，可以找幾個劍手來看看……莫言這雙手，分明是長期勞作所致。」
孟坦沉默了！
半晌後，他問道：「那為何會找出凶器？」
「移花接木而已。」曹朋微微一笑，「想來有人希望用這種方法擾亂我等視線，掩護真凶。」
「友學，你可有腹案？」陳群突然問道。
「張粱！」曹朋閉上眼睛，片刻後沉聲答道：「我先前還只是懷疑，但現在看來，似乎不能再等下去了。兩日三命，再加上咱們的人，足足四條人命……對手已經急了，看樣子他們準備撤離，所以才急不可耐的想要抹除各種痕跡。可越是這樣就越說明，我們已接近了真相。」
「什麼真相？」

章十八 真相，初顯端倪

曹朋並沒有回答，慢慢走下門廊。

跨院裡，涼風習習。陽光透過搖曳的樹影，照映在小院中，斑斑光點忽閃忽滅。

陳群道：「孟南部，立刻調集兵馬，緝拿張元安。」

「啊？」孟坦有些猶豫，輕聲道：「縣令，這張梁是雒陽本地豪強子弟，沒憑沒據的緝拿他，只怕會引起雒陽豪強的反對……那些人，大都有些實力，如果鬧將起來，很可能會引發動盪啊。」

陳群眸光一閃，「先拿下再說。」

他既然放了話，顯然是下定了決心。孟坦雖然有些遲疑，可還是搭手應命，領著人返回雒陽。

而此時，曹朋已經走出跨院。他沿著圍牆漫步，神態看似輕鬆自如。

陳群來到拱門下，曹朋正好返回。

「阿福，你可有把握？」

「把握不把握的不敢說，但如果張元安是真凶，他此刻一定不在家。」

「和祝道一樣？」

曹朋點點頭，又搖搖頭，「祝道逃走，也許只是一個巧合，和命案無關。但如果張元安是真凶的話，根據今天這事態發展，可以肯定，他也有些急了，所以才會不顧一切的殺人……所以我估計，張元安也已經做好了撤離的準備，此刻一定和他的同夥在一起。」

陳群忍不住道：「那這些人，究竟是什麼目的？還有，你剛才說，莫言刺殺的是我？我來雒陽之後，很少拋頭露面，誰又這麼大膽要刺殺我呢？」

「既然他們可以殺朱四哥，為什麼不能殺你？」

「你……」

曹朋笑了笑，拉著陳群，走上水榭。

「大兄，可還記得，當晚在這水榭中歌舞畢後，你曾與岳關說過一句話？」

「有嗎？」陳群當時也熏熏然，說過什麼話，卻記不太清楚。

曹朋說：「你當時稱讚岳關，說她歌舞頗有漢宮之風韻……」

岳庵主的歌舞，似乎帶宮廷氣，非常好！

陳群腦海中，頓時浮現出當晚的那一幕。剎那間，他那天晚上說的每一句話，都好像迴盪在耳邊。

「我的確說過。」

「這就是刺殺你的原因。」

「啊？」

曹朋手扶水榭憑欄，神情似乎又回到了那天晚上。

「曹北部，我知道是誰殺了朱北部，請設法今晚留宿庵內……」

雪蓮柔柔的聲音，在耳邊迴響。

片刻後，曹朋扭頭對陳群道：「大兄，可知這天下間，有各種奇人異事。我曾聽說，有人可以透過嘴唇的動作，來猜測話語的內容，這叫做唇語。」

「沒聽說過。」

「我相信，當晚就有人，懂得這門絕藝。」

「誰？」

「岳關。」

陳群激靈靈打了個寒顫，頓時感到一股寒意自體內騰起。下意識的，他抓緊了衣領，環視水榭，腦海中似浮現出當晚的一幕幕場景。當雪蓮和曹朋密語時，岳關那雙靈動的眸子，隨著舞蹈，而凝視著雪蓮……

曹賊

十八章

真相，初顯端倪

「你的意思，岳關發現了雪蓮的密語，所以……」陳群不是傻子，很快就猜出了曹朋話語中的意思。

曹朋點點頭，閉上眼，浮現出岳關那雙似秋水般柔媚的雙眸閃過一抹戾色。

「赤忠為什麼被殺？」他輕聲道：「大兄還記得，當晚那場衝突？」

「記得！」

「赤忠的確是有意偷窺岳關換衣，只是他沒有想到，他偷窺到的……並非活色生香的春宮，而是一起命案。岳關發現了雪蓮意圖告密，於是便動了殺心。她藉口換衣，讓雪蓮在井邊提水，而後突然來到雪蓮的身後，用當晚投壺所用的銅壺，狠狠的砸在雪蓮的腦後……雪蓮猝不及防，一頭栽進了水井之中，可謂是神不知，鬼不覺。如果不是赤忠發現，根本不會有人發現雪蓮的失蹤。」

「按照岳關的想法，那口水井連向伊水，雪蓮掉入水井之後，會被沖進伊水河中。到時候即便是被人發現了屍體，她也可以置之事外。然而，那天夜裡連續兩場瓢潑大雨，伊水暴漲，使得雪蓮的屍體並未被沖走，仍留在水井之中。這也是岳關不小心所露出的一個破綻……」

陳群深吸一口氣，「然後呢？」

「本來，岳關並沒有發現她做的這一切被赤忠看到。可不成想，祝道的出現，也使得赤忠暴露在岳關的視線中。祝道和赤忠一向不合，看到赤忠從牆角出現，便嘲諷赤忠。而赤忠此刻心神大亂，他沒有想到自己所中意的女子，竟是個殺人不眨眼的女人。加之祝道的言語刺激，赤忠狂性發作，和祝道展開了一場搏鬥。」

「他，發瘋了……」

回想起來，那天晚上赤忠的確很瘋狂，以至於祝道被他打得連連後退，狼狽不堪。

曹朋接著說：「而這時候，岳關出現了。當時我們都以為岳關是感到受了羞辱，才一直低著頭。殊不知岳關是因為恐懼！當她聽到祝道說赤忠在偷窺她的時候，便立刻意識到，她殺死雪蓮的過程被赤忠看得一清二楚。她也知道赤忠喜歡她，可她更擔心赤忠會告發她，於是她衝過去攔住了赤忠……還記得她當時的話語嗎？伯輿，你欲我死乎？乍聽起來，是羞憤難當，實則是向赤忠求情……」

「赤忠倒是個多情種子，面對著岳關的哀求，他沒有當場說出，而是頭也不回的離開了。可他這一心軟，卻註定了他的結局。他喜歡岳關，岳關卻不喜歡他……而當時在酒席宴上，還有岳關的同夥。他得到了岳關的提示，於是在離開菊花庵，和眾人分手之後便追趕過去。赤忠並沒有想到，那個平日和他關係不錯的朋友，是懷著一腔殺意追趕了過來……」

「兩人在林中避雨，赤忠吐露了真相。不成想，他的這位好朋友竟突然出手。而赤忠也沒有想到，他這位朋友的劍術竟如此高明，以至於根本沒有防備，被一劍穿心……」

曹朋陷入了一種癲狂的狀態，他模仿著赤忠的聲音說：「是關關讓你殺我？」

而後他又模仿另一個人的聲音道：「伯輿，對不起……怪只怪，你多事，看到了不該看的事情。」

陳群不由得毛骨悚然，驚恐的看著曹朋。

曹朋長出了一口氣，轉身對陳群笑道：「於是，這多情種釋然了……他的死，不是岳關不喜歡他，只因為他多事！於是，他很平靜的倒在泥濘中，沒有任何掙扎。我想，他當時一定是感到了解脫……」

陳群沉默了！

水榭裡，有一種令人窒息的沉悶氣氛。

半晌後，他露出一抹艱澀的笑容，「那莫言，為何要殺我？」

「我在雪蓮的屋中找到了一個匣子。小丫頭似乎有所提防，於是留下了一些線索。但是她的這個舉動，並未瞞過岳關的眼睛。在酒宴散去之後，岳關走進了她的房間，從浮屠下面找到了匣子，然後把雪蓮放在裡面的線索取走。為了造出一個雪蓮曾回房的假象，她又在香爐中焚了一炷香……」

「只是，岳關還是小覷了雪蓮。那小丫頭精靈得很！她留在木匣子裡的線索，全都是假象。因為她知道，她隨時可能被岳關所殺害……所以，她真正的線索，是在匣子裡的那一塊火紅色綢緞。」

「紅色綢緞？」

「是啊，很聰明的方法，岳關絕對想不到，雪蓮用這種手段，把岳關的來歷告訴了我……」

陳群輕輕搓揉面頰，似乎陷入了沉思。半晌，他抬起頭，「昔年高祖斬蛇起義，言赤帝之子。此後，我漢室以火德而興……紅色綢緞，代表著大漢皇族。岳關，是從宮裡的人！所以當我說她歌舞有漢宮風韻時，岳關以為我看穿了她的來歷。於是，她立刻聯絡了莫言……我還不清楚她是如何聯絡莫言，但是當晚，莫言奉命前來刺殺我。只是，莫言沒想到你會在我房間，於是射箭被你躲過，而你當時也以為那枝箭是衝著你來……但實際上，莫言要殺的人，是我？」

「大兄所言極是！」曹朋撫掌而笑，「一個簡陋的木匣，一方價值不菲的紅綢……雪蓮用這種方法，說出了岳關的來歷。」

「那她，為何又要殺死莫言？」

曹朋抬起頭，「我不知道！也許是為了栽贓嫁禍，也許是為了殺人滅口，甚至有可能，是莫言先起了殺心，於是岳關色誘了他，讓莫言成了石榴裙下的風流鬼。這個答案，也許只有找到岳關，才能夠知曉吧。」

「岳關，在哪兒？」

曹朋再次搖頭，「我哪知道。」他緩緩步出水榭，「但如果我是岳關，一定會設法返回宮中。」

「那我立刻上報河南尹，請程公封鎖關隘。」

「另外，這一兩日，很有可能會有商隊離開雒陽，到時候會向縣衙請求關牒，大兄可以放行。」

「你的意思是……」

「其實，他們比我們更緊張。」

曹朋笑了笑，沒有再往下說。

而陳群也已經明白了他的心意，臉上浮現出一抹冷意。

孟坦在雒陽城外，攔住了陳群的車馬。

他一臉羞愧，道：「縣令，張元安跑了。」

「哦？」

「據他家人說，張元安昨晚離開家中，此後就再也沒回來，具體去了何處，也無人知曉。」

陳群扭頭，駭然向曹朋看去。曹朋露出『果不其然』的表情，衝著他嘿嘿一笑。

「咱們回府！」

陳群二話不說，立刻領著人，趕回縣衙。

眾人在縣衙下馬之後，有家臣過來稟報：「公子，北市的蘇先生說，受您之邀前來，已等候多時。」

「北市的蘇先生？」

陳群先一怔，旋即反應過來，那蘇先生應該就是中山蘇家在雒陽的大賈，蘇威。

「阿福，玄碩居士……」

「先關押著吧。」曹朋笑了笑，「這時候放他出來，說不定會有什麼麻煩。先讓他待在牢裡，找人保護好了。等事情結束後，大兄不妨設法為他正名，他不是一直在求白馬寺卿的印綬嗎？權作是對他的補償。對了，若大兄有心，不妨派人到祝道家中搜查一下，說不定會有意外的收穫。」

陳群愕然不解，但曹朋又不肯解釋。

「此事，有機會再說。」陳群道。

「那我先回北部尉府，我那邊也是好多事情。」曹朋點點頭。

曹賊

章十八 真相，初顯端倪

「如此，我不送了。」

曹朋和陳群告別之後，便帶著人返回尉府。

其實，他哪有什麼事情？只不過在他心中，尚有一個謎題未能解開……

曹朋回到尉府，立刻找來了闞澤。

「大兄，對董卓可有瞭解？」

闞澤蹙眉道：「瞭解不多，但略知一二。」

「我有一樁事情，想要煩勞大兄一下。」曹朋說著，在闞澤耳邊低聲竊語了一陣。

闞澤一開始尚有些迷茫，可漸漸的，臉色透出凝重。他沉著臉，連連點頭，表示明白曹朋的意思。

「公子放心，此事我定會儘快查清。」

「如此，有勞大兄。」

坐在花廳裡，曹朋感到倦意湧來，於是半依在榻上，閉目假寐。

來到雒陽之後，所發生的種種事故，回想起來，卻是千回百轉。今天他和陳群所言述的答案，很多是依靠推測，說實話並沒有太多的證據。好在這個時代，並不完全是以證據為準。

他已經觸摸到了事情的真相，如果想要確證，就只剩下等待！

對，耐心的等待……

一張張熟悉的、陌生的面孔，在腦海中閃過。

不知不覺，曹朋進入了夢鄉。

半夢半醒之間，他感覺有人在推搡。於是睜開眼看去，卻見夏侯蘭和步鸞站在一旁……

翻身坐起，曹朋輕輕揉了揉眼睛。

「什麼時辰了？」

「回公子，快戌時了！」

曹朋這才留意到，花廳裡已燃起了銀燭。

天，已經黑了。

「我竟睡了一下午？」

「嗯……老夫人和黃小姐來看過兩次，但是見公子睡得香甜，所以就不許人來打攪公子。」

拍了拍額頭，曹朋坐直身子，問道：「有什麼事嗎？」

夏侯蘭上前一步，輕聲道：「公子，酉時苗旭派人送來一封書信，說是事關重大，請公子定奪。」

他說著，把一封壓著火漆的竹筒遞給曹朋。

曹朋一蹙眉，扭開竹筒的封口，從裡面倒出了一卷拇指大小的白絹。

「掌燈過來。」

步鸞忙舉著銀燭靠過來。

曹朋就著燭火光亮，展開白絹，仔細觀瞧。臉上，閃露出驚喜之色，片刻後突然發聲大笑：「我就知道，老史不是個怕事的人！」

他站起來，拔腿就走。

「公子，快晚飯了，您這是要去哪兒？」

「嘿嘿，我有要事找陳縣令商議，小鸞告訴阿娘和月英，就說我今晚回來的晚，不必再等我。」

章十九 還沒有結束！

黎明時，下起了雨。

雨並不大，但淅淅瀝瀝的惹人愁思不斷。秋雨綿綿，使得蘇威的心情非常壓抑，臉色很壞。

「老爺，今天開市嗎？」

「開什麼市……皮貨不是已經賣空了嗎？」

老管家看得出蘇威心情不好，可他還是要硬著頭皮道：「老爺忘記了？張家老爺前些日子發來了一批皮毛，讓咱們設法換一些鹽回去。只是這幾日老爺一直忙，所以也沒顧得上處理。小人聽說北市張家和海西搭上了線，自海西運來大批青鹽，您看是不是和老張家商量一下，和他們把這筆交易做了？」

如果是在從前，蘇威說不得會很有精神。但今天，他一點精神都提不起來……

「這件事，等等再說。」

「喏！」

「對了，商隊出城了？」

「老爺放心，小人是親眼看著商隊離開。」

「那北部尉府的黑眊，可有動作？」

管家搖搖頭，「北部尉府很平靜，老爺只管放心。老奴已命人盯著，一旦北部尉府有行動，會立刻告之。其實，老爺又何必擔心？如今車已走了，貨也沒了，咱們已經從裡面脫身出來……縣衙和北部尉也沒有覺察，一切風平浪靜，該處理的都處理了，老爺不必再憂慮。」

蘇威坐起來，苦笑不止。

「放心？我如何能放得下心呢？」

他站起來，慢慢走到房門口，「這次僥倖脫身，下次呢？天曉得會是什麼狀況。汝南劉備就是一帖膏藥，貼上來，想要甩掉可沒那麼容易。不撕掉幾層皮，他絕不會善罷甘休。想當初，大老爺迫於無奈，給他了一些資助。可你算算看，這些年他透過咱們，又得了多少好處？特別是自從麋家失了勢，他就不斷向咱們索取。得了汝南以後，原以為能好一些，但你看現在……弄不好，咱辛辛苦苦在雒陽打下的基業，就要喪於他的手中！陛下這一次做出的選擇，看似聰明，但恐怕是選錯了人。」

老管家閉口不言，因為他也不知道該如何評價這件事情。

中山蘇氏，也算得上是一地豪強，行商天下，頗有資產。

當年，蘇家子弟蘇雙，途徑涿郡時，正逢黃巾之亂。蘇雙等人被困在涿郡，結識了劉備等人。當時，蘇雙贈了劉備戰馬百匹、金百斤、生鐵近千斤……也就是從那時起，劉備和蘇家便有了密切的往來。不過那時候劉備尚未成事，所求的也不多；後來到了徐州，又因麋家的資助，使得劉備不需要聯繫蘇家，兩邊的關係漸漸淡了，甚至很長時間沒有來往。

可誰知道，劉備在青州避難時，又派人找上門來。並透過蘇家在雒陽的力量，把從許都偷偷運送來的各種兵械輜重，轉運到汝南劉備的手中。

蘇威可說是提心吊膽。

章十九
還沒有結束！

「劉玄德看似仁厚長者，實則心狠手辣，膽大妄為。當初殺朱贊的時候，我就說沒那個必要……朱贊只不過查到了一些兵械，那就讓他查嘛……雒陽城裡暗中經營兵械的，又不是只我一家。就算朱北部查到我頭上，咱們也大可以脫身。偏那陳伯至死活不肯，非說那批兵械不能被人發現，更下狠手，命人幹掉了朱北部。現在可好，朱北部死了，來了個曹北部。這曹北部明顯比那朱北部更強硬，手段也比朱北部高明……」

「做生意，殺人成不得大事！陳伯至偏不聽。好了，人越殺越多，到最後不可收拾，就拍屁股走人，讓咱們給他清理後事。這件事，算不得結束！你看著吧，陳長文也好，曹友學也罷，絕不會善罷甘休。弄不好，咱們一個都跑不了，甚至可能連許都那邊也會受到牽連。」

蘇威近乎發洩般的咆哮，老管家一言不發。

不過，這一番發洩過後，蘇威的心情倒是好轉許多。

「老蘇，收拾一下東西，咱們也離開雒陽。」

「去哪兒？」

「回老家……難道留下來，等人找上門嗎？」

「那這邊的基業怎麼辦？」

「怎麼辦？」蘇威苦笑一聲，「閉市，先閉市。回去看看情況，如果沒什麼事，咱們再回來。」

蘇威的確是怕了！

老管家不是沒經過世面的人，聽完蘇威這一番發洩之後，也知道事情不妙。

「那，老奴這就去安排。」

蘇威頹然坐下，閉上眼睛，點了點頭。

別看他平時不怎麼出門，可實際上，他的耳目遍及雒陽。

蘇家在雒陽的這座商行，是在初平年間董卓遷都以後開始興建，至今不過十年光景。當初，蘇家家主蘇雙和張家家主張世平，從殘破的雒陽城看到了商機，於是便合力開設商戶。一晃十年過去，蘇家商行在雒陽也算是站穩了腳跟。他們有錢，可以買通本地地痞，通風報信；同時還招攬了不少人手，看家護院。

蘇威覺得，再給他十年，他一定能控制住雒陽北市……至少在皮市和馬市方面，他絕對可以壟斷整個市場，成為雒陽商市第一。

而現在，都沒了！

蘇威嘆了口氣，也許所有的一切，就是從那中平元年，便註定了……

陳紹押送著車輛，沿著大道行進。出了雒陽城，他心情大好。

此次從雒陽得來的兵械輜重，對汝南而言，極為重要。這批兵械，源自於河一工坊，是裝備給長水營的軍械。許都方面透過多方努力，將這批兵械轉送雒陽，再透過雒陽送往汝南。

河一所出，必是精品。

這已經成為了許多人認同的概念。

為了這批兵械，長水校尉種輯也是費盡了心思，才從司空府中摳出來。如果能到了主公劉備手中，至少能令白眊提升三成戰力。

白眊此前受損嚴重，特別是在被曹朋強行擄走三百人後，可謂元氣大傷。後又遭遇虎豹騎突襲，更令白眊死傷慘重。劉備先在青州收攏了一批精兵，而後又在汝南招兵買馬，才算是把白眊的人數從四百提升至一千五百人。白眊的人數增加了，可要達到先前的戰鬥力，也不是一下子就能夠成功……

於是，劉備就想到了河一工坊的兵械。

還沒有結束！

如果白旄能配上優良的兵械，即便是不能恢復到原有的戰鬥力，也能使白旄變得強大起來。

也許有人會問，陳紹為什麼會如此費盡心思的強大白旄？

這個嘛，可以從他的名字看出端倪。

陳紹字伯至，而白旄的主帥陳到，字叔至。

陳紹，是陳到的大哥。

一直以來，陳到都是白旄主帥。可如今，陳到的地位卻受到了威脅。

昔日公孫瓚帳下的一員驍將，率百餘人投奔劉備。此人和劉備關係密切，早在興平元年時，便和劉備結識。不但如此，此人槍馬純熟，武藝高絕，在劉備受虎豹騎追擊的時候，曾刺殺二十三名虎豹騎，更重傷虎豹騎主帥曹純，保護劉備平安脫險。他到來後，劉備立刻命他為親兵隊長，取代了之前陳到的職責……

論關係，那人與劉備相識在前。

論資歷，他曾在公孫瓚帳下效力，是白馬義從的驍將。

論武藝，陳到更非他的對手。雖說陳到也能打，卻不過是一流武將而已，他最大的才能，就是練兵和治軍；而那個人的武藝，似乎不遜色於關羽和張飛。

陳紹必須要為自己兄弟考慮，如果陳到的白旄能得到這批軍械，以後在劉備帳下也有底氣。

這天底下，誰能有真正的大公無私呢？

「都尉，前面就是伊闕關。」

陳紹笑道：「怕什麼？咱們有通關文牒，到時候自可順利通行。對了，通知張梁公子，讓他率部先行通過。大家都小心一點，打起精神，過了伊闕關，就算安全了。」

「喏！」

伊闕關，就是西山（今龍門山）和香山的闕口。兩山夾峙，伊水穿流其中。這裡是雒陽南下，汝潁北上的必經之路。中平元年，黃巾之亂爆發，為鎮壓黃巾軍，保衛雒陽城，漢靈帝下令在雒陽周圍設置八關。伊闕關就是其中之一。

山谷相連，自古為防守要地。只要過了伊闕關，就算是進入潁川郡。到時候穿潁川而過，便直達汝南……

陳紹深吸一口氣，催馬上前，趕到了隊伍前頭。

「元安，都安排好了嗎？」

張梁笑道：「都尉放心，這伊闕關守衛算不得太嚴，咱們手裡有通關文牒，絕對萬無一失。」

「如此，甚好。」

張梁笑得更加燦爛。

他本是雒陽豪強子弟，幼年時曾拜師王越，修習劍術，可後來由於落馬受傷，便中斷了習劍。雒陽張氏，不是什麼名門望族，但對漢室忠心耿耿。漢帝自長安流落雒陽的時候，張家是率先供奉糧食。後來，曹操迎奉漢帝，遷都許縣。張家則因為種種原因，留在雒陽。

張梁也就是在那個時候，成為大漢皇室在雒陽的一枚暗棋。此次離開雒陽，於張梁而言，卻是一樁好事。他早就不願意繼續留在雒陽……他有遠大的目標，希望能建立功業，中興漢室。

坐在馬上，他低頭看了一眼布滿老繭的左手，猛然催馬，呼喝道：「加快速度，務必於正午前，行出伊闕。」

長鞭聲不斷響起，馬嘶人喊，車隊的速度驟然加快。

行至伊闕關時，雨停了。

伊闕關關門緊閉，關隘上人跡皆無。

章十九
還沒有結束！

張梁不由得一怔，揮手示意車隊停下。他招手示意一名裝扮成雜役的小校上前，低聲耳語幾句之後，小校便匆匆跑到了關門之外。

「敢問城上軍爺何在？」

「敢問，城上有人嗎？」

小校連喊了好幾聲，才見那關隘上探出一個腦袋。

「封關了！」

「啊？」

「河南尹有命，下令封閉雒陽八關。若無河南尹手令，任何人不得通過。」

張梁在人群中聽得真切，不由得眉頭緊蹙。

陳紹過來，低聲道：「元安，怎麼回事？」

「程大鬍子下令封關了，不曉得這雒陽的通關文牒，有沒有用。」

程大鬍子，就是新任河南尹程昱。因其有一部美髯，故而被稱之為程大鬍子。

陳紹想了想，催馬上前。

「敢問，是哪位將軍值守？」

「有什麼事嗎？」

「將軍，我等是過路行商，需儘快將這批貨送往潁川。我這裡有我家老爺發放的通關文牒，能否請將軍看一看，通融一下，放我等過去?車上都是時令貨物，若是晚了，只怕會耽擱了行市。到時候我家老爺一定會很不高興，責怪小人。」

「你家老爺又是誰？」

「就是雒陽令，陳群陳縣令。」

「原來是陳縣令，那自當另論……」

城頭上傳來一個洪亮的聲音，陳紹這心裡不由得一鬆。

片刻後，只聽關門嘎吱吱打開，一隊人馬風馳電掣般從關內衝出。為首一員大將，頭戴金盔，身披金甲，掌中一對大刀。

張梁在人群中看得很清楚，不由得大驚失色。

「伯至，速退！」

陳紹也不是一個生瓜蛋子，當城門開啟的一瞬間，他也預示到了不妙，下意識抬腿摘下長矛。丈八長矛剛入手，那金甲大將就到了跟前，雙刀左右一分，照頭就劈來。

陳紹連忙用長矛封擋，只聽鐺的一聲，崩開了對手的雙刀。

「孟坦！」張梁大吼一聲，拍馬舞刀，就衝出人群。

中計了！

陳群恐怕早就有所提防，甚至早已懷疑到了蘇家。今日設此毒計，就是要人贓俱獲！張梁不敢怠慢，大聲喊道：「伯至，你帶人衝過去，我來會他。」

「元安，何至做出此等大事？」

身後，忽然傳來一個低沉的聲音，張梁不由得激靈靈打了個寒顫，在馬上驀地一個側身。一抹劍光從身邊掠過，噗的正中張梁胯下坐騎。

此時，孟坦和陳紹已打在一處。從關隘兩邊，呼啦啦衝出數百軍卒，手持刀槍，向車隊衝來。

張梁在地上一個懶驢打滾，驀地站起來。未等他站穩身形，森冷劍氣撲面而至，他連忙揮刀封擋，眼中猶自露出不可思議的神色。

「史阿，你怎會在此？」

章十九
還沒有結束！

「我若不在此，焉能知你謀逆？」

史阿穿著雜役的衣服，掌中一口長劍。但見他一劍在手，氣勢不凡。劍光閃動，朝著張梁飛去……一道道的劍光，將張梁籠罩其中，史阿冷笑道：「元安，聽聞你練得好左手劍，何不使出來讓我領教一番？赤伯輿被你殺了，老祝被你嚇得逃離雒陽。你只要再贏了我，雒陽第一劍手非你莫屬……怪不得你總是問我赤忠和老祝的缺點……原來竟是生了殺他二人的心思。元安，看劍！」

張梁也不吭聲，悶著頭，和史阿鬥在一處。

這時候，從關隘中行出一人，胯下烏騅馬，掌中一對大刀。那兩口大刀，比尋常的龍雀大環要長。刀身帶著一抹暗紅色，透出濃濃的殺氣。

「孟南部，此獠還是交由末將來對付，你還是指揮兒郎們，速戰速決。」

話音未落，烏騅馬長嘶，如同一道黑色閃電，衝入戰場。

人如龍，馬如虎。雙刀過處，人仰馬翻。

孟坦見一時間戰陳紹不下，索性撥馬讓開。

陳紹連忙衝過去，可是當他看清楚來人胯下的那匹戰馬，不由得大吃一驚：「你是甘興霸！」

甘寧大笑道：「反賊休要囉唆，吃我一刀！」

馬到，刀至。

陳紹舉矛，一式霸王扛鼎，鐺的一聲，擋住了甘寧一刀。

不過，擋是擋住了，可那刀上傳來的巨力，卻使得陳紹雙臂發麻，喉嚨發甜，哇的噴出一口鮮血。未等他反應過來，甘寧左手刀已到跟前。陳紹再想閃躲，卻已經來不及了……只聽卡嚓一聲，甘寧手起刀落，將陳紹斬於馬下。

陳紹一死，軍卒大亂。張梁也不禁暗自叫苦，一口大刀漸漸失了分寸。

「張元安，只這點本事嗎？」史阿厲聲喝道：「若只如此，那我可真為赤忠感到不值。」

這時候，張梁所要考慮的，不是如何把這些兵械送至汝南。

甘寧斬了陳紹之後，便不再出手，而是催馬在一旁觀戰。只見他虎視眈眈，使得張梁心中壓力頓增。

若不能殺出去，什麼功業，都是虛幻！

張梁本不願和史阿鬥劍，因為他知道，史阿的劍術非常強橫。可現在……

張梁心知，如果再留手，今日必死無疑。

手中大刀猛然變幻，崩開了史阿手中長劍以後，他錯步擰身，從身後拽出一柄二指寬的利劍，臉上露出猙獰之色，厲聲喝道：「史阿，你欺人太甚……就讓你知道，我這刀劍之威！」說話間，左手劍如同毒蛇般，刷的刺向了史阿。同時，右手大刀陡然化剛猛為輕柔，一刀輕飄飄橫抹。

這一刺一抹，配合的天衣無縫。史阿也不由得眼睛一亮，讚了一聲『好』，旋即猱身而進，身劍合一，與張梁鬥得難解難分。

轟隆！

伴隨著一聲巨響，蘇府大門洞開。如狼似虎的黑眊衝進府門，或三人一組，或五人一群，對蘇府內的家丁展開了凶殘剿殺。

郝昭面色平靜，緩緩抽出長刀，遙遙指向蘇府大門，嘴角勾勒出一抹獰笑。

「殺！」

在他身後，一百黑眊枕戈待命，隨著郝昭一聲令下，頓時闖進蘇府。

從蘇府中，傳來一聲聲淒厲的慘叫，還有那哭號聲、哀求聲，混在一處，令人不禁感到淒然。

曹朋跨坐照夜白，輕聲嘆了口氣。

章十九 還沒有結束！

「一念之差，卻可惜了這好大家業……大兄，咱們進去吧。」說著話，他撥馬讓開一條路。

陳群一襲黑襦，頭戴綸巾，面沉似水。只見他一催胯下坐騎，戰馬噌的一下子便竄上門階。曹朋催馬緊隨其後，緩緩行入蘇府大門。

午後，陽光明媚。

但雒陽北城雍門大街的蘇府上空，愁雲慘澹。

雍門大街和銅駝街有點相似，居住在這裡的，大都是在雒陽有頭面的人物。可此刻，卻無人敢走出大門，更沒有一個人出面詢問緣由。

有那膽大的傢伙，從門縫向外張望。就看到大街上空蕩蕩，只有列隊於大街兩側，全副武裝的差役，一個個橫眉立目，殺氣騰騰。

踏踏踏……

照夜白悠然順門階而下，透著優雅氣度。

「蘇府所有人聽真，立刻放下兵器，停止抵抗。本縣今日前來，只為蘇威。凡蘇氏以外人員，立刻退到一旁，否則皆以謀逆，格殺勿論。」

陳群厲聲喊喝，一時間蘇家護院全都面面相覷。

此次官府突然襲擊，使得蘇家根本沒有來得及準備，便倉促應戰，甚至在交鋒之前，這些護衛也不清楚究竟發生了什麼事情。而且黑眊的裝束，也不是普通差役和軍卒可以相比。在蘇氏管家的命令下，護衛們紛紛上前阻攔，於是便爆發了一場雖不激烈，但卻慘烈的戰鬥。

碎石鋪成的前堂道路，已經被險些染紅。一具具屍體匍匐在路旁，看上去極為淒慘……

謀逆？

蘇家竟然牽扯謀逆！

護院們頓時慌亂起來，紛紛丟了兵器，向兩邊退卻。

這可不是普通的家族衝突，牽扯到謀逆，那是要誅殺滿門。這些護院不過是看在蘇家給的豐厚報酬上才出面阻攔。可再豐厚的報酬，也比不得朝廷的屠刀。就算這次能攔住，那麼下次呢？等朝廷大軍出動，到時候誰也跑不了。要知道，如今的河南尹，可不是善與之輩。

當年兗州之戰，曹軍缺少軍糧。時任兗州司馬的程昱，竟以人肉做成脯，充當糧食。

惹怒了這傢伙，絕對不是一樁好事。

不過，還有那強硬之人，猶自守在中閣，頑強抵抗。這些人，大都是隨蘇威一同前來雒陽的隨從，對蘇家死心塌地。

一名大漢吼道：「兄弟們，主家待咱們不薄，如今有危險，豈能棄之不顧？早就聽說，雒陽男兒無義氣，今日一見，果不其然！是男人的，和他們拚了，然後殺出雒陽，自然安全！」

你說得容易！

你不是雒陽人，逃出雒陽，自然沒有牽掛。可這院子裡的護院，有六成是雒陽本地人，世世代代住在雒陽，又怎可能隨隨便便棄家不顧？

大漢話音未落，只聽馬蹄聲響。

「妖言惑眾，還不授首！」

照夜白如流星閃電，衝向中閣。在七、八步距離外，曹朋抖手發出一枚鐵流星。

大漢猝不及防，那鐵流星蓬的一聲，正中額頭。自習白虎七變以來，曹朋骨力勃發，力量越發強盛。這一枚鐵流星夾帶巨力，把那大漢額骨砸得粉碎，滿面血汙，一頭就倒在地上。

「閃開！」曹朋厲聲喝道。

他單手執戟，照夜白如猛虎下山，衝到中閣門外，畫桿戟左右一分，撲稜稜連續兩擊，將兩個護衛硬生生挑飛出去。

這是畫桿戟挑斬之法，最是凶殘。

那護衛落地，只見肚子上破開了一個大洞，鮮血汩汩流淌。

「再不投降，殺無赦！」曹朋勒馬，一聲巨吼。

這融合了丹田氣的吼聲，如同巨雷，在空中炸響。再加上他之前凶狠的搏殺，令護衛們心驚肉跳。有那聰明的，立刻丟了兵器，趴在地上一動不動。

曹朋冷笑一聲，回身向陳群看去。

陳群點點頭，催馬帶著差役，就衝進了中閣。

「老爺，已經頂不住了，咱們快走吧。」老管家氣喘吁吁闖進後堂，衝著蘇威大叫。

蘇威笑了笑，手執長劍，邁步走過來，「老蘇，咱們往哪兒走？這雒陽肯定已經被封閉，四部尉齊出，我們又能去哪兒？蘇家養你我多年，如今正是盡忠之時……老蘇，你先走一步吧。」

說著，他一劍刺出，將那老管家刺殺在地。

全然無視老管家滿臉的驚駭，蘇威回身走到榻前坐下，看了一眼桌案上的羊脂玉瓶，又看了一眼手中長劍，露出苦澀笑容。把寶劍放在案子上，他拿起瓶子，拔出塞子，咬了咬牙，仰頭將瓶中的毒藥吞下。而後，深吸一口氣，就坐在榻上，閉上眼睛，靜靜的等待著……

既然已經到了這一步，蘇威已不準備活了。但是，他必須要給蘇家留一條退路，這也是他最後要做的事情。

馬蹄聲響起，陳群和曹朋來到後堂下。兩人下馬，曹朋示意黑眊守住後堂，便與陳群走進堂中。

「陳雒陽，曹北部，小老兒恭候多時了！」

蘇威笑著開口，面色極為平靜。

死士！

這是曹朋的第一個感受。

這個看上去挺和善，矮矮胖胖的蘇掌櫃，無疑是蘇家的死士。

看了一眼倒在門口的那具屍體，曹朋便知道，蘇威一定做好了必死的信念。

陳群也不客氣，走到旁邊，抖衣袂坐下，「蘇掌櫃，未曾想咱們第三次見面，竟然是在這種情況下。本官還想著，和蘇掌櫃如何合作，令雒陽興盛起來。只可惜，蘇掌櫃卻參與到這些亂七八糟的事情裡面，本官非常失望。」

「非蘇氏所願，實不得已。」

蘇威輕輕咳嗽一聲，對曹朋道：「曹北部，朱北部之死，並非蘇某本意。當初朱北部在北邙查抄一批軍械，本不是什麼大事，蘇某自認，有十成把握可以擺平……只是，這裡做主的，並非蘇某，蘇家也是被人強行牽扯其中……蘇某當時也曾反對，可惜卻不為人所贊同。當日朱北部老管家汲酒，是張元安命人在途中調換，蘇某得知後曾試圖阻攔，但為時已晚……我早就說過，行商坐賈，靠的是錢財鋪路、八面玲瓏……殺人，當不得大事。」

曹朋道：「蘇掌櫃說這些，莫非是要求生？」

「求生？」蘇威大笑，「從他們殺了朱北部之後，老朽就知道，生路已絕，求什麼生呢？我一直在等，等這一天到來。只是我沒有想到，他們會如此凶殘，連發命案，使得這一天提前到來。」

「我已經服了毒，活不了多久。我在這裡，是為了等候兩位大人……蘇氏與此事無關，有朝一日，蘇某希望兩位大人，能給蘇家一條生路。作為交換，我這裡有所有的通貨憑證，還有往來書信。呵呵，其實蘇某也知道，兩位一定已經猜出端倪，但蘇某能做的，也只有這些。」

章十九
還沒有結束！

面前書案上，擺放著一摞案牘卷宗。

曹朋和陳群相視一眼，示意兩名黑眊進來，將案牘取走。

「陳雒陽，老朽有個不情之請，敢問大人可否解答？」

「何事？」

「你怎麼猜出，是我呢？」

陳群猶豫了一下，「蘇掌櫃，爾若飛蛾投火，休怪他人。」

「哦？」

「兩日裡，連犯四命，足以說明，爾等亂了方寸。曹北部認為，之所以這樣，是你們已做好準備撤離，所以才設法消除過往留下的痕跡。」

「蘇掌櫃還記得史阿否？我們一開始，都以為史阿怕事，所以逃離雒陽。可帝師弟子，又豈是怕事之人？朱北部在時，史阿就曾協助朱北部追查線索，不想兩名弟子離奇失蹤。後來朱北部被殺，史阿就決心要查出此事真相。於是他設法隱姓埋名，潛入你府中探秘……」

「很明顯，你們之前殺人的舉動並非計畫妥當，而是臨時起意，所以史阿也無法提前預知。但張元安到來，陳伯至準備起行，史阿立刻透過他的弟子告之友學。而就在昨日午後，你從我手中求走了通關文牒，豈不是說明了一切？」

蘇威不由得笑了！

「我就說嘛，凡事當小心謹慎，那些人太心急，成不得事，成不得事……」

曹朋道：「蘇掌櫃，我問你，岳關呢？」

蘇威搖搖頭，「岳關沒有和我們聯絡，所以我也不清楚她的下落。」

「真的？」

「陳雛陽，到了這個時候，我還需要再隱瞞什麼嗎？」

蘇威說著大笑起來，可笑了沒兩聲，一陣劇烈的咳嗽，止住了他的大笑。口中噴出黑血，沾染在他花白的鬍鬚上、胸襟前。

曹朋的眼睛瞇起來，看著蘇威的氣息越來越弱，肥胖的身體從榻上滑下來，倒在地面。走過去，他伸手探了一下蘇威的鼻息，又翻開他的眼睛。

「鴆毒。」

陳群神色有些複雜，半晌後，他輕輕嘆了口氣：「倒也是個漢子，只可惜了！」說罷，站起身來。

「蘇府這些人，怎麼處置？」

「一併拿下，待我呈報於程公之後，再做決斷。」

「甚好。」

曹朋也起身形，與陳群一同走出後堂。站在門階上，看著滿院的狼籍，他搖了搖頭，發出一聲嘆息。

「大兄，可有決斷？」

「嗯？」

「有些事情，猶豫不得……決定的越早，好處越多。如果搖擺不定，到最後定然沒有結果。」

陳群的臉色沉了下來。他聽得出曹朋話語中的意思，可這個問題……

東漢，以世族而建立朝政。漢室與世族門閥之間，有著千絲萬縷的關係，特別是像潁川陳氏等大閥，更累世皇恩。雖然明知道漢室未必能夠挽回，但在心裡面，總還是有些傾向漢室。

懷有這種思想的人不少。

荀彧就是其中之一。一方面，他知道曹操是結束這個亂世的最好人選；另一方面，又不希望曹操權柄太盛，以至於到最後，漢室名存實亡。

章十九

還沒有結束！

陳群也有這種想法，但是沒有荀彧那麼嚴重。不過，曹朋的話，使得他有些心動。早一日決定，對於家族就多一分好處；那麼自己，究竟該何去何從？

陳群一時間，也難以決斷。

蘇家的覆滅，使得雒陽人心驚肉跳，誰也不知道下一步，又會是哪一家遭難？

特別是當孟坦押著那批兵械返回雒陽之後，更讓人感到惶恐。張梁和陳紹的首級，被懸掛於雒陽城門之上，那猶自滴著血的人頭，使得所有人都生出畏懼之心。盤踞在雒陽的豪強大賈，從這一小小的舉措裡，看出了陳群的不同尋常。這傢伙看似清雅，但殺起人來，絕不會心慈手軟。

偌大的蘇家，在一個下午便消失不見，朝廷的威嚴似乎重又籠罩在雒陽上空。

「友學！」

「嗯？」

「昨日孟南部在祝道家中的後院槐樹下，挖出一具屍體。」

「哦？」

「屍體已經腐壞，但是從屍體隨身的配飾來看，是本地一個名叫玉林的男子。此人在香山居做事，曾深得祝道寵愛。可不知為什麼，死在了祝道家中，應該是祝道所為。」

香山居，是位於城東的一個男妓館。

祝道好龍陽，這件事曹朋倒是聽說過。

而玉林這個名字，他似乎也有些印象。這年月，龍陽之風頗盛，許多權貴豪門家中，都有孌童男寵，不足為奇。記得第一次來雒陽，在譯經臺上，岳關就曾提過這名字，使祝道惱羞成怒。想必是這個玉林，紅杏出牆，被祝道發現後殺害，隨即便埋在了自家庭院的槐樹下。

如果是這樣，那麼祝道逃離雒陽的事情，倒也有了一個解釋。

他殺玉林的事情，一定有人知曉。在赤忠被殺後，有人試圖以這件事要脅祝道，使得祝道不得已逃離雒陽，從而掩人耳目，混淆視聽。

不過，曹朋對此興趣並不大。他所關心的，是岳關如今逃去了何處？

「大兄，可以發海捕文書了。」

「嗯！」

曹朋翻身上馬，突然問道：「大兄，可有岳關消息？」

「還沒有。」陳群揉了揉頭，有些苦惱的說：「這傢伙好像憑空消失了一樣，一點消息都沒有。不過我已命人查探此事，必將此人找到。若找不到這個女人，此案就算不得終結……」

看得出，陳群對岳關怨念極大。

這件事情，還沒有結束！

曹朋笑了笑，催馬往外走。

當行出蘇府大門的時候，他突然道：「大兄，袁玄碩白馬寺卿的報備，還是加快一些吧。咱們把他關了兩天，恐怕也不是長久之計。明天放他回去吧，畢竟此人在雒陽也有些名氣，扣押的時間若是長了，恐怕於大兄不利。」

「嗯！」陳群說：「這件事我已派人前往許都，估計這個月末，鴻臚寺就能有回覆。」

他疑惑的問道：「友學，看起來，你對這個袁玄碩頗有興趣。莫非，你也有心加入那浮屠弟子？」

「哈，我對浮屠倒也沒甚興趣。大兄當知曉，我是方士弟子。之前我曾有一位老師，如今就在天臺山修行，怎可能加入浮屠？」

對於曹朋早年的經歷，陳群倒是略知一二。他知道，曹朋小時候曾隨一個方士識字，並且從那方士

曹賊

章十九 還沒有結束！

身上學來了許多稀奇古怪的東西。

但陳群並不知道，那位方士，便是鼎鼎大名的左慈左元放。

在返回北部尉府的路上，夏侯蘭忍不住問道：「公子，為何要幫那個玄碩？」

曹朋微微一笑，輕聲道：「這個玄碩，可不簡單……」

「哦？」

夏侯蘭再問，曹朋卻不肯回答。只是，他臉上那神秘的笑容，使得夏侯蘭更加好奇。

曹洪領鄧範，風塵僕僕抵達許都城外。

天色已晚，可是他卻沒有直接返回家中，而是直奔司空府。

「嚴法，你先回家吧。」

「啊？」

「你已經有多久沒有回去過了？這次回來，正好可以和家人團聚一下。」

「曹都護，究竟是什麼事，主公要你這麼匆忙回來？」

「估計和你那兄弟有關……不過你別問那麼多了，先回家。若有什麼事情，我自會派人上門。」

曹洪知道，鄧範的家人和曹朋一家住在一起。

鄧範搔搔頭，在馬上一揖之後，帶著四名親兵，往曹朋家裡行去。

而曹洪，則直奔司空府。

在司空府外，曹洪意外的看到了曹仁，正從馬上下來。

「兄長，你怎麼也回來了？」

「主公命我即刻返回，我得到消息後，馬不停蹄便往回趕……子廉，你也是奉主公之招嗎？」

曹洪點點頭，與曹仁相視一眼。

兩人都意識到，一定是出了大事。否則，汝南劉備如今正在招兵買馬，其勢日盛，陳郡和梁郡的壓力都不小，這個時候把兩個郡的主帥召回，肯定是有大事。

兩人一進門，就見典韋和許褚都站在中閣外，神情嚴峻。

「子孝、子廉，你們總算來了，主公已等候你們多時，快隨我來。」

看得出，曹操一定是有吩咐，讓典韋兩人在這裡守候。

典韋二話不說，領著曹仁和曹洪便進了後堂。沿著鋪滿凋零落葉的小路，片刻後來到一個跨院門前。拱門外，典滿和許儀正帶人值守，見到曹洪和曹仁，二小連忙上前見禮。

曹洪和曹仁也顧不得還禮，只點點頭，算是打了招呼，便跟著典韋走進跨院。

一間大約一百多平方米的小屋裡，曹操端坐正中央。在兩邊，分坐著郭嘉、曹純和夏侯惇等人。

「子孝、子廉，你們總算到了。」曹操招手，示意兩人落坐。

典韋自立於屋外，警戒四周。

「奉孝，究竟發生了什麼事，主公將我二人召回來？」

郭嘉趁曹操不留意，壓低聲音道：「主公把你們召回來，是商議著攻打汝南，消滅劉備。」

曹仁聽聞，心中頓時一驚，抬頭向曹操看去……

章二十　李中郎

「我欲剿滅劉備，兵分五路。」

曹操眸光閃閃，神色決絕。

「子廉。」

「末將在。」

「著你領本部兵馬，自陳郡出，搶占項縣之後，屯駐潁水之畔。」

曹洪起身，「末將遵命。」

「子孝！」

「末將在。」

「你率本部，自梁郡出擊後，務必以最快時間奪取下城父。我會命朱靈自沛國出兵，協助你行事。你與朱靈會合之後，迅速向西推進，務必以最快速度，將居於潁水以東的龔都所部消滅……而後，你務必搶先渡過潁水，占領新蔡，切斷劉備的退路……你可明白？」

「末將明白。」

「元讓為中軍主帥，節制三軍。子和為先鋒，自潁川郡出擊。子和，你不是一直說想要報仇雪恨？現在，我給你這個機會，你必須以最快速度，攻下上蔡，與子廉、子孝所部夾擊平輿。同時，滿伯寧所部兵馬，佯攻穰城，使張繡不得援助。南陽司馬魏延，會配合你的行動，自確山出兵，攻取郎陵，切斷劉備與劉表之聯繫。你五路兵馬合擊，務必要將劉備消滅於汝南，絕不可使其走脫……」

在座眾人，紛紛起身應命。

不過曹仁還是忍不住道：「主公，此事調集大軍攻伐劉備，萬一袁紹出兵，許都豈不空虛？」他和曹洪來得晚，也使得曹仁不甚明白究竟是怎麼回事。

曹操道：「劉備，人傑也，今若不擊，必有後患。袁紹雖有大志，然則見事遲，必不輕動。」

眾人聽聞，不禁駭然。

究竟是從什麼時候開始，劉備在曹操心中，竟有了如此巨大的威脅？

郭嘉起身，環視屋內眾人，「諸公，休要小覷了劉玄德，此人行伍出身，自出世以來，可謂征戰不絕。想當年虎牢關外，二十二路諸侯會盟，劉玄德不過是一小小平原令；而今，公孫瓚也死了，二十二路諸侯裡，僅主公與袁紹尚在，其他人不是死，就是不知所蹤……而這劉備猶在，且已成主公心腹之患。他在汝南招兵買馬，隱隱已能成潁川之威脅……主公與袁紹，早晚必有一戰，若那時候再出擊，則為時已晚。趁袁紹決心未下，我等必須先將劉備剷除，否則這後患將無窮無盡。」

在眾人心目中，郭嘉有大才，卻多放蕩不羈。而今，當他以一種極其嚴肅的口吻說話時，竟使得眾人莫不緊張起來。

連郭嘉也這麼說，說明劉備，一定是一個大麻煩。

夏侯惇插手道：「主公只管放心，惇必取劉備首級獻於主公。」

「此次行動，務必迅捷，不可有半點遲疑。我已命人通知滿伯寧，最遲在七月末，魏延所部就會跨過確山，攻取郎陵。到那時候，我希望諸君都已抵達位置。」

夏侯惇等人再次應命。

曹操似乎很疲憊，擺了擺手，示意眾人退下。

「奉孝，究竟發生了什麼事？」走出司空府大門，曹洪連忙拉住了郭嘉問道。

郭嘉左右看了一下，「諸位將軍，此地非談話之所，不如到我家中一敘。」

「善。」

這司空府大門口，一大堆人圍在一起，的確是有些搶眼。

夏侯惇和曹純沒有隨行，與曹仁和曹洪告辭，匆匆離去，準備出征事宜。曹洪和曹仁則隨著郭嘉來到郭府，三人直奔書房，郭嘉又命人在書房外守候警戒。

「前兩天，仲德和長文同時上奏，雒陽一案已經結束。」

「你是說朱老四的死？」

「子廉說得不錯，就是這件事。據仲德上書，許都有人私自將河一工坊兵械送往汝南。而劉玄德在汝南，更招兵買馬，其意不言而喻……主公得知消息後，非常憤怒。他一心欲中興漢室，卻不想有人在暗中作對。所以，主公才會下定決心，將劉玄德所部徹底剷除。」

「娘老子，究竟何人與主公作對？」

「子廉……」

曹仁厲聲喝道，曹洪頓時露出赧然之色。

郭嘉一笑，「本來主公是想要親自督軍，解決劉備之禍，是我將他勸阻……諸君在汝南興兵之時，便是主公動手解決都內之敵手。此事牽連甚廣，你們莫多問，只須在汝南打好便是。」

曹洪和曹仁相視一眼，齊刷刷點頭。

既然郭嘉說出這番話，那就說明問題不大，一切盡在曹操掌控之中。

又說了一會兒閒話，曹仁和曹洪起身告辭。郭嘉送二人離去之後，回到書房內，剛想要看書，卻見一位婦人挺著肚子，走了進來。

「奉孝，該吃藥了！」

這婦人的相貌算不上太出色。如果是十分的標準，大約也只有七分左右。不過她勝在氣質華貴，氣度雍容，頗有大家閨秀風範。婦人姓鍾，是潁川鍾氏之女，鍾繇的姪女。郭嘉雖說不是什麼世族子弟，但畢竟在潁川也有一定的根基，加之他才學過人，自然被人所看好。

鍾氏女捧著藥，輕輕放在郭嘉的面前。郭嘉皺著眉，露出苦色：「不是已經吃完了嗎？怎麼還吃？」

鍾氏女在他身邊坐下，笑嘻嘻的端起藥碗：「董先生說，之前的藥是驅邪，現在這藥，是為了扶正。當初你食用五石散，食法不對，所以邪氣甚重。現在邪氣已被袪除，但還須扶正養氣……」

「可是，很苦啊。」

「乖，等你身子大好了，自然就不須再食用。董先生可是說了，你邪氣袪除，可身子仍有些柔弱……你不是想要助主公成大事嗎？沒個好身子怎麼能成？我在裡面合了蜜漿，沒那麼苦。聽話，來，我餵你，趕快趁熱喝了。」

也許誰都想不到，在外面威風八面的郭嘉，回到家中，在鍾氏女面前，卻如同一個孩子。

一臉淒苦的把藥吃完，鍾氏女這才心滿意足的離開。

還說不苦！這連呼氣，都帶著一股苦味。合了蜜漿還這麼苦，如果沒有合蜜漿，又該是什麼滋味？

郭嘉搖搖頭，坐在書案前，看了一會兒書，覺得心煩意亂，便走出書房，坐在門外的門廊上。

天有些陰沉……

郭嘉輕輕嘆了口氣，「山雨欲來風滿樓，也不知，會有多少人頭落地！」

時間過得飛快，眨眼間已經到了七月末。

雒陽在經過了一場不大不小的動盪後，漸漸恢復了平靜。畢竟是勾連關中和山東的必經之地，八方通衢，註定了雒陽的重要性。歌舞照舊，生意照做，一切如平常般。短短一個月的時間，人們似乎已忘記了蘇家的事情，更無人再記得那座北邙山腳下的菊花庵。

岳關，如同人間蒸發似的，再也沒有半點音訊，似乎從無此人……若非那一首《菊花庵歌》的存在，這世上好像就沒出現過這個人。

盛世賭坊依舊生意興隆，史阿用自己的行動得到了陳群的支持，使得他在雒陽聲威更重。

陳群透過史阿，聯絡了雒陽商市的頭面人物，借鑑海西行會的方式，開始著手組建雒陽行會。

論規模，雒陽行會比之海西不曉得大了多少倍，所以海西的種種規章制度也不可能完全照搬，必須要進行修改才能夠得以推行。不過，透過曹朋這層關係，雒陽和海西也搭上了關係。海西有雒陽奇缺的鹽、糧食等物資，而雒陽也有著海西無法比擬的優勢。

用曹朋的話說：這叫優勢互補。

至於兩地具體如何合作，並不是一蹴而就的事情。鄧稷和陳群不可避免的要進行無數次的磋商，甚至需提報程昱，還要報備至許都，交由尚書令荀彧批准。總之，如果兩地真的要合作，曹朋估計，沒一兩年頻繁的互通交流，難以成事。

不過，這一切與他已沒了太大的關係。

曹朋在解決了蘇家一案後，一下子變得悠閒自得，或是陪著母親和黃月英，登西山、香山而望，或是領著黑眊圍獵。平日在家時，不是看書練字，就是與甘寧切磋練武。期間，曹朋還和胡昭通了幾次書信，向胡昭請教了一些學業上的問題。

得知曹朋一心學《論》，胡昭也很高興。他認為《論》淺顯易懂，但也是仲尼一生學問的精華所在。曹朋找到了《聖人》的精髓所在，能夠把《論》讀好了，對曹朋而言，無疑是受益匪淺。

同時胡昭還告訴曹朋，他準備將《八百字文》在臥龍潭書院推廣，作為蒙學讀物。

看得出來，胡昭一心在教育上，估計這輩子都不會再入仕為官。在歷史上，胡昭也確實如此。可能正是因為這個原因，使得胡昭在歷史上聲名不顯。人言『孔明』，必是諸葛，殊不知在建安之初，諸葛仍在水鏡山莊苦讀，而臥龍孔明之名所指的也只是胡昭……

「要我押送兵械回許都？」

曹朋瞪大了眼睛，有些不可思議的看著陳群。

陳群則一臉的苦笑，「你別看我，我也沒有辦法……當初我向曹公推薦你的時候，曹公也言明是『暫與我』。如今，雒陽之事已趨於平靜，曹公這時候要你回去，必然是委以重任。友學，此去許都，你必然飛黃騰達，可喜可賀。」

他嘴上是道賀，可臉上卻看不出半點道賀之意，而是一臉的奸笑……

「我這才來雒陽一個月啊。」

「很久了，一個月三十天，難道還少嗎？」

「長文，你怎能這樣？分明是卸磨殺驢……呸呸呸，你才是驢！你這分明是過河拆橋嘛！」

陳群聽聞，不由得哈哈大笑。笑罷，他嘆了口氣，輕聲道：「其實，有你在這邊，我的確是省了很多的心思。你現在這一走，我心裡著實不捨。可是曹公有命，我也攔不住。不如這樣吧，今晚就在你家，我為你送行……三日後，你要啟程離開。在你走之前，你必須把那些菜肴的做法教給我的廚娘。」

前兩句，說得格外動情，可後面的，簡直就不是人話……

曹朋氣得暴跳如雷，而陳群則嘿嘿直笑。

不管曹朋是不是願意，這老饕看起來今天是不打算走了。

曹朋讓步鸞去準備飯菜，而後他和陳群在門廊下坐著。

「對了，黃小姐家裡，可曾有消息？」陳群突然問道。

曹朋搖搖頭，嘆了口氣，「月英寫了好些信去江夏，可是那位老大人，根本就不願回覆。」

「也許，不是他不想，是沒時間吧。」陳群道：「我今日剛得了消息，說孫策跨江攻打江夏，險些使黃祖喪命。」

「哦？」

「江夏那邊，現在亂成一團，承彥老大人估計也顧不得你們。自年初孫策得了六郡之地，越發狂妄了。我還聽人說，江東顧氏和陸氏，將私兵交了出去，足足有六千餘人……孫策因此也放緩了對顧氏和陸氏的打壓。據說還舉了陸康之子陸績為孝廉，有意令其入仕。」

「顧家和陸家，交出了私兵？」曹朋聽聞，眼睛不由得一瞇。

對江東士家來說，私兵如同他們的命根子。孫策對江東世族的打壓，曹朋早在去年時便已體味深刻。顧家和陸家這舉動，莫非是向孫策低頭？

他搔搔頭，有些想不明白這其中的玄機。但有一點他卻可以肯定，不管是顧雍也好，還是那陸遜也罷，都不是任人欺凌、隨意低頭的主兒，這兩人如此決定，必然有其深意。但究竟是什麼用意？還需要時間來進行驗證……

「還有，袁玄碩的白馬寺卿，鴻臚寺已經報備，印綬於昨日，送抵雒陽。」陳群笑道：「這下子，你滿意了？」

「我有什麼滿不滿意，只是玄碩一直在催促此事，我也是被催得煩了。早知道我會被調走，才懶得理睬。到時候讓他去煩你，關我什麼事？嘿嘿，失策，失策了！」

說著話，曹朋低下了頭，眼中閃過一抹精亮……

老狐狸，你該出手了吧。

七月二十六，曹朋率領黑眊，護送著母親的車輛，離開雒陽。

他匆匆的來，又匆匆的走，如同雒陽的一個過客般。只是，短短一個月，他已使雒陽留下了深刻的印記。

陳群告訴曹朋，他已拜託他老父陳紀，書信江夏黃承彥。信的內容，無非是替曹朋說好話，希望黃承彥能夠同意曹朋和黃月英兩人間的那一樁親事。畢竟，他們已經走到了這一步，何苦再去為難？曹朋已非昔日曹朋，如今在士林中，也算是小有聲名。

在陳群想來，有陳紀這封書信，黃承彥應該能夠應允這樁婚事。畢竟，論聲望和出身，陳紀都隱隱壓了黃承彥一頭。這種事情讓陳紀出面，比任何人出面說項，效果都要好……

曹朋，感激不盡。

七月二十七，天灰濛濛，從一大早，便下起了小雨。

時近仲秋，天氣轉涼。樹葉大都呈現枯黃之色，顯出一派蕭條……不過，這個時候，西山楓葉正紅，正是欣賞的好時節。

一行車隊，沿著雒水緩緩東行。雒陽的輪廓，越來越模糊……

玄碩在馬上露出一抹緬懷之色，輕輕嘆了一口氣。

十二章

李中郎

「李中郎，眼見就要得償所願，又何故嘆息呢？」

從車隊中行出一匹馬，馬背上端坐一人。一身寬鬆的月白色長衫，身上還披著一件遮雨的蓑衣。

她，是個女人。聲音柔媚，似乎帶著無盡的誘惑。

李中郎？

又是哪一位？

玄碩冷聲道：「岳長使，妳就不怕被人發現？」

「嘻嘻，如今已出了雒陽，又有何畏懼？之前陳長文搜遍了雒陽，也未能找到我，這會兒更不可能。倒是李中郎，你這一走，恐怕是再也回不來。不過呢，兩萬斤黃金，怎麼都值得冒險。」

「岳關，妳休得放肆。」玄碩臉色一變，厲聲喝道。

女人咯咯的笑了起來，「李中郎，這荒郊野嶺，只有你我二人在說話，你又怕個什麼呢？想當初李中郎毒殺弘農王的時候，可是膽大得很呢。」

玄碩哼了一聲，沒有接這個話茬。

雨，不知不覺停了，天邊出現了一道炫美的彩虹。

女人將頭上的斗笠取下，露出一頭烏黑長髮。不過呢，那長髮似男人般的盤成了一個髻，上面覆著一方青色絲帕。柔美的面頰，在陽光下綻放出燦爛的笑容，她張開手臂，深吸了一口雨後的空氣。

這女人，赫然正是曹朋一直在搜尋的菊花庵庵主，岳關。

「李中郎還在怪我，殺了莫言嗎？」

「哼！」

「李中郎，非是奴狠心，莫言頗有心機，我若不殺他，早晚會帶來殺身之禍。你可能不知道，奴到了菊花庵之後，莫言便被奴招攬過來，否則李中郎的秘密，奴又怎知？只是他頗為貪心，得了奴的身子，後看上了雪蓮。奴殺了雪蓮不假，那莫言竟為此要與奴反目。奴若不殺他，他必殺我……奴也是沒有辦法啊。」

玄碩沉默了！

片刻後，他冷笑一聲，「岳長使這些年遍施雨露……也不知道，若陛下知曉，還會要妳嗎？」

「你不說，陛下又豈能知道。」岳關嬌笑道：「不過呢，奴在外面也飄零的久了，心也累了。此次若返回宮中，古佛青燈一世，便足矣。倒是李中郎，真的不再考慮一下嗎？你有大才，就此隱姓埋名，豈不可惜？何不與奴一同去許都，奴願為你說項……雖然你從前與陛下有隙，可如今陛下正值用人之時，你……」

「等他用不著，便一刀砍了我的腦袋，順便把我這兩萬斤金吞下？」

「這個……」

玄碩冷笑道：「岳長使，妳還是顧好妳自己吧。前面就是旋門關，過了旋門關，妳回妳的許都，我去我的洞林寺，而後遠走高飛，妳我從此再無瓜葛。不過我想告訴妳的是，曹操不是我那丈人，妳那位陛下必不是他的對手。」

岳關聽聞，也不由得沉默，無語……

漢中平元年，也就是西元一八四年，靈帝設立雒陽八關，以拱衛京都。

這八關分別是函谷關、廣城關、伊闕關、軒轅關、旋門關、小平關和孟津。其中旋門關位於雒陽東面，毗鄰虎牢，座落在大伾山下，是扼守滎陽至雒陽的鎖鑰，更是雒陽東面屏障。

天氣轉涼，大伾山鬱鬱。

在歷經近月餘的封關之後，雒陽八關重新開啟。

不過對往來車仗的盤查依舊嚴密。好在玄碩手持白馬寺關牒，所運送的五百佛子像也在關牒中記錄，所以並沒有受到太多為難。關卒只是簡單的詢問了一下，便放任車隊通行……

過旋門關後，玄碩如釋重負，心中更有無限的歡喜，此次事情結束，就天高任鳥飛，再也不需要擔驚受怕。

在汜水河畔，玄碩命車隊停下，笑咪咪的對岳關道：「岳長使，咱們就此分別吧，我要渡河了。」

秋水滔滔，汜水洶湧，水流湍急。

往滎陽，必須渡過泗水，繼續向東；若是往許都，則可以由此而南下，順泗水而行。

岳關嫵媚一笑，在馬上微微一拱手。

「李中郎，那告辭了。」

「後會無期。」

玄碩在馬上作揖，旋即便準備渡河。

這是一處較為僻靜的渡口，過往的行人並不算太多。大部分人會透過虎牢關附近的渡口過河，但玄碩卻覺得，從虎牢關過河，免不了又要一番盤查，而且往來人流太大，不太合適。所以，他選擇了這個小渡口，不過卻需要等待渡船。

岳關撥轉馬頭，準備離開。

就在這時，從遠處傳來一陣急促的馬蹄聲。

玄碩和岳關同時回頭觀望，只見一隊黑色鐵騎，呼嘯著奔馳而來，約有百人，其行進間整齊如一。百騎馳騁，蹄聲轟鳴，令大地也不禁為之輕輕的顫抖。

「住馬！」

一聲暴喝響起，騎隊呼的一下子停下。

可是，如此急停，卻不見半點混亂的跡象，齊刷刷，彷彿只有一人。

騎隊停在距離車隊大約百步之外，為首大將身披錦衣，外罩鐵甲，胯下一匹烏騅馬，掌中兩口大刀。行進間，鈴鐺聲若有若無，令人生出一分心悸。只見他催馬向前行了兩步，而後勒住馬，遮面盔下一雙精亮眸子，灼灼凝視玄碩，慢慢的，又將目光轉到了岳闢身上。

「敢問……」玄碩心裡不由得一驚，裝著膽子，催馬上前。

「拿下！」

大將忽然一聲厲喝，其身後一騎飛出，眨眼間就衝到了玄碩身前。馬上那員將，掌中一桿丈二龍鱗，撲稜稜一顫，分心就刺。玄碩大驚失色，嚇得在馬上連忙一個側身閃躲。可別小瞧這看似簡單的側身，玄碩的馬可沒有配備高橋鞍和馬鐙，他能在馬上穩如泰山，全憑兩腿之力。而且這一個側身，若沒有多年的馬上功夫，很難做得出來，更不要說似玄碩這般輕鬆。

「早就知道，你這傢伙不簡單。」

那員將嘿嘿一笑，手中丈二龍鱗猛然收勢，反手啪的一擊橫拍，狠狠的拍在了玄碩的肩頭。玄碩啊的一聲大叫，從馬背上就摔下來。

不等他爬起，大槍蓬的壓在他的肩膀上，「居士，如果不想受罪，就老實待著。」

「你是……夏侯！」玄碩這時候也認出了那員大將，不由得失聲喊道。

那員將，正是夏侯蘭。

夏侯蘭是跟隨曹朋最久的親衛，武藝雖比不得甘寧，可是卻深受曹朋信任。此前曹朋往陸渾山，甘寧因前往涅陽，故而沒有隨行。於是，隨行曹朋的人就是夏侯蘭。途徑雒陽時，史阿在譯經臺設宴，也是夏侯蘭陪著曹朋一同赴宴。所以，玄碩對曹朋也不算是陌生……

而另一邊，岳闢見勢不妙，催馬就走。

曹賊

十二章

李中郎

只聽河畔叢林中傳來一聲朗笑：「岳庵主，果然是妳，不枉我一番苦候。」

說話間，林中傳來一聲馬嘶，如同龍吟虎嘯，在空中久久不息。一匹戰馬，貼著地面，恰如閃電般衝出。岳關一聽這聲音，頓時嚇得花容失色，哪敢停留，催馬便要逃走。一枚鐵流星嘶嘯著飛出，岳關甚至沒看清楚鐵流星的模樣，那鐵流星就到了跟前，正中戰馬額頭。

那匹馬吃痛，希聿聿長嘶，仰蹄而起。

岳關雖也能騎馬，但要說精擅，卻遠達不到。一下子被戰馬掀翻在地，只摔得岳關頭昏腦脹，髮髻散亂，狼狽不堪。不過，她雖然迷糊，卻也不敢遲疑，想要爬起來自盡，卻見照夜白飛馳而來，在她身前停下。一支畫桿戟指著她，馬上小將，頭戴三叉束髮金冠，身披扭獅子獸面吞口連環鎧，腰繫一支獅蠻玉帶。

岳關不由得驚叫一聲：「呂溫侯！」

可她馬上反應過來，呂布早已經死了……

定睛看去，卻見是曹朋，岳關不禁露出苦笑。

「原來是曹北部。」

「岳庵主，何苦來哉……」

「你不懂！」

「我的確不懂，但我卻知道，方今天下大亂，諸侯野心勃勃。曹公一心想要中興漢室，可有些人卻居心叵測，為一己私利，而置大義不顧，何其可憎。妳一個女人，不相夫教子，何必捲入這朝堂爭紛？好不容易脫離了漢宮，憑妳的姿色，找個好人家並不難。偏偏……如今，你們的事情已經被撞破，我也是奉命行事，還請勿怪。」

岳關臉上露出慘然笑容。

她也不願再和曹朋爭辯下去，事實上這種事情，誰又能說得清楚對錯？公說公有理，婆說婆有理。大家立場不一樣，各為其主罷了……

「曹北部，如何知我躲在白馬寺？」

「呵呵，卻要感謝玄碩先生的表演。」

「哦？」

「玄碩先生那天一早到我北部尉府，報告莫言徹夜未歸。結果在妳那菊花庵中，他一進禪房，便喊出了莫言的名字……可那時候，莫言臉上有血汙，而且頭朝內，屋中的光線也不算太好。玄碩先生好眼力，隔了兩個人便認出了莫言……同時，他那天的表演有些過了，給我感覺他心裡並無太多哀傷，找我報案，更像是在掩飾什麼。我當時就感覺奇怪，他究竟想掩飾什麼？於是，我就想到了妳……既然莫言可以聽從妳的調遣，那麼玄碩先生是不是和妳也有牽連？從那天開始，我就命人，盯著白馬寺。」

岳關扭頭向玄碩看去。

玄碩此時也是一臉的苦色，不知心中在想什麼。

從渡口兩邊的白色蘆葦蕩中，行出一百黑旺，將車隊團團包圍。那些車夫雜役，一個個抱著頭蹲在地上，更是一動也不敢動……

「曹北部，你果然是好心計！」

「不是我好心計，而是你們太心急。」

說著，曹朋招手，示意黑旺過來將岳關拿下，「我只負責緝拿妳，其他事我不會過問……到了許都，三木之下任妳是鐵打的好漢，也要招供。岳庵主，我若是妳，定會仔細斟酌。」

「我，已經斟酌好了。」岳關臉上的笑容更加嫵媚。

當曹朋收回畫桿戟的時候，她猛然一個旋身，「菊花塢裡菊花庵，菊花庵住菊花仙。菊花仙人種菊花，又獻菊花換酒錢……世人笑我太瘋癲，我笑世人看不穿……無花無酒鋤作田……」

歌聲悠揚，極為悅耳。

岳關的身子緩緩癱倒在地上，胸口插著一柄匕首，臉上猶帶著燦爛笑容。

她的聲音，越來越低弱，直至不可聞。

曹朋下意識催馬上前兩步，又勒住韁繩，看著岳關身下滲出的鮮血，緩緩染向了汜水的渡口……

「公子！」

曹朋擺手，示意大牙不用解釋。他猛然抬起頭，看著玄碩道：「先生，以為這個結果如何？」

玄碩一怔，神色淡然道：「甚好。」

「是啊，也許從此以後，再也不會有人知曉先生了。」

「啊？」玄碩心裡一咯登，臉色微微一變。

可曹朋卻沒有理睬他，招手示意親衛過來，「大牙，你和李先帶幾個人，把屍體送回雒陽……就葬在菊花塢中，讓她陪著漫山的菊花，做一個逍遙快活的菊花仙，再勿涉足這紅塵之事。」

李先和大牙連忙應命，招呼過來幾個人，把岳關的屍體收好。

胸口，一支鋒利的匕首直沒入柄，可以看出這女人不僅是對別人狠，對自己同樣是心狠手辣。

「曹北部……」

玄碩剛要開口，卻聽曹朋道：「玄碩先生勿須贅言，隨我走一趟吧。」

「去哪兒？」

「許都！」

玄碩臉色大變，連忙想要掙扎。可是他身邊的兩名黑眊皆身強力壯之人，把他死死的拖住。

自有黑眊上前，接過了那些車仗。

「你們都回去吧，車仗從現在，由我們接手。」

「可那車馬是我的……」

夏侯蘭在馬上一瞪眼，「回去找陳雒陽報賠，就說是曹北部徵用，到時候自然會賠償你們。」

車夫雜役們雖說心有不甘，卻也不敢贅言。

車仗改道，沿著汜水南下……小渡口，又恢復了寧靜。只是那地上的一灘鮮血似乎在告訴人們，這裡曾發生過一樁命案。可誰又會在意？在這亂世之中，學會沉默才能更好的活下去。

車夫們相視片刻，沿著來路，踏上了歸途……

當晚，曹朋趕著車馬，來到嵩高山下。

這裡距離陽城縣並不算太遠，山腳下有一所車馬驛。不過呢，如今這車馬驛已經被曹朋徵用，所以空蕩蕩的，也沒有什麼客人。驛站旁邊，是一座簡陋的軍營，駐紮有一百名黑眊。

當曹朋等人抵達之後，夏侯蘭領著一百黑眊直接進入軍營。而甘寧則率一百飛眊入駐車馬驛中，擔負起了守衛之責。

張氏和黃月英都住在車馬驛裡。昨日，她們和曹朋一同離開雒陽，但到了嵩高山下之後，曹朋便安排她們先住下，而後帶著人離開。同時，曹朋還派出郝昭率一百黑眊，持他的印綬，趕赴滎陽洞林寺。

此時，郝昭還沒有回來。

和母親、黃月英等人寒暄幾句，曹朋便回到了房間。

他的情緒並不是特別高，顯得有些低落。

各為其主，說不得誰對誰錯。站在曹操的角度而言，曹操所做的並無錯誤；而在漢帝眼中，曹操就是權臣，就是奸臣，和董卓並沒有什麼區別。曹朋感到困惑，漢室衰頹至今，仍有如此強大的凝聚力。

岳關自殺，說是不想受三木之苦，可實際上，卻是為了保護漢帝。

這女人……

曹朋輕輕嘆了口氣。

他命人將兩座佛子像運進房間，然後喚來了闞澤，又讓人把玄碩帶來。甘寧則站在屋外警戒，不許任何人靠近。

屋中燈火通明，四支兒臂粗的牛油大蠟插在牆壁的燭架上，火苗子亂竄，把房間照得通透。

玄碩氣急敗壞的進了房間，一進門就道：「曹北部，你究竟什麼意思？」

「玄碩先生，用過飯了嗎？」

「我可是堂堂的白馬寺卿，也是朝廷命官，你把我抓來，究竟何意？沒錯，我的確是藏匿了岳關，可那是沒辦法的事情。她威脅我，我也只有相從，卻並沒有參與……」

「呵呵，她威脅你什麼？」

「她威脅我……威脅我的性命。」

「哈哈哈，玄碩先生真會說笑，岳關不過一弱女子，焉能敵得過從千軍萬馬中殺出來的西涼好漢。」

玄碩猛然抬起頭，「曹北部，你弄錯了吧，我可不是西涼人。」

「是不是西涼人不重要……呵呵，玄碩先生莫要緊張。其實，我並無惡意……只是想請你來坐坐而已。你應該知道，如果我真要拿你，大可以把你直接送去衙門，到時候你以為會有人信你的胡言亂語嗎？當然了，我也相信，玄碩先生你其實並不太願意見官，對不對？」

曹朋說起話來，滿面春風。可是卻讓玄碩感到心驚肉跳，總覺得曹朋這話裡面，是話裡有話。

難道說，他發現了什麼？

想到這裡，玄碩更加不安，當他看到擺放在堂上的兩尊佛子像，下意識的嚥了口唾沫。

曹朋站起身來，走到佛像旁邊。他伸出手，輕輕撫摸佛像的身體，使得玄碩臉色不由得一變。

「永漢元年，先帝駕崩，由少帝繼位。大將軍何進試圖誅殺十常侍，不成想反被十常侍所殺……時並州牧，前將軍董仲穎率部入京，廢少帝而立今上……後來關東二十二路諸侯起兵，大敗董卓。董卓倉促決定，撤離雒陽……」

「不過在撤離雒陽的時候，董卓還下令遷移雒陽富戶，凡不同意遷走之人，全部都殺掉。當時執行這個命令的人，就是董卓的女婿，時任左中郎將的李儒。據當時留存下來的記錄，李儒從那些不肯依從的富戶家中，搜刮來數萬斤黃金。但董卓撤離迅速，未等李儒把這些黃金裝運上車，關東諸侯便已經攻破虎牢，直撲雒陽……李儒倉皇而走，那數萬斤黃金則下落不明。許多人都以為，那些黃金已送往長安，居士以為呢？」

闞澤起身，接過曹朋的話岔子：「永漢三年，董卓被殺，李儒和他的兒子李著不知所蹤。第二年，也就是初平四年，一個名叫袁著的人，自稱是京兆人氏，在滎陽洞林寺出家，並在建安元年，成為洞林寺主持。同年，雒陽白馬寺卿，也就是玄碩先生，三番五次向請求鴻臚寺發放印綬。公子命我翻查近十年來的案牘，使得我發現，玄碩先生在雒陽期間，數次前往洞林寺……而在建安三年，玄碩先生開始著手修造五百佛子，並說這五百佛子像，是要送與洞林寺。」

「那又如何？」玄碩心驚肉跳。

曹朋笑道：「可我不相信，那數萬斤黃金被送去了長安。我四哥，也就是朱北部在臨死時，曾對我那嫂嫂說『糊塗，糊塗』。這句話，我一直不太明白是什麼意思。四哥在說誰『糊塗』？直到有一天，我站在雪蓮的房中，偶然靈光一閃……四哥當時將死，必是想留下什麼線索，而我四嫂正感慌張，未必能聽得真切。加上我四哥又是譙縣人，話語中不可避免帶有沛國方言。糊塗，浮屠……聽上去頗為相似。」

十二章 李中郎

「浮屠？我四哥究竟說的是什麼？」

「三月時，我曾在雒水河畔，見有人推人落水，但是卻沒有查到屍體。只不過因為我當時沒有官面的身分，所以也不好查詢，於是便託付我四哥，查詢這件事情。想來，我四哥有了線索。他並不清楚殺他的人究竟是誰，所以還以為，是因這浮屠喪命，故而在臨死前留下了這條線索。」

「白馬寺的五百佛子像，是在北邙下鑄造。而之前我所扣下的推車上，留有一層黑土。這種土質，我也讓闞澤大兄查過，雒陽附近只有北邙山才有。所以，我不相信那些黃金被送到了長安，我更願意相信，李儒當時匆忙間，把數萬斤黃金藏在白馬寺內。數年後，董卓被殺，李儒改頭換面，壞了自己的模樣，重新回到了雒陽。他把那些黃金取出，但又不好送走，於是便讓他的兒子李著到洞林寺出家，並藉口造五百佛子像，將那黃金鑄成了五百佛子。」

說著話，曹朋猛然抬腳，狠狠的踹在佛像上。只聽蓬的一聲，那佛像倒在地上，一層泥塑土塊受曹朋暗勁所致，頓時裂開。

在火光下，從佛像的裂縫中，閃過一抹抹金光。

就在曹朋踹翻佛像的一剎那，玄碩呼的站起來，驚叫一聲。

而曹朋，則轉身回到了座位上，取出一柄長刀，啪的拍在桌面上。

「李中郎，你還有什麼話要說嗎？」

【曹賊　第二部卷一　少賊再起風雲　完】

狂狷文庫011

曹賊(第二部) 01- 少賊再起風雲

出版者■典藏閣

作　者■庚新（風回）　繪　者■超合金叉雞飯

總編輯■歐綾纖

製作團隊■不思議工作室

郵撥帳號■50017206 采舍國際有限公司（郵撥購買，請另付一成郵資）

台灣出版中心■新北市中和區中山路2段366巷10號10樓

電　話■(02) 2248-7896　傳　真■(02) 2248-7758

物流中心■新北市中和區中山路2段366巷10號3樓

電　話■(02) 8245-8786　傳　真■(02) 8245-8718

ISBN■978-986-271-304-4

出版日期■2013年1月

全球華文國際市場總代理／采舍國際

地　址■新北市中和區中山路2段366巷10號3樓

電　話■(02) 8245-8786　傳　真■(02) 8245-8718

新絲路網路書店

地　址■新北市中和區中山路2段366巷10號10樓

網　址■www.silkbook.com

電　話■(02) 8245-9896

傳　真■(02) 8245-8819

曹賊. 第二部/ 庚新作. -- 初版. --新北市：
華文網，2013.01-
冊；　公分. --(狂狷文庫系列)
ISBN 978-986-271-304-4(第1冊：平裝). ——

857.7　　101024773

☞您在什麼地方購買本書？☜

□便利商店__________ □博客來 □金石堂 □金石堂網路書店 □新絲路網路書店

□其他網路平台__________ □書店__________市／縣__________書店

姓名：__________ 地址：____________________

聯絡電話：__________ 電子郵箱：____________________

您的性別：□男 □女

您的生日：__________年__________月__________日

（請務必填妥基本資料，以利贈品寄送）

您的職業：□上班族 □學生 □服務業 □軍警公教 □資訊業 □娛樂相關產業

□自由業 □其他__________

您的學歷：□高中（含高中以下） □專科、大學 □研究所以上

☞購買前☜

您從何處得知本書：□逛書店 □網路廣告（網站：__________） □親友介紹

（可複選） □出版書訊 □銷售人員推薦 □其他

本書吸引您的原因：□書名很好 □封面精美 □書腰文字 □封底文字 □欣賞作家

（可複選） □喜歡畫家 □價格合理 □題材有趣 □廣告印象深刻

□其他__________

☞購買後☜

您滿意的部份：□書名 □封面 □故事內容 □版面編排 □價格 □贈品

（可複選） □其他

不滿意的部份：□書名 □封面 □故事內容 □版面編排 □價格 □贈品

（可複選） □其他

您對本書以及典藏閣的建議____________________

____

____

✌未來您是否願意收到相關書訊？□是 □否

✍感謝您寶貴的意見✍

✌From__________@____________________

♦請務必填寫有效e-mail郵箱，以利通知相關訊息，謝謝♦

印刷品

$3.5
請貼
3.5元
郵票
不思議信箱
FUSIGI POST

235 新北市中和區中山路二段366巷10號10樓

華文網出版集團 收

（典藏閣－不思議工作室）

三國風雲之

曹賊

第二部

卷之壹

少賊再起風雲

庚新（風回）著

超合金叉雞飯 繪